小学館文庫

# 宙ごはん

町田そのこ

小学館

目次

# 宙ごはん

# 第一話　ふわふわパンケーキのイチゴジャム添え

『お母さん』と『ママ』はまったく別のものだと、宙(そら)は思っていた。『お母さん』というのは産んだひと。『ママ』というのは育てるひと。そういう分けかたなのだと信じていた。だからこのとき、とても戸惑っていた。

しらかば保育園年長クラスすいか組の子どもたちはみな、脚の短い長テーブルと椅子につき、真剣な顔でクレヨンを握っていた。いつもは賑々(にぎにぎ)しい声ではちきれそうな部屋が静まり返っている。五分ほど前、保育士の廣木(ひろき)が全員に画用紙を配り、「もうすぐ〝母の日〟という、お母さんにありがとうって伝える……、ママって言ったほうがいいかな？　そういう日があります。だからみんなでお母さん、ママの似顔絵を描きましょう」と言ったのだ。子どもたちの描いた絵はデパートの母の日コーナーに飾られるのだという。

「宙ちゃん、どうしたの？」

宙が両隣の友達の手元を覗(のぞ)きこんでは首を傾(かし)げていると、それに気付いた廣木がやってきて隣にしゃがみこんだ。まだ何も描かれていない真っ白な画用紙を見て「好きに描いていいんだよー？」と笑いかける。

「どっち？」

宙が訊くと、廣木は意味が分からなかったのか、目を瞬かせる。宙はもう一度、「どっちをかくの？」と問うた。

「ママとお母さん、みんなどっちをかいてるの」

廣木は一瞬ぽかんと口を開け、そしてはっとした。受け持ちの子どもたちの中に特殊な事情の家があったことを、すっかり忘れていた。

「え、えっと。両方描いたらどうかなあ」

廣木が言うと、宙の真正面に座っていた大崎マリーが「えー！」と大きな声を上げた。

「りょうほうってなに。ひとりしかいないにきまってるじゃない」

ばかじゃん、と鼻の穴を膨らませて言うマリーは、宙が苦手にしている女の子だった。五月生まれの彼女は三月生まれの宙よりもひとまわり大きくて、性格はきっぱりはっきりとしていた。引っこみ思案であまり主張をしない宙はマリーにとって苛立つ存在らしく、しょっちゅう小言をぶつけられた。宙ちゃん、ちゃんとして。宙ちゃん、さくらんぼ組さんからやり直したほうがいいよ。

足が遅いのもごはんを食べるのが遅いのも、わざとじゃない。そう説明したこともあったけれど、その度にマリーは大きな手で頭をぶってきた。ちっちゃいくせに、生意気！　加減を知らない平手打ちを受けるといつも目から光がぱちぱちと飛んで、そのあとに勝手に涙がぴゅっと出てしまう。その結果、『泣き虫宙ちゃん』とますますばかにされるので、宙はマリーにあまり口ごたえしないようにしていた。けれど今回だけは、「ばかじゃないもん」と言い返した。

「わたしには、ふたりいるもん」

わたしには、育ててくれているママと産んでくれたお母さん、それぞれがいる。宙は一所懸命に説明し、それから誇らしげに胸を張った。いつもいつも、言い負かされてばかりではない。わたしが正しいときだって、あるのだ。

しかしマリーはまた「ばかじゃん」と言った。

「それなら、宙ちゃんをうんだお母さんのほうがホンモノってことでしょ？　あ、まってまって。じゃあいつも保育園に宙ちゃんをおむかえにきてるひとのことを『ママ』って呼んでるから、あっちはニセモノってことだ」

やっだあ、とマリーが体をよじらせて笑い、それを聞いた周りの子どもたちが「えー、ニセモノのママなんているのお？」と騒ぎ出す。慌てた廣木が「そうじゃないのよ」と声を大きくしたけれど、いったん弾けた子どもたちをうまく収拾できない。

「おれがニセモノなんてやっつけてやるぜえ！」

クラスで一番乱暴者の二朗が、『宇宙警察ギャラクシーズ』のコスモレッドの決めポーズをとって叫ぶ。うちゅうの悪は、ひとりのこらずおしおきだ！

マリーが宙を見てにやにやと笑う。そして、「宙ちゃん、ニセモノのママと一緒にいるんだ。かわいそう」と言った。

『かわいそう』、その言葉の持つイメージが、分からなかった。ふっと視線を落とすと、クレヨンの箱の端に灰色があった。赤や黄色など、使われてどんどん小さくなってゆく仲間たちと違っていつまでも新品の顔をしているやつ。黒みたいにはっきりしていないくせに、塗ると絵が一気にくすんで見えるような、扱いづらい色。ああそうだ、『かわいそう』って灰色みたいな言葉だ。世界を、言われたひとを、どこかくすませてしまう言葉。そう思い至ったとたん、宙の中に炎が噴き上がるように怒りがわいた。手にしていた黒のクレヨンをマリーに投げつけ、「かわいそうじゃないもん」と怒鳴った。

「マリーちゃんの、いじわるのばか！」

黒のクレヨンはマリーの額に刺さるようにして当たり、黒い跡がつく。マリーの隣の隆介（りゅうすけ）がそれを見てぷっと噴き出し、「園長先生みたい」と言った。しらかば保育園の園長は、額の中央に大きなホクロがあるのだ。

やり返されることも、笑われることも予想していなかったのだろう、顔を真っ赤にしたマリーが宙を睨（にら）む。宙はそれを睨み返し、「マリーちゃんなんか、だいっきらい！」と再び怒鳴る。体の奥からこみ上げてくる炎を全部吐き出したような言葉に、いつもは強気なマリーが気圧（けお）されたように震えた。見合ったのち、マリーは天を仰いで泣き出した。

自分よりもあけすけで大きな泣きようを、肩で息をしながら見る。何だ、やり返せるじゃないかという驚きと、収まらない怒りが体中を渦巻いている。必死にかけっこした後のような心臓の高なりを感じながら、しかしその芯では少しだけ泣きそうだった。わたしは、可哀相なんだろうか。

＊

政令指定都市から電車で数駅ほどの位置に、樋野崎市はある。ほどよく拓けた街と歴史ある建造物が共存する文化的な土地で、自然も豊かに残っている。子どもを育てやすい土地として、近年は住民が増え続けている発展途上の街だ。

そんな樋野崎市の端には、日の崎山と呼ばれる小高い山がある。山の裾野から中ほどにかけて、太くて長い坂――日の崎通りが一本にゅうと延び、細い枝のような道を横に広げている。そしてその枝に生る果物のように、住居が並んでいる。その日の崎通りのつきあたり、てっぺんに川瀬家はあった。かつては、一帯の大地主であったという。大きな日本家屋で、石垣がぐるりと取り囲んでいる。築八十年を超す家屋は、昔からの住人が多いこの一角においても群を抜いて風格がある。あまりに古いので、宙のふたつ上の従姉の萠はお化け屋敷だと言って憚らない。そして実際、そう呼ばれても仕方ないほど、老朽化していた。壁にはいたるところにシミや傷があり、柱には誰かの背比べの跡。床は、ウグイス張りでもないのに歩くと音がする。建付けが悪いために開かずの間になっている部屋があるし、年代物の大きな黒檀の仏壇が鎮座する仏間は、酷い湿気で年中じめじめしている。

萠は嫌がるが宙はこの家のことがわりと好きで、遊びに行くのを楽しみにしていた。車を気にせずに広い庭で存分に遊べて、木登りだって楽しめる。なにより、川瀬家の唯一の住人である花野――お母さんに会えるから。長い坂をふうふう息をつきながら登って、色あせた瓦屋根が視界に入ると、いつも胸が高鳴るのだった。

梅が綻び、桜の蕾がそっと膨らみ始めたこの日は特に、ワクワクしながら坂を駆けのぼった。今日は、保育園の卒園式を終えたばかりの宙の、卒園祝いパーティを川瀬家で行うのだった。

「ああもう、まだ修繕してないじゃない。重いったらないわ。姉さん、きたわよ～う」

四苦八苦しながら引き戸を開けた風海が、奥に向かって声を張る。宙は引き戸と風海の隙間を縫うようにしてするりと玄関に入った。

坂を全力で登ったせいで汗ばんだ肌が、ひやりとした空気に包まれる。仮に外が麗らかな小春日和だとしても、真夏の灼熱だとしても、川瀬家の玄関はいつも冷たく静まっている。古い家の匂いと、花野の香りが見えないヴェールのようにかかっていて、それが外の空気を受け付けていないのだと、宙は思う。甘い梅の香りすら、ここには入って来られない。

宙が呼吸を整えていると、足音もせずに花野がすうと現れた。薄闇から浮き出てくるような、どこか現実と離れた雰囲気を前にすると、宙はいつも少しだけ緊張する。かぐや姫みたいに長くて艶やかな黒髪と、真っ白な肌。お人形のように華やかな顔に、細い体。花野は、子どもの目から見てもうつくしいひとだ。この、どこか幻みたいなひとがほんとうにわたしのお母さんなのだろうか、と毎度思ってしまう。

「こ、こんにちは」

おどおどと挨拶をすると、花野がくしゃりと顔を崩して笑った。

「おやおや、ちょっと見ない間におっきくなったね。宙、卒園おめでとう」

繊細な見た目からは想像できないハスキーな声。左の八重歯がこぼれて見える。すると、ふわふわしていた輪郭が急にくっきりと花野を形作る。あの八重歯が、花野を花野たらしめているのではないだろうか。宙は街中でも、園の友達でも、八重歯のひとを見かけると無条件に好きになってしまう。

「えへへ。ありがとう、カノさん」

「卒園式、行けなくてごめんね。仕事が終わんなくってさ」

「大丈夫。ママと、お姉ちゃんがいたから」

物心ついたころには、宙は花野のみっつ下の妹である風海の手で育てられていた。風海夫婦を当たり前にママパパと呼び、従姉にあたる萠をお姉ちゃんと慕った。そして、産みの母のことをカノさん、と呼んでいた。それは花野の意志によるものなのだと、風海から聞いた。

不思議に思った宙は、『どうしてお母さんって呼んじゃダメなの？』と花野本人に尋ねたのだったが、『そう呼ばれるには、あたしには覚悟がないから、かな』と返された。覚悟、という言葉の意味がよく分からなかったけれど、でも『お母さん』と呼ばれるのは好きじゃないらしい、ということは理解できたので、宙は頷（うなず）いた。いまでは、『カノさん』以外にぴったりの呼び名はないと思っている。

　宙と花野の間に風海が入り、引き戸を指す。

「それより姉さん、玄関の引き戸を修繕しないとダメだ、って前に来たときにも言ったでしょう。まだ固いわよ」

「あー、それ？　開かないわけじゃないから、別にいいかなって」

「いいわけないでしょう。お客様が来たときにこれじゃ恥ずかしいわよ。玄関っていうのは、その家の顔なのよ」

　几帳面（きちょうめん）な性格の風海は、花野に会うといつも小言を言う。カノさんって、あたしたちといっしょだよね、と萌がこっそりと言い、宙も頷く。『お母さん』が嫌なカノさんは『大人』って感じがしない。

「まあまあ、来たとたんに怒らないでよ。それより、三人だけ？　日坂（ひさか）さんはいないの？」

　花野が、宙たちを見回して言う。日坂とは風海の夫であり宙がパパと呼んでいるひとで、日坂康太（こうた）という。

「パパは今日はどうしても外せない仕事があって、終わり次第こっちに来ることになってるの。姉さんはどうせ何も用意してないんでしょう。私がこれから料理を作るわね」

「そんなことないわよ。樋野崎ガーデンシティ、だっけ？　あの中のスペインバルにいろいろデリバリーしてもらったもん。あのビル、飲食店が豊富なの知ってた？　ここもずいぶん便利になったなあ、って驚いた」

樋野崎ガーデンシティは、昨年樋野崎駅の隣にできた複合施設だ。屋上に庭園、一階にバスターミナルを構えたビルはあっという間に市民の生活に溶けこんだ。風海は樋野崎ガーデンシティ内にお気に入りのショップをいくつも作っているし、宙と萠の着ている服はそこのセールで購入されたものだ。しかし花野の生活圏には含まれていなかったらしい。

「スペインバルってふたつあったでしょう。どっちにしたの？『ラ・ボデガ』だったら辛みが強いものばかりで子どもには食べさせられないわよ」

「え？　よく分かんない。えーと、あ、ラ・ボデガ」

ポケットに突っこんでいたらしいレシートを見て花野が言うと、風海が「ああもう」と頭を振る。

「大人用にするしかないわね。何を買ったの」

「えっと、タコとエビのサルピコンとじゃがいものオムレツに、炭火焼きステーキ。あと、子どもたちには、ジェラート買ったの。『ドルチェファッブリカ』っていうところの全種類を大人買いしちゃった」

　それは、樋野崎ガーデンシティにまさしくオープンしたばかりのジェラート専門店だ。連日行列ができている。二大人気のオレンジダークチョコレートとベリーミックスは、あまりの美味しさに開店一時間で売り切れになってしまうらしい。宙も萠もドルチェファッブリカのジェラートを食べてみたかったけれど、風海は子どもには手作り菓子を食べさせるべきという考えの持ち主だったから、まだ一度も口にしたことがなかった。友達から話を聞いては口の中によだれを溜めていたドルチェファッブリカのジェラートが全部、ここに揃っているというのか。

「やったぁ。カノさん、大好き！」

　萠が飛び跳ねて言い、風海は「やだ、子どもによくないわ」と顔を顰める。

「姉さん、そういうもので子どもを釣ったらダメって言ってるでしょう。子どものころから出来合いのものや砂糖を摂らせるっていうのは、いろんな病気の種を植え付けることになるのよ」

　眉を吊り上げる風海に、花野が「そんなに怒らないでよ」と、つんと横を向く。

「お祝いだし、喜ぶかなって思ったの。それだけなのよ」

「まったく、姉さんは子育てが分かってないから」

　大げさにため息をついた風海が、様子を見守る宙と萠をちらりと見る。萠が「お願い！

今日だけ！」と両手を合わせると、もう一度ため息をついた。

「ああもう、仕方ないわねえ。ふたりとも、今日ジェラートを食べられるのは、特別だからなのよ。でもジェラートはひとり一個。それ以上はダメ」

「えー、だってだって、全種類あるんだよ？　なのに一個？」

「お腹壊したら大変でしょ。ダメです！」

それじゃあ、全種類揃っている意味がない。萠が頰を膨らませ、宙もそれに倣うと、花野が「ふたりともごめんね」とやわらかく言う。

「オススメを人数分だけにすればよかったね。あ、そうだ。萠と宙で分けあいっこしたら、二種類は食べられるじゃん。それにあたしは四つは食べるから、あんたたちに一口ずつ味見させたげる」

それでどう？　と花野が微笑む。花野は辛党で、甘い物はほとんど口にしない。一口食べるのはきっと花野のほうで、あとは全部くれるに違いない。

「姉さん！　またそうやって甘やかす！」

「ごめんごめん。でも、ほらお祝いだから、今日だけ、ね」

許して、と花野が手を合わせてみせる。風海は不満そうに口を尖らせたが、子どもたちまで祈るように手を合わせて見上げてきたので、渋々と頷いた。萠が「カノさん、だーいすき！」と大きな声で叫ぶ。ねえ、宙。カノさん、さいこーだよね！　その笑顔に、宙は少しだけ誇らしい気持ちになって、頷く。ああ、こんなすてきなひとが、わたしの『お母さん』なんだ。それって、さいこーにしあわせだ。

花野は、不思議なひとだ。れっきとした大人なのに、大人らしいことをてんでしない。チョコレートを食べすぎても叱らないし、どころか、子どもなんだからこういうものを食べなさいよ、と着色料でショッキングピンクに染まったキャンディをたくさん――風海に隠れてこっそりと――くれる。風海が眉を顰(ひそ)めるような少し下品なアニメを喜んで観(み)る。お行儀悪く、喉の奥まで見えるくらい大きく口を開けて笑うし、嫌なことがあるとすぐ顔に出る。ママやパパ、知っている大人たちの誰とも違っていて、でもそれがとても、すてきだった。〝魅力的〟と呼ぶのだと宙に教えてくれたのは萠だ。いるだけで大好きになってしまうひとのことなんだって、と言われて、まさしく花野のことだと思った。

宙は、魅力的な花野のことが古い家と同じくらい、いや、それ以上に好きだった。

しかしそれはたまにしか会わなかったからなのかもしれない。そう考えるようになったのは、この日から半月後、一緒に暮らし始めてすぐのことだった。ファストフードのハンバーガーはめったに食べさせてもらえなかったから美味しいのであって、毎日食べると体によくないのだ、と宙は知った。

宙の部屋には、可愛(かわい)らしい子グマのイラストが目をひくカレンダーがかけられている。三月は子グマが子うさぎと草原を駆けていて、四月は子グマがアライグマと桜の花びらでドレスを縫っている。四月ももう終わりが近いから、ドレスも出来上がることだろう。

「もうすぐ、ゴールデンウイークかぁ」

宙は制服のボタンを留めながら、独りごちた。宙の通う樋野崎第二小学校は、制服がある。男女そろって紺色のブレザーに、紺色のハーフパンツ、白のシャツ。最初は誇らしいような気持ちで袖を通していたけれど、最近はまったく気持ちが盛り上がらない。シャツの襟もとに給食のミートソースを落としてしまい、それがうっすら残って消えないからだろうか。

姿見の前で全身のチェックをしてから、宙は自室の引き戸を開けて廊下に出た。

川瀬家は、ざっくりと言えばコの字のかたちをしている。コの字の上の部分は仏間や開かずの間、それに花野の寝室兼アトリエがある。縦の部分は浴室や洗面所、トイレに玄関。下の部分はキッチンと居間の続き部屋、そして宙の部屋だ。

そういう配置なので、宙の部屋を出れば中庭を挟んだ向こう側に花野の部屋が見える。いつもぴったりと閉じられている障子戸を一瞥して、宙は居間へと向かった。

居間の引き戸を開けると、ダイニングテーブルの上に朝食が整っていた。ふかふかと湯気を上げるごはんに、わかめと玉ねぎの味噌汁。美味しそうな焼き色のついた厚焼き卵と、足を跳ね上げたタコさんウィンナー。ふわりと出汁の匂いが鼻を擽った。

「おはよう！　今日はいい天気だぞー」

キッチンでくるくると動いているひとは、振り返らなくても宙が来たことに気付いたようだった。あったかいうちに食べて食べて、と背中を向けたまま言う。

「おはよう、ございます。佐伯さん」

「あ、もう。他人行儀だなあ。やっちゃん、って呼んでって言ってんじゃーん」

くるりと体ごと向き直って唇を尖らせるのは、金髪を短く刈った男性だ。初めて会ったときに佐伯恭弘と紹介された。佐伯は、花野の中学のころからの友人だという。

Tシャツの袖から伸びた腕には模様のようにびっちりとタトゥーが彫られ、両耳はたくさんのピアスに縁取られている。見た目とは違って、その表情はいつも朗らかでやさしい。

「でも、大人のひととはきちんとした話し方をしなさいって、ママが」

「オレがいいって言ってるんだからいいんだよ。毎日顔を合わせるわけだしさ、仲良くしようや」

この家に越してきた日の、夕方のこと。花野に呼ばれて居間に行くと佐伯が立っていた。厳めしい見た目にびくりとして、思わず花野の背中に隠れた宙に、花野は『今日からあんたの食事の世話をしてくれるひとよ』とのほほんと言った。

『あたし、料理がまったくできないのよ。だからこれからの食事は恭弘に頼むことにしたの』

料理ができない？　まったく？　聞いてない！　それにしても、どうしてこんな怖そうなひとに頼むの⁉　驚いて声も出せないでいる宙に、花野は『自己紹介、自分でできる？』と訊いてきた。その顔はあまりにも平然としていて、驚いている自分の方がおかしいのかと思ってしまう。だから宙は、花野の背中から顔だけ出しておずおずと名乗った。

『川瀬、宙です』

佐伯がにっと笑いかけてきた。やさしそうに見えるけれど、でもやっぱりピアスやタトゥーが怖い。ぱっと再び花野の背に隠れると、花野が『あら、恭弘が怖いの？　見た目はちょっと怖いかもしれないけど、いい奴(やつ)よ』と言う。

『宙、これからよろしく。オレ、こう見えてレストランで働く料理人なんだ。まずはオレの腕を見てもらおうかな。好きな料理は？』

佐伯はいくつかの料理名をあげて、宙はおそるおそる『ボロネーゼ』と答えた。簡単にささっと作ってもらったボロネーゼは、お店で食べるもののように美味しかった。宙には手品のように作ったように見えたのに、こんなにも美味しくなるものなのだろうか。宙には手品のように思えた。宙は恐怖も忘れて夢中になって食べたが、お腹がいっぱいになると、はっとした。

『佐伯さんって、もしかしてカノさんのかれしなの？』

思いつくのは、そういう関係しかない。頷かれたらどうしよう、とどきどきしながら訊くと、『そんなんじゃないよ』と花野が表情も変えずに言った。ただ、お世話を頼んだだけ。

佐伯も、それを肯定するように頷いて『お友達』と微笑んだ。

その日から佐伯は毎朝やってきては朝食を作ってくれ、夕飯の支度までしてくれる。店が休みの日には夕方にも現れ、作り置きではない手の込んだ食事を用意してくれる。

カノさんはどうあれ、佐伯さんの気持ちは『お友達』なんかじゃないんだろうな。

テーブルにつき、味噌汁を啜りながら宙は思う。仕事もしているのに、毎日ここに来るって大変なことだ。それを佐伯は苦にする様子もないし、そして花野と話すときは終始嬉しそうにしている。近所の中西さんちの犬が、飼い主の清子おばさんの前ではいつもぶんぶんしっぽを振るけれど、その様子とよく似ている。だからきっと、そういうことなのだろう。

「カノさんは今日も起きてこないのかなあ。佐伯さんが来てるのに、いっつも無視してる……」

最初の数日だけ花野は起きだしてきたけれど、いまでは顔も出さない。仕事に追われてそれどころではないらしいが、挨拶もないのは酷い。

「いいんだよ。花野さんは仕事に一所懸命なのさ。あ、宙。今日の夕飯は鍋ごと冷蔵庫に入れておくからな。やっちゃん特製のビーフシチュー、めっちゃ美味いぞ」

あっためるときは弱火にして、ゆっくりかき混ぜるんだ。強火にしないようにな、焦げやすいから、と説明する佐伯の背中を、宙は眺める。佐伯はとてもいいひとだ。彼が来てくれるから、わたしは朝晩美味しいものをお腹いっぱい食べることができる。彼がいてよかった。

でも佐伯に感謝すればするほど、哀しくもなった。

わたしを人任せにするくらいなら、どうしてカノさんはわたしを引き取ったのだろう。こんなことなら、ママたちの許に預けたままにしてくれていればよかったのだ。そしたらわたしはカノさんのことが好きなまま、シンガポールに行けたのに。

『……なあ、宙。お母さんとお前を、海を挟むほど遠くに離れさせてはいけないと僕は思うんだ。宙ももう小学校一年生になるんだ。そろそろ母娘で暮らすときがきたんだよ』

川瀬家での卒園祝いパーティの、終わりごろのことだった。料理を胃に収め、待望の『ドルチェファッブリカ』のオレンジダークチョコレートを大事に食べていると、パーティに途中参加してきた康太に突然言われた。いつもはニコニコ笑っているひとなのに怒ったような厳しい顔をしており、風海は『いま言わなくてもいいじゃないの』と咎める声を上げた。花野を見れば、感情のよく分からない顔をして、美味しくなさそうに赤ワインを舐めていた。

『それって、宙と、別れるってこと？　ありえないよ！』

隣でベリーミックスを食べていた萠が怒号を上げ、宙の服の裾を摑んだ。ねえ、宙はそんなのやだよね？　あたしたちと一緒に行くよね？　一緒に暮らすよね？

『お義姉さんと宙を引き離したままというほうが、おかしいんだよ』

康太が硬い声で萠に言う。僕だって、宙が可愛くないわけじゃない。大事に思ってるよ。でもね、僕たちがずっと宙を独り占めしていただろう？　そろそろ、本当のお母さんの傍に置いてあげなくちゃいけないんだよ。

夫の言葉に風海が『でも、でもやっぱり無理よ』と泣き出しそうな顔で言う。

『姉さんじゃ子育てなんてとうてい無理。宙が可哀相。ねえ、姉さんそうでしょう？』

風海の言葉に、花野がわずかに口を開こうとする。花野が言葉を発するその前に、康太が『風海』と強く止めた。

『三人で話し合って、決めたことだろ？ お義姉さんの仕事は順調のようだし、宙はしっかり育って、もう小学生になる。ふたりで生活しても安心だよ。君が心配しすぎなんだ』

康太はきっぱりと言い、それから呆然としていた宙を抱きしめた。

『勘違いしちゃいけないよ、宙。僕たちはお前のしあわせを考えたんだ。あるべき姿に、戻ったほうがいいんだよ』

宙はまだ、何が何だか分かっていなかった。一ヶ月ほど前に康太の海外赴任が決まり、宙は毎日のように、萠と一緒に赴任先であるシンガポールのガイドブックを眺めて過ごした。海の向こうに引っ越しをするから、あたしたちは家族でダンケツして生活していかなければいけないんだよ、なんてことを萠が言って、宙はそれに深く頷いて返した。しかしどうやら、わたしだけ置いていかれるらしい。

いつもだったら嬉しい康太の腕の中だけれど、心がどこかに飛ばされてしまったような気がする。温もりを遠くに感じながら、宙はずいぶん前にマリーにぶつけられた言葉を思い出していた。わたしは、やっぱり可哀相な子だったのかな。ママとパパがいて、お姉ちゃんがいて、しかもお母さんまでいるなんてとてもラッキーだと思っていたのに、違ったのかな。お母さんと離れて暮らすって、そんなに可哀相なことだったのかな。

『あたしは、どっちでもいい』

冷静な声がして、それは花野の発したものだった。風海の作ったローストビーフを一切れ手で摘まみ、無造作に口に放る。

『宙が風海ちゃんたちと暮らしたいって言うならどこへだって送り出すし、必要ならこれまで以上に送金もする。小さなころに海外の文化に触れておくのも、悪くないと思うしね』

宙の好きにしなさいよ、と指を舐める花野に、風海が『ほら！』と声を大きくした。

『パパ、聞いたでしょう？　姉さんは子育てに適してないの。自分の娘と一緒に暮らしたいとか、そんなことないの。姉さんはそういうドライなひとなのよ』

『いい加減にしろ、風海。お義姉さんは子どものことをちゃんと考えているよ。だからこそ、そう言えるんだ』

『おかしいわよ。大事にしてたら手元に置きたいじゃない！　自分で育てたいはずよ！　私は、大事に育てた宙を手放したくないもの。ねえ宙、そうでしょう？　ママのこと大好きでしょう？』

風海が康太から宙を引き離し、抱きしめる。洗剤の清潔な匂いに包まれて、宙は反射的に抱きしめ返して『大好きだよ』と答えた。

『ほら、宙もこうして私に縋ってる。この際はっきり言うけど、私のほうが姉さんよりも宙に愛情を注いでるの』

『馬鹿を言うんじゃない。君の我儘だ』

康太が声を荒らげ、風海が『嫌だってば』と激しく頭を振る。萠は食べかけのジェラートが溶けているのも忘れて、顔を真っ赤にして身じろぎもしない。風海に抱きついたままの宙はぎゅっと身を竦ませた。何で急に、こんなことになっちゃったんだろう……。

怯えた視線を投げた、その先に花野がいた。花野は赤ワインをぐいと飲みほして、グラスをテーブルに叩きつけるように置いた。がしゃんという音に反応したのは、子どもふたりだった。

『これじゃ、この間の長ったらしい話し合いが意味ないじゃない』

花野は『あんた』と空のグラスで宙を指してきた。

『あたしは一応……あんたの母親だけど、あんたを束縛したりしない。いまさら、母親面をしてあんたを縛る気はないし、あんたの意志を尊重する。あんたの人生だから、自由に生きていいの。さあ、どっちにする？　風海ちゃん家族についていきたいっていうのなら、あたしはそっちを応援する』

『どっちって、どっちって急に……』

心臓がどきどきと動きを速める。これまで何だって風海に決めてもらうか萠の真似をするかで、自分で決定することなどほとんどなかった。初めて自分で決めろと言われて、それがこんなに大事なことだなんてどうすればいいのだ。

泣きそうになると、花野が少しだけ、表情をやわらかくした。

『選ばなければならない瞬間って、長い人生には何度だってあんの。練習だと思って、選びなさい。大丈夫、どっちを選んでも死にゃしないわよ』

ほんのり赤く染まった顔は、酔っているのか。だとすればこれは酔った勢いで言っているのか、それとも本心なのか。宙は風海の腕の中から花野を戸惑いながら見つめた。きょどきょどした宙の視線を、花野はまっすぐに見返してきた。真っ黒いビー玉みたいな瞳が、キラキラしていた。

あのとき、シンガポールに行けと命令すればよかったのに、と宙は思う。あたしは宙のお世話なんてできないわよ、花野がそう言ってくれていたら、宙はその言葉に従ったし、そしたら風海一家と新しい土地で楽しく生活していただろう。

一番よくなかったのは、『カノさんと暮らす』と言ってしまった自分だとも、分かっている。どうしてわたしはそんなことを言ってしまったのだ。宙は後から何度となく考え、いくつかの理由を導き出した。ひとつめは、マリーの『かわいそう』という声が頭から消えなかったこと。ふたつめは、いつでも元の生活に戻れるはずだという考えの甘さがあったこと——以前、川瀬家にひとりで泊ったことがあったけれど、夜中に風海が恋しくなって泣いたら、すぐに迎えに来てくれた。それと同じくらいのことだと思ったのだ。そしてみっつめは、新しい生活にちょっぴりの期待があったこと。理由を並べてみれば、覚悟のようなものをもって言ったのではなかった。

しかし、成田空港でママとパパに抱きしめられ、目に涙を溜めた萠から、どれだけねだっても貸してさえくれなかったスヌーピーのぬいぐるみを渡されたときに、とんでもないことだと知った。やっぱりわたしも一緒に行く、そう言いたくて、でももうそんな状況ではないことに冷や汗が流れた。

『やっぱり、母と娘を離しちゃ駄目だね』

並んで立つ花野と宙を見て、これでよかったんだと康太が嬉しそうに何度も言い、風海は抗議するように宙を抱きしめて『これで本当にいいのかしら』と宙にしか聞こえないくらい小さな声で呟いた。その声は苦しそうだったけれど、どこか諦めたような色があった。後戻りができないことがあるのだと、宙は六歳で知った。

それでも、花野との生活に対する期待が残っていたから、どうにか三人を見送ることができた。これまで以上に楽しいことが待っているかもしれないと、夢を膨らませて自分を奮い立たせた。ジェラートを思う存分食べながら夜更かしをすることや、寝っころがって本を読むこと。ソファでポテチを食べながらアニメ番組を観ること。花野とならそういうことができるに違いなくて、きっとすぐにこの寂しさも消えてしまうはずだ、と。

ポーン、ポーンと壁掛け時計が鳴って、宙ははっとする。登校時間だ。

「ごちそうさまでした。じゃあ学校行ってきます」

宙が立ち上がると、手際よくキッチンの後始末を済ませた佐伯が「オレも一緒に出る」と言う。ふたり揃って居間を出ると、佐伯が「ちゃんと寝てるといいけどなあ」と心配そうに向かいに視線を投げた。

花野はイラストで生計を立てている。一緒に暮らしてから分かったけれど、とても人気があるらしく常に仕事に追われている。教えてもらえば、よくテレビで観ていた幼児番組のキャラクターやベストセラー児童書の挿絵など、花野の仕事は至るところにあった。そんな花野は一日のたいていを、仕事部屋にこもって過ごしている。どれだけの仕事をこなしているのか宙は知らないけれど、お風呂にも満足に入らず、くたくたのえんじ色のジャージを皮膚のように着ているから、日常を後回しにするほどなのだろう。そんな花野は、これまで見てきた姿と全然違う。綺麗に化粧をして、いい匂いのするお姫さまのようだったのに、背を丸めてのそのそと歩く姿はまるで悪い魔女だ。絵本から抜け出してきたのかと思うほど、暗い。

昨晩トイレの前で顔を合わせたときには、脂のういたぼさぼさの頭で、目の下に濃い隈を作っていた。幽霊に遭遇したほどの驚きで言葉を失っている宙に向かって花野はへっと笑い『夜更かししてると、「出る」わよ』とひときわ掠れた声で言った。トイレに入った後だったからよかったけど、前だったら絶対漏らしていた。信じたくないけれど、楽しくて面白い

『カノさん』は嘘で、こっちのオバケみたいなほうが本物なのだ。

「佐伯さんは、どうしてカノさんにやさしいんですか？　あの……カノさんは実は、そんなにすてきじゃないんです」

　きっと佐伯は、花野のほんとうの姿を知らないのだ。綺麗でやさしい仮の姿に騙されているのだ。毎日のごはんのお礼にもならないけれど、早くほんとうの姿を教えてあげなくちゃ、そんなつもりで言うと、佐伯は驚いた顔をして宙を見下ろしてきた。その顔に昨晩のことを話すと、佐伯はぷっと噴き出した。

「神妙な顔するから、何を言われるのかと思った。そもそも、宙が言っているほうがオレの知ってる花野さんだよ。てか、花野さんを『綺麗』とかって目で見てなかったな。確かにまあ、化粧すると美人なのかもな」

　なるほど、と佐伯はひとり感心して、宙に「オレ、宙が呆れたほうの花野さんが好きなんだよ」と言った。

「そのひとにこうやって頼られて、嬉しいんだ」

　宙は思わず「うそ！」と叫んだ。

「うそでしょ、それ。カノさんは毎日お風呂に入んないんだよ？　牛乳パックにちょくせつ口をつけて飲むし、でっかいゲップもオナラも、どこでだってするんだよ。それに、せっかく佐伯さんが作ってくれたごはんも、わたしが温めても食べないで、冷めたのを真夜中に食べたりしてるの」

あまりの驚きだったせいだろう、自分の言葉遣いが砕けたことにも、宙は気付かなかった。

「あったためなおすのってすごく難しくて、でもわたし頑張ってやってるのに、カノさん分かってくれないんだよ！」

食事を温めるなんて、ここに来て覚えた。でも、電子レンジで何分温めたらいいのか見当もつかなくて、毎回試行錯誤だ。先日など、時間設定を間違えたのか生姜焼きのふちが黒焦げになってしまって、食べられたものではなかった。必死にやっているのに、花野はその苦労をちっとも分かってくれていない。

「ははあ。それは、オレが悪かったな。これからはレンジ何分ってメモを貼るようにするよ。夕飯も、オレが来れるときは一緒に食おう。ひとりってのは、寂しいもんな」

「ありがとう。でも」

そういうことじゃなくて、と言いかけて、やめた。何を言っても、佐伯の気持ちを揺らすことはなさそうだ。なので、その代わりに「どこが好きなの？」とずばり訊いた。

「カノさんのどこが、佐伯さんは好きなの？」

佐伯が「えー」と頬を染めた。

「なんて言うかな。芯があって、強いところ、かなあ。オレ、昔すげえいじめられててさあ。それを助けてくれたのが花野さんなんだ」

佐伯は、花野の二学年下なのだという。女の子みたいに可愛い顔立ちをしていたせいで、中学一年生のときに目をつけられたのだと、懐かしそうに言った。

「いまでこそ、ひとにナメられねえようにこんな感じになったけど、昔はやられ放題だった。ホントは女なんじゃねえのって無理やり服脱がされたり……いやまあいろいろされて。ある日ふっと、これなら死んだほうがましかもなって思ったんだ」

宙は首を傾げる。いじめというのは、とってもよくないことだと教えられた。絶対にしてはいけないことだと。ひとがひとを死なせてしまうくらい酷いものだからいけないことというのは理解している。マリーを前にしたときに嫌な気持ちを覚えた時期があるが、あれがもっともっと集まって大きくなった感じだろう。しかしそういう感情と佐伯がどうも結びつかない。マリーになかなか言い返せないでいた自分の弱さと同じものが、佐伯の中にもあったとは思えなかった。

「死のうとはっきり決めたわけじゃなかったんだけど、なんか気付いたら樋野崎駅前の交差点の前にいた。いまじゃ樋野崎ガーデンシティができていろいろ整備されてるけど、昔はでかいトラックが往来する事故多発地帯でさ、ここに飛びこんだら死ねるって、ああ、いや子どもにこんなこと話すもんじゃないか」

はっと気付いたように佐伯が口を閉じた。宙はそれを奇妙な気持ちで眺めた。弱さについてもだけれど、こんなにも強そうな大人の男のひとに子どものころがある、というのもまた不思議だった。

佐伯はどこか照れたように頬を掻き、「まあ、すげえ辛いときがあったんだけど、それを助けてくれたのが花野さんだったんだ。オレが苦しんでるのに気付いてくれた花野さんは、オレが何日も、何週間も悩み続けてた問題をあっという間に解決してくれた」と言った。

「オレにとっての、ギャラクシーズ。誰よりもかっこいいヒーローだったわけ」

「えー、カノさんとギャラクシーズは、違いすぎるでしょ」

どこまでがほんとうか分からなくなった。だって花野とヒーローは結びつかない。とても昔のことだから、佐伯が話を大げさにしているのかもしれないとも思った。

「いや、まじだよ。だからいまでもかっこいいと思ってる」

言い切る佐伯の目には、少しの嘘もなさそうだった。その目を見ると、「ほんとうなのかな」と少しだけ思う。自分の中ではうまく繫がらないけれど。

佐伯が「あ、ほら遅刻するぞ」と自身の腕時計を示した。見れば、いつも家を出る時間から八分も過ぎている。宙がランドセルを背負い直して「また、お話してくれる？」と訊くと、佐伯は笑って頷いた。

シンガポールに行かなくてよかったと宙が思うのは、保育園のころからの友達が同じクラスにたくさんいることだ。人見知りしがちな宙にとって、見慣れた顔があるのはほっとする。馴染んできた教室に入ると、保育園のときから一番の仲良しの瑚幸が頭のてっぺんで作ったポニーテールを揺らして、「おはよ」と駆け寄って来る。

「おはよう、瑚幸ちゃん」

「宙ちゃん、また髪の毛ぼさぼさだよ」

「え、ほんと？」

今日は、とてもうまくいったと思ったのだけれど。ひとつに結った髪に触れると、いつ飛び出したのかぴんぴんと跳ねた感触があって、泣きそうになる。

「だいじょうぶ、なおしてあげる」

おいでよ、と手を引かれ、瑚幸の席に座らされる。瑚幸は宙の結んでいた髪を解き、櫛で梳き始めた。

「宙ちゃん、保育園のときはいつもかわいい髪形してたのに、どしたの？」

瑚幸の不思議そうな問いに、宙は口ごもる。以前は、風海が毎朝髪を結ってくれていた。

「あ……自分でやる練習、してる、から」

お団子に編みこみ、リクエストすれば何だってやってくれた。可愛いヘアピンも綺麗なリボンもたくさんあった。でも風海はもういなくて、花野に頼んだら「あたし、そういうのできない」とすげなく返された。自分で結えないなら、切りなさいよ。あんた、ショートヘアも似合うんじゃない？

どこか面倒くさそうに言われたのが、嫌だった。風海は、一度も厭うことなく結ってくれた。絹糸みたいに綺麗な髪だと褒めてくれて、触ると気持ちいいと撫でてくれた。だから切るなんてありえない。いつか風海に再会したときに『相変わらず綺麗ね』と言ってほしい。

だから、毎朝姿見の前で格闘しているのだったが、どうもうまくいかない。

「瑚幸のママも、自分で練習するとうまくなるからって保育園のころから教えてくれてたんだよ。瑚幸、自分で髪の毛を綺麗にふたつ分けできるようになったんだ」

瑚幸の母は、美容師だ。わたしもママに教えてもらっていればよかったと宙は思う。まとまらない髪を触っていると、苛々してくる。

瑚幸は自分と同じポニーテールを作ると、「今日は瑚幸とおそろいだよ」と笑った。その笑顔に「ありがとう」と返しながら、瑚幸ちゃんはいいなと羨ましくなる。瑚幸のポニーテールはこめかみからこまかい編みこみが入っていて、きっと瑚幸が結ったものではない。確かに自分で練習もしているのだろうけど、でも瑚幸ちゃんはわたしと違う。

「そうだ。今日の授業参観、宙ちゃんのママ来る？」

「え、今日だっけ？」

「そうだよ。先週、先生からプリント貰ったでしょ。初めての参観日だから、どきどきするよね」

言われてみれば、貰った記憶がある。花野は居間に、お菓子の入っていた缶で作った『連絡箱』を設置し、そこに学校のプリントを入れておくようにと言った。あたしが仕事の合間にチェックするね、と言われたからどんどん入れていたけれど、花野はあれらをきちんと見てくれているのだろうか。そして今日、来てくれるのだろうか。

少しの期待に、胸が膨らむ。着飾った花野がクラスメイトの母親たちの誰よりも綺麗だというのは、入学式のときに確認している。まるで真っ白な百合(ゆり)のようにぴんとうつくしかった姿を思い出して、宙の口元が緩む。花野が来てくれたら、どれだけ嬉しいことだろう。

しかし、花野は来なかった。教室の後ろに並ぶ親に手を振るクラスメイトたちが、憎らしい。教室内に漂う、普段と違う匂いがやけに鼻について腹だたしい。瑚幸が嬉しそうに何度も振り返っているのを見て、先生はどうして怒らないのだろうと思った。みんな、きちんと前を向きなさいってどうして言わないの⁉　宙はまっすぐ前を向いたまま、授業を受けた。

どうして、花野は来なかったのか。理由くらい、訊いてもいいのだろうか。泣き喚(わめ)きたい気持ちを抱えて学校から帰って来た宙を出迎えたのは、宙が学校で思い描いたような、着飾った花野だった。丁寧に梳(くしけず)って艶の出た髪に、華やかな目元。真っ白のチュールワンピースにベージュのジャケットという春らしい軽やかな服を身にまとった花野はかつて見ていた花野であり、ここ最近の面影はない。もしや授業参観の時間を間違えているのではないかと宙が目を瞬かせていると「あんたも着替えなさいよ」と言う。

「仕事がようやく一区切りついたの。出かけるわよ」

「え、あ、学校に行くの?」

「あんた、いま帰って来たところじゃん。これからまた学校行くって、ボケのつもり? が・い・しょ・く。外食すんのよ」

「外食? でも、佐伯さんが夕飯にって、ビーフシチューを」

「そんなの明日にでも食べればいいじゃない。ほら、早く支度して。美味しいお店に連れてったげる」

花野は、どこか浮かれている様子だった。宙は急かされるようにして自室に行き、慌てて服を着替える。カノさんったら急なんだから、もう。ぶつぶつと言いながら、でもとても喜んでいる自分がいることに気付いてもいた。いつものカノさんが、戻ってきたのだ。

それに、仕事に一区切りがついたってことは、これからはあんなに酷い状態にはならないのかもしれない。あっちの姿が本物なのだと諦めていたけど、思い過ごしだったのかも。

そして今日学校に来られなかったのは、仕事を少しでも早く終わらせるためで、やっぱり仕方のないことだったんだ。これからはもっと一緒に——例えばお風呂に入ったり、同じ布団で寝たりできるかもしれない。寝るときに、本を読んでとお願いしてみようか。カノさんは仕事が大変なんだからと自分に言い聞かせて我慢していたけれど、ほんとうはとても寂しかったのだ。眠る前に風海がいつも本を読んでくれたこと、萠とふたりで湯船ではしゃいで叱られたことを思い出しては、枕を濡らしていた。

「早くしなさいよー、宙。待ち合わせの時間があんのよ」

　玄関で待っている花野の声がして「はあい」と声を上げる。待ち合わせって誰とだろう。佐伯さんかな。きっとそうだろうな。今朝の話の続きを聞けたらいいな。宙は胸を弾ませながら支度を済ませて、花野の待つ玄関へと駆けて行った。

　しかし花野が待ち合わせしているという創作和食店にいたのは、佐伯ではなかった。

　高そうな店内は全て個室となっているらしい。ひとびとが食事をしている様子が影絵のように窺える障子を横目に案内された部屋に入ると、初めて見る男性が上座に座っていた。

「やあ、お疲れさま。花野」

　花野よりも、ずいぶん年上だ。どこか地味なスーツを着ていて、笑うと目尻に深いしわが刻まれた。毎朝校門の前に立っている校長先生と同じくらいの年に、宙には見えた。

「ごめんね、待たせた？」

「いや、大丈夫だよ。彼女が宙ちゃんだね」

　男性が宙に顔を向ける。頭の上からつま先まで観察するように視線が流れ、宙は居心地が悪くなって花野の後ろに慌てて隠れた。花野が「あんたって結構人見知りするよね」と妙に感心した口ぶりで言う。

「素直そうな子だね。しかし花野が母親業をしているなんてちょっと信じられないな。上手くやれてるの？」

笑いを含んだ問いに、「母親業はさておき、平気よ」と男の向かいの席に腰かけた花野が返す。

「子どもって大人が思っているよりいろいろ考えているし、生活力だってある。あたし自身、この子の年にはもう親と離れて暮らしてたもん。自分でどうにかしなきゃって思ってたもんよ。ほら、宙。あたしの隣に座りなさいよ」

手招きされ、宙は大人しく花野の隣に座ったが、内心ではとても驚いていた。『親と離れて暮らしてた』という言葉が、あまりにも鮮烈だった。

花野が子どものころに親と離れて暮らしていたなんて、初めて聞いた。だって花野の妹である風海からは、何度となく自身の子ども時代の話を聞かされた。両親と一緒に山奥の秘境のような温泉に行ったこととか、運動会ではいつも好きなおかずばかりを詰めたお弁当を作ってもらったこととか。花野もそこにいたのだと漠然と思っていたけれど、もしかして違ったというのか。

ていうか、カノさんのことをわたしは何にも知らないんだ……。

月に一度か二度、風海に連れられて坂の上の家に会いに行っていた。おしゃれなカフェで食事をしたこともあったし、みんなで遊園地に行ったこともあった。でも、楽しくて面白いひと、それだけしか知らない。会わないときにはどういう風に生活しているのか、どんな友達がいるのか、そんなこと気にしたこともなかった。どんな過去があるのかなんて想像したこともないし、今朝の佐伯の話だって信じられないでいた。

わたしが知っているカノさんのことをノートに書き並べたら、一ページで終わっちゃうんだろうな。

風海や康太、萠のことなら山ほど書ける。好きな食べ物に、苦手な虫。康太の右太ももの傷痕は子どものころシーソーから落ちてケガをしたときのものだって知ってるし、風海がキウイアレルギーであることも知っている。でもそれはふたりが話してくれたからで、自分についてほとんど話さなかった花野のことなど知りえない。そしてわたしは、聞こうともしなかった。

わたしはカノさんを知らない。宙は初めて気が付き、ぞっとした。いままで何を見ていたんだろう。

「宙、何でも食べられる？　アレルギーは、なかったよね」

品書きに視線を落とした花野に言われ、はっと我に返る。アレルギーはないけれど、生の玉ねぎと脂身の多い肉が苦手だった。しかしそれを言ってもいいものだろうか。風海からは、人前で好き嫌いを言う子どもはみっともないと教えられた……。

「何か食べたいものある？」

宙の顔を見ないまま、花野が品書きを差し出してくる。鶏の唐揚げやミートソーススパゲッティなどというものはどこにもない。茶碗蒸しの写真があって、それは好きだったので指差す。

その後次々と料理が運ばれてきたが、その名前を聞くに、宙が食べられそうにないものばかりだった。サバのへしこの薄造りだの、生玉ねぎが山のように盛られたサラダだの。絶品だと出されたのは照りっとした大きな豚の角煮。口の中でとろっと溶けるんですよ、と女性店員が説明していたが、宙はうへえと思うだけだった。そして茶碗蒸しは、オリジナルだという『ブルーチーズ茶碗蒸し』なるものが供された。蓋を取った瞬間、想像とまったくかけ離れた臭いがして、思わず蓋を取り落としそうになった。エビやしいたけ、鶏肉がそっと隠れた、普通のやつが食べたいのに！

しかし花野は「へえ、この店、攻めたもの出すわねえ」と暢気に言うだけだった。

風海や康太だったら、食べられそうなメニューを見繕ってくれただろう。いやそもそも、子どもが来る店じゃないと言ったのではないだろうか。

玉ねぎのサラダが小皿に分けられて、目の前に置かれる。目に染みるような気がしてげんなりしていると、「そうそう」と花野が思い出したように言った。

「説明するの、忘れてた。宙、この柘植さんはね、あたしの恋人なの」

短い言葉なのに、なかなか理解できない。こんな、年の離れたひとが、恋人……？

斜め前に座る柘植をちらりと見る。髪は染めているのだろう、こげ茶色の髪の根本は白く、テーブルの上に置いた手の甲は張りがない。シンガポールに行ってしまった康太は三十二で、その康太と比べても親子ほどの年齢差があるように見える。

「柘植だよ。これから、よろしくね」

下の名前は、言わなかった。柘植がしわを深くして笑う。やさしそう、と言えないこともない雰囲気で、これがただのお友達だと紹介されていたら好感が持てたかもしれない。しかし嫌悪感を覚えてしまって、宙は笑い返すことができない。こんなおじいちゃんみたいなひとが恋人だなんて……。

「あのねえ、宙。柘植さんは、あたしが初めて個展を開いた画廊のオーナーなの。そのときからずっと目をかけてもらってるんだけど、最近仲がよくなってね」

「花野みたいな若くて才能のある女性がこんな初老の男を相手にしてくれるなんて、嬉しいばかりだよ」

言葉通り、柘植の声は弾んでいた。

それから花野は楽しそうに料理を口に運び、酒を飲み、柘植と親しげに言葉を交わした。宙はその話に入っていけず、どうにか食事に集中しようとしたけれど、ブルーチーズ茶碗蒸しは一口でギブアップしてしまった。盛り付けは綺麗だし、大人ふたりは美味しいと言うけれど、宙にはどの料理も味が難しい。お行儀が悪いと分かってはいたけれど、食べられそうな食材を箸でより分けて食べていたら、柘植が一瞬ひやっとするような目で宙を見た。それからは、酸っぱすぎるブラッドオレンジジュースをちびちび舐めることしかできないでいるが、花野は気付く様子もない。

わたしはどうしてここにいるんだろう、と宙は思う。大人たちの酒がすすむにつれて、胃が空腹を訴えるにつれて、居場所のなさを感じる。花野は単に、家に独り残すのがよくないと思って連れてきたに過ぎないのだろう。だから、引き取った子どもをずっと独りにしてきたこととか、小学校に入って初めての授業参観に行かなかったこととか、そんなこと気にも留めていない。どころか考え付きもしていない。花野が着飾っているのも、この食事会も、わたしのためではない。

泣きそうになって、堪える。こんなことなら、佐伯の作ったビーフシチューを家で独りきりで食べていたほうがいい。佐伯の作る料理はどれも美味しいから、ビーフシチューだってきっと美味しかったに違いない。

「……あ、佐伯さん」

はっと気付いて口に出すと、柘植と話をしていた花野が「急に何よ」と顔を向けてきた。

「カノさん。佐伯さんは、いいの？」

「は？　何でここに恭弘の名前が出てくるのよ」

「だって、佐伯さんはカノさんのこと」

好きなんだよ。そう言いかけて、しかし柘植の存在を思い出して口を噤む。花野は、宙が言いかけたことを察したらしい。「ああ」と呟いた後に、肩を竦めてみせた。

「あれは、昔からだから。あたしはあいつのことそういう風に見たこと一度もないのにね。てかあいつ、子どもにまで見透かされてんのね」

「誰だい、佐伯ってのは」

「後輩」

柘植の問いにあっさりと返した花野に、宙はかっとする。

「それだけじゃないじゃない！　佐伯さん、毎日お世話してくれてるのに！」

佐伯と花野の仲は、そんな一言で済むものじゃないはずだ。佐伯は花野のことをギャラクシーズとまで言ったのに。

「あいつとは昔からの縁なの。といっても、ただの顔見知り程度よ」

面倒くさそうに言う花野の顔を、宙は凝視した。どうしてそんな言い方をするの。

宙の視線に気付かない花野は柘植に「まあ、もう少し言い足すと」と続ける。

「恭弘は学生のころのちょっとしたこと……いじめに遭ってることを学校に報告しただけなんだけど、その程度のことをいまだに恩に着てて、まあその恩返し的な感じで、いま宙の食事のお世話をしてもらってんの」

花野が軽く言うと、柘植が顔を曇らせた。

「この子の世話……？　ってことは、家にあげているのか」

「うん。あいつの料理の腕は確かだから、宙は胃袋摑まれちゃったのね、きっと」

あははと花野が笑い、柘植の眉間のしわが少し深くなる。

「女子どもだけの家に、男を出入りさせるのはどうだろうね。彼には下心があるかもしれないじゃないか」

「あらやだ嫉妬？　大丈夫よ、恭弘は変なことするような男じゃないもん。ね、宙」

同意を求めるように花野が言う。それに宙が頷いたのは、佐伯を悪者のように言われたくなかったからだ。毎日顔を合わせ、世話を焼いてくれる佐伯のことを、宙は宙なりに好きになっていたらしいと気付いた。

柘植は不満を隠さずに「しかし、いい気分じゃないな」と鼻を鳴らした。

「きみはさっき、『子どもには生活力がある』と言っていたろう？　それなら、そういう男に食事の世話をさせずに、自分自身で何でもできるように躾けていきなさいよ。出入りはやめさせたほうがいいな」

「もう。あたし、そういう束縛は嫌い。あと、躾けるって言葉は大嫌い」

花野が口を尖らせて、手酌で酒を注ぐ。薄桃色のガラス製のぐい飲みになみなみと満たし、ひと息に呷った。

「恭弘とは後にも先にも何もないんだから、いいでしょ。ああ、こういう話って本当につまんない」

明らかに不機嫌になった花野に、柘植は慌てたらしい。「ごめんごめん」と取り繕うように笑ってみせた。

「素直に言うよ。嫉妬だったんだ。だってきみのことが可愛くて仕方ない。心配くらいはさせてほしいな。きみを本気で縛ったりは、しないから」

その言い方は、花野の機嫌をよくしたようだ。「そんな怖い顔をしないでくれよ」と情けなく眉尻を下げる柘植をしばらく眺めた花野は、くすりと笑った。

「ゆるしたげる。でも、次はないからね」

「分かった分かった。ああ、お酒がなくなったようだね、追加しよう」

和やかな雰囲気に戻り、大人ふたりはさっきより親密さを増したように身を乗り出して話し始めた。その様子を見ながら、宙は帰りたいと思った。もうここにいたくない。甘えた口調で喋る花野も、そんな花野にでれでれする男も、見たくない。いつもは寂しいばかりの自室のベッドが、初めて恋しかった。

しかし柘植は、店を出て同じタクシーに乗り、坂の上の家の前で一緒に降りたのだった。そして深酔いして足元がおぼつかない花野を抱きかかえるようにして家に入り、宙に「きみは、明日は、学校は休みだろう？　ゆっくりおやすみ」と言って、花野の寝室へ消えていった。

中庭を挟んだ離れたところで、呆然と花野の部屋を見つめる。障子越しに灯りがつくのが分かる。あのひとは、泊るのか。わたしでさえ、入ってはいけないと言われている花野の部屋に。仕事道具や大事な書類があるからと小さなころから言い聞かせられていて、同居しだしたいまも、足を踏み入れたことはない。

無意識に長く見つめていたらしい。灯りがふっと消えたことで我に返ったときには、体がこわばっていた。

お腹が、大きな音を立てた。食事の終わりごろ、花野がレモンシャーベットを注文してくれて、それだけは文句なく美味しかったけれど、お腹はいっぱいにならなかった。冷蔵庫の中のビーフシチューを温め直そうか。そう思ったのは一瞬で、すぐに嫌になった。お腹の奥に風が吹いているような、悲しいとも、寂しいともちょっと違う。よく分からないけど、心の元気を奪うような感じ。心が、風邪を引いちゃったのかもしれない。宙は小さく頭を振って、自室に戻ろうとした。しかしふと足を止めて、居間に向かった。電気をつけ、部屋の隅に置かれた缶の前に座る。プリントの束は、誰かの手が触れた形跡はなかった。宙が入れた順番、そのままだった。授業参観のプリントはもちろんあって、花野は目も通していないだろう。宙はプリントをぐしゃぐしゃに丸めて、壁に投げつけた。音もなく転がるプリントを蹴って、宙は自室に駆けこんだ。ベッドに置いているスヌーピーを抱きしめて、顔を埋(うず)めた。

翌日、宙は夜が明けきらぬうちに起きだした。足音を立てないように玄関に行くと柘植の靴があり、あのまま泊ったのだ、と知る。お腹の奥が嫌な感じにうねったけれど、それを振り払うように頭を振る。いまは、そういうことを気にしている暇はないのだ。玄関の戸をあけ、こそこそと外に出て門扉の前に膝を抱えて座りこんだ。

佐伯さんが家に入るのを、わたしが阻止しなきゃ。

布団にもぐりこんだものの眠れず、スヌーピーを抱きしめて転がっているときにふと気付いたのだ。もし、柘植が泊ったら？　そして佐伯が来て、玄関に柘植の靴があるのを見たら、きっとショックを受けるに違いない。それに、佐伯と柘植が鉢合わせしてしまうのもよくないだろう。柘植は佐伯と会えば、きっと酷いことを言う。

「佐伯さん、いつごろ来るんだろ……」

脇を見ると、雑草に夜露がそっと載っている。夜明けの空気はぴんと張りつめていて、呼吸するたびに肺から目覚めていく気がする。夜のうちに冷え切った地面からは寒さが立ち上り、寝巻の上からカーディガンを羽織っていたけれど、肌が勝手に粟立った。

白い息を吐きながら宙は思う。佐伯はいつも、起きたら当たり前にいたけれど、きっと早くから来ていたに違いない。眠そうなそぶりも見せずに笑っていた顔を思い出して、胸が痛くなる。

新聞配達のバイクを見送り、一面赤紫に染まっていた空が青に変化し始めたころだった。坂の下から一台の原付バイクが登ってきた。蛍光ピンクの派手な半ヘルメットは、佐伯のものだ。

大きな声を出すと、家の中の花野たちに気付かれてしまうかもしれない。小声で名前を呼びながら必死にジャンプをしてアピールすると、大きな欠伸(あくび)をしていた佐伯が顔をこわばらせた。バイクを加速させて、宙の前までやってくる。バイクを乗り捨てるように降りて、宙の肩を摑んだ佐伯は家のほうに鋭い視線を走らせた。

「佐伯さん！」

「花野さんに何かあったのか」

「え、え？　ちが、あのわたしね、いま、家に男のひとが」

「押し入ってんのか⁉　お前はここにいろ」

言うなり、佐伯は家の中に駆けこんで行く。「花野さん、大丈夫か！」と叫ぶ声がして、次いで花野の悲鳴が遠くに聞こえた。何か割れるような音も重なる。

宙は、想像外の事態に呆然としていた。ど、どうしよう。佐伯さんは、とんでもない勘違いをしている。

「あ、い、いかなきゃ」

違うと言わなくては。宙は慌てて、佐伯を追うようにして家に入った。そのまま花野の寝室のほうへ走ると、廊下に佐伯が転がっていた。さっきの音の原因だろうか、割れたグラスが周囲に散乱している。

あられもない下着姿の花野が部屋から現れ、ビールの缶を佐伯に投げつけた。空だったのか、カコンと乾いた音がする。

「あたしの部屋に断りもなく飛びこんでくるなんて、どういうつもり⁉　何か恨みでもあんの」

「ち、ちが……花野さん、オレ、その」

「出てけ、バカたれ！」

「まって、カノさん！」

宙は叫び、「ちがうの！」と続ける。

「わたしが悪いの。佐伯さんに、今日は来なくていいよって言いたくて、外で待ってたから、それがいけなかったの！」

「はあ？　何それ。何であんた、そんなこと勝手にすんの……ってああ、そう、そういうこと」

花野が自室を振り返る。きっとそこに柘植がいるのだろう。小さくため息をつき、それから宙に顔を戻した花野は「昨日も言ったはずだけど」と厳しい声で続けた。

「改めて言っておく。あたしは恭弘のことを何とも思ってないし、それはこいつにも言ってるの。恭弘が食事を作りに来るのは、あたしがお金を払って依頼しているからで、いわば雇ってるだけ。あたしが誰と付き合おうが、恭弘には関係のないこと」

佐伯は緩慢に体を起こしながら「そうだね」と明るく言った。頭を掻いて笑う。

「完全に、オレの早とちり。迷惑をかけてしまってごめん。花野さんに何かあって、宙が助けを求めてるって思ってしまったんだ」

「バカじゃないの？　もしあたしに何かあったとしたら救急車なり警察なり呼ぶわよ。あんたを待つわけないでしょ」

「うん、ほんとそう。オレ、ほんとバカ」

ポンポンと服の乱れを直し、佐伯は花野に頭を下げる。

「ごめんなさい。ここの後片付け、するよ」

「部屋の前でごそごそやられたら迷惑だからいい。ていうか、今日は帰って。宙、昨日の、ええと何だっけ？　ビーフシチューだか、何だか、食べてなさいよ。夜はまた、どっか食べに出てもいいし」

花野が面倒くさそうに言って、大きな欠伸をした。落としきれていない目元のメイクが黒く滲(にじ)んでいて、ブラックコスモ――ギャラクシーズを苦しめる敵のボスのように見えた。

「ばか！」

宙は思わず叫んだ。口元を覆っていた花野の白い手が動きを止める。

「カノさんなんてだいきらい！　ギャラクシーズにたおされちゃえ！」

胸の内にあったのは紛れもない怒りだった。大きな目を見開いた花野を睨みつける。保育園でマリーを睨みつけたときよりも強く思いをこめると、涙が少しだけ出た。

長いような、一瞬のような後に、花野はひゅうと息を吸った。ゆっくりと吐き、両手で顔を覆う。細い指の隙間から、絞り出すような呟きが漏れた。

「……あー。やっぱ、無理だわ」

引き取るんじゃなかった。聞き間違いではない、確かな声に、宙はプールに突き落とされたようなショックを受けた。体中を満たしていた怒りが掃除機に吸いこまれるように消えて、薄っぺらい外側だけが残ったような感覚を覚える。ばか、だいきらいと叫んだのは自分だけど、それでも受けた衝撃が大きい。手のひらから花野が顔を上げる。嫌なものを見るような、険しい視線がゆっくりと宙を捉えようとした瞬間、宙は駆け出していた。

「あ、宙！」

慌てた佐伯の声がしたが、宙は構わずに玄関を飛び出し、坂を駆け下りた。

あふれた涙を拭いながら、目的もなく走る。ただ、あの家から遠ざかりたかった。涙だけでなく鼻水も出て、息がつまる。中西さんちの犬が激しく吠えてくる。

シンガポールにいますぐ飛んでいきたい。花野よりふくよかな風海に抱きしめられたい。萠と手を繋いで眠りたい。康太のいびきを聞きたい。

でも、シンガポールは遠くて、そしてもし行けたとしても風海は悲しむだろう。見送ったあの日、風海は宙を強く抱きしめて『これで本当にいいのかしら』と小さな声で呟いた。きっと宙は辛い思いをする。そして私は、宙と別れたことを後悔するんだわ。

ねえ、ママ。カノさんはわたしのこと無理だって言ったの。引き取るんじゃなかったって言ったの。わたし、たくさん我慢したのに。できることしたのに。なのに、嫌な顔されたの。もうどうしたらいいのか分かんない。

泣いて泣いて、その途中で足がもつれて転んだ。手を突いたけれど、手のひらと膝に激痛が走る。手のひらが擦り剝け、赤くなっていた。寝巻のズボンは破れてしまっている。

「いたい、よぉ……」

膝を抱えて、宙は声を殺すようにして泣いた。ついこの間までは、助けてくれる大人に届くようにと声を上げて泣いたものだけれど、喉とお腹にぐっと力を入れて、声を出さなくする方法を身につけた。夜遅くまで仕事をしている花野に、迷惑をかけないように。面倒な子だと、思われないように。

いまは叫ぶようにして泣きたいのに、でももうそんな泣き方を忘れてしまったかもしれない。

静かに泣いていると、バイクの音が聞こえた。顔を上げないでいると、バイクは自分のすぐ近くに停まり、「宙！」と呼ばれる。佐伯の声だった。

「宙、よかった、いた！」

見ればバイクを降りた佐伯が駆け寄ってきて、抱きしめてくる。それから宙の体を見回した佐伯は「こけたのか」と言う。

「膝、破けてんじゃん。あ、手はちょっと擦り剝いてるな。あとは痛いとこないか？　頭打ってないだろうな」

心配そうに言う佐伯に頷いてみせると、ほっとしたように息を吐く。宙の頭に、佐伯の大きな手のひらが乗る。

「ごめんな、オレが宙の話をちゃんと聞かなかったから、嫌な思いさせたよな」

やさしく撫でられて、涙がまたあふれる。それは、これまで当たり前に近くにあった、けれどもう失ったと思っていた温もりだった。誰かにこんな風に触れられることはもうないと、諦めそうになっていた。でもここに、まだ、あった。

喉奥で固まっていた声が溶け、弾けるようにこぼれた。宙は佐伯に抱きついて、大きな声で泣いた。佐伯は黙って抱きしめ返し、そして泣き止むまで何度も頭を撫でてくれた。

泣き疲れたあとに連れて来られたのは、商店街だった。風海は、生協で厳選された食品の宅配を頼み、買い物は樋野崎ガーデンシティや駅ビルを使っていたので、宙は商店街に足を向けるのは初めてだった。屋根で覆われた道の左右にお店が並んでいて、早朝のいまはどこもシャッターが下りていたけれど、お祭りの屋台の列を思い出した。アーケード商店街というのだと、バイクを押して歩く佐伯が教えてくれた。

「駅前の開発が進むにつれて、ずいぶん店が減ったんだけどな」

「わたし、こういうの、好き」

開け放たれた引き戸からほこほことやさしい香りの湯気をあげているお店があり、豆腐店だと佐伯が教えてくれる。通り過ぎるときにそっと覗けば、頭にタオルを巻いたおじさんが黙々と大きな釜をかき混ぜていた。豆腐のもとを作っているのだ、と佐伯が説明してくれた。

「釜炊きの豆腐、美味いんだぜ。今度、ここの豆腐で味噌汁作ってやるからな」

おはよーございまーす、と佐伯が声を張ると、怒っているような顔をしていたおじさんがにっと笑って手を振った。

そのアーケードを抜けてすぐのところで、佐伯の足が止まった。外国風の、白とベージュのレンガ造りの建物で、たくさんの鉢植えが並んでいる。いろとりどりの日日草が朝露を受けて輝いていた。外国語の看板を宙が見上げていると、「『ビストロ　サエキ』って書いてある」と佐伯が言う。

「ビストロ、サエキ……。佐伯さんのお店なんですか？」

「マスターはオヤジ。ここ、オレの家族でやってんだ」

入れよ、と言われて中に入る。テーブル席がみっつ、カウンター席が五つという、こぢんまりとした店内にはたくさんの植物が置かれていた。窓際にはやはりたくさんの鉢が並んでいて、ガーベラがうつくしく咲いている。

「そっちの洗面所で、手を洗ってきな。その後は適当な所に座ってるといい。メシ作ってやっからな」

腹減っただろう、と言って佐伯が厨房（ちゅうぼう）に入って行く。あの中って、どうなってるんだろう。おうちのキッチンとは、違うのかな。興味がむくむくと湧いてきて、宙は大急ぎで手を洗った。それから「わたしも入っていいですか？」と訊くと「いいぞー」と声がする。

年季の入ったキッチンは家庭のそれとは違って広く、そして整然としていた。しんとした朝の空気の中で、使いこまれたフライパンや鍋が出番を待っている。窓から差しこむ光はどこまでも明るく、光の粒が見えそうな気がした。

すごく綺麗な場所だ、と思った。神社の境内に入りこんだような、澄んだ空気が満たされたところだ。すっと息を吸うと、ほんの少しだけ、美味しい匂いがする。オムライスやハンバーグ、唐揚げにエビフライ。宙の好きなごはんたちの、素敵なところをぎゅっと詰めたような匂い。ああ、ここ好きだ、とはっきりと感じた。居心地が良くて、いるだけで、満たされる気がする。

立ち尽くしている宙の向こうで佐伯は冷蔵庫を開け、「何か食いたいもんあるー？」と訊いてくる。

「あんな時間から起きてて、全力ダッシュまでしたんだ。めちゃくちゃ腹減ってるだろ」

和食と洋食、どっちにしよっかなーと言う佐伯の、見慣れた背中を見つめる。泣きじゃくる宙の頭を撫でてくれたときの温もりが蘇（よみがえ）る。このひとは、誰よりも先にわたしを捜しに来てくれた。

「あの、佐伯さん」

声をかけると、佐伯が振り返った。笑みのない真顔にどきりとすると、「やっちゃん」と唐突に言った。

「やっちゃんって呼んでよ、そろそろ。オレ、哀しくなるだろ」

子どものように、ぷうと頬を膨らませる。やすひろだから、やす、でもいいけどさー。でもちゃん付けのが、可愛いだろ。その様子に、宙は噴き出してしまった。

「や、やっちゃん」

少し緊張しながら呼ぶと、佐伯は顔を綻ばせた。人差し指を立てて「もっかい」と言う。あまりに嬉しそうにするので、もう一度呼ぶと、何度も頷いた。

「いいね、いいね」

「やっちゃんって、へんなひと」

胸の奥が、温かくなる。微かに笑うと、佐伯も「変とか言うなよー」と眉を下げる。

「おし、やっちゃんって呼んでくれたお礼に、好きなモン作るぜ」

何でもいいぞ。その言葉に、宙は少し考えた。風海の作る料理はどれも美味しくて好きだったし、佐伯の作るものもそうだ。何がいいだろう、と小首を傾げていた宙は「あ」と小さな声を上げた。

「パンケーキ」

「ほほう、いいぞ。分厚いの作ってやんよ」

「あ。あのね、わたしも作ってみたい」

パンケーキは、日坂家にとって特別な料理だった。家族の誰かが元気のないとき、疲れ切っているときに、風海が必ず作るのだ。まんまるなきつね色のパンケーキは決まって二段重ね。贅沢にカットされたバターとイチゴジャムを載せるのが定番。バターが滲みたパンケーキを頬張ると、その甘さに自然と頬が緩んだ。萠と喧嘩した日も、康太が連勤疲れでげっそりしている日も、焼きたてのパンケーキをみんなで食べるとしあわせな色に塗り替えられた。

宙にとってパンケーキは、元気になる魔法のようなものだった。

ここにはパンケーキを焼いてくれるママはいないし、一緒に食べるパパも萠もいない。これからは、わたしが元気になるための魔法を自分自身で作らねばならない。となれば、教えてもらっておかなければ。

宙のそんな気負いなど知らない佐伯が笑った。

「よし、やっちゃんが超ふわふわパンケーキの極意を教えてやる」

宙には大きすぎる黒いギャルソンエプロンを渡されて、胸元で結ぶ。三角巾も結ぶと、佐伯が「可愛いじゃん」と言った。

「今度、手伝ってもらおうかな。宙がいたら客増えそう」

「え、てつだう。やる」

「はは、じゃあ忙しいときは呼びに行くわ。さて、始めるぞ」

使いこまれて艶を失った、しかし雫跡ひとつないシルバーの作業台に粉類や卵、秤にボウルなどが置かれた。

「まずは、粉を混ぜてふるうところからな。これをしないと、粉がダマになって、出来上がりが不味くなるんだ。ほれ、やってみ」

大きなストレーナーに小麦粉とベーキングパウダー、ほんの少しの塩を足したものを入れ、ボウルの上でふるう。朝日を受けて粉が煌めく。雪みたい、と宙が呟くと佐伯は「うまいうまい」と褒める。

「次は、卵を割る。白身と黄身を別々にしたいんだけど、宙にできるかなあ」

言いながら、佐伯が卵を割る。粉をふるったものとは別のボウルふたつに、器用に黄身と白身を分けて落としたのちに挑戦的な視線を向けられると、宙は「できるもん」と胸を張った。保育園のころから、器用だと褒められたのだ。

作業台のふちで卵をこつこつ、と数回叩く。ヒビに親指をそっと差し入れ、ぐぐ、と力をこめるとミシミシと卵が開いていく。佐伯のやっていたように白身と黄身を分けようとして、しかし失敗した。片方の殻の中に黄身だけを入れるつもりがつるっと手が滑って、卵の中身は一緒くたにボウルに落ちてしまった。思わず声を上げると「大丈夫大丈夫」と佐伯が大きなスプーンで黄身だけを掬う。

「あとちょっとだったな。もう一回」

　新しい卵を渡されて、頷く。みっつめの卵で、ようやくうまく分けることができた。誇らしい気持ちで佐伯を見上げると「飲みこみ早いな」と笑いかけられる。

「よし、もう一個やってみな。お、やるじゃん。ではここからは、やっちゃんがいいところ見せるからな」

　佐伯が言い、白身の入ったボウルを抱える。泡立て器を持った佐伯は、素早く手を動かし始めた。半透明だった白身が空気を含み、だんだんと色を確かなものにして膨れていく。

「わ、わ、わ、やっちゃんすごい。手品みたい」

「メレンゲっていうのを作るんだ。ホットケーキのふわふわの秘訣だな。宙、そこの砂糖をこの中に入れろ。あ、一気にじゃないぞ。そうだな、四回に分けるか」

「わ、わかった」

　砂糖を足してかき混ぜ、を繰り返しているうちに、白身はきめの細かい泡の塊になった。ふわふわしたそれは、木べらで掬うともたもたと塊で滑り落ちる。

「ここからはまた、宙がやってみな。次は、黄身とさっきふるった粉、牛乳を混ぜるんだ。お、宙うまいじゃん。じゃあそのまま、さっきのメレンゲと混ぜてみよう。せっかく作った泡を壊さないように、素早く、やさしくだぞ。おっと、ここでバニラエッセンス入れとかねえと。忘れてた」

やさしい黄色と、雲のように白くふわふわしたメレンゲを無心で混ぜる。瞬間ごとに、色がうつくしく混ざり合い、変化していく。小さな小さな泡からしゅわしゅわと音がしているような気がした。腕の中のボウルに意識を集中していると、さっきまでの哀しかったことがすうっと遠ざかっていった。これまでの哀しみも、花野に言われたことも、このときだけは宙の心に痛みをもたらさなかった。差しこまれる、佐伯の声だけがやさしく響く。不思議な気持ちだった。自分のこころの流れが見えるようだった。哀しみから穏やかに静かに変化していくのを、少し離れたところから眺めている、そんな感じがした。

「よーし、焼くぞ。ちょっと難しいから、まずは見てな」

重量感のある鉄のフライパンが、コンロにかけられる。佐伯が温まってきたそれに油を薄く引いて、それから一度フライパンを濡れ布巾の上に置いた。じゅう、と音がして、「こうして温度の調節してんの」と佐伯が説明する。

再び火にかけたフライパンに、十分に泡を保った生地を落とす。少ししてバニラの香りが広がり、生地が焼ける香ばしい匂いが続く。しっかり泡立てたメレンゲはふっくらと形を作り、それは風海が作るものよりも遥(はる)かに分厚い。

「はい、ここでやっちゃんポイント。おまじないとして、お湯をちょっと足します」

美味しくなあれ、って言うんだぞ。佐伯が真面目な顔をして言い、宙も頷く。美味しくなあれ、と宙が口にすると同時に、佐伯はほんの少しだけ、鍋肌に湯を滑らせた。ふわっと甘い湯気が立つ。わあ、と宙が声を上げると、「そして、蒸します」とフライパンに蓋をした佐伯が宙の頭を撫でた。

「宙のおまじないのお陰で、絶対美味いもんができるぞ」

　宙の握りこぶしほどの厚みを持ったパンケーキにバターを載せると、鋭かったバターの輪郭がすぐにやわらかくまるくなった。ぷっくりとした卵形の、ガラス製のシロップディスペンサーを渡され、「メープルシロップ、好きなだけかけていいぞ」と言われる。

「あの、イチゴジャム、ない？　えっと、クジラ印の」

　スーパーで売っている瓶入りのイチゴジャムの名前を言うと、佐伯が「ごめん、それはないなあ」と眉を下げた。しかしすぐに、「あ！」と表情を明るくする。

「その代わり、すげえいいモンがある！」

　ちょっと待ってろ、と言ってキッチンに消えた佐伯が持って戻ったのは、白い陶器の皿だった。イチゴの実がごろごろした、鮮やかなジャムが盛られている。

「ちょうど昨日作ったんだ。時期も終わりで甘みが足りないから加工用にどうぞって安く売られててさ。あ、でもオレが作ったんだから絶対美味いぞ」

　皿を受け取ると、甘酸っぱい香りがした。

「クジラ印じゃなくて、やっちゃん印」

にか、と佐伯が笑い、宙は「ありがとう」と笑い返す。スプーンでジャムを掬ってパンケーキの上に落とすと、艶々した赤がとろんと載った。そのうつくしい色合いに思わず「ほう」と息を吐いた宙に、佐伯が「召し上がれ」と言う。宙は「いただきます」と手を合わせるのももどかしく、うつくしく焼きあがったパンケーキにフォークを刺した。

ぱりっと焼かれた表面に少しの抵抗があって、フォークの先が沈む。ナイフをぐっと手前に引くと甘い香りが鼻を擽った。ふわふわしたたまご色の生地を大きく切り分けて口に運ぶと、表面は少し硬めでかりっとした食感。中は雲を口に入れたかのようにすっと溶けて消えた。最後に残るのはバターの豊かな香りと、イチゴジャムの爽やかな酸味。

「おいしい……」

宙はしみじみと呟いた。風海の作るパンケーキはどちらかというと薄くて、もちもちしていた。あれももちろん美味しかったけれど、目の前にあるパンケーキは格別だ。こんなに美味しいパンケーキを、初めて食べた。

「やっちゃん、わたしこんなおいしいパンケーキ、はじめて。ジャムも、すっごくおいしい！」

「そりゃ、自分が一所懸命作ったもんだから美味いのさ」

サエキの特等席は、ガーベラの咲き誇る窓際の四人掛けテーブルだという。ピンク、黄色、赤、鮮やかな鉢の周囲には、佐伯の母が趣味で作っているというフェルトマスコットが並ぶ。

うさぎやクマ、ハシビロコウ、さまざまな動物が遊んでいる様子は、見ていて楽しくなる。

宙と佐伯は、その特等席に向かい合わせで座っていた。ふたりの間には何段にも積まれたパンケーキが置かれている。

一口食べては感嘆のため息をつき、二口食べては頬が緩む。美味しい。とても美味しい。こんなに美味しいパンケーキ、どこにも売ってない。

でも、これは元気の出る魔法のパンケーキではない。元気はどこからも湧いてこない。きっと、風海の作ったものでないから、心が持ち上がらないんだ……。宙はナイフとフォークを置き、俯く。

「……ねえ、やっちゃん。カノさんはわたしのこと、どう思ってるのかな」

さっきの花野の言葉が、消えてくれない。忘れようと必死に意識を逸らしても、絞り出すような声がこびりついて離れない。無理。引き取るんじゃなかった。

「一緒に暮らし始めてから、一緒にごはんを食べてくれないんだ。お話もほとんどしない。カノさんは、わたしと暮らしたくなかったんだよ、きっと。わたしのこと、迷惑なんだ。嫌い、なんだ」

体中の水分がなくなるんじゃないかと思うほどに泣いたあとなのに、また目と喉奥がかっと熱くなる。気を緩めたらいまにも涙があふれそうになるのをぐっと堪え、佐伯が用意してくれていたレモン水を一気に飲んだ。冷たくて爽やかな水で、感情をどうにか喉奥に押し戻す。

「今日は、わたしのせいでやっちゃんまで嫌な思いした。ごめんね、ごめんなさい。わたし、でも、でも……」

佐伯のやさしさが嬉しくて、でも同じくらい申し訳ない。こんなにいいひとを、酷い目に遭わせてしまった。佐伯に謝っていると押し戻せたはずの涙がじわじわと染みでてきて、宙は濡れた顔を何度も手で拭った。

「あのな、宙。花野さんは、宙のこと嫌いなんかじゃねえよ」

テーブルの上のペーパーナプキンを手渡しながら、佐伯が言う。

「本当だからな。誰よりも可愛いと思ってるはずだ」

「うそ。だったらどうしてわたしのこと放っておくの」

「可愛がり方を、知らないんだ」

佐伯の言葉の意味が分からなくて、ペーパーナプキンを目元に押し付けていた宙が顔を上げる。佐伯は自身の皿に盛ったパンケーキを食べながら、「花野さん、ひとりで生きてきたようなひとだから」と独り言のように続けた。花野さんのお母さん──宙のばあちゃんは二回結婚してるんだけど、一回目の結婚相手がとても嫌いだったんだってさ。どうも、親に押し切られて婿として迎えたらしい。で、そのひととの間の子どもが、花野さん。宙のばあちゃんは旦那さんが嫌いで、花野さんがまだ赤ん坊のころに本当に好きだったひとと駆け落ちしたんだって。そのひととの間の子どもが風海さん。宙のばあちゃん、すげえよな。実家に、旦那と子ども残して出てったわけさ。

「えっと、わたしのおばあちゃんがカノさんとおじいちゃんを実家に……ええと、わたしのひいばあちゃんたちに預けたってこと？」

必死に纏めながら訊くと、佐伯が「かしこいな、お前」と感心したように言う。

「オレは紙に書いてもらわねえと分かんなかったんだけどな。それで、おじいちゃんのほうも、奥さんがいないのにその実家で生活するのが辛かったんだろうな。花野さんを置いて出ていってしまった。残った花野さんは祖父母と暮らしたんだけど、全然可愛がってもらえなかったんだ。旧家っつーの？　何か由緒だとかがある家で、その川瀬家の跡取りなんだからって、めちゃくちゃ厳しく育てられたんだってさ」

家中の掃除を任せられて、宙と同い年のころには食事作りもやらされていた、と佐伯は続けた。

「え、まって。カノさん、料理できないって言ってたでしょう⁉　そんなに昔から料理をしていたのに、どうしてできないなんて言ったの？」

佐伯の話が信じられなくて言うと、「できるけど、できないんだよ」と佐伯は寂しく首を横に振った。

「宙のひいばあちゃんにひいじいちゃん、それにひいばあちゃんの趣味でやってた踊りの友達なんてのがしょっちゅういて、そいつらの食事の支度までしていたんだとさ。ひでえ話でさ、花野さんは大人たちの食事が終わるまでは給仕をして、大人が終わった後に食べてたんだって」

「ど、どうして……」

「時代錯誤なんだけど、大人の席に子どもが交じったらいけない、とか。いつも台所の隅で、ひとりで食事したんだって」

宙はぞっとして、両手をぎゅっと握った。そんなばかなこと、あるだろうか。それから、仏間に並んだ遺影を思い返す。宙のご先祖様たちだよ。あれがおばあちゃんで、向こうがひいおばあちゃん。ひいおばあちゃんは踊りが趣味で、樋野崎ホールで踊ったこともあるんですって……と思い出混じりに教えてくれたのは風海で、そうだ、花野の口から彼らについて聞いたことは一度もなかった。

そして、花野たち姉妹の父親が違うなんてことも、初めて知った。そういえば、祖母の写真はあっても祖父のものはなかった……。

「誰かに料理を作るのは強制労働……無理やりやらされる仕事みたいで、ずっと苦痛だったんだろうな。自由になったとたんに、できなくなったって聞いてる。それよりオレが言いたいのは、花野さんは宙への接し方を知らない。分かんないんだ」

「分かんない……？」

「例えば、何かしてもらったら『ありがとう』、悪いことをしたら『ごめんなさい』。嬉しいときは笑って、哀しいときは泣く。こういうの、生まれたときから知ってるような気がするだろう？　だけどそれは、小さなころからたくさんのひとが愛情をもって繰り返し教えてくれたから、身についたんだ。当たり前に体に染みついたのは、繰り返し教えてくれる存在があったからなんだ。でも花野さんは、教えてもらってないんだよ。子どもはどうして愛されるのか、どういう風に可愛がられるのか。おやすみのキスも、頑張ったねのハグも、宙は知ってるんじゃないか？」

佐伯に問われて、宙はのろのろと頷く。もちろん知っている。だってママたちは不自由なんて感じないほど、寂しさなんて知らないでいられるほど、わたしを可愛がってくれていた。

「カノさん、子どものころは寂しかったのか、な……」

ぽつりと呟いた自分の言葉に、宙ははっとした。それから佐伯を見る。いま、すごく大事なことに気が付いた。

「わたし、寂しいとか、怖いとか哀しいとか、大人は感じないんだと思ってた」

大人には、自分と同じような弱い感情などないと思っていた。強くてたくましくて、簡単に涙をこぼさない、そう信じていた。だって、風海や康太は子どもの時分の話をしてくれたけれどそれは楽しかったりワクワクしたりするエピソードばかりで、哀しい思い出や辛い記憶を語ったりしなかった。だから、大人は子どものころから強かったのだと、矛盾しているけれど、そう思いこんでいた。

ああ、だから佐伯がいじめの話をしたときに不思議な気持ちになったのだ。弱い存在だったときなどあるはずがないと思っていたから。

でも佐伯にも花野にも、弱いときはあったし、いまもなくなっていない。そんなことに、ようやく気付いた。

佐伯が微笑む。

「大人も悩むよ。嫌な気持ちに苦しむことだってある。オレもそうさ。だからな、花野さんのさっきのセリフは、自分に向けたものだったんだ。『やっぱ、あたしには無理だ』『あたしなんかが引き取るんじゃなかった』。そういう、自分への呆れた気持ちとか情けない気持ちからの言葉だった」

「それは……それは、分かんないよ。わたしのことが嫌になっただけかもしれない」

「それはない。分かるんだ。オレ、花野さんのことは分かるんだ。何年見てると思ってんだ」

静かに、力強く佐伯は言って、空になった宙の皿に新しくパンケーキを盛った。「ジャムもいいけど、こっちも美味いんだぞ」とメープルシロップをたっぷりとかける。窓から差しこむ光を受けて、溶けたバターと蜜がきらきらと輝いた。

「花野さん、宙が来る前にめちゃくちゃ部屋を片付けてたんだぞ？ それに、オレにわざわざ連絡してきて、『子どもが好きそうな料理を作ってあげて』って。『よろしくお願いします』って頭下げてきたときには腰抜かすかと思ったよ。頭下げるのが嫌いなあのひとがあんなこと言うなんて信じられねえ。花野さんが宇宙人にアブダクトされて別人になったのかと思ったくらい」

おどけたように言って、佐伯は「食えよ」と微笑んだ。

「宙が納得するまで、オレが花野さんの説明をしてやる。だから、いまは腹いっぱい食えよ」

「……うん」

「恭弘のくせに、あたしのフォローしようとしてんじゃねえぇぇ」

しゃがれた声がして、驚いて見ればドアの前に花野が立っていた。いつものえんじ色のジャージを着て、髪はぼさぼさに乱れている。

「え、え、花野さんどうしてここに」

「カノさん、いつ入ってきたの！」

ドアに取り付けられたカウベルは、鳴らなかったはずだ。動揺する宙たちに、花野は「さっきからいたわよ」と思い切り顔を顰めてみせた。

「それに、どうしてここに、じゃねえのよ。恭弘が宙を捜しに行くって出てったまま帰って来ないから、心配になって捜してたに決まってんだろうが！」

「え、それなら携帯に電話してくれたらよかったのに」

「うちの廊下に転がってた、これかよ！」

ジャージのポケットから出した携帯電話を花野がつき出すと、「うわ、まじで」と佐伯が慌てたように立ち上がって自身の尻ポケットをまさぐった。

「うわ、落としてたんだ。花野さん、ごめん」

「あんたたちに何かあったのかと捜し回って、ここまで来たら店の前にバイク停まってんのに気が付いた。そしたら何よ、ふたりしてのんびり朝ごはん食ってやがるじゃねえの」

全身でため息をついた花野はその場に座りこみ、「信じらんない」と独りごちる。

「あ、あの。カノさん、わたし」

突然の花野の登場にびっくりしていた宙が我に返る。椅子から下りて駆け寄ろうとして、しかしすんでのところで足が竦んで動けない。おどおどしていると、顔を上げた花野がふっと笑った。その顔は、泣き出しそうに見えた。

「嫌でしょ、こんなのが母親だなんて」

「え……？」

「嫌に決まってるよね、料理もしないし、母親らしいことを何にもしてあげられない。だから風海ちゃんが育ててくれたの。姉さんには無理でしょうって。やっぱ風海ちゃんの言う通りだったね。あたしなんかに育てられちゃ、可哀相だ」

日に照らされた花野の肌が、透けて見えるほど白い。とても寒い冬の朝にできる薄い氷のようで、ちょっと力を加えたら砕けてしまいそうだと宙は思う。そんなわけ、ないのに。

「あんただけでなくて、あたしのためにも正しい形にすべきだ。進むべきだって日坂さんがあんまり言うから、その気になっちゃったんだ。あのときシンガポールに行けって言うべきだったのに、あんたとの生活をちょっとだけ夢見てしまったから、言えなかった。でも、結局うまく暮らせない。あたしのせいでここに残してしまって、ごめんね」

花野がそっと笑う。薄く開いた唇からは八重歯が見えない。花野が輪郭のないぼやけた存在に、弱々しい何かになっていく。立ち尽くしていた宙はぐっと息を吞むと、駆け寄って花野の頰を両手で押し上げた。宙の小さな手のひらに無理やり引き上げられた唇から、八重歯がこぼれる。

「痛っ。何すんのよ、宙。仕返しのつもり？」

不満そうな声はいつもの花野のものだった。だから、宙はすっと息を吸った。

「わ、わたしも、カノさんとくらしてみたいと思ったの！」

自分でも驚くほど、大きな声が出た。

「一緒だと、楽しいかもって思ったの。だから、わたしもごめんなさい！」

花野が目を見開いて、宙はその目を見返す。ふたりはしばらく見合った。

先に笑ったのは、花野だった。ぷっと噴き出して、細い体を揺らす。それから、「あんた、おっきな声出せるんじゃん」と宙の頰を軽くつついた。

「さっきも『バカ』って叫んだじゃん？　そういう感じで、言いたいことあったら大きな声ではっきり言ってくんない？」

「え、え。あの、あの、わたし」

花野はどこか嬉しそうに笑い、続ける。

「悔しいけど、恭弘の言う通り。あたし、分かんないんだよね。あんたがして欲しいことと か望んでることに、気が付けないの。しかもあたしはだいたい自分のことで手いっぱいだし、忘れっぽいし、すぐにキャパオーバーしちゃう。だけど、おっきい声で言ってくれたら、それくらいは聞こえるから。ちゃんと、教えてよ」

花野が、ジャージのポケットから取り出したものを、宙に渡す。それは、昨晩感情のままに丸めて捨てたプリントだった。丁寧に伸ばされ、綺麗に折りたたまれている。

「ごめん、ね。昨日だったんだね」

「……いいの。これは、だって、わたしだって忘れてたから。でも……、ちょっとだけ、寂しかった」

言おうかどうしようか悩んで、口にする。そんな宙の頭に、花野がぽん、と手を乗せた。

「ごめん。寂しくさせて」

やわらかなその声に、宙は少しだけ涙が滲んで、そしてぐっと我慢した。花野は少し離れたところで様子を見守っていた佐伯に顔を向けた。

「恭弘、さっきはちょっと言い過ぎた。でもあたしの下着姿見たんだし、殴ったことは謝らない」

「分かってる。殺されなかっただけいいよ。それより、彼氏さんはどうしたの」

花野が背にしている出入り口のドアを佐伯が窺うが、「帰ってもらった」と花野は肩を竦める。

「あんたと会わせると面倒だから。ていうか、あのひとはあたしが思ってたより嫉妬深いみたい」

座りこんだままだった花野が立ち上がる。その場で大きく伸びをした花野はテーブルの上のパンケーキの山を見て顔を顰めた。

「朝から走り回ってお腹空いてんだけど、甘いものしかないのかよ」

「パンケーキの生地をまだ残してるから、クレープにするよ。ハムとチーズと、ルッコラもあったかな。それでいい？」

佐伯が言うと花野が頷く。すぐにも厨房に向かいそうな佐伯の服の裾を、宙は慌てて摑んだ。

「まって、やっちゃん。クレープも作れるの？」

「お？　おう、できるよ。生地を薄く焼くだけ」

「じゃあ、クレープの焼き方も、わたしに教えて」

「え、なんでまた」

「わたし、作れるようになりたいの！」

それから宙は、佐伯にクレープの焼き方を教わった。パンケーキみたいにメレンゲの状態を気にしないですむのは楽だけれど、薄いからすぐに焦げてしまう。ひっくり返すのも難しくて、二枚ほどが茶色くてぐずぐずの塊になってしまった。材料が残り少ないからと続きは佐伯が焼いて、それはとても綺麗な焼き模様のついたクレープになった。

「コーヒー淹れてくるよ。ふたりで食べてて」

ルッコラやベビーリーフが散った、うつくしく巻かれたハムチーズクレープを花野の前に供した佐伯はすぐに厨房に戻り、宙と花野は窓際の席に並んで座った。

「やっちゃん、さすがだねえ。上手だねえ」

「そうね。あら、宙のパンケーキ、えらく不格好ね。恭弘らしくない」

花野が宙の皿を覗きこみ、宙は「わたしが作ったの」と言う。

「ちゃんと、生地から作ったんだよ。メレンゲはやっちゃんだけど、卵もうまく割れたし、黄身と合わせてかき混ぜるのも上手だって言われたんだから。でも、焼くのは大変だった。ひっくり返すのって、すっごくむずかしいの。フライパンの外に飛んでいきそうになるし、ぐしゃってつぶれるし！」

「へえ、あんたがねえ」

ナイフとフォークを手にした花野が、宙の皿からパンケーキを切り分けた。ふちが茶色くなっている部分にイチゴジャムをつけ、口に運ぶ。

「甘」

眉間に微かにしわを寄せたが、ふうん、と鼻を鳴らす。

「やるじゃん。よくできてる」

美味しいよ、と花野が言った。

それは、可愛いとか、好きだとか言われたときと同じくらいの温度で宙に届いた。胸の中が温かくなって、嬉しくて顔が綻ぶ。宙は自分のフォークを手にして、パンケーキにかぶりついた。

パンケーキはもう冷めてしまい、膨らみも減っている。なのに、驚くほど甘くて美味しかった。何も加えていないはずなのに、格段に味わいがよくなっている気がする。どうしてだろう。急に、元気の出る魔法のパンケーキになったとでもいうのだろうか。

「ほんとだ。すっごく美味しいね、カノさん」

思わず話しかけると、クレープのルッコラを手で摘まんで食べていた花野が「いまごろ？」と呆れた顔をする。

「さんざん、食べたあとなんでしょうに」

「そうだけど、美味しいの。不思議だよねえ。ママのパンケーキだけが元気が出るのかなって最初は思ってたんだけど、このパンケーキも魔法のパンケーキみたい。すごいよねえ。やっちゃんがすごいのかなあ。カノさん、どう思う?」

パンケーキを頬張りながら話すと「ちゃんと聞いてるから、落ち着きな」と花野が窘める。

しかし、その顔はやさしい。

フォークを手にした花野が、皿を引き寄せる。それは宙が失敗した、『クレープになろうとしてなれなかったもの』が載った皿だった。

「あ、カノさん。それはそのままにしておいて。わたしが食べるから、カノさんはやっちゃんの作ったほうを食べて」

「いいの、これで」

ゆっくりと咀嚼する花野を、宙は思わず凝視した。

「あ、こっちもけっこうイケんじゃん」

「え、ほんと?」

「香ばしいところとモチモチしたところがあって、面白い。あたしはいいと思う。うん、美味しいよ」

花野はぱくぱくと胃に収めていく。

「でもさ。宙って料理好きだったの？　風海ちゃんからはそんな話聞いてなかったけど」

訊かれ、花野の食べる様子を眺めていた宙は我に返る。

「えっと、その、別に好きじゃ、なかった。けど、好きになった、かもしれない」

花野が「ふうん」と鼻を鳴らす。

「なら、いいけど。無理に覚える必要はないからね。食事なんて、どうにでもなるんだし」

なんて、と吐き捨てるように言った。宙は佐伯から聞いた話を思い出す。料理できなくなるほどの哀しい経験なんて、想像がつかない。

「……嫌になったら、やめる」

「うん、そうしな」

花野が皿を空にした。その、何も残っていない皿を見て、宙は続けた。

「でも、やめないと思う」

宣言するような強さの声に、花野が不思議そうな顔を向けた。

「いま、カノさんが美味しそうに食べてくれて、うれしかったから。料理するの、好きでいると思う」

花野が、自分が作ったものを「美味しい」と言って食べてくれた。たったそれだけのことなのに、胸がどきどきして、止まらない。ううん、たったそれだけ、なんかじゃない。自分が作ったもので、誰かと気持ちのいい時間を過ごせる、それはすごいことなのだ。そして多分、とても大事なことでもある。

花野が、ゆっくりと瞬きをする。長い睫毛が揺れた。

「……あんたって、いい子に育ってるわね」

しみじみとした、呟きだった。

「風海ちゃんたちや、恭弘のお陰ね。特に、風海ちゃんには感謝してもしきれないな。あたしじゃ、こんなにいい子に育てられなかったもん」

「風海は、あいつはちょっと極端じゃねえ？」

ふわりとコーヒーの香りがして、トレイを掲げて佐伯がやってくる。

「昔っからこだわりが強いってか、頑固。オレ、あいつに何度睨まれたかしれねえよ」

「やっちゃん、ママのこと知ってるの？」

「中学の後輩だもん。向こうも、オレのこと覚えてるはずだけど。あいつ、オレが宙の面倒見てるって知ったらどんな顔するだろう」

佐伯がくすくす笑いながら、花野の前にコーヒーカップを置く。宙には牛乳の入ったコップを追加で置いてくれた。

冷たい牛乳を飲みながら、確かに風海と佐伯の相性は悪そうだ、と宙は思った。風海は派手な髪形をしたひとを見るだけで眉を顰めるくらいだから、佐伯の腕のタトゥーを見たら卒倒するかもしれない。

「風海ちゃんは確かに怒るかもね。というより、あの子はあたしのことが嫌いだか……」

何気なく口にしかけた花野がはっとして口を噤む。そんな花野に、「嫌ってるの？」と宙は訊いた。

「あー、いや、そんなことない。言葉のアヤみたいな、言い方間違えた、みたいな」

へへ、と花野が笑うが、その顔は明らかに引き攣っていた。

宙は、これまでの花野と風海のことを思い出していた。いつも厳しくカノさんのことを叱るママ。姉さんには子育てなんて無理よとずっと言い続けていたママ。それを黙って受け止めていた、カノさん。

さっきの佐伯の話もそうだ。もしかしたら、いやもしかしなくても、カノさんとママの間には、わたしの知らない、いろいろな事情がある。

「あ、このコーヒー美味しい」

「最近オレがハマってる、ライオンコーヒーのバニラマカダミア。美味いよねー」

「これ、ウチのキッチンにも置いておいてよ」

「ふっふ、いいだろう。任せておけ」

「なに偉そうに」

向かいの席に佐伯が座り、花野と軽口を交わす。カップに口をつける花野に風海とのことを訊こうとした宙だったが、やめた。これからも、一緒に暮らすのだ。焦って訊くことではない、そんな気がする。

それに、いまは。

パンケーキの残りにフォークを刺し、口に運ぶ。甘くて、ふわふわしてて、何て美味しいのだろうと思う。やっぱりパンケーキって元気の出る魔法なんだ。一緒に食べる、それだけで胸が温かくなる。もう大丈夫だ、そんな気持ちになる。

嬉しくなって笑うと、花野が訝しげな視線を送ってきた。

「なによ、急に笑い出して」

「なんでもなーい」

宙が笑うのを見て、花野の口元から八重歯がこぼれた。

# 第二話　かつおとこんぶが香るほこほこにゅうめん

大崎マリーは、いつも不機嫌そうに食事をする。

宙がそれに気付いたのは、二学期のはじめごろ。同じクラスになって、初めて同じ班になってからのことだった。

樋野崎第二小学校では、給食は班ごとに島を作って食べる決まりとなっている。四人でひと班。机を向かい合わせにくっつけるのだが、宙の向かいがマリーだから、彼女が食事をするのを真正面から見ることになる。マリーはどんなメニューであっても、まるで義務であるかのように機械的に口に運んでいた。

一時間目から運動会の練習があり、疲れ切ったこの日の献立は、月に一度の「いろんな土地の料理デー」で、沖縄料理だった。ラフテーに、ゴーヤとツナのサラダ、そうめんチャンプルーとサーターアンダギー。

「今日の献立、最悪。オレさあ、特にこのゴーヤってやつ大嫌いなんだ。ひとの食いもんじゃねえよ。オレまじで無理」

宙の隣の元町勇気(もとまちゆうき)が、箸でサラダを掻(か)きまわしながら大きな声で言う。勇気は最近になって自分のことを「オレ」と言うようになったが、アクセントがどうもおかしい。バナナ・オレのオレと同じなのだ。この一人称を聞くたびに、宙は座りの悪さのようなものを感じてそわそわしてしまう。

「川瀬、ゴーヤ好き？　食ってくんねえ？　あと、こっちのチャンプルー？　ってやつに入ってるにんじんも」

「ええ、やだよ。昨日だってアスパラ食べてあげたばっかりじゃない」

勇気は好き嫌いが激しくて、いつも献立に文句をつけている。学校の方針で『アレルギーなどの事情がなければ、残すのは禁止』となっているのだが、勇気は嫌いなものをいつも誰かの皿に放りこむ。最近ではもっぱら、隣の席の宙が被害をこうむっていた。

「じゃあ、哲郎。ゴーヤだけでもお願い、まじで。サーターアンダギー一個分けてやっから」

勇気の向かいに座る葛西哲郎は、寡黙な男子だ。哲郎は首を横に振り、「ぼくもそんなに得意じゃない」と言葉少なに言う。

「えー、なんだよ。お前ら、やさしくないなあ。ゴーヤなんて食ったらオレ吐いちゃうんだよ。家ではこんなもん出たことねえし、ていうか家なら残してもいいんだよな」

甘やかされてるよなあ、と宙は内心呆れる。小学校六年生にもなって、野菜くらいで毎度大騒ぎすることを恥ずかしいと思わないのだろうか。

「あ、じゃあ大崎。オレのゴーヤ食って」

お願い、と勇気が手を合わせると、黙って食事を始めていたマリーは「嫌。ていうか毎回毎回、バカじゃないの」と吐き捨てるように言った。勇気が「何だよ、その言い方」と頬を膨らませる。

「嫌なら嫌だけでいいじゃん。バカとか言う必要なくね？」

「だってバカじゃない。食べられないものばかりの自分がみっともないって分かってないどころか、偉そうにふれ回ってるんだもの」

箸でゴーヤを摘まみ上げたマリーは、鮮やかな緑のそれを、綺麗に並んだ歯でがぶりと噛んだ。

「大人になっても、好き嫌いだらけのバカ舌を自慢するつもり？　気持ち悪っ」

わざとだろう、大きく咀嚼してみせながら言うマリーに、勇気が「何だよ、お前」と叫んで立ち上がる。椅子が派手に倒れ、楽しそうに食事をしていたクラスメイトたちが視線を向ける。

「嫌いなものは無理に食べなくていいってママは言うぞ。パパだって、いまの日本は栄養豊富な食べ物がたくさんあるから、わざわざ嫌いなものから栄養をとる必要はないって！　何でも食べなくちゃいけないっていう考えの方が、バカなんだからな！」

顔を真っ赤にして、地団太を踏んで言う勇気を見上げながら、宙は砂糖の加減を間違えたココアを飲んだときのような喉元の気持ち悪さを感じた。

　学校給食に栄養素を求めている時代もあったけれど、それはもはや過去の話。いまの目的は、たくさんの食材や料理に慣れることや、さまざまな土地の食文化を知ること。そして、集団の中での食事のマナーを身に付けること。給食にはそういうさまざまな意図が含まれているのだと、先日校長先生が長々と説明したばかりではないか。ママに食べなくていいと言われたことなど、ここではどうでもいい話だ。

　ゴーヤをきちんと嚥下したマリーが「ほんと、バカ」とため息をつく。

「よくここで『ママ』とか『パパ』をだせるよね。みっともないったらないよ。先生、あたし元町くんと一緒に給食を食べるのが苦痛なので、席を離します」

　教卓で食事をしていた担任の北川が狼狽えて「あらま、あらま」と立ち上がる。今年三十になる北川はおっとりした女性で、子どもたちからは『依子ちゃん』と呼ばれている。

「どうしたの、大崎さん。喧嘩したの？」

「喧嘩なんて無駄なことしません。ただ、苦痛なんです」

　言うなり、マリーは机を抱えて移動する。勇気が「オレだって、オレだって嫌だし！」と叫んだ。

「依子ちゃん、こいつムカつく！　いきなり、オレのことバカって言ってきてっ」

「あらま、あらま。あの、大崎さん、食事は楽しくしましょ、ね？」

「元町くんと一緒だと、食事がこれっぽっちも楽しくありません」

きっぱりと言い、マリーは島から離れたところでひとり食事を再開した。黙々と野菜やラフテーを口に運ぶ姿はこれ以上の干渉を拒否していて、元々の下がり眉をもっと下げた北川は「ええと、仕方ないわね。今日のところは、そのまま三人で食べなさい。ね？」と怒りで顔を真っ赤にしている勇気の機嫌を取るようにやさしく言った。

「なんでここで、そんな対応になるかなあ」

誰かの小さな囁(ささや)きが聞こえ、宙はそれに応えるように微(かす)かに頷(うなず)いた。

給食時の勇気の不平不満は、クラスの大半が苦く眺めている。五年生まではその時々の担任が厳しくしていたので幾分ましだったのに、いまではやりたい放題。それもこれも、北川が『叱らない教育』をモットーとしており、それを実践しているからだ。だから勇気が嫌いな食材を誰かの皿に放りこんでも、声高に不満を叫んでも、「頑張りましょうね。でも無理なら仕方ないわね」と繰り返すし、なんなら「協力するというのも、大事よ。みんな、たまには食べてあげたらどうかしら？」と勇気の行動を肯定すらするときもある。

叱らないのと、我儘(わがまま)を許すのは違う。そんなこと小学生だって分かるのに、北川は自分が間違っているとは露ほども思っていない。教師として舐(な)められているから『先生』と呼ばれないのに、『ちゃん付け』は親しみの表れだと信じている。勇気ほどではないが我儘を通そうとする者は他にもいて、中には授業を妨害するほどの問題児もいる。しかし北川は彼らも当然叱らない。だから、この六年三組は纏(まと)まりのない雑然としたクラスになっていた。

「川瀬、ゴーヤ」

不機嫌なまま椅子に座った勇気が命令口調で言い、顎で食器を指す。宙は「嫌」とだけ返した。哲郎も、先んじて首を横に振る。舌打ちをした勇気は、ゴーヤとにんじんを探っては、皿の外にゴミのように放り出した。そしてトレイの端にすべて出し終えたあと、ようやく食べ始めた。それを横目で見ていた宙は早く席替えが行われればいいのにと願うばかりだった。いつまでこんな子どもと一緒に食事をしなくちゃいけないのだ。

こりゃ、マリーちゃんがキレるのも分かるよ……。

勇気の品のない行動のせいですっかり食欲が失せた宙は、離れていったマリーを見た。マリーはすでに皿を空にしており、牛乳を飲んでいるところだった。ストローで吸いながら紙パックを折りたたんでいるところをみると、もう飲み終えるのだろう。その顔は、さっきのことに腹を立てているままなのか、険しかった。

その翌日は、勇気が風邪を引いて休んだので、給食時間はとても平和だった。勇気の嫌いな納豆と、インゲンの白和えがあったから、もし登校していたらひとしきり騒いだことだろう。宙は久しぶりにゆっくりと給食を食べられることにほっとしていた。斜め向かいの哲郎もどこか楽しそうにしている。しかしマリーはというと、昨日と同じくらい不機嫌そうな顔をしていた。嫌いな食材があるのかと思えばそんなふうでもなく、どれも同じペースで口に運んでいく。

「マリーちゃんは、好き嫌いとかないの？」

何気なく訊いてみると、マリーは初めて宙を認識したような顔をした。宙が自分に話しかけてくることを想定していなかった、そんな顔をしていて宙の方が驚いた。

「あ、ごめん。変なこと訊いて」

慌てて言うと、マリーは「別に」と愛想なく答えて、再び黙々と食べ始めた。

マリーがいつも不機嫌そうに食事をしているのは、きっと勇気が原因だろうと思っていた。しかしもしかしたら、わたしのせいだったのだろうか。でも、どうして？　と宙は自分に問いかける。思いつくのは、保育園で口ゲンカをしたこと。なにしろそれ以外に、接点がまったくないのだ。小学校に入ってから同じクラスになったのは今回が初めてで、席が近くなったのも初めて。挨拶と事務的な会話以外、交わしたことがなかった。

マリーちゃんは、まだあのときのことを覚えていて、それを気にしてるのかな。でも、あんな昔のことを、いまでも？

静かで平穏な給食時間を、宙は少しモヤモヤとしながら過ごした。

*

第一第三土曜日、『ビストロ　サエキ』に於いて午後のアイドルタイムに『やっちゃんお料理教室』が開かれる。講師はもちろん佐伯、そして受講生は宙である。佐伯が暇な時間を見て、宙に料理を教えるのだ。

夏の終わりのからりと暑いこの日のレシピは『ソフリット』だった。サエキのキッチンで、宙は三角巾にクマ柄のエプロンを身に着けて佐伯の手元を見つめていた。エアコンが効いているとはいえ、火を扱うキッチンは暑い。鼻の頭に汗をかきながら、宙はチョコレート色のノートに、銀色のシャーペンでメモを取っていく。

小学校一年生のときにパンケーキの作り方を教わって以来、宙は佐伯に料理を教わってはレシピをノートに書き留めてきた。最初の一ページ目はもちろん、魔法のパンケーキ。それからスクランブルエッグに、ポーチドエッグ。ほうれん草とベーコンのソテーに、ブロッコリーの美味しい茹で方。ノートにせっせと書いては、数日後に自宅キッチンやサエキのキッチンで復習をした。あまりに宙が熱心なものだから、佐伯はわざわざ時間を設けて教えるようになったのだった。

手の甲でこめかみを拭い、宙はノートのメモを確認する。

①　玉ねぎ、にんじん、セロリを同量ずつ、みじん切りにする（慣れない間はフードプロセッサーでもよし）。

②　ひとカップ分のオリーブオイルを鍋に入れ、みじん切りにしておいたニンニクを入れて火にかける。※常温のオイルから、ゆっくりと火を通すことで香りが豊かになるので、根気

よく！
③ニンニクの香りが立ったら、みじん切りにした野菜をすべて入れて、中火でいためる。野菜にしっかり油をまとわせること。塩をひとつまみ、おまじない程度に入れる。
④弱火にしてふたをする。30分ほど蒸す。
⑤中火に戻し、野菜から出た水分を飛ばすようにして木べらでていねいにかき混ぜる。
⑥10分から15分くらいかけて、水分を飛ばすと完成。
「これが、『ソフリット』。イタリア料理には欠かせないんだ。これを入れるだけで味がばちんと決まる」

宙に丁寧に手順を教えながら、佐伯が木べらで鍋をゆっくりとかき混ぜる。最初は綺麗な輪郭だったにんじんがまるくなっているのが見えた。

「うちの店のボロネーゼは、これを使ってるから、味わいが深いんだぞ」

「え！　あれ、セロリ入ってたの？　全然分かんなかった」

宙がノートから顔を上げると、佐伯がにやりと笑った。

「宙、セロリ苦手だもんな。でも、ちゃーんと美味しく食えてるんだぞ」

「すごい。やっちゃんって魔法使いみたい」

セロリは苦手な食べ物で、食べられないことはないけれど、でも口に入れるのに少しの勇気がいる。そして最低限の咀嚼ですぐに飲みこむから味わう余裕もない。でもボロネーゼは大好きで、何度となく食べてきた。あの中にいたのか、セロリ。

「宙が大人になったときに、何でも美味しく味わえる舌を持っていてほしいんだよな、オレは」

手を止めずに、佐伯が続ける。

「だからそのマリーって子の意見には賛成だなあ」

蓋をして蒸している間、給食での出来事を話していたのだった。佐伯は勇気を「それはだせえ奴だなあ」とからから笑い飛ばした。

「綺麗に食事をとること、何でも味わって食べられることってのは、ひとの魅力のひとつだとオレは思う。もちろん、食を楽しむ余裕の持てない状況のひとやアレルギー持ちのひとなんかは別だけど、勇気って子はそうじゃないんだろう？　自分自身の怠慢で魅力を損なっているのは、残念だよなあ」

「五年生までは女子の間でそこそこ人気があったのに、いまじゃみんなに避けられてるんだ。近くの席になると、元町くんの嫌いなものをお皿に投げこまれるんだもん」

宙は勇気のことを何とも思ってなかったのだが、すっかり苦手になってしまった。だから、マリーがぴしゃりと断っているのを見て、胸がすく思いだった。

「マリーちゃんともっと話してみたいなって思ったんだけど」

話しかけると驚いた顔をされて、それは保育園の一幕のせいかもしれない、という説明をする。佐伯は「洟ったれのころの喧嘩なんて、向こうは覚えてないんじゃないのか」とあっさりと言った。

「洟ったれなんてやめてよ。マリーちゃん、ちゃんと覚えてると思うんだ。だって一学期の授業参観にカノさんが来てくれたとき、すっごく驚いた顔で見てきたもん」

教室の端っこで宙と花野が少し会話をしていたら、その目にあったのは紛れもない驚きだった。何かと顔を向けたらマリーがこちらを凝視していて、異様な気配を感じた。

保育園のころは、花野はほとんどと言っていいほど園に顔を見せなかった。園のころからの知り合いはみんな、小学校に入ってから宙と一緒にいる花野を見ると不思議そうな顔をしたものだ。中にはいらぬ想像を膨らませたのか、『宙ちゃんのおうち、お母さんどうかしたの……？』と深刻そうな顔をして訊いてきた保護者もいた。

「わたしには母親がふたりいるって言ったこと、ちゃんと覚えてたんだよ、きっと」

「ふうん、そっか。ていうか花野さん、授業参観に出たりするんだ。あ、ほら見てみろ宙。水分がだいぶ飛んだろ」

佐伯が示したので、鍋を覗きこむ。野菜は、先ほどまでスープみたいだったが、いまはとろとろのペースト状に変わっている。

「わあ、ほんとうだ。それに、もうすでにいい匂い……」

「野菜の出汁だな。うまみたっぷりだぞ」

ノートに、「とろとろまで煮込む。野菜のだし＝うまみ」と書きこむ。

「あ、そうそう。カノさん、来てくれるよ。顔出してすぐ帰ることがしょっちゅうだけど」

宙はノートから顔を上げて答える。

一年生のときの一件から、花野はよほど外せない仕事がない限りは来てくれるようになった。学校からのプリントも、期限を過ぎることもときどきあるけれど、きちんと目を通してくれている。

野菜がもったりとしたところで、ソフリットが完成した。佐伯は「よし、今日のお勉強はここまで。このソフリットで、これからボロネーゼを作るから、あとは待ってな」と言った。

『やっちゃんお料理教室』は、食事つきなのだった。

「わあい！　ボロネーゼ大好き」

宙は、邪魔にならないようにキッチンの隅に置かれた丸椅子に座る。その丸椅子は佐伯の愛用のものだ。宙はその椅子に腰かけて、佐伯が料理している後ろ姿を眺めるのが好きだった。

「今度はボロネーゼの作り方を教えてね」

「おう」

美味しい香りと、出番を待つ食材たちの気配が満ちた空間。初めて足を踏み入れたあの日からずっと、宙はこの場所が好きだ。そして、作業をしながらも宙の相手をしてくれる佐伯との時間もまた好きだった。好きな場所で好きな時間を、大事なひとと過ごせることが、嬉しい。

佐伯が冷蔵庫から取り出した材料を手際よく炒めていく。先に仕込んでおいたやわらかな牛すじ肉と挽肉を混ぜるのが、サエキ流だ。食感の違う二種類の肉によって、味わいがとても深くなる、とのことだけれど、宙にはいまのところ「体がぐんにゃりするくらい美味しい」以外の感想が出ない。

「しかし、すぐ帰る、か。花野さん、仕事が忙しそうだもんなあ。でもさ、花野さんが来るだけで自慢なんじゃないか? いまじゃ有名作家だ。みんな一目置くだろう」

花野の仕事は、順調すぎるほど順調だった。去年、海外の権威のある絵本賞で日本人数人目といわれる画家賞を受賞してからは数年先までの予定が埋まり、メディアに登場することも増えた。どこか摑みどころのない、うつくしい流動体のような作家としてテレビに出ている花野は、かつて玄関で宙を出迎えてくれていたときの花野に近いように、宙には見える。

「やっちゃんまで、そんなこと言わないで」

足をぷらぷらさせながら宙が言うと、グリルに向かっていた佐伯が少しだけ振り返った。

「わたし、カノさんのこと全っ然自慢じゃないよ。わたしは普通のお母さんがいいもん」

「何だそれ。普通って、どんなんだよ?」

訊かれて、宙は少しだけ考える。

まず、声高に自慢できるところなどなくていい。授業参観に来ても、たくさんの母親の中にあっさり溶けこめるくらいの存在感。綺麗より、お洒落と言われるほうが嬉しい。そして、友達と話すときにほんの少しだけ微笑みたくなるようなありきたりなエピソード――ピザを生地から作るから出来上がるまですごく待たなくちゃいけないとか、すぐ泣くくせに子どもと動物が出るドキュメンタリーを観たがるとか――そういうのがあるといい。

「うちの親もそうだよって相槌打ってもらえるようなの、かな」

ぽつりと呟くと、佐伯は少しだけ手を止めて、「そっか。それは、なかなか難しい問題だな」とやさしい声で言った。

佐伯は今年で三十七になった。宙はそんな佐伯の、見慣れた背中に目を向けた。派手なタトゥーは清潔な白いシャツに覆われ、いつも姿を隠すようになった。出会ったとき金髪だった髪色は品のいい茶色に変わり、纏う雰囲気は穏やかになり、くるくると変わっていた表情は静かな笑みを湛えていることが増えた。やっちゃんではなく、恭弘さんとか、佐伯さんとか、そういう風に呼ばなければいけないんじゃないかと思う。

やっちゃんは、変わった。わたしの知ってるやっちゃんじゃなくなった。

宙が知っているのは、手持ち花火をぶんぶん振り回して花野に怒られていた姿。アイスクリームの早食い競争をして口の周りをべたべたにし、それでも『勝った』と誇らしげに笑う姿。鼻水が出て手がかじかんでも、巨大な雪だるまを一緒に完成させた姿だ。そういうところがとても好きだったのに、そういうところが佐伯であるとさえ思っていたのに、そうではなかった。宙が好きだった姿、佐伯そのものだと信じていた部分は、驚くほど簡単に、削ぎ落とされてしまった。

その原因は、二年前に佐伯の父が病で急逝し、『ビストロ　サエキ』の二代目オーナーになったことだと宙は思う。店を継ぐ、ということがどれだけ大変なのか、宙には分からない。ずっと共に生きてきたひとと『死』によって別れる辛さも、知らない。佐伯の父は宙を可愛がってくれていて、だからその死はとても哀しかったけれど、別れが寂しくて泣いたけれど、だからといって宙の中の何かが大きく変わったとは思えない。でも、『死』は時としてひとを変えるほどのものなのだ、ということは佐伯の変化によって知った。

以前の姿のほうが好きなのに。そう思うけれど、きっと、口にしてはいけないことだろう。佐伯を悲しませてしまうような気がする。だけど、ときどきふっと寂しくなる。同じ夏は来ないように、ひともまた変化し、同じひとには戻らないのだ。

『盆栽よ、盆栽』

佐伯の変化に戸惑う宙にそう言ったのは、花野だった。

『野放図に枝葉広げて気持ち良く生きるのは楽に見えるかもしれないけどさ、大きくなってくるとなかなか大変なんだよ。枝が重くて折れちゃうこともあるし、栄養が足りなくなって枯れちゃうかもしれない。自分を守るために自分自身を剪定しなきゃいけないときって、あんのよ。でもそれは自分の芯、幹を守るためだから、幹は絶対失われないのよ。だから、大丈夫よ』

花野は『邪魔しちゃいけないか』『大変だろうしなあ』とぶつぶつ独りごちていて、それからほどなくして佐伯は坂の上の家に来なくなった。花野はその代わりとして週に三日、通いの家政婦を雇った。

花野の考えていることは、宙にはいまいち理解できなかった。しかし行動を見れば、忙しくなった佐伯を慮ってのことだということくらいは、分かった。やっちゃんにこれからも来て欲しいというのは我儘なのだろう、と宙は諦めた。

「でも宙の口から『普通のお母さんがいい』なんて言葉が出るとは思わなかったな。どうしたんだ。喧嘩でもしたのか?」

佐伯が訊いてきて、宙は「大きな理由は、ないよ。喧嘩したってわけでもない」と答える。

「しいて言えば、そういうことを考えるようになっただけ」

これは俗にいう親離れというものなのだろうか。精神的に巣立つことを意識するほど、依存していたつもりはないけれど。じゃあどう呼ぶべきものなのかと言われたら、分からない。ただ、宙は花野というひとのあり方に疑問を抱くようになっていた。

いまでは自分できちんとできるようになったけれど、ハンカチのアイロンがけをしてもらったことも、校外授業のときのお弁当を作ってもらったことも、一度もない。アイロンがけは家庭科の授業でだいたい覚え、お弁当は佐伯が作ってくれた。

　正しいやり方を教えてくれたのは、家政婦の田本(たもと)さん——孫も手が離れたという七十歳の女性だ。宙は彼女からシャツにシワの寄らない干し方や、アイロンがけのコツを教えてもらった。洗濯物の干し方は、驚きの連続だった。当たり前だと思っていた花野のやり方が、実はとても雑だったのだ。しわくちゃの衣服がそのままハンガーにかけられていることは日常茶飯事、バスタオルはときどき変なかたちで簞笥(たんす)に仕舞われていた。花野は、着られりゃいいし、綺麗に保っておきたい服はクリーニングに出すものなのよ、なんて平然と言っていたけれど、自分でじゅうぶん綺麗にできるなんて！

　田本からは最近、出汁の引き方を教わっている。削り器で枯れ木のような鰹節(かつおぶし)をけずるところから始めて作る出汁は、香りと味わいがインスタントのものとまったく違う。卵にちょっと出汁を混ぜて焼いたら、たちまちお店の出汁巻き卵に変わった。出汁の引き方は、すぐにレシピノートに書き留めたくらいだ。

　しかし花野にそれらを語っても、仕事でうわの空なのか『へえ、そう』と気のない返事をする。花野から何かを教わる喜びもなければ、何かを知った喜びを分かち合うこともない。

　花野は宙の学校生活についても興味がないようだ。授業参観には来るけれど、その後何を言うわけでもない。担任の先生について、隣の席の子について、誰と仲良くしていて誰と喧嘩しているのか。そんなことを訊かれはしない。今日、学校どうだった？　その一言だけでもわたしの心は弾むのに。しかし『どうだったと訊いて』とせがむのも、違う。

ボロネーゼソースのよい香りが鼻を擽った。肉とトマト、それに香りづけの赤ワイン。サエキのボロネーゼは他のお店より色が黒くて肉がごろごろ入っていて、その味を思い出すだけでよだれが出そうになる。けれど花野について思い返しているいまは、どうにも心が持ち上がらない。

「ほんとうのところ、世の中のお母さんがどんなものかよく分かんないよ。普通ってのもやっぱり分かんない。参観日なんて、いろんなタイプのひとが来るもん。だけど、カノさんは絶対に〝普通〟じゃないと思う。それに、母親としていろいろ、足りてない。例えば子どもへの関心コンテスト、なんてのがあったらカノさんはビリっけつ争いしてそう」

佐伯が困ったように唸った。

「ううん、いや、そんなことないさ。宙のことだって、ちゃんと大事さ。オレは、花野さんなりに気にかけてると思うな」

「そりゃあ、まったくどうでもいい存在というわけじゃない、とは思うよ」

例えば酔いが深いとき、長丁場だった仕事を終えたとき、花野は機嫌よく宙の頭を撫でまわしたりする。あんたって、可愛い顔してるわ。将来が楽しみ。気遣いができるところは、風海ちゃんのお陰かなあ。あたしには、ないところだわ。やさしい口調で繰り返すから、そのときはとても嬉しい。でも、それは愛玩動物を愛でるのと同じ目線なのだと思う。花野の目は『子ども』という枠でしか、宙を捉えていない。

だから、大事なことは少しも宙に話してくれない。花野の仕事のこと、亡き祖父母とのこと、風海とのことなどを訊ねると、ぷつりと口を噤む。『いつかね』なんて濁すけれど、肝心なところ——自分の触れられたくないところは宙に触れさせるつもりはないように感じる。

「カノさんはわたしのことを、子どもとして大事にしようとしてるのかもしれない。でもカノさんが一番大事なのは、大切なのは、柘植さんなんだよ」

口にすると、胸がちくりと痛んだ。ずっと刺さったままの棘が、その存在を主張するような痛みだった。

花野と柘植は、いまでも関係を続けている。主導権は最初こそ花野にあったが、月日と共にゆっくりと移動していった。それが決定的に柘植の手中に収まったきっかけは花野の受賞で、柘植は仕事が押し寄せて戸惑っていた花野のマネジメントを請け負ったのだ。

『これからは、あたしのことは全部柘植さんに任せることにしました』

花野はさまざまな相手に、そう言った。

『仕事だけじゃなくて、私生活でも彼頼みなんです。彼がいなかったら、あたし絶対潰れちゃってたと思うから、彼には本当に感謝しています』

どこか照れたように、しかし誇らしそうに花野は話した。宙はそんな姿を見て、かつて見慣れた顔——保育園で、迎えに来た親の姿を見つけた友達そっくりだと思った。自分を全部受け止めてくれる存在の前で、それまでの寂しさや不安を忘れ去って笑う子どもの顔とよく似ている。だから宙は『カノさんはとても弱いひとなのだ』と思った。

もちろん、宙には想像もつかないプレッシャーがあるだろう。かっちりしたスーツ姿の男性たちが花野に深々と頭を下げているシーンも見たし、賢そうなひとたちとテレビで小難しい話をしている姿も見た。東京に呼ばれることが増えたし、仕事の電話はひっきりなしだ。ひとりで受け止めきれない部分もあるだろう。だからこそ柘植が必要なのも分かる。その部分を宙は『弱い』と言っているのではない。

花野は『私生活でも』と必ず言う。仕事面だけでなく川瀬花野というひとりの人間に柘植が必要なのだと認めているのだ。花野は仕事よりも私生活の助けこそを重要視しており、ただ柘植に甘えたいだけではないか、と宙は思えてならないのだった。

それを証明するように、花野の言動からは柘植に対する依存がはっきりと感じられ、だんだんと深まっていくのも分かった。ダイニングテーブルを買い替えるなら、彼に意見を貰いましょう。あそこのお店は接客がよくないって彼が言っていたから、別のお店に変えましょう。ねえ、この色のドレスは初めて買ったんだけどどうかしら、彼が絶対に似合うって言うのよ。

回数が多くない、母娘で共に食事をとる席での話題の中心も、いつも柘植だった。柘植さんがこんな風に笑ってね、彼ったら実はこれが苦手なのよ。花野はそういう話をとても幸福そうな顔で語り、それはやはり、保育園の友達にそっくりだった。

『カノさんは、柘植さんがいなくなったらどうなっちゃうんだろうね』

思わずそう言ったことがある。あまりに柘植に頼っていることに、呆れ果てていたのだ。にこやかだった花野の顔がさっと曇り、失言だったかとひやりとしたが、しかし花野は真面目な顔で『想像したくもない』と言った。

『でも、そうね。砂漠のど真ん中にひとり放り出されたような気持ちになると思うわ』

『……それは、大変だ。死活問題ってやつだねえ』

宙は軽い調子で答えてみせたが、その下でぬるい感情が溜まっていくのを感じていた。

カノさんは、『お母さん』には決してなれないひとだ。『お母さん』は子どもを愛して守るひとだと思うし、わたしはそういう『お母さん』がいい。けれど、カノさんは自分自身が愛されて守られる方に夢中になっている『子ども』のまんまのひと。柘植さんがいなくなったら、わたしのことなどすっかり忘れて砂漠のど真ん中に逃げてしまうのだろう。

カノさんは、『お母さん』にはなれない。きっと永遠に、柘植さんに守られる子どもでい続けるのだ。

『特別な才能のあるひとだから、やっぱり普通の人間とはどこか違うわよね』

大人がそんな風に話すのを聞いたことがある。綺麗で華やかで、才能まであるすごいひとが自分の親だと思ったら誇らしいでしょう、と直接言われたこともある。クラスメイトの中には『羨ましい』とはっきり言う子もいる。しかし、それらの羨望は宙の心をちっとも潤しはしなくて、むしろ乾かしていった。お前の親は特別で、だから普通を望めないのだと言われているようだった。ごくごく普通の、ただの『お母さん』を乞う気持ちを諦めろと断言されている気がした。

「カノさんは、子どもよりも男のひとが大事なんだ。そういうひとだから仕方ないって思おうとしてるし、昔みたいにめちゃくちゃ期待してもいない。でもね、やっぱりときどき考えちゃうんだ。カノさんが普通のお母さんだったら、って。例えば、ママみたいな」

もう遠い記憶になった、風海家族との生活を淡く思い返す。風海はシンガポールに引っ越した翌年に双子の男児を産み、子育てに追われている。幼い子連れの帰国は大変だからと帰って来ないので何年も会っていないが、それでも風海が宙のもうひとりの母親であることに変わりはない。そして風海こそが宙の思い描く『普通』のお母さんだった。小さな成長を見つけては褒めてくれ、どんなことでも感情を共にしてくれた。

「カノさんにママと同じものを期待しちゃいけないことは分かるよ。別々のひとだもん。でもさ、ママを知ってるからこそ、カノさんに求めたくもなるの。これがママだったらって、考えちゃう」

「……シンガポールに、行きたいのか？」

佐伯が少しだけ躊躇ったように訊き、宙は首を微かに横に振る。

「そこまで深刻に悩んでるわけじゃない。ただ、そういうたらればを考えることがあるってだけのこと。カノさんはカノさんで、カノさんでしかなくて、カノさんにママを期待するわたしが間違ってるんだ」

ううん、と佐伯が小さく唸った。

「宙の求めてること、分からないわけじゃない。寂しくなることもあるだろうなと思うよ。でも、花野さんはちゃんと宙のことも大事だよ。宙だけはいつでも絶対に傍にいてくれるっていう甘えがあるんだと思う。花野さんは、宙に甘えてるのさ」

「甘えてるって、子どもに？」

思わず批難する口調になった宙に、佐伯は「あのひとが甘えるっていうのもすごいことなんだけどな」と言う。

「甘え下手なんだ。そんな花野さんが宙に甘えてるってことは、宙を心から信じてるってことだし、つまりは大事にしているってことだと思う。ほら、もう出来上がるぞ。カウンターに移動しな」

佐伯が茹で上がったパスタをフライパンに投入した。じゅっと香りが立つ。宙はため息をひとつついて、言われた通りカウンター席に移動した。すぐに出来立てのボロネーゼが供される。大きな肉とソースの絡んだパスタは美味しそうな湯気を放っている。いつもだったら

「わあ」と声を上げてフォークを急いで摑むところだけれど、どこかくすんで見える。食欲が自分から切り離されてしまったようだ。のろのろとフォークを取り上げて、カウンター越しに微笑んでいる佐伯を軽く睨んだ。

「あのさあ。やっちゃんはいつまで、カノさんの味方をするの」

坂の上の家に来なくなったとはいえ、佐伯はいまでも甲斐甲斐しく宙の世話を焼いてくれる。この『やっちゃんお料理教室』だってそうだし、田本が休みの日は作り置きのおかずを温めて夕飯にするのだが、佐伯は「ひとりでレンチンメシ食うのも寂しいだろ」と宙を呼んでは食事を用意してくれる。宙がどうしてるか、オレが気になるから呼んでるんだ、と佐伯は言う。けれど、佐伯がやさしいのはやはり、宙が花野の娘だからだろう。その気持ちが報われればいいけれど、花野は佐伯のことを便利な男としてしか見ていないのではないか。恭弘いつもありがとね、と言うけれど、それは子どもの面倒を見てくれていることに対しての礼儀を越えていない。

「わたしはやっちゃんのごはん大好きだし、料理を教えてもらえるのも嬉しい。やっちゃんといる時間だって楽しい。でもさ、こんなことしても、カノさんはやっちゃんのこと見やしないよ」

言いたくないことだけれど言う。だってあまりにも、佐伯が可哀相すぎる。

「本当だよ。いい加減諦めて、身を固めてくれないかねえ」

ふいに大きな声がして、見れば佐伯の母の直子が立っていた。いつから聞いていたのか

「あたしもそろそろ、引退したいんだよ」と大げさにため息をつく。

「何だよ、母さん。あのひとの残した店はあたしが守るんだ、っていつも言ってるだろう」

「そのためには後継者を育てなきゃなんないだろ？　うちの男たちは料理だけで、金勘定や愛想のいい接客ってのがてんで無理じゃないの。だから、いいお嫁さんに来てもらってあたしの仕事を覚えてもらいたいんだよ」

恰幅のいい直子は空いている椅子にどっかと腰かけ、宙に笑いかける。

「それにさあ、孫の顔も見たいよお。あんたにだって、宙ちゃんぐらいの子どもがいたって何もおかしくないんだよ」

ひとの良さそうなふっくらとした笑顔に、宙は曖昧に笑い返す。直子は、ひとり息子の行く末をいつも案じている。あんたは花野ちゃんとは一緒になれないよ。あの子は、あんたの女房で落ち着いてくれる子じゃない。だからあんたと釣り合う子を見つけなさいよ。口癖のようなその言葉には息子への憐れみがあって、宙はそれを聞く度に複雑な思いを抱く。カノさんがあんな風なひとじゃなかったら、やっちゃんがわたしのお父さんになってくれたかもしれない。この店を親子で切り盛りして、それはきっととても楽しい毎日だろう。でもカノさんはそんなこと決してしないし、やっちゃんはそんなカノさんはカノさんじゃないと言うだろう。思い通りには、いかない。

「結婚してない奴は他にもいるし、結婚したって子どもがいない奴もいる。なんなら離婚してひとりに戻った奴だっているさ」

佐伯が肩を竦めるが、直子は「よそはいいんだよ、よそは」と切り捨てる。

「我が家の、あたしの息子の話をしてんだよ。しあわせになったとこ見なきゃ、いつか向こうに行ったときにおとうちゃんに報告できないし、おとうちゃんが悲しむよ」

亡き父親の話が出ると、佐伯は黙りこむ。居心地が悪そうにコーヒーを啜る横顔を見ながら、宙はボロネーゼを口に運んだ。いつも通りの味のはずなのに、よそよそしく感じられる。

佐伯が「話を戻そうぜ」と声を明るくした。

「ええと、その友達。マリーって子にさ、せっかく席が近いんだから話しかけてみれば？もしかしたら、腹具合が悪かったとか、そういう他愛のない理由かもしれないだろ」

宙はそもそもの話を思い出して「ああ」と呟く。すっかり忘れていた。

「それに、その勇気って奴の相談をしてみな。ひとっていうのはな、共通の敵がいるときには団結できるもんなんだぞ」

「共通の敵って、まるで元町くんが『悪』みたいな言い方して」

「敵みたいなもんだろ。あと、担任もな」

「ああ、そうだね、先生もいた」

期待の乗らないため息をついて、でもマリーときちんと話すのはいいかもしれないと思う。

保育園のころの小さなわだかまりを捨てられるだけでもいい。せっかく同じクラスで、席が近くなったのだ。仲良くなれるものならば、なりたい。

「ああ、そうだ。週末あたりに大きな台風がきそうだって、さっき松谷精肉さんが言ってたよ。宙ちゃん、お庭に出ているものとか、片付けておきなさいな」

思い出したように直子が言い、宙は口を動かしながら頷いた。

*

十年に一度と言われるほど大型の台風が樋野崎市を直撃したのは、真夜中のことだった。坂の上の古い家は屋根ごと飛んでいくのではないかと思うほど揺さぶられた。宙が部屋のベッドで丸まっていると、中庭の方でがしゃんがしゃんと何かが割れる音がしたから、屋根瓦が飛んだかもしれない。ごうごうと大気がうねる音が響き、礫のような雨粒が窓を打つ。電線が揺れているのか、何かの接続具合が悪いのか、何度も室内灯が瞬いた。

「やだな、もう」

気を紛らわそうと、本を手にする。宙は昔から読書が好きだったが、ここ一年ほどですっかり物語にハマってしまった。どれだけ嫌なことがあっても、憂鬱な気分を持て余していても、一旦物語の世界に飛びこめばすっかり忘れることができる。そのうえ、読後にやさしい気持ちになれたりやる気を貰えたりもする。いまでは小学校の図書委員を買って出ているし、追いかけている作家までいる。

すぐに物語の世界に入りこんだ宙だったが、しかし台風はそれを阻むように酷くなっていった。うるさいのはどうにか我慢できたが、ふつりふつりと電気が消えては集中もできない。かといって眠れもしなくて、本を閉じて、どうしたものかと窓の外に目をやる。明け方には通り過ぎるとテレビで言っていたけれど、このまま永遠にこの嵐の中に取り残されてしまうのではないかという気がしてくる。

がしゃん。また、何かが割れる音がしてびくりとした宙は、こわごわと自室を出た。花野の部屋を窺う。煌々と明かりがついているのが確認できる。まだ起きて仕事をしているのだろう。

眠れないんだけど、と部屋を訪ねようかと思うけれど、それも一瞬の気の迷いのようなものだ。そんなことしたって「寝てしまえば平気よ」とすげなく追い返されるだけだと分かっている。柘植でも泊っていたら、「居間で温かいお茶でも飲もうか」と言ってくれるかもしれないけれど。

柘植は最初の印象こそ悪かったけれど、付き合うにつれてそれなりにいいひとだと分かった。佐伯のライバルなのだから絶対に心を許すものかと誓っていたが、柘植の方が宙より一枚上手だったのだろう、気付けば『まあそんなに悪いひとじゃないのか』と警戒を解いていた。柘植は花野のことをとても大事にしているし、決して傷つけない。ときどき強い口調になるときがあっても、それはたいてい花野を心配してのことだった。そして花野の子どもである宙のことも、丁寧に扱ってくれる。ちょうどいい距離感で接してくれるので、不快感を覚えない。あれこれ訊いてくることも押し付けてくることもないけれど、箸の持ち方や言葉遣いなどおかしなところがあれば指摘してくれる。出張に行けばお土産を買ってきてくれるし、誕生日やクリスマスには必ずプレゼント——流行りのキッズブランドの服やバッグをくれる。彼にはきっと縁がないものだろうから、いちいち調べてくれているのかもしれないと思うと悪い気はしない。

出会ったころよりも白髪としわが増え、食事の後にはいくつか薬を飲むようになった。血圧がどうの検査入院がどうのという話題がよく出てくるようになったし、すっかりおじいさんになってしまった柘植だが、こんなときはいないよりましだ。

しばらく花野の部屋をぼんやりと眺めていたが、少しの眠気を覚えたので自室に引き返した。風雨も乱暴さを潜めてきたような気がしなくもない。これなら眠れそうだ、とベッドに潜りこんで電気を消した、そのときだった。遠くで女性の悲鳴が響いた。

この暴風雨の中、宙の部屋まで届くような悲鳴を上げるひとがいるとすれば、それはひとりしかいない。宙は布団を撥ね上げるようにして起き、部屋を飛び出した。さっきまできちんと閉じられていた障子が大きく開き、玄関の方でひとの気配がする。慌てて玄関に行けば、いつもの作業着であるえんじ色のジャージ姿の花野が靴を履こうとしているところだった。「どうしたの」と声をかける。ぱっと振り返った花野は、正気の顔をしていなかった。乱れた髪に、脂の浮いた肌。落ち窪んだ目が、真っ赤に染まっていた。乾燥した唇がわなわなと震え、化け物でも見たような様子に宙の方が悲鳴を上げそうになった。

「ど、どうしたの、カノさん」

心臓が飛び出しそうに鼓動を速める。花野の目は、どこか焦点が合っていない。宙の少し後ろを見つめているようで、しかし何も映していない。何かに憑かれた、そんな様子だ。

「いかなきゃ」

「いかなきゃって、どこに。こんな嵐の中、どこにいくっていうの」

「しんだ、って」

かさかさと震える言葉の意味が分からなくて、宙は眉根を寄せて「なに？」と訊く。花野は目を彷徨わせたまま、「しんだ、って」と繰り返す。

「いかなきゃ。しんだから」

「意味分かんないよ、カノさん。落ち着いて。しんだって、いかなきゃって、なに」

「柘植さんが、しんだって」

ひときわ強い風が吹き、玄関の引き戸が揺れた。ガラスが割れそうな音を立てる。

「死んだ……？　なんで」

数日前顔を合わせたときに肩がこって酷く痛いと嘆いていたけれど、体調が悪いというほどではなかったはずだ。思い返そうとしていると腕に激痛が走り、宙は小さな悲鳴を上げる。信じられない強さで、花野が宙の腕を握りしめていた。細い指が、ぎりぎりと腕を締め付ける。爪が食いこんでいた。

「ねえ、死んだっていうの。彼、今日は自宅で過ごすって言ってたのに、死んだっていうの。うそだよね、死んだなんてうそだよね？」

真っ赤な目から、ぼろぼろと涙がこぼれる。『死』という言葉を口にするたびに、どこかが崩れていくような泣き方だった。こんなに取り乱した花野を、初めて見た。

それから花野はふっと手を離し、「いかなきゃ」と言う。いって、確認しなきゃ。彼に会わなきゃ。花野が風で揺れる引き戸を開けると、様々なものが飛びこんできた。どこかの木の枝が宙の頬を掠める。痛みと恐怖で悲鳴を上げた宙を無視して、花野は出て行こうとする。戸が激しく揺れ、ガラスが大きく音を立てる。嵐の中に飛びこもうとする花野の左腕に、宙は無我夢中で縋りついた。

「待って、待ってカノさん。もう少し説明してくれなきゃ分かんない。落ち着いて。こんなときに出て行ったら、危ないよ！」

「邪魔しないで！　放して！」

もみ合うようにしていると、ぱん、と乾いた音がした。その音と衝撃に、宙は思わず手を緩めた。今度は、何がわたしを打ったのだ。顔を上げると、花野と目が合った。

「邪魔しないで。あたしは、柘植さんのところにいく」

花野に打たれたのだと気付くまで、時間がかかった。認めたくなかったのかもしれない。

宙が呆然としている間に、花野は家を飛び出して行った。荒れ狂う暗闇にえんじ色の背中はすぐに溶けて、見えなくなった。

降りこむ雨で濡れる玄関に、へなへなと座る。頰が痛んでぼんやりと触れたら、指先に血が付いた。


花野は翌日の昼前に、柘植の画廊のスタッフに付き添われて帰って来た。

玄関先は飛んできた木の枝や割れた瓦の欠片、ゴミなど、様々なものが散乱したままで、宙はそれをひとりゴミ袋に詰めているところだった。

「宙ちゃん、心配したでしょう。なかなか連絡できなくてごめんねえ」

柘植の友人であり、かつ長年右腕として働いていた角野が申し訳なさそうに言う。綺麗な白髪をいつも七三に整えており、ふわりと甘い香りを身に纏っているお洒落な男性だけれど、今日ばかりは髪も服もちぐはぐな印象を受けた。顔も、ずいぶん老けこんでいる気がした。

「心筋梗塞でね、救急車が来たときにはもう……」

角野が目頭を押さえて頭を振る。宙は角野から花野に視線を移した。

台風一過の空はどこまでも青く、澄んでいる。この世界で空だけが、綺麗さっぱり洗い清められたようだ。そしてその下に立つ花野は、流された負のものすべてを一身に受け止めたような様子だった。誰が着替えさせたのか、こざっぱりとしたTシャツとパンツ姿だが、その顔は死人のようにげっそりしている。花野は宙の視線に気付く様子もなく、そして宙に声をかけるでもなく、ふらふらと家の中に入って行ってしまった。

「えっと、あの。お通夜とかお葬式とかは……？」

花野を見送ってから宙が訊くと、角野がふっと表情を曇らせた。どこか困ったような、言葉を探すそぶりをして、それから「その、ご家族が、ひっそり送りたいと、おっしゃっていて」と言葉を濁す。

「ひっそりって、でもせめてカノさんは行くでしょう？」

「いや、花野さんは行かない」

角野がきっぱりと首を横に振り、宙は「どうして」と問うた。恋人が参列しないなんて、そんなことありえない。少しの間を置いて、角野が「向こうの奥さんが、来ないでくれと」と苦いものを吐くように言った。

「向こうの、奥さん……？」

「そう。それで、見て分かっただろうけど、花野さんは目が離せない状態だ。本当は彼女についていてあげたいけど、ぼくも通夜葬儀の手伝いをしなくてはいけないんだ。誰か、花野さんの傍にいてあげられるようなひとはいないだろうか。すぐ、連絡を取ってほしい」

宙に口を開くタイミングを与えないような速さで、角野が捲し立てた。

「え、えぇっと、あの」

真っ先に思いついたのは田本だったけれど、しかし通夜葬儀に行けない事情をどう説明すればいいのか分からない。佐伯の顔が思い浮かんで、「ひとり、思いつくひとがいます」と言った。

「ああ、そうか。よかった。じゃあ、すぐに来てもらって。ぼくも、手が空いたときには連絡をするからね。ごめんね」

角野はおざなりに宙の頭を撫でて、逃げるように帰って行った。タクシーを門の外で待たせていたらしい、ドアが開閉する音の後、エンジン音が遠ざかっていく。

「柘植さんの、奥さん……」

宙はぽつりと呟いた。柘植は花野をとても大切にしていた。だから、まさか他に家庭があるなんて想像だにしなかった。しかし改めて考えれば、どうしてこれまで気が付かなかったのだろうと思う。あまり泊っていかない、宙にプライベートな部分を一切話さない。公私を支えているというのに、花野との結婚の話は一度も出なかった。ヒントは至るところに散らばっていた。

「不倫、てやつかあ」

最近、クラス内で流行っている深夜ドラマがそんなテーマだ。担任の北川までもが観ていて、放映翌日のホームルームで『すごい展開だったよね』と盛り上がる。大人まで夢中になるなんてどれだけ面白いのかと宙も観たが、つまらなかった。大の大人が自身の欲望をむき出しにして泣き喚いているだけで、苛々するばかりだった。物事には順序があって、欲しいものがあればきちんとした手順で手に入れる。ひとのものは欲しがらない。保育園の子どもだって知っている当たり前のことをすっかり忘れて、辛いだの哀しいだの、あまつさえ運命などと言っているのは滑稽だとしか思えなかった。ぶつぶつと文句をこぼしながらドラマを観ていた宙に、花野は『ハードルは一度越えてしまえば低くなるのよ』と言った。あんただって、本を読みながらごはんを食べてるときあるでしょう? 昔はそんなことしなかったのに、いまじゃ本に夢中になって食事を放置することもある。それとおんなじよ。一度やってしまうと、そのことに対しての罪悪感がぐんと低くなって、二度目、三度目とやってしまうし、もっとハマってしまう。

読書と一緒にしていいものかなあ、と聞き流した。しかしあのときのカノさんは、どんな感情でわたしの批判を聞いていたのだろう。どんな気持ちであんなことを語ったのだろう。

家の中で大きな音がし、宙ははっとする。さっきの花野は魂がどこか遠くに飛んでいったようだったのに。履いていたサンダルを放り出すようにして中に入り、がたがたと音がする花野の部屋に向かう。

「あ、あの。カノさん、開けていい？」

　声をかけるも、返事がない。もう一度訊いて、それから宙は返事を待たずに障子を開けた。

　きちんと花野の部屋を覗いたのは、これが初めてだった。

　十二畳ほどの広さのある、和室だった。壁一面に及んでいる本棚にはみっちりと本が差され、その裾には収まり切らない画集や児童書が乱雑に積み上げられている。本たちはところどころで雪崩を起こし、畳の上には描き損じの紙や落書きにしか思えないラフ画も散乱している。雑然とした中で、画材がきちんと並んだ大きなデスクだけが秩序を保っている。

　少し埃の匂いがする部屋の端にあるセミダブルのベッドとドレッサー、二棹の箪笥だけが、花野の生活感を主張していた。

　ああ、カノさんってこんな部屋で生活していたんだ。

　ようやく花野の大事な一面に触れた。そのことに淡い感動のようなものを覚えた宙だったが、しかしすぐにこんなかたちでか、と哀しくなった。

　花野は宙のそんな小さな心の痛みに気付く様子もなく、箪笥の引き出しの中身全部を引っ張りだすようにして、何かを捜していた。

「喪服、いつ着たのが最後だっけ？　ないじゃない」

「喪服って……。去年、虫食いだらけになってるからって捨てたはずだけど、行くつもり、なの？」

おずおずと尋ねると、「当たり前でしょ」とぴしりと返される。

「どうして行かないでいられるっていうの」

「でも、角野さんが」

「角野さんが、なに」

振り返った花野が宙を見る。その不穏な目つきに、宙は言葉の続きを失った。

「あんたは、黙ってて。喪服、一着だけしかないってことはなかったはずよ。まだどっかにあるのよ」

花野は簞笥から離れ、今度は押し入れの中を掻きまわし始める。その背中は、声をかけられることすら、拒絶しているように見えた。ああ、わたしでは、もうどうにもできない。宙は踵を返して自室に行き、枕元で充電していた携帯電話を取り、電話をかける。

ほんとうに困ったとき、宙が頼ることのできる大人はたったひとりしかいない。その唯一の大人である佐伯が来たのは、あっという間のことだった。電話を受けて、すぐに家を出たに違いない。玄関先で待っていると佐伯が最近愛車にしている大型バイクが坂を上って現れた。

「やっちゃん！」

駆け寄ると、ヘルメットを外した佐伯はこわばった顔をしており、「花野さんは？」と短く訊く。

「喪服を捜してたんだけど、見つからないものだからそんなのもうどうでもいいって言って……」

花野は、今度は風呂に入って化粧を始めていた。普段よりも念入りにパウダーを肌に叩きこんでいる様子は、鬼気迫っていた。

佐伯を家の中に招き入れ、花野の部屋の入り口で声をかける。

「あの、カノさん。やっちゃんが来たよ」

「何しに来たの。いま、恭弘の相手はできないんだけど」

花野はドレッサーの前に座り、鏡の中の自分を凝視していた。その顔は、普段よりも化粧が濃い気がした。

「見て分かるでしょ。忙しいのよ、あたし。ああ、宙。居間にいつも使ってるアイブロウが置きっぱなしだと思うの。取ってきてちょうだい」

「カノさん……」

どうしたものかと佐伯を見上げると、背後にいた佐伯がふっとため息をついた。

「花野さん、もしかして通夜に行くつもりで支度をしてんの？」

佐伯が問うと、花野は「そうよ」と答えた。

「向こうが何と言おうと、ちゃんとした服装で弔問に訪れた人間を大勢の前で追い返せないでしょ？　そうよ、そんなみっともない真似しないはずよ」

それは、自分に言い聞かせているように聞こえた。

「……あのひととはそういう別れがある、って覚悟してたんじゃないの」

どこまでも静かに佐伯が言い、花野が動きを止める。

「見送りなんてできない関係だって、いつだったか言ってただろう。なのに、なにバカなことやってんだよ、花野さん」

花野がゆっくりと振り返る。その顔はぞっとするほどうつくしく、蒼白だった。宙には、精巧な人形のようにも見えた。

「だって、こうしないと、あたしが死んじゃいそうなのよ」

微かに震えた口ぶりは、幼い子どものようだった。こんなに突然別れが来るなんて思ってなかった。置いていかれる日が来るなんて思ってなかった。だから、こうするしかないじゃない。こうでもしないと、あたしどうにかなりそうなのよ。

「その気持ちが分からないとは言わないよ。でもそれこそが、花野さんの受ける罰だろ？ひとのものを奪って、奪い続けた。花野さんのしあわせは、誰かの心を踏みつけてた」

ひゅ、と何かが風を切る音がして、佐伯の体に鈍く当たった。佐伯の隣にいた宙が転がり落ちたものを見れば、化粧水のボトルだった。

「罰って何よ！　あたしだって、苦しかったのよ！」

「それは、自分で選んだことだろ」

もう一度音がして、佐伯はそれを払い落とした。障子の桟に当たったのは香水の小瓶で、円形の瓶はころころと転がった。宙は転がったふたつを拾おうと屈みながら思う。やっちゃんはカノさんたちのことを知っていて、それでも黙って見守っていたの？　どうして？　ほんとうにカノさんのことが好きなら、止めてあげなくちゃいけないんじゃないの。なんで、何年も見て見ぬフリなんてしたの……。

　宙は佐伯の後ろ姿、大きな背中を見上げた。

「辛いのは耐えるしかないんだ。花野さんは、覚悟して加害者になったんじゃないか」

「そんな言い方しないでよ！　柘植さんは、あたしは何も悪くないって言った！」

　叫ぶ花野は、少しだけ勇気に似て見えた。思い通りにいかない苛立ちを持て余して、地団太を踏んでいる姿が重なる。その姿を、宙は勇気のときと同じ感情を抱いて眺めた。

　カノさんはいつ、ハードルを越えたのだろう。いつから、ハードルが低く低く、そして消えてなくなったのだろう。いつから、自身の我儘をひとに当たり前に押し付けるようになったのだろう。わたしは、同じ家で一緒に暮らしていたのに、全然、気付かなかった……。

　見合っていた佐伯と花野だったが、花野の方が視線を逸らした。小さな声で「……ちょっとだけよ」と言う。

「最後に、顔を、見たいだけ。あたし、会わせてもらえなかったの。だから、ほんの少しでいいから、会いたいのよ。見送れないのは、嫌よ。恭弘なら、分かってくれるでしょう？」

泣き出しそうな、縋るような声だった。

宙はそれを、狡いと思った。こんなときだけやっちゃんに甘えるのは、狡い。しかし佐伯は、深いため息をついた。

「向こうに、花野さんを助けてくれそうなひとは」

青ざめていた花野の顔に、少しの光が差す。

「角野さん。彼の友人で、仕事も一緒にしていて、あたしのこともちゃんと知ってる」

「連絡先は？」

佐伯が携帯電話を取り出した。

「花野さんが正面から行って、会わせてもらえる訳がないだろ。だから、方法を考えなきゃ」

佐伯も結局、花野に甘い。依子ちゃんと一緒だ。花野の差し出す携帯電話の画面を覗きながら自身の携帯電話にメモをする佐伯が、宙には滑稽に見えてくる。これじゃ、我儘を言った者勝ちじゃないか。嫌なことでも嫌いな食べ物でも、それが決まりだからと受け入れているひとが、馬鹿みたいだ。

「よし、連絡するよ。でもその前に。花野さん、何も食ってないんじゃないか？」

佐伯が言い、花野が「ああ、うん」と頷く。

「腹減ってると、頭が働かないだろ。スープでも作るよ。冷蔵庫、開けさせてもらうな」

それから佐伯はキッチンに向かい、冷蔵庫を覗いた。いくつかの食材を取って「これなら花野さんの好きなクリームスープが作れるな」と呟く。廊下からキッチンを覗いた宙は、その背中を見つめた。いつもなら傍に行きどんな手順でどんなものを作るのか見たくなるのに、足が動かない。

すぐに、キッチンにやさしいミルクの香りが満ちた。開け放たれた窓からそっと風が流れこみ、香りを家じゅうに運んでいく。うつくしく身支度を整えた花野がその匂いに引き付けられたようにふらりと現れて、そしてテーブルに座った。その向かい側に、宙は黙って座った。

花野のことが心配で、というわけではない。もちろん、空腹なわけでもない。ただ、自分が知らずにいたことを見極めたい、そんな気持ちだった。もしかしたら、自分が納得できる理由を探したかったのかもしれない。それは仕方ないよね、そんな風に思いたかった。でも、見つかりそうにない。どころか、娘よりも夢中になっていた相手とはルール違反の関係だったなんて、という怒りが時間とともにむくむくと膨らんでいた。

それぞれの前にスープ皿が置かれて、我に返る。かぼちゃをベースにしたやさしい色合いのスープに真っ白な温玉が浮かび、ドライパセリが彩りを足していた。短時間で作ったとは思えない見栄えだった。

「ほら、ふたりとも冷める前に食って」

佐伯が促すと、花野がそっとスプーンを持ち上げた。ひとさじスープを啜る。それからもうひとさじ。掬っては、口に運ぶ。

花野が喪服の代わりに選んでいたのは、漆黒のドレスだった。線の細い花野の体にぴったりと沿うようなタイトなドレスは花野のうつくしさを引き立たせているけれど、弔いの場に着ていくものではないと宙でも分かる。動揺した末のことなのかもしれないが、宙には常識がないとしか思えない。こんな格好でお通夜やお葬式に行くなんて、おかしいに決まってる。宙が呆れた眼差しを送っても、花野は気付かない。子猫がミルクを飲むような仕草を坦々と繰り返している。

「宙、どうした？　食え食え」

両手を膝の上に置いたままの宙に気付いた佐伯が言うが、宙は首を横に振った。

「いい。いま、お腹空いてない」

花野が出て行った夜中から、何も口にしていない。けれど、胃がどこかへ消えてしまったのではないかと思うくらい、空腹感がない。もしかしたら、胃のあるべきところに綿かゴミでも詰まっているのではないだろうか、と想像する。

「そうか。じゃあ、腹が減ったときに言えよ。あっため直すからな」

いつもは宙のことを気にかけてくれる佐伯だが、今日に限ってはそんな余裕もないのだろう。ぽんぽんと宙の頭を軽く撫でた後、廊下に出て行った。少しして、声のトーンを落とした佐伯の声が漏れ聞こえてくる。ええ、ご遺族のお気持ちは十分分かります。でも、花野さんに別れの時間を作ってあげたいんです。亡くなった柘植さんだって、それを望んでいるはずだ。あなただって、彼らを傍で見て来たわけですよね。少しくらい、手を貸してくださってもいいんじゃないですか？

必死に角野を説得している佐伯の声に、宙は耳を傾ける。そうして、やっちゃんってバカだなと思った。ほんとうに、バカだ。突き放さないといけないのに、抱きしめようとしてる。諭さないといけないのに、我儘までひっくるめて許そうとしてる。やっちゃんがどんなに思ったって、カノさんにはこれっぽっちも響かないのに。

それに、カノさんは普通じゃない、どころじゃない。異常だ。普通の母親になれないどころか、堂々と不倫ができるようなひとなのだ。我儘で自分勝手で、だから自分以外の誰かの気持ちに気付かない。そんなひとにやさしくしてどうするの。

花野がスプーンを放って立ち上がった。食事よりも、外の佐伯の会話の方が気になったのだろう。立ち上がった勢いで、手つかずだった宙の皿からスープがこぼれたが、気にも留めないまま廊下に出て行った。

スープはテーブルの上に小さな水たまりを作った。やさしい黄色の水たまりの上に、パセリが所在なげに浮いている。宙はそれを拭おうと近くにあった布巾を手にした。しかし次の瞬間、急に情けなくなった。布巾を投げ捨てて、宙は家を出た。大人ふたりは、気付きもしなかった。

澄み渡る空に、微かに秋の匂いの混じった風がやわらかく吹いていた。宙のひとつに結わえた髪をそっと撫でていく。雲ひとつない空を仰ぎ、宙は深いため息をひとつつく。左頰がずきずきと疼いて、頰に手を当てると熱を持った傷があった。

頰に手を添えながら思う。わたしはこれから、どうしたらいいんだろう。もう、カノさんと暮らしていく自信がなくなった。カノさんに、呆れ果ててしまった。そして、心のどこかで泣いている自分がいる。納得して、諦めていたつもりだった。だけど、ほんとうはまだ『母親』を欲していたんだ。誰よりも愛を注いでくれる、わたしを見てくれる存在に変わって欲しいと願っていた。でももう、今度こそ理解できた。カノさんは決して、わたしの望む母親にはなれない。あのひとは、母親にはなれないひとだ。

門扉を出て、長い坂をほんの少し下ってみる。自転車で坂を下っていく、大学生くらいのお姉さんがいる。ベビーカーを押してのんびり歩いているお父さんも、遠くに見えた。往来する車たちは、緩やかに宙の横を通り過ぎてゆく。すっかり日常になった景色を宙は見回した。そして、「あのころはよかったな」と呟いた。保育園に通っていたころが一番よかった。あのころは花野に対して、憧れと尊敬、純粋な『好き』という気持ちしか持っていなかった。ときどき会う母は、とても魅力的なひとだった。

一緒に暮らし始めたばかりのころ、これまで花野のほんの一部分しか見ていなかったことにショックを受けた。知らなかった花野の姿に傷つき、思うような生活が送れないことが辛かった。それでもまだ、『希望』や『期待』を失いはしなかった。花野との生活を重ねていけば、きっと理想に近づくはずだと信じることができた。そう思えたのは、やっちゃんから教わった、元気の出る魔法のパンケーキのお陰だ。あの日、わたしは確かにこれからを信じていた。このパンケーキさえあれば大丈夫、そんな風にさえ思った。

でも、その効果は長くは続かなかった。あまりに寂しさが溜まってしまったとき、花野との距離が遠くなっていると感じたとき、宙は祈るような気持ちでパンケーキを焼いてきた。最初の内は、花野も一緒に食べてくれていたけれど、いつからか『後で食べるから置いておいて』と言われるようになった。いつ食べてもらえるともしれないパンケーキにラップをかける。萎んだパンケーキが、哀れに見えた。

一緒に食べないと、意味がないんだよ。

忙しいのは分かる。仕事が大事なときだというのも知ってる。だから、自分の為に時間を使ってと言うのは我儘なのかもしれない。わたしの為に、そう言うのは花野に無理をさせてしまうことなのかもしれない。悩んで悩んで、結局何も言えなくて、宙はパンケーキにラップをかけ続けた。そして、作るのをやめた。花野はきっと、そのことに気付いてもいないだろう。

『おっきい声で言ってくれたら、それくらいは聞こえるから』

花野はそう言ったけれど、それなら、大きな声で叫んでいいのか不安にさせないでほしかった。った。誰かの次にしか大事にされていないのだと思えば思うほど、自分のことを主張できなくなった。柘植を大事にする姿を見れば、それが自分より大切なひとなのだろうと思ってしまえば、声を上げる勇気など出なかった。

ああ。わたしは、ほんとうはものすごく、寂しかったんだな。

花野との、母親との距離があまりに遠く感じられて、寂しかったんだ。

そのとき、背後でぎっと木の軋む音が聞こえた気がした。聞きなれたその音は、川瀬家の門扉の開閉時に発せられるものだ。まさか花野と佐伯が通夜に出かけるのか、と宙は驚いて振り返る。

しかし、そこにいたのは喪服姿の女性で、中に入ろうとしているところだった。後ろ姿は、花野と年が変わらなそうだが、見覚えはない。角野が画廊の事務員の女性でも寄越したのだろうか、と宙はそれを眺めた。

違う、と気付いたのは宙の横を通っていったタクシーが家の門扉の前に停まり、取り乱した様子で転び出る角野が現れたときだ。慌てて家に飛びこむ様子に嫌な予感がして、踵を返して家に戻る。玄関に入る前に、「いい加減にしなさいよ!」という罵声が聞こえた。

「愛人ふぜいが通夜に出たい? あんた、何様のつもりなのよ。母をこれ以上バカにするのなら、訴えるわよ」

とても痩せた女性だった。細い首に巻かれた大ぶりの真珠のネックレスが目立つ。大きな声で叫ぶ女性は、ぼうっと立つ花野にいまにも摑みかからん勢いで、佐伯と角野が間に入って必死に止めていた。

「私はあんたを許さない。母から夫を、私から父を奪ったあんたを絶対、許さない。会わせるもんですか。絶対に、会わせない！」

「ごめん、ごめんね、桃子ちゃん。ぼくが悪かった。ぼくが、きみたち家族の気持ちを踏みにじるようなことをしたんだ」

角野が女性に繰り返す。桃子と呼ばれたこの女性は、どうやら柘植の娘であるらしい。よく見れば、目元と鼻のかたちが柘植によく似ていた。

「ええ、ええ。これ以上ないほど踏みにじられましたとも。こっそりと愛人を招き入れる算段を立ててるなんて、私たちを何だと思ってるの⁉　情けないったらないわよ」

「何度でも謝るよ。だからもうこんなこと止めてくれよ。きみがこんなことしたって、お父さんは喜ばない。哀しむだけだよ」

「角野さん、あなた何を言ってるの。どうして私があのひとを喜ばせないといけないのよ。あのひとはこの女に見送られることなんかないまま、この世を去るの。それがあのひとへの罰だもの！」

許すもんですか、あのひとも、この女も！　女性は目を真っ赤に染め、叫ぶ声は濡れていた。その、憎しみに歪んだ顔を見つめながら、ああ、こんなに酷いことだったのかと宙は思い知った。ドラマの中の叫びなんて、作り事でしかない。あのひとたちは自分をうつくしく保って泣いていたけれど、ほんとうは、人間らしさみたいなものをかなぐり捨てて苦しむのだ。そして、この女性にそんな苦しみを与えたのは、他でもない自分の母親なのだ……。

「ママ、かえろ」

鈴が鳴るような、凜とした声がした。この場に似つかわしくない涼やかな声に、一瞬場が静まった。宙が振り返ると、後ろにマリーが立っていた。黒のワンピースを着たマリーの顔色は悪く、唇は青白い。少しだけ震える声で、マリーは「ここにいても、仕方ないじゃない」と続けた。それより、おじいちゃんの傍にいようよ。

角野の腕の中でもがいていた女性、桃子の表情がゆっくりと緩む。桃子は角野の腕をぱしんと払って、「そうね」と返した。

「娘の私こそが、傍にいないといけないわね。そうよ、ここに来ることなんてなかったのよ。帰るわ。その前に、川瀬さん」

桃子は惚けたままの花野に「今後、柘植と関わるものすべてから手を引いてちょうだい。万が一、あなたからの接触を確認した場合、法的手段をとります。それと、あなたと柘植の関係も公にする。父親ほどの年齢の男の愛人をしてたと世間に知られたら、どうなるでしょうね？　まあ元々夜のお仕事の経験もあるそうですし、下衆な雑誌が面白おかしく書いてくださるんじゃない？　それはぜひとも読んでみたいところですけど」

歪んだ笑顔を見せて、桃子は「帰るわよ、マリー」と出て行った。カツカツとヒールの音を立てて去る母のあとを追おうとしたマリーが、ちらりと宙を見た。

母のような怒りでもなければ、憐れみでもない。ただただ哀しそうな目と視線が交わったとたん、宙はすべてを悟って愕然とした。マリーは、知っていたのだ。自分の祖父と、宙の母親の関係を。だから、あんな態度をとっていた。

マリーが母を追って小走りで去っていく。その背中に、叫びたくなる。マリーちゃん、わたし知らなかったの。ほんとうにこれっぽっちも知らなかった。しかしそんなことを言ってどうなるだろう。赦しを乞えるものでもない。

「花野さん」

佐伯の声がして、顔を向ければ花野がへたりこんでいた。顔を両手で覆い、肩で息をしている。手の隙間からくぐもった声で、もういいと言う声がした。

「もういい。少しだけ……頭冷えた。もう、いいわ」

何度か繰り返してから、花野はふらりと立ち上がった。それからおろおろするばかりの角野に「行って下さい」と頭を下げた。

「忙しいときに、ごめんなさい。もういいです。あたし、通夜にも葬儀にも行きませんから」

「ぼくが悪かったよ。桃子ちゃんがぼくの電話を聞いているとは思わなかったんだ。本当に、ごめん……」

角野が桃子たちを追って出て行く。花野は自分を守るように立っていた佐伯に「ごめんね」と弱々しく笑いかけた。

「ちょっと目が覚めた。そしたらなんか、すごく疲れた。あたし、少し寝るわ」

本人は普段通りの口調を意識しているのだろう。しかし声は震えていたし、ひらりと手を振って自室に戻る足取りも、頼りなかった。その背中に、佐伯が言う。

「オレ、傍にいるから。別に、何をしようってわけじゃない。花野さんがしんどいときに、近くにいたいだけだから」

花野は何も答えずに、自室に入って行った。

柘植の通夜葬儀は何事もなく終わったと聞いたのは、四日後のこと。角野からの電話でだった。

『ぼくも、一切のやり取りをしないよう言い含められてるんです。ぎりぎりまで父の不倫の幇助(ほうじょ)をしようとしていたのだから、それなりの罰を与えてもいいんだと、桃子さんは大変なお怒りようで……』

角野は何度も『すみません』を繰り返し、そして最後に、今後の花野の仕事のサポートもできないと言った。仕事を引き継いでくれそうなひとを探しますから、それでどうか。電話を持つ気力もないのか、花野はその通話をスピーカーにしていて、だから宙にもすべて聞こえてしまった。電話の向こうで頭を下げているような角野の声を聞きながら、花野の顔を見ていた。

あの日以来、言葉通り傍にいる佐伯が黙ってお湯を沸かし始める。古いケトルの蓋が蒸気に押し上げられてトトト、と小さな音を立てる。その音を背に、花野は分かりましたと静かに応えた。これまでお世話になりました。角野さんも、どうぞお元気で。

通話を終えると、やさしいジャスミンティーの香りが部屋を満たした。

「こういうときには、目にもやさしいものを飲んだほうがいいんだ。なんて、キャビネットの中から見つけたものだけどさ」

佐伯が明るい口調で、花野の前にガラス製のポットを置く。ほんのり色づいたお茶の中に、ゆらゆらと千日紅とジャスミンの花が咲き揺れている。花野の最近のお気に入りだった工芸茶だ。しかしそのきっかけになったのは柘植の出張土産だったことを、佐伯は知らない。

花野はじっとポットの中の花を見つめたのちに、静かに「ありがとう」とだけ言った。

宙は黙って花野を見つめていた。こんなのいまは出さないで、と怒りだすかと思ったけれど、そこまで我儘ではなかったのだなと冷静に思う。

花野はポットを手にして、カップにお茶を注いだ。ふたつに注ぎ、ひとつを宙の前に置く。

それからもうひとつに口をつけた。ふ、と息を吐く。

「恭弘、迷惑かけてごめん。田本さんの代わりに、いろいろしてもらったし」

田本は不倫のことを知らなかったらしい。佐伯が「驚かせてしまうし、しばらく休んでもらおう」と花野に話しているのを聞いたとき、宙はどこかほっとした。

「あんた、お店も休んでるでしょう。おばさんに申し訳ないからさ、帰ってよ」

「大丈夫なのか、花野さん」

「いまの会話、聞いてたでしょう？　もう、全部終わったのよ。いつまでも引きずってらんないでしょう」

「でも、あれから満足に飯も食ってねえ。倒れちまうよ」

「日常に戻れば、いずれ食欲も出てくるんじゃない？」

「それは、そうかもしれないけど……。まあ、宙もそろそろ学校に行かなきゃいけないしな。日常に戻らないとだよな」

宙は何となく学校に行く気になれなくて、柘植が亡くなった日からずっと休んでいた。花野と佐伯も、行けとは言わなかった。忘れられていたんだと、宙は思う。

香りはいいけれどあまり好きな味ではない工芸茶を申し訳程度に啜って、宙は佐伯に頷いてみせる。学校に行ったら、マリーに会う。マリーと話をしたいけれど、でも何をどう話せばいいのだろう。一瞬交わったあの目の中にどんな感情がこめられていたのか、教えてほしい自分と、知りたくないと思う自分がせめぎ合っている。お茶の中で揺れる、自分の顔を見つめた。

「あら、あんたその頰どうしたの？」

ふと気付いたような花野の呟きに、宙は顔を上げる。もしかしたら、驚きの声が漏れていたかもしれない。そんな宙の様子に、花野が小首を傾げた。

「いまごろ？　わたしを叩いたこと、覚えてないの？」

かたちのよい唇が、ぽかんと開いた。綺麗な目が見開かれる。その目を、宙はまっすぐに見つめた。

瞳が、揺れている。柘植の訃報を受けたあの晩と、同じものに変わっていく。工芸茶の花がゆっくり開いていくさまに、似ていた。

「あ、たし……あんたのこと……」

「叩いたでしょ。これは、そのときの傷だけど」

もしかしたら、皮膚を裂いたのは枝だったかもしれない。でも、花野の爪先ではなかったとも言い切れない。花野が、深く息を吸った。ひゅう、と隙間風のような音がする。

「柘植さんのほうが、わたしより大事で。だから止めるわたしが邪魔で、カノさんは叩いたんでしょう」

嫌な言い方だと思ったけれど、口は勝手に動いていた。

「カノさんが不倫してたこと、知らなかった。何にも……ほんとうに何にも、知らなかった。わたしは大事なことを何ひとつ知らされていなかった！　なのに振り回されて邪魔者扱いされて、あげくに放置。最悪だよ！」

これまで弱火のように存在していた怒りの炎が、爆発した。体の中を燃やし尽くしてしまいそうな激情のままに、宙は花野を睨みつけた。

「子どもだから黙ってたって言うのなら、こんな風に知らせないでよ。カノさんは自分だけが不幸みたいな顔してるけど、そんなわけないでしょ？　わたしを振り回すのもいい加減にしてよ！」

花野の顔が歪んだ。何か言いかけるように唇が動き、宙は一瞬息を呑んだ。しかしすぐに、

「ここで泣いて謝るのは、違うから！」と叫ぶ。そんな嫌みな言葉が自分から飛び出たことに宙は驚いた。

「あ……あの、あたし、あの」

花野は言葉を探そうとして、しかし何も見つからなかったようだった。冗談みたいに震えだした手でカップを置き、逃げるように出て行った。固い玄関扉が力任せに開閉される音を聞き、宙は「信じらんない、逃げた」と吐き捨てた。こんなときなのに、向き合うつもりさえ、ないのか。

はっとした佐伯が花野を追いかけようとし、しかし足を止める。椅子に腰かけたまま、荒

くなった息を整えようとしている宙に近づき、頬にそっと触れた。指がやさしく傷を撫でる。

「ああ、これ、か。ごめん、オレも気付かなかった。言い訳だけど、いつもなら気付いたはずなんだ。本当に、ごめん」

宙は佐伯の手を払って、両手で自分の顔を覆った。感情がうねって、苦しい。目の奥が熱い。

「ごめんな、宙。お前のこと、後回しにしてしまってた」

「やっちゃんが謝ることじゃない。やっちゃんだって、カノさんが一番大事なんだもんね」

手のひらの中で、こんなこと言いたいんじゃない、と思う。こんな僻みっぽいこと、言いたいわけじゃない。

佐伯が宙の頭を撫でた。大きな手で、ゆっくりと何度も。

「やめて。やっちゃんに、我儘言いたいわけじゃない」

「どうして？　言ってくれよ。オレはお前のことだって受け止めたいと思ってるんだ」

佐伯が目の前に屈むのが分かった。とても近くから、穏やかな声がする。オレは、宙のことが大事だぞ。誰かと比べることなんてない。宙が、大事だ。でも、ひとりで悲しませてしまった。大事だって言いながら、宙を疎かにしてしまった。嫌だったよな。怖かったよな。本当に、ごめん。これからは絶対、そんなことしないから。

頭に触れる手のひらが、温かい。宙は自身の手の中で涙がこぼれそうになるのをぐっと堪えていた。この数日間の孤独や恐怖、絶望に憤り。どれひとつとして、誰にも漏らさず飲みこんできた。それをいま、見つけてもらい受け止めてもらえたのだ。

「やっちゃん、ありがと……」

いまにも潰されそうだった心に、ほんの少しの気力が戻る。よかった、と思う自分もいる。しかし、消えない虚しさもあった。この手の温もりは、言葉は、どうしてカノさんからではないのだろう。カノさんは、わたしと向き合ってはくれないのだろうか。わたしの哀しみや涙から、ずっと目を逸らし続けるの？

「やっちゃん、カノさんを追いかけなよ。わたしのことは、もういいから」

「でも」

「大丈夫。わたしはカノさんほど、弱くない」

口にして、宙は自分自身で驚いていた。まさかわたしが、そんなことを言うなんて。一体どこから出た言葉だったのだろう。しかし、納得する自分もいた。そうだ、カノさんはとても弱くて、逃げるしかないひとなのだ。わたしはカノさんより、強い。だってここまで、誰にも弱音を吐かずにいられたのだから。そして強いからこそ、いまはやっちゃんのやさしさに甘えたくない。ここでやっちゃんに甘えてしまえば、ほんとうの母に見向きもされない可哀相な子どもになってしまう気がする。

行って、ともう一度言うと、佐伯はそれでも逡巡した。

「心配しないで。わたしは大丈夫だから。行ってよ」

「じゃあ……ちょっと様子を見てくるよ。その代わり、あとできちんと話そう。な？」

佐伯は最後に強く頭を撫でてから、部屋を出て行った。そのまま、外に駆けていく気配がした。無人になった居間で、宙はテーブルの上の食器を片付ける。佐伯の前ではこぼすまいと必死に耐えていた涙が、堰を切ってあふれた。手の甲で何度も顔を拭う。引き結んだ唇から、ひ、ひ、と声が漏れる。誰もいないのだから声くらい出したっていいのに、でも漏らしたくない。

玄関のチャイムが鳴った。佐伯は勢いよく出て行ったから、戸も開きっぱなしのはずだ。誰だろう、でもこんな状態じゃ出られない。居留守をきめこもうと思っているともう一度チャイムが鳴り、そして玄関から声がした。

「すみません、どなたかいらっしゃいませんか」

遠慮がちな声がして、はっとする。声に、聞き覚えがある。でも、まさか。布巾で顔を拭って、「はあい」と応える。それから急いで玄関に出た。

「あ、宙ちゃん。こんにちは」

半分開いた玄関扉から顔を覗かせていたのは、マリーだった。

「宙ちゃん、学校休んだの？　お母さんはいる？」

「い、いまちょっと出かけてて、いない、けど。マリーちゃ……どうして」

マリーは、今日は白いTシャツに紺色のスカートというさっぱりしたいでたちだった。顔はどこか緊張していたけれど、数日前のような悲愴さはない。

マリーが、肩から下げたボディバッグを探る。そうして、真剣な顔をして手を差し出してきた。

「あのね。これを、宙ちゃんのお母さんに渡しに来たの」

それは、マリーの手のひらにすっぽり収まる程度の小さな瓶だった。何かと問う前に「おじいちゃんの遺骨」と言う。

「ほんのちょっとだけど。おばあちゃんが、ママに見つからないようにこっそり持って行きなさいって」

驚いて、口がぽかんと開いた。そんな大事なものを、どうして。

「う、受け取れないよ、そんな」

「いいんだよ。おばあちゃんがいいって言ってるんだから」

狼狽える宙の手にマリーは小瓶を押し付けて「じゃあね」と帰ろうとした。その服を、慌てて摑む。

「待って、待って。あの、わたし」

帰してはいけないと思うけれど、言葉が出ない。そんな宙にマリーは振り返り、「うちのママが、ごめんね」と哀しそうに微笑んだ。

「まさかここまで怒鳴りこみに行くとは思わなかったんだ。宙ちゃん、何も知らなかったんでしょ。嫌だったよね、ごめんね」

「そ、そんなこと言わないで。謝らなきゃいけないのはこっちの方じゃない！」

慌てて言って、頭を深く下げた。

「カノさ……わたしの母が、ごめんなさい」

「それは、宙ちゃんが謝ることじゃないよ。ていうか、大人のせいであたしたちが謝りあうのも変な話だよね。やめよっか」

顔を上げると、マリーはやさしく笑っていた。不機嫌でも仏頂面でもない、穏やかな顔を前にして、宙は思わず「少し、お話しない？」と言った。

「マリーちゃんの言う通り、わたし何も知らなかったんだ。だから、マリーちゃんの知ってること、教えてほしい。その、少しお話しようよ」

マリーはきょとんとした顔をして、それからはにかんだ。

「実はあたしも、宙ちゃんときちんとお話してみたかったんだ。えっと、このあたりで話せるところ、ある？　宙ちゃんのお母さんが帰って来るとややこしくなりそうだから、外行こうよ」

それからふたりで、五分ほど歩いた先にある野鳥公園まで行った。遊具も何もない公園には小さな東屋とベンチがいくつか置かれているだけで、ひとの姿はない。鳥の鳴き声がして空を仰げば、マリーが一番近い木の枝を指差した。

「ほらあそこ見て、キビタキ。黄色いお腹してるでしょ」

「ああ、いた。あれ、キビタキっていう鳥なの？　マリーちゃん、詳しいんだ」

「鳥、好きなの」

どこか恥ずかしそうに言うマリーは、初めて見る表情をしていた。思い返せば気難しそうに唇を引き結んでいる顔しか見たことがなかった。それもきっとすべて、自分の存在のせいだったのだと思うと、宙は哀しくなる。

ベンチに腰かけて、途中で買ったジュースのプルタブを引く。それにちょっと口をつけたマリーが「宙ちゃんのお母さんさ」と口火を切った。

「うちのおじいちゃんのこと、すごく好きだったんだね。おじいちゃんの運ばれた病院にいたら、宙ちゃんのお母さんが駆けつけて来てさ」

雨でずぶぬれになった花野は、遺族の前で何度も頭を下げたのだという。お願いします、どうかお願いします。一目でいいから会わせてください。なりふり構わぬ姿に、マリーの祖母——柘植の妻も憐れに思ったのか頷きかけた。しかしそれを拒否したのが、マリーの母の桃子だった。花野を『汚らわしい』と言い捨て、周囲にいた人間に声高に叫んだ。この非常識女をさっさと追い出してよ。誰もしないんなら、私は殺すわよ。この女を、刺し殺してやるわよ！

「うちのママね、ちょっとおかしいの」

殺すという言葉の激しさに顔をこわばらせる宙に、マリーは肩を竦めて続ける。ママ、おじいちゃんが大好きなの。大好きっていうか、おじいちゃんがすべて、みたいなところがあってね。小さなころから、おじいちゃんに認められる画家になりたかったんだって。東京の美大を出て、それから海外……ええとバルセロナ、だったかな？　なんか、有名なとこに留学までしたの。でも、全然いい絵が描けなくて、評価されなくて、そんなママにおじいちゃんは言ったんだって。お前は絵を趣味に留めたほうがいい。画家ではなく別のことを人生の目標にしなさいって。……あたしはね、それは親心ってやつじゃないかなって思うの。プロになる才能がないのに、プロ目指して続けるなんて、辛いだけじゃない？　でもママは、見捨てられたと受け取ったんだ。

どうして画家であることに拘ったのか分からないとマリーは言う。ただ、桃子は画家として大成して、父の画廊の一等特別な場所に自分の絵が飾られることをずっと切望していた。父に『絵を趣味に』と言われたことは、桃子にとって死の宣告のようなものだった。死を迫られた桃子は、その当時父が一番信頼していた画家と、子どもを作った。

「それがね、あたしなの。ママは自分が叶えられなかった夢をあたしに託したのね。ねえ、どうしてあたしの名前がマリーだと思う？」

訊かれて、宙は「え、分かんない」と答える。

「両親はもちろん日本人で、あたしは平安時代の女のひとみたいなバリバリ日本人の顔してるのに、マリーだなんて名前でおかしいなって思ったこと、なかった？　元町くんなんて、何回あたしに『日本人顔のくせに、だっさ』って言ったことか」

マリーに言われて、「はあ」と宙は声を漏らす。確かに少し変わっているかもしれないけど、物心ついたときから『マリーちゃん』だったし、いまはもっと個性的な名前の子もいるから、気にしたことがなかった。

きょとんとしている宙に、マリーが「宙ちゃんってそういうとこ素直だよね」と笑う。

「あのね、おじいちゃんがね、ピカソが大好きなの」

「ああ、知ってる。わたしも、何度かピカソの話を聞いた」

「あ、じゃああれも聞いた？　ピカソの恋人の中で一番インスピレーションを与えたと言われている女性」

「知ってる。え、もしかして」

「そう、マリー・テレーズ。ママがね、おじいちゃんを喜ばせようとして勝手に名前をとったんだって。信じられないでしょ？　あたしの名前は、親への機嫌取りでつけられたものなの」

だから全然好きな名前じゃないの、とマリーは鼻を鳴らした。

「そんなママと結婚したパパは、可哀相。気が弱い……いや、やさしいひとだから、きっとママにたくさんのことを押し切られたんだろうなあ」

宙は、何も言えなかった。そんな母親がいるのか、という驚きでいっぱいだった。

そしてマリーの口ぶりは、知り尽くした昔話を語るような淡白さだった。かさかさに乾いた傷痕の思い出を語るときのような、痛みを超えた感じのもの。

冷静に語る横顔を、宙は不思議な思いで眺める。記憶の中のマリーは癇癪持ちで我儘で、こんなに静かに自分のことを話す子ではなかった。彼女がこんな風に落ち着くまで、どれほどのことがあったのだろう。

「あたしのママとの思い出はいつも、絵に関することなの。それ以外、ないかもしれない」

マリーは話を続ける。物心がつく前から、与えられるオモチャはクレヨンや絵具だった。母との最初の記憶は、薄桃色のクレヨンでぐるぐる円を描いているところだ。途中、半ば無理やりに黒いクレヨンに持ち替えさせられて、それで小さな円をいくつか描いたら、桃子が『顔だわ』と歓声を上げた。

『ねえ見て。この年でこんなにはっきりと絵が描けるって、すごいわ。絶対、才能がある！』

桃子の喜びようは子どもの目から見ても大げさで、戸惑ったマリーが祖父に目を向けたら、祖父はどこか寂しそうに微笑んでいた。

「ママのこと可哀相に思ってたんだよ、きっと。あたしも、可哀相だと思うもん。自分で自分に呪いかけちゃってる感じ、すごくある。人生損してるよね」

くすくすとマリーが笑う。

「それでね、ママの期待を背負ったあたしは、絵がすごくへたくそなの。最初のころは、ママのためだと思って必死に描いてたけど、全然うまくならない。それでもママを喜ばせようと頑張ってたのに、ママは『あなた、目も手もおかしいんじゃない⁉』って叱る。だからだんだん絵が嫌いになってってさ。ただでさえへたな絵がもっと酷くなっちゃって。負のスパイラルってやつだね」

どこか懐かしそうに言うその表情はなぜか、知らない女の子に見えた。

「小学校に上がって……三年生かな。絵なんてもう描きたくない、大嫌いだって言ったら、ママはめちゃくちゃに怒って、あたしの口にチューブの絵具を押しこんできたの。口いっぱいに絵具の苦い味と臭いが広がって、息ができなくて苦しくてさあ。死ぬかと思った。あのときの絵具の味、いまでも忘れらんない。そのときはパパが助けてくれたけど、その件でママに嫌気がさしたパパは長野県の山奥に引っ越しちゃった。何年間も会わなくて、この間のおじいちゃんのお葬式で久しぶりに再会したんだけど、まるで知らないおじさんでさ。あ、どうもお久しぶりです、なんてお互い他人ギョーギな挨拶しちゃった、あはは」

鬼の形相の桃子が、いまより少し幼いマリーの口に絵具を押しこむ姿を想像して、宙はぶるりと震える。口の中は缶ジュースの甘さが残っていたけれど嫌な味がした気がして、慌てて缶に口をつけて想像を飲み下す。平然と自分の分のジュースを飲んだマリーが、「そうそう、ごめんね」と思い出したように言った。

「え？　ごめんって、何が？」

宙が訊くと、「ほら保育園のときのこと、覚えてない？」と小首を傾げる。

「母の日の絵を描いたことがあったでしょ。あのころのあたしね、ママに大切にされて、そしていつもみんなに甘えている宙ちゃんのこと大嫌いだったんだ。あたし、あんな風にママに大事にされたことないもん。甘えたくても、受け止めてもらえない気がしてできなかった。そんな宙ちゃんが『ママとお母さん、ふたりいる』なんて自慢げに言うでしょう。あたしは絵の出来次第じゃ怒られるってビクビクしてんのに、この子は何言ってんのって思って、もう腹が立って仕方なかった」

へへ、とマリーが恥ずかしそうに頰を搔く。

「宙ちゃんにも、宙ちゃんの家の事情があるっていまなら分かるのにね。そうそう、一学期の授業参観のとき、めちゃくちゃ驚いたなあ。記憶にある宙ちゃんママとまったく違うひとが来てて、しかもそれがおじいちゃんの恋人なんだもん。あのとき悲鳴あげなかったの、自分でもすごいと思う」

ああ、と宙は思い出す。あの顔は、そういう意味だったのだ。

「マリーちゃん、そういうのいつから知ってたの。その、柘植さんとカノさ……うちの母親とのこと」

「宙ちゃんのママが賞を取ったあたり。あれ、うちのママが昔から憧れていた賞なんだって。それおじいちゃんとただ付き合っているだけだったら、きっとまだ許せたんじゃないかな。それが、憧れまで取られちゃったら、ね……。でもうちのママ、そのひとの子どもがあたしと同じ学校にいるなんて思ってもないし、いまも知らない。うちのママ、学校行事に来たことほとんどないの」

最後の言葉に、宙はとても驚いた。そして、確かにマリーの母の姿を校内で見たことがないと気付く。先日現れた桃子に、まったく見覚えがなかった。

「あたしが絵なんて嫌いだって言ったときから、あたしに興味がないの。あのひとは、母親になれないひとなんだよね」

それは何気ない一言のような軽さだったけれど、宙にはどきりとする言葉だった。わたしも、同じことを考えていた。けれどそれはわたしだけのことで、世の中の子どもたちは考え付きもしないことだと思っていた。

「は、母親になれないって、どういうこと？」

動揺しながら訊けば、マリーは「言葉の通りだよ」と言う。そもそもあのひとは、自分の目的のためにあたしを産んだだけだからさ。世の中で言うところの母性とか、親子の情とか、あのひとにはないいんだよね。仮にあったとしても、それはきっとうっすらしたもので、標準以下だよ。プールに香水を垂らした感じかな。かろうじて香ります、みたいな。

宙は、マリーの言葉に既視感ばかりを覚えていた。

「宙ちゃん、あたしが淡々としてるから呆れてるんじゃない？　これでもちゃんと、哀しんだことも恨んだこともあったんだよ。どうしたらいいんだろうって悩んだ夜は数知れず、だよ。でもね、あたしは悟ったんだ。『母親』を求めて接するから傷つくんだよね。『家族』だと思えばいいの」

ふいに自分の知らない意見が飛び出て、宙は我に返る。首を傾げると、マリーは「お母さんって、特別な響きがあると思わない？」と言った。

「絵本とか漫画、ドラマでもいいんだけど、お母さんってすごく特別に描かれてるよね。包みこむようなやさしさとか、無償の愛とか、そういうの。子どものことを第一に考えて自分は二の次だし、子どものことは何でもお見通し、みたいなイメージ、ない？」

問われてのろのろと頷くと、マリーは力強く頷いて「でもそれって、単なるイメージで、事実じゃないんだよ」と笑った。

「ただの理想なんだよ。アイドルみたいな、ファンタジーみたいな、ええとなんて言うんだっけ。ああそうだ、偶像！　偶像なんだよ。素敵な母親なんてのはどこにも転がっていなくて、お母さんはただの『家族』なわけ」

「ただの、『家族』……」

「そう。家族って、ちゃんとした意味知ってる？　あたし、一度辞書で調べたんだ。家族とは、夫婦とその血縁関係にある者を中心として構成される集団。つまり、『母親』も『子ども』も、ひとつの条件のもとの集まりの中での名称に過ぎないの。そしてね、いまの世の中は辞書に載っていない、いろんな繋がりの『家族』ができてる。新しい意味の『家族』には、『母親』も『子ども』もない。助け合って生きていく集団のことを指すわけ」

国語の問題に答えているみたいにぱきぱきと言う。それを、宙は感心して聞いていた。考え付きもしないことだったけど、その通りかもしれない。

「ママはあたしの望んでいる、期待している『母親』じゃない。でも、あたしの『家族』としてきちんと義務を果たしてくれてる。あたしはきちんとした生活を送れているし、これから先の日々に不安もない。少しの嫌とか失望は、あたしが勝手に『母親』に期待していただけのこと。ママは『家族』として、きちんと責任を負ってくれてるんだ」

宙は心の中で『家族としての責任』と繰り返し、そしてそこに自分や花野を当てはめてみる。母親として花野に期待をすればいくつも失望がある。けれど確かに、わたしもきちんと健やかに生活が送れている……。

「それにさ、あたしだって、ママにとっての素晴らしい『娘』になれてないの。何しろ託された夢を拒否ったくらいだし。いまも、ママがヒスを起こしたときには無視して部屋に逃げちゃうんだ。だからママもあたしに失望することがあるはず。こんなはずじゃなかった、って自分だけが思ってるわけじゃないんだよね」

　ふふふ、とマリーが笑う。

「あたしも『家族』の一員としてできることをやろう、っていまは思ってるんだ。ママの『娘』に対する期待には応えられないぶん、ママに対して『母親』の期待もしない。だけど『家族』として、ママが生活しやすいようにあたしなりのフォローをしよう、って。『家族』としてできる限りの努力をしようって。この考えになってから、心がすごく軽くなった。肩の力が抜けたっていうのかな。相手に期待しないって言うとすごく薄情に聞こえちゃうかもしれないけど、でもそれでいいんだよ、きっと」

　体の中に、びゅうと風が吹いたような気がした。ずっと解けずにいた問題が解けたときのような、物語のエンディングが、自分の想像以上に素晴らしいものであったときのような、目が覚めるような興奮が巡る。

「マリーちゃん。マリーちゃんは、すごいね。そういう風に考えられるの、ほんとうにすごいと思う。わたしいま、考え付きもしなかったことをたくさん教えてもらえて嬉しい。でも、どうしてそんなことわたしに話してくれるの」

　出生の話、名前の由来など、言わなくていいこともあったはずだ。マリーは宙を見て、きゅっと眉根を寄せて考えるそぶりを見せた。

「うーん、何でだろう。何だか、話したかったんだよね。あ、そうだ。宙ちゃんなら、『うちと一緒』って言ってくれそうだから、かな」

にっこりと笑ったマリーの口元に、八重歯が見えた。宙の胸がどきんと鳴った。

「こう言っちゃ悪いけど、宙ちゃんのお母さんも絶対理想の『母親』じゃないでしょ。うちのおじいちゃんと恋愛してたくらいだし、あんな大変そうな仕事してるし。だから、宙ちゃんなら分かってくれると思ったんだ……って、勝手なこと言ってごめんね」

宙は首をぶんぶんと横に振った。何かうまく言いたくて、でも口を開けば泣き出しそうだった。そんな宙にマリーは続ける。

「あとね、宙ちゃんがあたしと同じ顔して給食食べてたのも、理由のひとつかなあ」

「へ？」

急に話題が変わって目を瞬かせると、マリーがくすくすと笑った。

「集団行動もまともにできないバカ。宙ちゃん、いっつもそう言いたそうな顔で元町くんを見てたでしょう。あたしはそれに完全同意だったの。宙ちゃんは知らなかったわけだけど、それまでのあたしは宙ちゃんがあたしと同じようにすべての事情を知ってると思ってたのね」

マリーは楽しそうにジュースを飲み、続ける。家族の面倒でセキララな事情を抱えてるふたりがそれを押し隠して集団行動をきちんと守ろうとしてんのに、ゴーヤだにんじんだでいちいち騒いで、バッカじゃないのって呆れてた。そしてその果てに、この間の、『ママ』『ママ』連呼。あのとき、宙ちゃん自分がどんな顔をしてたか自覚してる？　ゴミでも眺めてるみたいだったよ。

「え、そんなに酷い顔、してた？」

思わず顔に手を添えると「してたしてた。めちゃくちゃ蔑んでた」とマリーがからかうように言う。

「あたしあれも嫌いなんだよね。元町くんの『オレ』。アクセントおかしくない？　どうも聞き慣れない発音のせいか、毎回いらっとするんだよね」

「あ、そうそう！　あの子のは抹茶・オレとかバナナ・オレのだよね。めちゃくちゃモヤモヤする。でもこれって坊主憎けりゃ袈裟まで憎いってやつかも！」

「あー、そうかも！　一度、給食でいちご・オレが出たじゃない？　あたしあのとき笑い堪えるのに必死だった。オレ、いちご・オレ大好き！　ってダジャレかよ、って。あとさー、北川先生も『ナイ』よね。『叱らない教育』だか何だか知らないけど、そんなの自分の子どもにでもやってろよって思う。無責任すぎるんだよね」

「分かる分かる！　うちのクラス、野生動物園みたいになっててほんとうにやだ。四組の神戸先生がいいなあ。びしっと叱ってくれるところ、いいよね」

「神戸先生はいいよねえ。あ、でもね、誰かの親が学校にクレーム入れたんだって。今度、うちのクラスの保護者だけで臨時懇談会が開かれるって話」

「えーまじかー。クレーム入れそうな親っていうと、原田くんとこかなあ」

ひとしきり盛り上がった後、マリーが楽しそうに笑う。こんなに表情が豊かでおしゃべりの上手い子なのだと、初めて知った。

「あー、やっぱ宙ちゃんいいな。あたしね、宙ちゃんに対して連帯感を覚えてた。一風変わった家族に所属する者同士なんだって。あたしはあの給食時間で、宙ちゃんのことがとても好きだなって思った。きっと仲良くなれただろうし、仲良くしたかった」

言い終わりにマリーがとてもやわらかく微笑んだ。宙は「わたしも」と言いかけて、口を閉じた。さっきまでふわふわしていた感情が、一気にしぼんだ。

マリーともっと仲良くなって、もっとたくさん話したい。マリーの言う通り、きっといい友人になれるだろう。でも、それは叶わない。ふたりの母たちの間の溝は、きっと永遠に埋まらない。仲良くすることで、いらぬ傷を負うこともあるだろう。

しかし、そんな問題でもなかった。

「あたしね、引っ越すんだ。ママがね、お葬式が終わってからゾンビか幽霊か、みたいな状態になってんの。そしたらパパが、長野に来ないかって」

何のしがらみも思い出もない、真っ白いキャンバスのような場所で、家族としていちからやり直してみないか。柘植の葬儀にやって来たマリーの父は、長く別居していた妻に言い、桃子はそれを受け入れたという。

「どうなるか、分かんないんだけどね。パパは一度、『家族』を放棄して逃げたひとだから、信じ切れない部分もある。それに、ときどき起きるママのヒスから庇ってくれてたおじいちゃんはもういないし、おばあちゃんともお別れしないといけない。ママとパパと三人の新生活がすっごい不安」

マリーが空を仰ぎ、宙も倣う。鳥がどこかに飛び去ろうとしていた。太陽の光を背負っていて、何の鳥かは分からない。マリーは、分かっているのだろうか。

「うちのママって、すごくすごーく、面倒なひとなんだ。いつも自分のことで手いっぱい。すぐ感情的になるし、子どもみたいにわあわあ泣くこともしょっちゅう。もはやあたしのことなんて見えてないんじゃないかと思うときもあるし、かと思えば呆然とするような暴言を吐いてくることもある。それでいて、余裕があるときだけ気紛れに構ってくるの。でもあのひとは、自分が子どものことを振り回してるなんてこれっぽっちも思ってない。もしかしたら、構ってあげている自分ってのに満足すらしてるかもしれない」

気流に乗ったのか、鳥がくるくると旋回しながら上昇していく。黒い粒になって、見えなくなってから、宙は「分かる。うちの母親もそうだよ」と言った。マリーが顔を上げたまま笑い、宙も笑った。

「実はさっき、マリーちゃんが来る前に母親に文句言ったんだ。自分だけ不幸そうな顔するのやめてって」

「おお、宙ちゃんやるね」

「でもさ、あんまりいい気分じゃなかった」

花野の顔が歪んだのを認めた瞬間、胸が痛んだ。こんなこと言うんじゃなかったと、後悔した。

呆れる気持ちも、軽蔑する気持ちもある。花野に対して口を開いたあのときは、子どもを蔑ろにしてまでルール違反の恋愛に夢中だったのかと咎めるつもりだったし、これまでのこと何もかもを責め立ててやろうとさえ思っていた。なのに花野の傷ついた顔を見れば、吐き出す言葉を見失った。

「向こうはこっちを振り回すくせに、文句を言うと傷ついた顔するって、ずるいよね。しかもうちの母親、わたしがちょっと文句言ったら何も言えずに逃げ出しちゃったんだよ。卑怯だって呆れた。でも、同じくらい、言わなきゃよかったって思った」

「そんなもんだよ。でも、宙ちゃんが後悔する必要はない。言っていいんだよ。親なんだから、子どものまっとうな意見くらい、受け止めてもらおうじゃん。あたしもね、最近は口答えするし口喧嘩もするようになったよ。五回に一回くらいは謝ってくれるかな。超進歩」

マリーは、親のありようを受け入れた上で、向き合おうとしている。宙はそれをひしひしと感じた。この子はわたしよりもっと早いうちから苦しみ、悩んできたのだ。

「すごいね、マリーちゃん。わたし、マリーちゃんのこと尊敬する」

マリーが「やだな」と頬を染める。

「そんな風に言われると、むず痒い。たいしたことじゃないよ。でもお互いさ、ちょっと変わった親と、ちょっと変わった『家族』として暮らしやすいようにする努力をね、していきましょうよ」

マリーが芝居がかったような口ぶりで言い、宙はそれに重々しく頷いてみせた。

「そうですね、そうしましょう」

笑い声を漏らすたびに、心が少しずつ軽くなっていく。ふたりの声をやわらかな秋風が、遠くに運んでいった。

野鳥公園でマリーと別れて家に帰る道すがら、花野と出会った。あからさまにほっとした顔をしたので、宙が家にいないことに気付いて捜しに出てきたのかもしれない。

「宙……ごめん」

周囲を見回すも、花野以外いない。佐伯は、帰ったのだろうか。

「ごめん。あたし、自分のことばっかであんたのこと全然考えてなかった。あんたの言う通り、あんたのことを邪魔者みたいに扱った」

花野が、自身の手のひらを見つめる。

「正気じゃなかったの。でも、そんなの言い訳よ、分かってる。ごめんなさい。許して、もらえないだろうけど」

宙は花野の前に立ち、顔を覗いた。眉をぎゅっと寄せた花野は、さっきのマリーよりも幼い表情を浮かべていた。

「柘植さんが大切だったのは、否定しない。あのひとはあたしに、守られる安心感っていうのを初めてくれたの」

うん、と宙は相槌を打つ。

「あのひとはあたしが売れない絵描きでも、きっと認めてくれた。何者でもないあたしだったとしても、受け入れてくれた。それが心地よかった。ありのままを愛してもらえる『しあわせ』を知ったの」

それって子どもが親に抱くものじゃないかな、と宙は頭の隅で思う。かけっこでビリっけつでも、発表会で歌をすっかり忘れてしまっても、風海は宙を手放しで褒めてくれた。無条件で、愛してくれた。このひとは自分を決して見限らないという確信は、自分自身をどんなことからも守ってくれる。

もしかしていままで知らなかったのかな、と気付く。花野は昔、厳しく躾けられていたと佐伯が言った。だから愛し方を知らないのだと。その言葉ばかりを意識していたけれど、このひとは『愛され方』も知らなかったのだ。きっと柘植が初めて、花野にそれを教えた……。

わたしの求める母親になれないのは当然だったんだ、と宙は納得する。愛されることにただ夢中になっていたひとなら、愛することにまで思い至らないのは当たり前だ。

「カノさん、母親業は向いてないね」

責めるつもりで言ったわけではない。けれど、花野は裁判の判決を受けたような顔をして、頷く。

「呆れるくらい面倒なひとだよね。どんな事情があったとしても、嵐の中、娘の頬を打って男のひとのところに行っちゃうって、問題行動だよ。あと、柘植さんのこと。カノさんの気持ちはなんとなく分かったけど、だからってやっぱり許されることじゃない。傷つけられたひとは、いるんだよ」

桃子の顔を思い出す。ひとはあんなにも誰かを憎めるのか、と怖くなるほど恐ろしい表情だった。でも、あれは当然の怒りだ。家族への思いを踏みつけられたのだから。

「わたしはやっぱり、カノさんと柘植さんのこと、嫌だなと思う。しちゃいけないこと、誰かを傷つけてしまうことを、自分の我儘でしちゃ、だめだよ。きちんと生きてるひとたちが、バカみたいだもん」

花野がまた、頷く。

「でも、家族だから。わたしと花野さんは、家族だから。今回は、もういい。いいから。ただ、二度と、絶対にしないで」

そう言いながら、何が『いい』のか宙にもよく分かっていなかった。でも、このひとがわたしの母親で、そして家族なのだ。だから、『いい』のだと思う。『いい』とすべきなのだと思う。

花野が目を見開き、口を僅かに開ける。何か言いかけようとした唇は、何度も躊躇ったのちに「ありがとう」とゆっくり言葉を紡いだ。

「受け入れてくれて、ありがとう」

そうか、これは受け入れるということなのか。宙は頷きながら思った。マリーは、その言葉を知ってるだろうか。

「そうだ。カノさん、わたしのクラスメイトの中に柘植さんの孫がいるってことは、知ってたの？」

「ごめん……、知ってた。でもあんたと仲良くなさそうだったから、黙っててもいいかなって思ってたの」

ふうん、と相槌を打ち、ふと気付く。

「仲良くなさそうって、どうしてそう思ったの」

「恭弘と田本さんから聞いてた。あんた、あのふたりにはとても気楽におしゃべりするでしょう。田本さんは、あたしに報告ノートも書いてくれるの。宙の靴が小さくなってきてるとか、シャンプーが合ってないようだ、とか。最近だと、鰹節をけずるのがとても上手、なんてことまで書いてあった。あのひと、とても几帳面（きちょうめん）で助かってる。いいひとと出会えてよかった」

知らなかったことに、愕然とする。これまで、不便を口にする前に細かい問題は解決していた。田本さんって何でもお見通しですごいな、と感心していたけれど、あれは花野も知ってのことだったのか。田本さんって、ほんとうにすごい。完璧家政婦さんだ。

「でも言うべきだったね。ごめんなさい。そうだ、学校、行き辛くなるよね？　どうして欲しい？　あんたの気持ちを言ってくれたら、それに応えられるように何でもする。転校を考えてもいい」

おずおずと花野が言う。困り果てた顔は頼りなくて、しかし確かな気遣いもあって、だから宙は少しだけ、微笑みたくなった。

「いまさっき、そこの野鳥公園でマリーちゃんと会ってたの。マリーちゃん、転校するんだって。お母さんと一緒に、お父さんの住んでる長野県に行くの。別れ際に、新しい生活が楽しいものになるよう頑張るって言ってた」

最後に口角をきゅっと持ちあげてみせると、花野が目を細めた。眉尻が、そっと下がる。

「仲良く、なれそうだったんだね？」

申し訳なさそうな呟きに、宙は努めて軽く頷いた。

「でも、いいんだ。大事なこと、ちゃんと話せたし」

そっか、と花野が言ったところで、小さな鳴き声がした。それは宙のお腹の音で、そういえばここ数日まともに食事をしていなかったことに気付く。

「うわ、何でこんなときに」

恥ずかしくて頬が赤らむ。花野が「そういえばあたしも、お腹空いたかも」と笑った。

「せっかくだからどこか、食べに行く？　恭弘に帰っていいって……ふたりきりにしてって言っちゃったから、いないんだ。田本さんもお休みしてもらってたから冷蔵庫にも大したものはないと思う」

「……わたし、作る」

宙はお腹を撫でながら家の方向に歩き始めた。

「カノさん、わたしほんとうに、鰹節けずるの得意なんだよ。見てよ」

花野はきょとんとした顔をして、それから先を歩く宙を追うように、ついてきた。

田本が台所の奥から発見した削り器は、昔ながらの木製のものだった。錆（さ）びていた鉋（かんな）は研ぎに出したので、とても薄くけずれる。手に握った茶色い木片のような鰹節を鉋の上に滑らせると、しゅ、しゅ、と小気味よい音がした。何十回かけずった後に鉋の下の受け箱を覗き見れば、透き通るように薄い花鰹がふわふわと折り重なっていた。摘まみ上げて花野に見せると「きれい」と素直に言う。

「面白そう。ねえねえ、あたしにもちょっとやらせて」

子どものように言う花野に鰹節を渡し、「怪我（けが）しないようにしてね」と言うと「あ、バカにしてる。あたしだってできるわよ」と頬を膨らませる。しかし角度と力加減がよくないのか、花野がやるとがりがりとテンポの悪い音がして、ぼそぼそとした粉が溜まった。

「え、むずかしいんだけど。宙、器用ね」

「田本さんにも褒められた」

　鰹節が受け箱いっぱいに溜まってから、宙は鰹節と昆布の合わせ出汁をとった。田本の丁寧な教えをきちんと守れば、琥珀色の香り高い出汁が引ける。花野はそれを見ながら「もっと簡単なのかと思ってた」と独り言のように呟く。

「あたし、インスタントしか使ったことなかった。でも宙はこんなことまでできるようになってたんだ。すごいね」

「味噌汁の出汁とか、ときどきはわたしが作るようになったんだよ」

「え、そうだったの？　あたしずっと、田本さんが作ってるんだと思ってた。言ってくれたらよかったのに」

「……そうだね。今度から言うようにするよ」

　鍋の中を覗きながら言う。母親の反応を期待しておっきな声で叫ぶことはもうできないけど、家族に少し声をかけるくらいの力加減でなら、できるだろうか。

「お中元のお素麺が残ってるから、にゅうめんでいい？」

「そんなの、作れるの？」

「そう。作れるの」

素麺を茹で、塩や味醂、醤油で味を調えた出汁に合わせる。刻んだ葱だけを載せた、飾り気のないにゅうめんを、宙と花野は向かい合って啜った。

「おいし……」

湯気の向こうで、花野が小さく呟く。宙は黙って頷いた。ず、ず、と麺を啜る音だけがふたりの間に横たわる。しばらくして、啜る音とは違う音が混じったような気がして宙がちらりと目だけ向けたら、花野は泣いていた。

嵐の翌日、帰って来たときから花野の涙を見ていなかった。感情がどこか遠くに飛んでいったまま、戻ってこないようでもあった。いま、きちんと戻ってきたのかもしれない。

宙の目の前が潤む。片手で目元に触れたら、涙で濡れていた。なんで、わたしまで。でも、涙はどれだけ拭っても止まらない。宙と花野は、涙を拭いては麺を啜った。

どちらも喋らず、泣きながら食べる。哀しいのではないと思う。ただただ、涙があふれた。

花野は出汁まできちんと飲み干してから「ごちそうさまでした」と丁寧に手を合わせた。

花野は柘植の遺骨を受け取らなかった。あたしは赦されてはいけない人間です、と角野を通じて柘植の妻に返したのだ。

ただ、墓参りだけはさせてほしいと願い出て、許された。心地よい秋晴れの日曜日、宙は花野と佐伯と三人で、柘植の墓のある隣県の墓地までやって来た。黄金色に染まった銀杏並木を抜けた先の墓地は静かな場所で、どこからか鳥の鳴き声がした。

教えてもらっていた柘植家代々の墓前に三人で立ち、手を合わせる。それから佐伯と宙は墓の前で立ち尽くす花野を置いて周囲を散策することにした。

「花野さん、すっきりした顔してた。よかったなあ」

ここまでレンタカーを運転してきた佐伯が大きく伸びをする。その晴れ晴れとした顔を見上げて、宙は訊いた。

「やっちゃんは、いつまでこんな状態でいるの」

佐伯は店を何日も休んで花野の傍にいた。そして今日は、数少ない店休日だというのにわざわざ車をレンタルしてここまで連れて来てくれた。それらはすべて花野のためだ。

「わたしはカノさんの子どもだから、いいよ。家族だから、どんなカノさんでも付き合っていこうと思ってる。でも、やっちゃんは違うでしょう」

このままでいいわけがない。佐伯は「お前、いっちょまえなこと言うようになったな」と目を細めた。以前より増えた目尻のしわが、佐伯の顔をやさしく見せる。

「分かってる。折を見て、プロポーズしようと思ってる」

「ええ、ほんとう？　でも急にプロポーズって、どうなの」

さすがに急すぎやしないだろうか。「バカじゃないの」と一蹴される可能性のほうが高い気がする。

「オレさ、花野さんの望むような『恋人』にはなれない。いつまで経っても、自分の後をついて回ってた後輩ってイメージから抜け出せねえんだよ。でも、『家族』になら、なれると思うんだ。オレは、花野さんのこと全部、これまでのことも何もかもひっくるめて好きだし、全部納得して付き合っていける。宙だって、可愛い。だから『恋人』じゃなくて、『家族』。ときめきとかそういうのは足りないかもしれないけど、安心感だけは、あげられると思う」

そう言う佐伯の顔はどこまでもやさしく、真摯だった。

「それ……それ、すごくいいと思う」

宙は佐伯の手を強く握った。

「ねえ、わたし、やっちゃんと家族になれるの？　それ、すっごくサイコー。いいと思う」

「まだ、分かんねえよ」

興奮した宙に、佐伯は困ったように笑ってみせる。

「花野さんが嫌って言えば、終わりだし。でも、うん、頑張ってみるよ」

宙は胸が高鳴るのを感じていた。すぐに結婚なんてことにはならないだろう。でも、『恋人』ではなく『家族』という言葉が花野にも響けば、ふたりの関係にいい変化が生まれるのではないだろうか。

「ふたりとも、ありがとう。もういいわ、帰ろう。恭弘、帰りも運転お願いね」

遠くで、花野の声がする。宙は「先、行きなよ」と佐伯の背中を押した。

木漏れ日の中に、花野が立っている。眩(まぶ)しそうに目を細めた花野に向かって、佐伯が小走りで駆けていく。佐伯の白いシャツが陽(ひ)を浴びて、一瞬煌(きら)めいた。

# 第三話

# あなたのための、きのこのとろとろポタージュ

　前夜から続く雨のせいか、肌寒い朝だった。厚い雨雲が空を覆い、ひゅうひゅうと冷たい風が吹く。先週までは気持ちのいい秋晴れが続いていたのに、急に冬の気配が忍び寄ってきたようだ。昼食の食器を片付けていた田本が、雨粒が叩きつけているキッチンの小窓から外を窺って、ため息をついた。

「残念な天気。せっかくの結婚式なのにねえ」

　独り言のような呟きに、宙は微かに頷こうとして、止めた。

　紅葉で有名な郊外のレストランで、ガーデンウェディングだと聞いた。先週あたりから、川瀬家の庭の紅葉も鮮やかに紅く染まっていて、だから件のレストランの庭もきっとうつくしかったに違いない。けれどこの風雨で散ってしまったことだろう。

　宙はダイニングテーブルにノートを広げ、これまで教わって書きつけてきた料理レシピをぼんやりと眺めていた。小学校一年生から始めたレシピノートはいまでは二十冊を超したが、油がハネたシミや、慌てて書いたせいで乱れた文字を眺めているだけで、そのときの空気まで鮮やかに思い返すことができる。一番手近のノートは、中学一年生の夏ごろのものだ。ツナ缶を使ったそうめんチャンプルーに、ハヤシライス。ああそうだ、バナナのパウンドケーキはもう何度作っただろうか。田本から教わって、佐伯の誕生日にプレゼントしたら、大喜びしてくれたっけ。ひとりでぺろりと平らげて、店に出せるぞ、なんて褒めてくれた。

そこまで思い出してから、宙はばさっと乱暴にノートを閉じた。それから、ポケットに入れた携帯電話を取り、暗くなった画面をじっと見つめる。

やっちゃんおめでとう、その言葉がどうしても出ない。

今日は、佐伯の結婚式が執り行われるのだった。相手は、二年前に『ビストロ　サエキ』にパートとして勤めだした春川智美という女性だ。年は佐伯より五つ下で、銀縁の眼鏡の良く似合う知的でやさしいひとだ。しかし最初は、あまりいいイメージは持てなかった。表情に乏しく、厳しい医師のようなとっつきにくさがあった。一方的に捨てられるような離婚をしたばかりだとかで、それが原因だったのだろう。時間が経ち気心が知れるにつれて、誠実な性格や気取らない親しみやすさなどが滲み出てきて、宙は気付けば彼女のことが好きになっていた。しかし宙よりも先に智美のことを気に入ったのが、直子だった。

智美は学生結婚したという前夫の希望でずっと専業主婦をしており、勤務経験が皆無だった。いい年の、そして職歴のない私を雇ってくださって本当に感謝しています、と智美はとても熱心に働いた。丁寧な仕事をするし、元来の性格なのか綺麗好き、そして遠方に住む両親とは疎遠だという智美を、直子は実の娘のように可愛がった。その果てに、息子に迫った。お願いだから智美ちゃんと所帯を持っておくれよ。そうしたらあたしは安心して、引退できる。

智美も、よく働き気さくに笑う佐伯を好ましく思っているようだった。最初こそかっちりした白シャツに黒のパンツというシンプルな装いばかりだったが、次第に華やかな色や柔らかな素材が取り入れられるようになり、ささやかなアクセサリーが耳たぶや首回りを飾ることも増えた。何よりも、佐伯の前ではいつも、春の木漏れ日のようなふんわりした温かな笑みを浮かべるようになった。

佐伯は智美の思いに早くから気付いていたと、傍で見ていた宙は思う。自分に向けられる声や視線をどう受け流そうかと逡巡する瞬間を、何度か見た。でも、佐伯は知らないふりをし続けたし、母の嘆願を『向こうも迷惑だろうから、考えなしに言うもんじゃない』と窘めた。それもすべて、花野という存在を忘れられなかったからだろう。

宙は片手で携帯電話を操作し、写真フォルダを開く。何度か画面をタップして一枚の写真を表示させた。5インチほどの画面に、三人の笑顔があふれる。頬を寄せ合って笑う花野と、佐伯。その真下で満面の笑みを浮かべる宙。

宙が小学校卒業を目前とした冬のこと、突然、花野は絵が描けなくなった。作業デスクに着くだけで頭痛がし、画材を手にすれば吐き気に襲われるようになったのだ。いつもはくっきりと頭に描くことができたデザインも、靄がかかったようにぼんやりと頼りなくなったという。花野は才能が枯渇したのだと言ったけれど、柘植の死から立ち直れていなかった花野に、心ないひとたちの言葉が追い打ちをかけたせいだ、と宙は思っている。

柘植の仕事を引き継いでくれたマネジメント会社との相性が良くなかったのが、始まりだっただろう。花野本人は望んでいないのに勝手にメディア露出を進め、意に沿わない仕事ばかりをいくつも取ってきた。その結果本業が二の次になり、それに不満を訴えると傲慢だと罵られた。売ってやってるのに感謝すらないなんて、と担当マネージャーが感情的に花野に怒鳴り散らしたこともあった。この担当マネージャーは花野の何が気に入らなかったのか分からないが、仕事の伝達を平気で怠るようになった。

それと同時期に、どこの誰が流したのか花野が若いころに就いていた仕事――キャバクラのキャストをしていた経歴が悪意のある内容と下品な文章でゴシップ誌に掲載された。太客を何人も抱え、報酬次第では愛人にもなっていた。そうして稼いだ金でブランド品を買いあさり、大きな屋敷で若い男を飼っていた、など。記事には若いころの花野だという写真も載せてあった。希代の悪女⁉ と躍った文字の下に、いまよりもぐんと派手な化粧をし、肌を露出した女性がいた。酒に酔っているのか、それとも撮り方の問題か、花野らしさが微塵もない。しかし見間違えようのない八重歯があった。花野もまた『これはあたし。言いたいことはたくさんあるけど、働いていたのは事実なんだよね』と認めた。

人気アイドルグループで一番人気の女の子が、お笑い芸人とのできちゃった結婚と電撃引退を発表した騒ぎで、花野の話題はあっという間に廃れたけれど、しかしいっとき、遠慮のない下衆(げす)な目と悪意がぶつけられた事実は変わらない。どこで住所が知れたのか、切り刻まれた花野の写真や、黒く塗りつぶされた絵本や画集が届いたショックは、癒えない。それらすべてがきっと、花野の心を押しつぶしてしまったのだ。だから、心が休息を求めて仕事を拒否したのだろう。

唯一の取り柄だった絵が描けなくなったってことは、あたしはもう何もできなくなったのね。役立たずってわけだ、と消え入りそうになっていた花野を支えたのはやはり、佐伯だった。

『何もできないんじゃない。何もしなくていい時期なんだよ。花野さんは花野さんのしたいことだけしていればいいんだ』

佐伯は田本と協力して美味(おい)しい料理を毎日三食作り、休みの日にはドライブに映画にと連れ出した。そして花野を少しでも笑わせようと、心を砕いた。

佐伯の思いが花野の心を震わせるところまで届いたのは、数ヶ月後のうららかな春の日。三人で食事をしているときに、花野は初めて言葉を紡ぐかのような慎重さで言った。あたしにはあんたが必要なのかもしれない。赤弘、傍にいてくれてありがとう。

あのときの佐伯の顔を、宙は忘れない。天照大神(あまてらすおおみかみ)が岩戸から姿を現したときの神々はきっとこんな風だったに違いないと思うほどの喜びと輝きがあった。そして、自分も同じ顔をしていたと思う。こんな素敵なことが起きるなんて、これはきっと大きなしあわせの始まりに違いない。

それから佐伯が家に通ってくる回数が増えた。時には泊ることもあり、そんな日の朝は決まって、三人で豊かな食卓を囲んだ。花野はこれまで見たことがないほど穏やかになり、やさしく笑うようになった。仲良さそうに寄り添いあうふたりの姿は、いつも温かな空気を纏っていた。とても、しあわせな日々だった。あのころのことを思い返すと、宙はいまでも幸福な気持ちになり、微笑みたくなる。

けれどそれは終わりのある、束の間のしあわせだった。

花野はある日突然絵を描けなくなったが、筆を再び握ったのもまた、急のことだった。縁側で昼寝をしていたかと思えば勢いよく起き上がり、自室に駆けこんでいった。そしてそれから三晩と三日、寝ずに絵を描き続けた。宙が様子を窺いに行っても、佐伯が夜食を作っても反応せずに、まさに一心不乱に。

『花野さんは心を貯めてたんでしょう』

そう言ったのは、宙たちとともに様子を見守っていた田本だった。心のダムが空っぽになっちゃったから、時間をかけてもう一度貯めたんですよ。満たされて、ようやく自分を取り戻されたんでしょう。

その言葉は真実を指していたのだろう。萎れかけた花が水を得て顔を持ち上げるように、花野は瞬く間に以前の調子を取り戻した。マネジメント契約を解き、かつて懇意にしてくれた出版社へ自ら連絡をして、いくつもの仕事を取ってきた。突然の無期限活動停止によって信頼を失ったせいで依頼は以前の半分以下に減ってしまったけれど、それでも花野はありがたいと言った。こんなあたしに描かせてくれるひとがいる。待ってたって言ってくれるひとがいる。それだけで、十分すぎるくらいよ。

花野が本来の姿に戻って、宙はやはり嬉しかった。昔は幻滅してしまった仕事中の姿に、いつの間にか愛着を覚えていたのだ。成長するにつれて、なりふり構わずに心血を注げるものがあることの尊さ、それを評価されることのすごさを知ったのだとも思う。

佐伯もまた、宙と一緒になって喜んだ。花野さんがあるべき姿に戻ってよかった、と。

しかし花野は、そんな佐伯に別れを告げたのだった。この仕事で生きていく以上、あたしはあんたをしあわせにできない。あんたの人生を食うばかりのあたしは、あんたを傍に置いてはいけないのよ。いつかあたしはあんたを食べ飽きるし、あんたはきっと、飢えてしまう。自分だけでなく、お互いを満たすしあわせじゃないとだめなのよ。あんたには、ちゃんとそういうものを手に入れてほしい。分かって、恭弘。

宙は、花野の言葉が何ひとつ理解できなかった。いまのままでいいじゃないか。みんなしあわせに笑っているこの日々を続けることが、どうしてできないの。泣きながら、時に怒鳴りながら抗議したけれど、花野は決して、言葉を覆しはしなかった。

どれくらいのやり取りの果てだったか。花野の心を変えることはできないと諦めた佐伯は宙に言った。

『そのひとの望むしあわせってものが、器として目に見えたらいいのにな。そしたらオレは、花野さんのしあわせの器に一番ぴったりな料理が分かる。色に大きさ、深さ、そういうものに合わせるべきものが分かる。そして、オレの作れる料理じゃ釣り合わないことも、きっと簡単に受け入れられたんだろうな。ああ、あのひとの器にオレの差し出せるものが合わないのは当たり前だな、ってさ。逆に、あのひとはオレの器に載せる料理を持っていないんだな、って……』

花野の望むものと佐伯の望むものが違う、そういうことなのだろうと自分なりの答えを導き出したが、ではそれで納得できるかと言われたら、できやしない。花野には何度も翻意を迫り、佐伯には諦めないでと泣きついた。でも大人たちは悲しそうに頭を振るだけだった。

そして佐伯は坂の上の家に来なくなった。

ごろごろと、遠くで地響きのような音がした。田本が「あらやだ、雷」と顔を顰める。

「何も今日に限ってこんな悪天候でなくったっていいのにねえ」

佐伯の笑顔を、宙は思い描く。夏の澄んだ空のような晴れやかな顔を、ずっと見てきた。このキッチンで初めて出会ったあのときから、佐伯はずっと宙を見守り支え続けてくれた。ほんとうなら、誰よりも近いところで祝福したいのに。

「宿題、してくる」

携帯電話をポケットに押しこんで、ノートを抱えて部屋を出た。無意識に向かい側に目を向ける。雨でくすんだ景色の向こうの、花野の自室は障子がぴったりと閉じられていた。

カノさんは、いま何を考えているのだろう。

花野は決して、別れを撤回しなかった。しかし、佐伯が来なくなってしばらくは様子をおかしくしていた。吐き戻すほど料理を食べたり、記憶を失くすほどお酒を飲んだり。庭に呆然と立ち尽くしていることもあれば、佐伯の使っていた椅子をぼんやりと眺めていることもあった。かと思えば、ぞっとするほどの熱量で仕事に向かった。寝食を疎かにして、疲労でふらついていても作業デスクから離れない姿は、緩やかに死に向かっているようにも見えた。

自分を見失うくらい、大事だったんでしょう？ 何かで満たさないといけないくらい、空っぽになっちゃったんでしょう？ それならどうして、別れたりしたの。

言ったってどうしようもない言葉を、何度飲みこんだだろう。痛々しい姿を、ただ見守り続けた。その果てに、花野はかつての落ち着きを取り戻した。適度な食事と睡眠をとり、眉を顰めるような無茶はしない。けれど宙の目には、何かが欠けたままに映っている。

やっちゃんと、一緒だ。

佐伯が、実父を亡くしたあとに見せた変化に、似ている。あのとき花野は『盆栽のように自分自身を剪定した』と言ったが、まさにそうだ。

カノさんは自分の芯を残すために、大事な枝――やっちゃんを切り落としたんだ。

そんなさなか、サエキに智美が現れた。智美の傷が癒え、佐伯に好意を抱き、佐伯がそれに応えるまで、二年。直子は『気が遠くなるほど、長かった』と言った。それはきっと、花野への思いを抱えていた期間を含めていたのだろう。長い間抱いてきた思いを佐伯はどうやって捨てて、どうやって智美を受け入れたのか、宙には想像もつかない。ただ、結婚するの？　と佐伯に問うたら、佐伯は穏やかに微笑んで頷いた。その顔からはまた何かが消えている気がして、宙はうんざりした。ひととは、生きていくために大事なものを捨てないといけないのか。かつて己に必須だったものを削ぎ落として生きていかねばいけないものなのか。そんなこと、ないでしょう？　大事なものを取り落とさないよう、必死に抱えて生きているひとだって、きっといるはずだ。失わないように努力するひとだって。なのにどうしてわたしの大事な大人たちは、そうしてくれないの。必死になってくれないの。

失うことでしか自分を守れないなんて、どうかしてる！

佐伯が結婚すると聞いた花野の反応も、宙を失望させた。そう、よかったじゃない。お祝いに、花でも贈りましょう。その顔は傷ついているくせに、静謐であろうとしていた。努めて、冷静に、穏やかに。

どうしてそうなの！　叫びかけて、でも唇をぐっと噛んだのは、もう無理なのだと実感したからだ。もう、どうしようもない。宙はようやくふたりの復縁を諦めた。大人たちはそれぞれがどんな思いを抱いていたとしても、過去のものとして昇華させてしまったのだから、仕方ない。

「でもやっぱり、嫌なものは嫌」

障子を眺めたまま、宙は不満を口に出した。こんなの、嫌だ。絶対おかしい。でも、もうどうしようもない。この思いは自分の中で決着をつけなければならない。

ため息をひとつついて、部屋に戻ろうとしたとき、携帯電話が震えた。ポケットから取り出してみれば、神丘鉄太からのメッセージが届いていた。画面をタップして開くと、『図書館で会わない？』という短い文面だった。

「この天気で？」

バカじゃん、と呆れた声が出る。しかし指先は『いいよ』と文字を打っていた。そのまま部屋に戻り、クローゼットの中からカーディガンを取り出して羽織る。少し考えて、バッグの中に参考書やノート、筆記具を入れた。中学三年、受験生ともなればやはりただ出かけるのも気がひける。鉄太も、その辺を考えて図書館を指定したに違いない。姿見の前で軽く髪を整えて、それからキッチンで夕飯の仕込みをしている田本に「図書館で勉強してくるね」と声をかける。

「あら、こんな天気なのに、えらい。夕飯には宙ちゃんの好きなポークビーンズをたっぷり準備しておくからね。それと、常備菜もいくつか作っておくから、明後日の朝までそれを食べて」

「やった、田本さんのポークビーンズ、大好き。じゃあ、行ってきます」

笑顔を作って、家を出た。お気に入りのブルーの傘を差し、歩き出す。雷は遠くに去ったようで光も音もないけれど、雨だけは勢いを変えずに降り続けている。買ってもらったばかりのレインシューズがすぐに泥で汚れた。

傘をくるくる回しながら、空を窺う。厚い雲はどこにも切れ間などない。郊外もきっと、同じような天気だろう。せっかくの、結婚式なのに。

ふたりを祝おうとする気持ちがないわけではない。佐伯も智美も好きだ。でも、そのひとじゃないでしょうと思う気持ちがどうしても拭えない。どうしてカノさんじゃダメだったの、という思いが消えない。

「家にいなくて、よかったかも」

あのまま自室にいたって、鬱々としていただけだ。べたべたした空気は不快だし、足元が湿って気持ち悪い。傘を差していても、肩口はしっとりと濡れ始めていた。それでも、家にいるより、きっとましだ。宙は今日何度目とも知れないため息をひとつついて、早足で歩き続けた。

樋野崎市の図書館は、最近になって改築された文化センターの中にある。文化センターには三百人を収容できるホールや、喫茶店や定食屋、会員制のジムも併設されている。市民の憩いの場であり、そしてお金のない中学生の格好の遊び場でもあった。正面玄関から中に入った宙が傘を閉じ、ハンカチで体を拭いていると「宙じゃん」と声がした。見れば、出入り口横の自動販売機スペースでクラスメイトの女子たちが数人たむろしていた。

「あれ、みんな、集まってどうしたの？」

「香里が真治くんと別れたんだって。それで、慰めてんの」

バレー部の槇原樹里が顎でしゃくって示すのはクラスで一番の美人の森田香里で、香里はエナジードリンクを呷るように飲んでいた。綺麗な顔に似つかわしくない、大きなげっぷをして「慰めなんかいらないし」と言う。その目元は分かりやすいほどにむくんでいる。

「ほかの女に目移りするような男、好きでもなんでもないし！」

「え！　まじで⁉」

思わず、宙は大きな声を出してしまった。

香里と小松真治は、校内でも有名なカップルだった。小学六年生のころから付き合っていて、いつもふたりでいるのが当たり前。真治のほうが香里に夢中で、香里がほかの男子と笑っているだけで腹を立てるほどだった。その真治が、心変わりしたというのか。

しかしそれはどうやら事実らしくて、真治はもう、一学年下の美術部の子と付き合いだしているという。頼みもしないのに、樹里が携帯電話で写真まで見せてくれる。どこかの美術館の前で撮ったらしい美術部の集合写真で、示された顔は香里とはまったくタイプが違った。

「信じらんないよね、あの〝香里バカ〟がほかの子に、なんて」

「向こうは、恋愛はガンガン攻めてくスタイルらしいから、押し切られたってところでしょ。でも、見損なった。口癖だった〝永遠の愛〟ってのは何だったんだよ」

みんな口々に文句を言い、「忘れよ、ね」「忘れた忘れた」と香里の肩を抱く。強がっているがショックを隠し切れない香里は目を真っ赤にして「忘れた忘れた」と言う。でも、先輩の男を盗ったあの女は絶対に許さないけどね、と物騒な一言を付け足した。

これは、休み明けの学校で一波乱ありそうだ、と宙は思う。平穏無事に済めばいいけれど。

「あ、そうだ。さっき神丘が図書館の方に行ってたよ。宙、待ち合わせしてるんじゃないの？」

樹里が思い出したように図書館の方角を指し、宙もはっとする。待たせているのをすっかり忘れていた。

「神丘くんとラブラブなんだねー。でも、最初だけできっとすぐに浮気されるよ。男って、そういうもんだから！」

香里が嚙みつくように言い、周囲が「こらこら、八つ当たりしない」と慌ててなだめる。ごめんねー、荒れてて、という言葉に、宙は微かに笑んで返した。

「香里、何かあったら相談して。わたしも、できることはするからさ」

そんなことにならないのは分かっている。香里の周りにいるのは彼氏のいない者ばかりで、きっとそういうひとだけを集めたのだろう。香里には状況によってひとを選別する癖がある。永遠の愛を喪ったというこんなときでさえ、自分を見失っていないのだ。わりと冷静じゃん、と思いながら宙はその場を離れた。少しして「神丘、大丈夫なのかな。宙のお母さんに食べられちゃうかも」とひそめているにしては大きすぎる樹里の声が届く。

「幼稚すぎ」

振り返らずに小さな声で言って、宙は鼻で笑う。その集まりだって、香里を慰めたいんだか、ゴシップで楽しみたいんだか、分かりゃしない。しかし、幼稚な考えの持ち主は大人にだっているしな、とも思う。悪意に満ちた花野の記事で下衆なことを口さがなく言うのは、樹里たちだけではない。いまでも、眉を顰めたくなるような酷い内容の手紙が届く。

あんなくだらない内容をいつまでも気にしているひとたちの気が知れない。宙はほんの少しも、あんなのを本気にしなかった。もちろん、真っ先に佐伯が否定してくれたから、ということもある。生活のために働いていた時期は、確かにあったよ。だけど、花野さんはまっとうに働いていただけだ。お前に対して後ろめたさを覚えるようなことは、絶対にしてない。だから、信じたりするんじゃないぞ。

もちろん、宙は信じていない。何しろ記事の中の大きな屋敷というのはあの坂の上の大きいだけのボロ家のことだろうし、花野の部屋にはブランド品などひとつも転がっていないのだ。金を惜しまないのは画集や絵具といったものだけ。毎日着ているのは高校時代のえんじ色のジャージだし、冷や飯に熱い梅昆布茶をかけたものが好物。好きなお酒は発泡酒。記事の花野は、あまりにも真実と離れすぎている。

　希代の悪女のキャバクラ嬢時代があるのなら、むしろ逆に見てみたいもんだわ。

　くすくす笑いながら図書館の奥の学習スペースに向かうと、鉄太がいた。すっきりと刈られた坊主頭に、オーバーサイズのTシャツの袖から伸びた細い腕。顔は日に焼けて黒く、艶がある。図書館よりグラウンドの方が似合いそうな容姿をしている。

　しかし鉄太は中庭を見渡せる大きな窓ガラスの前の席に陣取り、真面目な顔で文庫本を読んでいた。

「ごめん、待たせた」

　向かいの席に腰かけながら言うと、ついと顔を上げた鉄太は「宙が好きだって言ってた本、全然面白くねえぞ」と顔を顰めてみせた。

「辛気臭え。これならサンデー読んでたほうがいいわ」

　ばさりと机に置いたのは、宙が好きなミステリシリーズの一冊だった。主人公の探偵が運動音痴の鈍臭い少女で、しかし彼女は観察力と推理能力に長けている。周囲の些細なセリフや行動、ちょっとした違和感から犯人を導き出すのだが、彼女はそれを刑事になったもののちょっと抜けている兄に託すのだ。冴えない少女の言葉は聞き逃されがちだが大人の男性の言葉なら違う、と。実は少女の推理ではないかと気付かれそうになったり、少女自身が犯人の標的になることもあったり、どのお話も甲乙つけがたいほど面白い。

「サンデーにだってこういう漫画あるじゃん」

鉄太の愛読している少年漫画誌にだって推理漫画はある。しかし鉄太は「違うんだよなあ」と頭を振った。

「あれは、現実味がないのがいいんだよ。なんかこの話の主人公って、どこかにいそうなのがダメなんだ」

宙は思わず「ほう」と声を漏らした。それこそが、宙がこの作品を好きな理由だったからだ。少女が内弁慶で家の中ではぐうたらなところとか、好きな男の子の前でお腹が鳴ったことをいつまでも悔やむところとか、自分と重なる部分がいくつもあって親近感を覚える。

「どこかにいそうって、それがいいんじゃない？」

「現実的だと疲れる。本の中くらい、面倒なこと考えたくないだろ」

宙は「ほう」ともう一度声を漏らし、それから目の前の鉄太の顔をまじまじと眺めた。

鉄太はクラスのムードメーカーで、いつもひとを笑わせている。少し調子に乗りすぎるきらいはあるが、ひとを傷つけるようなことは決してしない。クラス内の空気が悪くなると、たいてい鉄太がお笑い芸人の物まねなどを始めて、それを払拭してくれる。色気づいた男の子たちがしなくなった、お尻を振ったり変顔をしたり、というようなことをいまも平気でやるので、女子からはあまり恋愛対象に見られていない。

そんな無邪気なはずの鉄太は、宙の前ではときどき冷静な顔を見せる。その顔は大人びていて、宙は目の当たりにするたびに小さく驚く。ひとというのは、関わり合い方でいろんな顔を見せるのだなと思うのだ。いまわたしは『クラスメイト』でも『同級生』でもないもっと特別なもの、『彼女』に向ける顔を見ている。

そして鉄太は、そういう面を見せることを『恥』だと思っているようだ。だから急に「オレは〝お笑い限界バトル〟を観ているほうがいいや。ほら、あの芸人面白くない？　どんばらぎゃー！　って変顔するやつ。どんばらぎゃー！」と白目を剝いてみせた。

宙はその芸人を知らず、きょとんとする。それで鉄太はますます恥ずかしくなったらしい。目元を赤くして窓の外に視線を投げた。それから「あ、そうだ。出入り口のところに槇原たちがいたな」と思い出したように言った。

「宙、会った？　あいつら、それこそ殺人計画でも立ててるような顔してたぞ」

「会った。香里と小松くんが別れたんだって。それで、慰めるために集まってたみたい」

驚くかと思ったけれど、鉄太は「あー、とうとう決着ついたのか」と納得したように頷いた。真治の方から、すでに聞いていたのだろう。

「真治はさ、退屈な男になりたくないんだってさ」

「ん？」

「ひとりのひととしか付き合ったことのない男なんてつまんない、っていまの彼女に言われたらしい」

鉄太は自分の頭をするりと撫でた。とてもかたちのいい頭は、宙も一度触らせてもらったことがあるけれど、さりさりしていて手触りが良い。その頭を撫でながら、鉄太は続ける。

若いときはたくさんの経験を積まないといけないのに、ひとりの女性しか知らないなんて世間を知らなすぎる。先輩はきっと退屈な男なんですね。そう笑われて、真治はムキになってしまったと鉄太は話して、けらけらと笑った。

「だっせえよな、まじで。しかもあいつ、長く付き合った彼女を捨てたことを武勇伝にしようとしてさ。お互いが成長するために必要な別れだった、とかドヤ顔して言うわけ。乗り換えただけなのに」

「え、それは酷いね」

「そんで、オレにも偉そうに言うわけ。お前も、やることやったら別れて次に行って経験積んだほうがいいぞー、って」

宙は、自分の顔がこわばるのが分かった。目だけ向けると、鉄太は「オレの意見じゃないってば」と慌てる。

「真治がそういうことを言うようになった、ってそれだけの話だよ」

「……サイテーすぎじゃん」

さすがに、そんな下品なことを言うひとだとは思わなかった。見損なった、と吐き捨てるように言うと、鉄太は素直に頷いた。

「いい奴だったはずなのにな。付き合う相手で、あんなにも変わるものかねえ」

「信じたくないね。軽蔑しそう」

「それなー。オレもあいつがあんなに薄っぺらな奴だったって思いたくない。だけど、そうなってんだよなあ」

椅子の背もたれに体を預け、天井を仰いだ鉄太は「自分を持つって、難しいもんだなあ」と独り言のように言った。その言葉に宙ははっとする。鉄太は細身で、首は女子のように細い。背はあまり高くなく、顔はまだ幼さを残しているから、小学生でも通るかもしれない。しかしきちんとのどぼとけが主張していて、いまもかすかに上下していた。

「自分を持つ？」

「うん。他人の意見に振り回されることって、よくあんじゃん。真治の新しい彼女じゃないけどさ、オレたちって経験値不足で、ミジュクだからさー。自分の考えを維持するほうがいいのか、新しい選択肢を受け入れたらいいのか、判別つかないことだっていっぱいある」

「ああ、うん。そうだね」

宙は、自分にはない突起を眺めながら、鉄太とのことを思い返していた。

そもそも鉄太とは、三年生になって初めて同じクラスになり、お互いクラス委員に選ばれたことがきっかけで親しくなった。もちろん、クラスメイトとしての範疇にある付き合いだったけれど、それが大きく変化したのは、三ヶ月ほど前のことだった。

宙たちの担任はクラス委員に何もかも丸投げするひとで、あの日は確か、クラス新聞の編集を頼まれていたのだった。遠くで陸上部の掛け声が聞こえる教室はオレンジ色に染まり、日に照らされた鉄太の、芝生のような髪がキラキラとして金髪のように見えた。出会ったころのやっちゃんみたいな色だなあ、なんてことを宙がぼんやりと考えていたら、用紙に視線を落としていた鉄太がぱっと顔を上げて言った。

『川瀬の周りっていつも静かで居心地がいいんだ。だから、一緒にいたい』

最初は、それが告白だとは思いもしなかった。

あとから、鉄太と同じ小学校出身の大沢眞子から教えてもらったけれど、鉄太は宙同様こういう『男女交際』は初めてだということだった。男子の中でふざけてばっかりだった鉄太が女子をきちんと意識していたなんて意外、とまで眞子は言っていた。

『しかも宙みたいな堅実でしっかりした子を選ぶだなんてねー。あ、でも鉄太ってお母さんを早くに亡くしてるから、だからかも』

『お母さんを求めてるっていうの？　やめてよ』

『さすがにそれはないか。でも鉄太の性格だときっと浮かれて騒ぐだろうから、宙はやっぱ大変だよね。鉄太の彼女なんて疲れそう』

眞子はそう言って同情の目を向けてきたけれど、しかし鉄太は、一緒にいるときは驚くほど落ち着いていた。仮にはしゃいでも、それは宙の中で許せる範囲の可愛らしいものだし、鉄太の言動で不快な思いをしたことは一度もない。鉄太には、ほかの男子に見られがちな、初めて女子と特別な関係を持つことへの気負いも興奮もない、と宙は感じている。

そして、鉄太には教室内で見せている面と違う一面がある。そちらの面はどこか厭世的で、真面目だ。こんなひとだったとは、と少しの驚きを覚えたけど、無意識にそういう部分を感じ取っていたのかもしれない。でなければさすがに、断っていたのではないだろうか。

「それで、どうして鉄太くんはこんな天気の中、わたしを呼び出したの？」

鉄太はあまりこういう誘いをしてこない。これまで、休日に学校の外で会ったことは二回だけ。それも、イベントに一緒に出掛けるという目的があったからだった。

「別に？　なんとなく、会いたいなと思っただけ。家にいても憂鬱になる天気じゃん」

鉄太は椅子ごと背後に向き直り、中庭に視線を向けた。

「せっかくの紅葉もべちゃべちゃ。残念だなあ」

「そだね」

図書館にひとはまばらだった。学習スペースには宙たち以外にはひとりしかいない。耳にイヤホンをした大学生風の男性が持ちこんでいるノートパソコンの、キーボードを叩く音と雨だれの音が重なっている。しばらく景色を眺めていた鉄太が背を向けたまま「姉ちゃんがさ」とぽつりと言った。

「姉ちゃんが、帰って来たんだ」

「お姉さん？　えっと、家を出てたの？」

鉄太の家族については、父子家庭ということしか知らない。小学生の時に母親が病死したことだけは眞子から聞いていたけれど、他にきょうだいがいるなど言っていなかった。

「離婚して、子ども連れて帰って来た。オレにとっては姪(めい)っていうの？　三歳の、女の子」

「へえ」

「なんか、不安定になってて。毎日奇声あげてる」

静かに、鉄太が話す。梅雨明け前に帰ってきたから、もう四ヶ月かな。姉ちゃんもおかしくて毎日泣いてるし、父さんは、なんだろうな。扱いに困ってるって感じ。やさしいひとなんだけど、こういうときにはちょっと頼りない。

肉のついていない、薄い少年の背中を宙は見つめる。漠然と感じていた仄暗(ほのぐら)さや大人びた言動はこんな事情からだったのかもしれない。

「お姉さんと、年が離れてるの？」

「七歳差かな。いま、二十一」

高校を卒業してすぐ産んだ、と付け足す。宙はふうん、と相槌(あいづち)を打ちながら、鉄太の環境を想像する。なかなか、ハードな環境だと思う。

「今朝もさ、葵(あおい)……姉ちゃんの子どもが大荒れで。この雨で、イベントが中止になったんだと。魔法なんとかっていうキャラクターショー」

「ああ、魔法少女デリシャス」

カラフルで可愛らしい衣装を着た女の子たちが、ひとびとを苦しめる敵――ネガティブゥを改心させていくという内容のアニメで、いま子どもたちの間で大人気だ。三歳の女の子だったら夢中になっていてもおかしくない。

「うるせーんだ、まじで。それでもう家にいるの面倒になってさ。これなら宙と会ってたほうがいいなって呼んだ。ごめんな。こんな天気の中」

「そういうこと。いいよ、別に。わたしも、外出して気晴らしできてるし」

言いながら、宙は少しだけ心が弾むのを感じていた。鉄太がこれまで口にしてくれなかった悩みを吐き、頼ってくれていると感じると、嬉しかった。きちんと自分と向き合ってくれている、それはこの関係の新しい一歩だ。それに、相談できる相手だと認められているということでもある。

「気晴らしって、宙は何で？　親と喧嘩でもした？」

くるりと向き直った鉄太は、案の定どこか恥ずかしげだった。宙は「別にたいしたことじゃ」と言いかけて、しかしすぐに鉄太の信頼に応えようと思い直した。

「あのね。今日、わたしの好きなひととの結婚式なの」

鉄太がぽかんと口を開いて、それから宙は自分の言葉が足りていなかったと慌てる。

「あ、違う違う。カノさん……わたしの母の、昔の恋人だったひと」

「はあ、そのひとが今日結婚ってことは、まあ宙のかーちゃんとは別のひとと、ってことだよな」

「うん、そうなの。すごくいいひとで、やさしくて、わたしが小学校一年生のころからずっと、わたしの面倒を見てくれたんだ。わたしはそのひとと家族になりたいなって、ずっと思ってたんだけど、母と別れちゃって。そして今日ほかの女のひとと……あれ」

言いながら涙がこぼれて、驚いた。急いで濡れた頬を拭う。

「え、どうしたんだろ。びっくり。ご、ごめん」

事実を口にしただけなのに、どうして。宙はバッグの中からハンカチを取り出して目元に押し付ける。

「うあー、びっくり。なんだろ、ごめんね」

自分で自分が制御できない。焦れば焦るほど涙が止まらない。おろおろしていると、鉄太が急に頭を撫でてこようとして、驚いて背を反らす。鉄太はすぐに手を引っこめて「あ、ごめん」と言った。それから「それ」と声を大きくして、しかしいまいる場所に思い至ったのかすぐに顔を寄せて小さな声で続けた。

「それ、おもらしみたいなもんだから気にすんな」

「はあ⁉」

突然何を言うのだ。睨みつけると、鉄太が「我慢の限界がくると、おもらしすんじゃん」と唇を尖らせる。

「おもらしすんのは、恥ずかしいことじゃないだろ。我慢する方が、悪い。本当ならトイレに行って出さないといけないものをずっと我慢してたわけで、それは体にもよくないだろ？」

「え、あ、はあ」

変なたとえに、宙は気が抜けてしまう。

「葵が最近トイレの失敗が多くてさ。多分、かーちゃん……姉ちゃんがいつもぴりぴりしてっから、顔色窺ってトイレ行くって言い出せねえんだ」

「え、待って。三歳児のトイレ事情と一緒にされても困るんだけど」

「一緒だろ。ていうか、宙って溜めこんで爆発するタイプだよな。ほら、クラス対抗球技大会のときさ、古賀たちの我儘に気長に付き合ってんなと思ってたらいきなりブチ切れたじゃん。そんなに不満があるのならあなたたちは不参加で結構です！って啖呵切って」

思い出したように、鉄太が笑う。古賀たち、まさかそんなこと言われるとは思ってなくて真っ青になってたよな。

「あれは、わたしが言い返さないと終わらなかっただけだから」

古賀たちは、それぞれ運動部の女子キャプテンを務めていた。自分たちがいないと優勝はできないという傲りのもとに、彼女たちは無理難題を宙にふっかけたのだった。全競技シード枠を取ってきて、応援枠の子たちは全員手作りの応援旗を作ってくること。それができないんだったらモチベーションが下がって実力が出せない。誰がどう見ても我儘で、事実宙が困っている様子を見て楽しんでいたようだった。鉄太や他の男の子が『いい加減にしろよ』と注意しても『男子は女子の話し合いに口出さないでくださーい』と耳を貸しもしなかった。そんな彼女たちは、大人しく控えめな宙から反撃されるとは思っていなかったらしい。どちらかといえば泣き出すことを想定していたのかもしれない。しかし宙が『もう結構です』とすべての競技出場者枠から古賀たちの名を消して応援枠に入れ、傍観していた担任が『クラス委員の決断なら、仕方ないな』と認めた瞬間、にやにや笑いを収めた。

「先生には、もっと早くキレてよかったんだぞって言われた。わたしが我慢しているのを見せられているみんなもしんどいんだからな、って」

「そんなもん、お前がさっさと注意してたらよかっただろって言いたいけど、あのひと生徒の自主性とやらを大事にしてっからなあ」

「小学校のときも、似たような担任がいたよ。学級崩壊が起きて、保護者からクレームが来て副担任に降ろされたんだけどね。あのひとよりは、いまの担任の方がきちんと筋が通ってると思うけど」

昔を思い出してくすりと笑った宙は、止められなかった涙が止まっていることに気が付いた。涙で湿ったハンカチを握りながら、さっきの鉄太の言葉は正しいのかもしれないと思う。

わたしは三歳の女の子と同じことをしていたのだ。考えてみればいつも、不満を小出しにできずに溜めに溜めて爆発させてきた気がする。

「それにしても、おもらしって」

おかしくなって噴き出すと、鉄太が「いや、ばかにできねえんだぞ」と不満げに鼻を鳴らす。

「葵は罪悪感からかおどおどするし、かと思えば暴れて叫ぶし、まじでやばい。せめて叱れないように、オレが姉ちゃんに隠れてこっそり後始末してるけど問題解決には……って、なんでもない」

しまった、というような顔をして、鉄太は口を閉じた。それから宙の顔を窺うようにちらちらと視線を送ってくる。幼い姪っ子のトイレの世話を焼いていることを、恥ずかしいと思ったのだろう。しかし宙は、いいなと感じた。小さな女の子の不安を隠そうと懸命になっているのであろう、その姿が透けて見えた。

「お姉さん、どんな感じなの？」

訊くと、鉄太は腕組みをしてうらん、と唸った。

「別れた旦那、ってのが姉ちゃんの元バイト先の店長なんだ。つーか、バイトの高校生に手を出すって時点で常識のない奴なんだけどな。でもあのときは生まれてくる子どもを絶対にしあわせにしますとか言ってたし、うちの父さんも、子どもが最優先だから責任とって結婚するなら責めたりしないって言ったんだ。姉ちゃんとふたりで、ちゃんと子どもを育てられるって言うのならそれでいい、って。でもあいつ、生まれたあとは浮気しまくり。そんで、ええとなんつったかな。モル……？　いやモラ……」

「モラハラ？」

「そう、それ。姉ちゃんが高卒になったのは自分にも責任があるのに、高卒だってバカにするし、あとは家事ができてないって大声で怒鳴ってたみたい。うちは母さんが早くに死んだから、姉ちゃんは普通に家事ができるんだけど、皿の洗い方が雑だとか洗濯物の畳み方が気に食わないとか、めちゃくちゃ文句言われたんだって。姉ちゃん、いまでも叱られる気がするみたいで、調子悪いときは茶碗ひとつ洗えねえ。外に出るのも怖いっつって、葵と毎日引きこもってる」

はあ、と鉄太はため息をついて、それから「ごめん。こんな話されても困るだけだよな」と付け足した。

「ううん、いいよ。でも、その、お姉さんがそんな状態で、しかも姪っ子ちゃんの面倒を見ないといけなくて、大変じゃない？」

鉄太は少し考えて、首を傾げた。

「大変なのは、仕方ないんだ。でも、こういうとき母さんがいたらって思っちゃうんだよな。母さんだったら、いまの姉ちゃんにどうしてあげたらいいか分かったと思う。天国ってあるのか分かんねえけど、あったらきっと、イライラしながらオレんちを眺めてるんじゃねえかなあ。もっとうまくやれ！　っつって」

　宙は、自身の鉄太へのイメージがまた新たなものに変化したような気がした。彼はこんなにもやさしい部分を内包している。

「お母さん、いいひとだったんだね」

「いいひとっつーか、我が家のボスだったたな。病気なんかに負けたときはびびった」

へへ、と笑う顔が、これまでよりも鮮明に映る。

「うぜーと思ったこともあったけど、いないとまじで、困る」

そのとき、小さな羽音のような振動音が聞こえた。宙は自分のバッグに手を伸ばしたが、それは鉄太のものだったらしい。

「あ、家からだ。ちょっとごめん、外出てくるわ」

　携帯電話を持って、鉄太が小走りに出ていく。それを見送って、宙は机に突っ伏した。そのままの体勢で、鉄太が放った文庫本をぱらぱらとめくる。主人公が憧れていたひとが殺人を犯してしまい、それを明らかにした主人公が兄に泣きつくシーンで手が止まった。

『ねえお兄ちゃん。愛って何だろう。彼はユキさんへの愛のために人を殺めてしまった。でもユキさんは彼をもう愛してないから迷惑だって言った。あんなに愛し合っていたのを、わたしは見てたし、知っていたの。でも、もう愛はないんだって。ねえ、愛って何だろう』

不意に声が降ってきて、体を起こす。鉄太が眉間にしわを寄せて立っていた。

「来てくれたばっかりだったのに、ごめん」

「何かあったの？」

「よく分かんねえんだ。姉ちゃんがもうやだって泣いてて、葵もギャンギャン泣いてる。父さんは仕事で、今日いなくて」

頭を乱暴に掻いて、鉄太は「ごめん」ともう一度言う。

「帰るわ、オレ」

「あの、わたし、一緒についていっちゃダメ？」

鉄太がきょとんとした顔をした。

「わたし、小さな子と遊んだことないから遊んでみたい。ダメかな」

鉄太は戸惑ったように瞬きをしたが、「いい、けど」と言った。

「でも、いまオレんちめちゃくちゃ汚いぞ。あと、葵はうぜえかもしれない」

「気にしない。じゃあ、行こうよ」

宙が立ち上がると、鉄太は宙の意図を判断できないのか不思議そうな顔をした。けれど、

「オレこの本返してくる。出入り口のところで、待ってて」と書架に小走りで向かった。

＊

鉄太の家は、駅前商店街の先にある住宅地の中にあった。通いなれた『ビストロ サエキ』の前を通るときには、胸が痛んだ。臨時休業、と書かれた紙が嫌でも目に飛びこんでくる。しかし、頭を振って意識を切り替える。

神丘家はサエキの店によく似た南欧風の造りだった。ピンクベージュの外壁にオレンジの瓦が可愛らしい。シマトネリコが雨に濡れている。

「こんな天気の中、歩かせてごめんな。足、濡れただろ」

「平気平気」

鉄製の門扉を抜け、石畳のアプローチを歩く。玄関のドアに鉄太が手をかけようとすると、奥から子どもの大きな泣き声が聞こえた。

「葵の声だ。ただいま。葵、帰ったぞ」

鉄太がドアを開けて声を上げると、すぐに「てったぁん」と子どもの叫び声がした。どたたという足音が近づいてくる。

「うわ、どしたんだ、その恰好（かっこう）」

鉄太に何かが勢いよく抱きつく。抱き上げたものをみれば小さな女の子で、どうしてだかパンツ一枚しか身に着けていなかった。

「おちゃちゃ、こぼした」

どれだけ泣いていたのか、目元を真っ赤にして肩で息をしている。

「服は」

「ママがもうぬいでなさいって。またよごすからって」

「そんなの、風邪ひくだろ。ああもう、何やってんだよ姉ちゃん。あ、宙。入って」

鉄太が葵を抱いたまま、中に入る。宙もその後を追った。

通されたリビングは、大きな掃き出し窓が設けられた広い部屋だった。シンプルで温かみのある木製の家具が置かれているが、床には子どものおもちゃやお菓子、食べかけの菓子パンなどが散乱していた。

「うわ、葵。派手にやったなあ」

「ごめん、しゃい」

「ちょっとここで待ってろ。新しい服持ってくるから。宙、適当に座ってて」

葵を降ろした鉄太が部屋を出ていく。葵が初めて宙を認識したような顔をして、それから恥ずかしそうにしゃがみこんだ。下着一枚で初対面のひとと向き合うのは羞恥を覚えるだろう、と宙は目を逸らした。

プラスティックのマグカップが転がり、その横にはくちゃくちゃに丸められたピンクのワンピースがある。宙がそれをなんとなしに拾い上げると、しっとりと濡れている。

「ママが、ふいたの」

葵がおずおずと言い、どうやらこれで葵がこぼしたというお茶を拭ったらしいと知る。

「えっと、葵ちゃん、だよね。わたしね、鉄太くんのお友達で、宙っていうの。『そら』って呼んでね、よろしく」

宙が微笑みかけると、葵は目を見開いて、はにかんだ。小さな歯がこぼれて、かわいいなと思う。

「お洋服着たら、わたしと一緒に遊んでくれる？　葵ちゃんは、どんな遊びが好き？」

「え？　えっとねえ、デリシャスごっこ。フレッシュパインちゃんがすきなの」

うふふ、と目を細めて笑う顔はどことなく鉄太に似ていた。

「ほら、葵。これ着ろ」

鉄太が子ども服を持って戻ってきた。黄色のワンピースに葵は「これ、いや」と首を振り、鉄太が「我儘言わないの」と諭すように言う。しかし葵は「やだもん」と大きな声を上げて地団太を踏んだ。

「いやいやいやいやいや！」

何がそんなに気に食わないのか、身を振り絞るような甲高い声で叫ぶ。鉄太が「ああもうまた」とため息をつく。これが鉄太の言っていた『奇声』だろうか。

「いやいやいやいやいや！」

「なんでだよ、これこないだまで喜んで着てただろ」

「やだもん、やだ！」

鉄太が一瞬手を振り上げそうになり、しかし慌てて下ろす。服を交換に行くつもりか、踵(きびす)を返そうとしたところで、宙は鉄太の手からワンピースをとった。それを自分の目の前に掲げて「わあ、すっごく可愛い」と声を張った。

「ペンギンの柄だ。わたし、ペンギン大好きなの。いいなあ、欲しいなあ」

ふえ？　と葵が気の抜けた声を漏らした。

「ねえ、葵ちゃん。これ、着て見せてよ。すっごく可愛いんだもん、見てみたい」

お願い、と続けると、葵は宙が掲げるワンピースを不思議そうに見上げた。それからこくんと頷いた。

「いいよ、きてあげる」

「えーほんとう？　嬉しい！　じゃあ、お願いします！」

宝物のようにワンピースを渡すと、それを恭しく受け取った葵はひとりでてきぱきと着て、それからポーズをとってみせた。それはさっき好きだと言っていたフレッシュパインの変身ポーズで、宙が「フレッシュパインだ！」と言うと嬉しそうに鼻の穴を膨らませた。

「そういえば、この色はフレッシュパインの色だね。可愛い」

「えへへ、そうなの。かわいいの」

わかってもらえたことが嬉しいのか、葵がジャンプしてはしゃぐ。

「宙、よくわかるな。オレ、何のポーズなんだろうっていつも思ってた」

「魔法少女デリシャスって、子どもだけじゃなくて、女子の間でも大人気なんだよ。NEXT LOVEのケイくんが嵌(はま)ってるんだって」

男性アイドルユニットのメンバーがアニメ好きで、いま一番夢中になっているアニメだと紹介したのがきっかけで、若い女の子のファンも増えているのだ。宙の友人たちもその影響でアニメを観ていて、あまりに勧められるので宙も試しにと視聴した。どうせ子ども向けでしょう、と斜に構えていたのだが、気付けば夢中になって観ていた。泣けるし笑えるし、元気になれるし、素晴らしいアニメだと思う。

「わたしはね、ビビッドアップルちゃんが好きなの」

宙が葵に言うと、葵はぱっと顔を輝かせた。「まってて」と言うなり、部屋を飛び出していく。それからすぐに戻ってきた葵の手には、ビビッドアップルの魔法ステッキが握られていた。

「うわあ、ビビッドステッキだあ！」

「じいたんがね、かってくれたんだよ。あおいたんは、フレッシュパインのフレッシュステッキがほしかったんだけど！」

好きではないキャラクターのグッズになってしまったらしい。しかしその事情は、宙にはよく理解できた。かつて、柘植が『ちょっと違うんだよね……』とつい嘆いてしまうようなキャラクターグッズを買ってきたことが何度かあった。思えば宙と同い年で、かつ自身の孫であるマリーの好みのものなら間違いないだろうと考えた末のことだったのかもしれない。

「えぇー。ビビッドステッキ、めちゃくちゃいいじゃん！　うらやましい！」

葵の小鼻が嬉しそうにぴくぴくと動いた。

「宙、やるじゃん。葵がこんなにあっさり癇癪を引っこめるの、久しぶりだ」

鉄太が感心したように言い、宙は「多分、わたしの存在が珍しいからだと思う」と答えた。

「そうなのかなあ。にしても、まじで助かった。ありがとな」

言いながら、鉄太は散乱しているごみやおもちゃを片付けていた。食べかけの菓子パンをごみ箱に放ると、葵が「おなかすいた」と言う。

「ええ、こんなに食い散らかしといて、なんだよそれ」

「だってそのパンおいしくないもん」

ぶう、と葵が頬を膨らませる。

「困ったな、もう菓子パンはないしなあ。ラーメンでいいか？」

「やだ！　てったんいっつもラーメンだもん！」

「だってそれしか作れねえんだもん。ママに頼みたいけど、無理だしなあ」

鉄太が上を見上げてため息をつく。

「お姉さん、調子悪いの？」

「さっきも言っただろ。モラハラの影響とかで、料理どころか皿洗いもなかなかできねえんだ。今日は特に酷い感じ。もう、風呂も入れねえと思う。呼び戻されたのも、葵の泣き声を聞くのもしんどいから助けてって電話だったんだ」

なるほど、ここで話していても鉄太の姉が姿を見せないのはそういう状態だからなのか。

宙は人の気配のしない二階を仰ぎ見た。

「それで、鉄太くんは料理は？」

「インスタントラーメン以外はできねえ」

きっぱりと言って、鉄太は掃き出し窓に目をやった。ここに到着して、雨脚はますます激しくなっていた。灰色のカーテンでもかかっているかのようで、庭の全貌もわからないほどだ。遠くに、稲光が瞬く。

「弁当でも買ってくるか。宙、少しだけ葵の面倒見ててくれないかな。オレ、チャリで弁当買いに行ってくる」

仕方ない、と言う鉄太に宙は「あの……冷蔵庫の中、見ちゃダメ？」と訊いた。

「わたし、少しなら料理できるよ。葵ちゃんにアレルギーとかなければ、何か作れると思う」

鉄太が目を見開いた。

「アレルギーはまったくないけど……。え、まじで？　作ってくれんの？」

「作るのは別にいいんだけど、でも失礼な申し出だし迷惑なら遠慮する」

「全然……全っ然！　つっても冷蔵庫の中空っぽかも。父さんが毎日仕事帰りにちょこちょこ買ってくる感じなんだ」

とりあえず見てみて、とキッチンに案内される。キッチンは鉄太の父が管理しているらしいが、ここは綺麗に整頓されていた。桶（おけ）の中に鉄太の昼食らしいラーメン丼が沈んでいる。冷蔵庫を開けると、確かに食材は少なかった。しかしいくつかのものを確認して、そして宙は小さく笑った。これなら、なんとかなる。

「わたし、これから作る。鉄太くんは、葵ちゃんの面倒見ながらお部屋の片付けをしてなよ」

「え、できんの？　いいの？」

宙は鉄太の足にしがみついている葵に向かって笑いかけた。

「葵ちゃん、この家にはネガティブゥがいるみたい。だからわたしはこれからネガティブゥを倒すために美味しいごはんを作るから、葵ちゃんはいい子にしててくれる？」

葵の顔が、ぱっと明るくなった。

「わかった！　でも、あおいたんはなにをすればいいの？」

「えっと、鉄太くんのお手伝いをして、お部屋のお掃除かな？」

「わかった！」

言うなり、葵は鉄太の足を引っ張った。てったん、おへやをかたづけよ。ねがちぶうを、たおさなきゃ。戸惑った様子でリビングに連れていかれる鉄太を見送って、宙は「よし」と声に出した。


「――ふわわわあああ」

皿を目の前にした葵が目をキラキラさせて悲鳴を上げ、それを聞いた宙は心の奥でそっと安堵(あんど)の息を吐いた。

「すてき。すてき。オムライスだ！」

真っ白の皿の上に、半熟の卵が山を作っている。その上にはケチャップのハートマーク。

「そう、宙ちゃん特製のオムライスだよー」

正確にはやっちゃん特製だけど、と心の中で付け足す。

オムライスを教わったのは、五年生のころだったか。卵でチキンライスをうまく包めなくて試行錯誤している宙に、とろとろの卵を載せればいい、と教えてくれた。サエキではこのオムライスにデミグラスソースをたっぷりかけるのだけれど、今日はケチャップ。

葵が、子ども用スプーンでオムライスをそっと口に運ぶ。すぐに、笑顔になった。ふっくらした頬に小さな手を添える。

「うわあ。おい……しい」

満足げな葵の顔に、宙はほっとする。覚えたてのころは練習も含めて何度も作ったけれど、最近はめったに作っていなかったのだ。

「すごくおいしい。そらたん、すごいね！」

「え、へへ。うれしい」

そらたん、とたどたどしく名前を呼ばれたことに、むず痒いような気持ちになる。せっせとオムライスを口に運ぶ様子を眺めていた鉄太がふうん、と鼻を鳴らした。

「そんなにうまいの？　葵、オレにも少しちょうだい」

「だめだよう。あおいたんのだもん」

葵がぷにぷにした腕で皿を隠すようなしぐさをし、鉄太が「けち」と頬を膨らませる。

「鉄太くんも食べる？　まだチキンライス残ってるし、卵もあるから作れるけど」

「え、まじで？　食べる食べる」

それから宙は鉄太の分のオムライスも作った。その間に、葵は完食してしまっていた。三歳児の胃袋の加減が分からないので足りなかったかと焦れば、鉄太が「すげえ。お前こんな食べて大丈夫かよ」と驚いていたので、ほっとする。

「あ、すげえうめえ。オレ、オムライスなんて食うの久しぶりだ」

鉄太が大きく頬張って言う。葵に作ったものの倍量あるけれど、こちらもあっという間に食べきってしまいそうだ。

「すげえな、宙。料理できるんだ」

「子どものころから、好きで」

「好きになれるって、すげえよ。オレもさ、母さんがいなくなった分覚えなきゃって思った時期もあったんだけど、ちっともうまくいかなくて挫折した」

トンカツ食いたくて頑張ってみたら天ぷら鍋からモクモク煙が出てさ、と鉄太がジェスチャーを交えて説明する。しかも黒焦げのわりに、生焼けだったんだぜ。信じられねえよ。

「それは温度を間違えてたんだよ。上手なひとに教わると、ちゃんと作れるようになるよ。わたしに教えてくれたひとは、とても美味しいごはんを作れるひとなんだ」

何気なく言った自分の言葉に、胸がちくんと痛んだ。

たくさんの料理を教えてくれた『やっちゃんお料理教室』は、もう行われていない。佐伯から智美との結婚を聞かされた日が最後だった。夫婦として仲睦（むつ）まじく過ごすふたりを眺めながら料理を教わるなんて、できるわけがない。これからは田本さんに教わるから、もう教えてくれなくていい。そう告げた顔はきっとこわばっていただろうと思う。佐伯は何か言いたげに唇を動かしたけれど、しかし『分かった』と寂しそうに微笑んだ。

「やっぱりそれって母親から？　うちの姉ちゃんもさ、母さんが生きてるころはしょっちゅう料理教えてもらってて、よくオレが毒見係してて……」

楽しそうに言っていた鉄太が、ふっと言葉を切った。

「オレ、もうどうしたらいいんだろなあ。テストだったら、間違えてもあとでちゃんと答えがもらえんのにな。仮に0点でも」

半分、冗談めかした言い方だった。でもそれはきっと鉄太の本心で、宙は胸がずきりと痛んだ。

「あ、あの、お姉さんには残りご飯でトマトリゾットを作ってみたんだけど、余計だったかな」

「あんま、食欲ないみたいだけど。でも、食ってくれたらいいな」

ありがとう、と鉄太は皿を持って二階へと上がって行った。しかし鉄太の姉は「いらない」と言ったらしい。鉄太は肩を落として手つかずの皿を持って戻ってきた。

「ごめん、宙」

「気にしないでよ。わたしが勝手に作ったんだし」

食べる元気が出ないことだって、ある。でも、この家に来てから一度も顔を見せない鉄太の姉のことが気になった。子どもを泣かせたまま部屋から出てこられなかったり、鉄太の話ではお風呂に入れないことだってあるという。離婚のあとで心が疲弊しているのだろう。きちんと話を聞いて、相談に乗ってくれるようなひとがちゃんといるだろうか。もし、家の中で葵とずっとふたりきりで、誰にも辛さを吐き出せないとしたら、いつまでも苦しいままではないだろうか。

葵が喉が渇いたと言い、コップに麦茶を入れて渡す。ぎこちないながらもゆっくりと飲む姿を見ながら、鉄太に「葵ちゃん、幼稚園とか」と訊くと、「まだ」と返って来た。

「父さんは入れろって言ってて、姉ちゃんもそうするって返事するんだけど、でもいざ手続きに行こうとすると、外に出るのが嫌だとか絶対ママ友つくれないとか言って泣き出すんだ」

まじでお手上げ、と鉄太はため息をつき、話を理解していない葵が「ようちえんって、おともだちがたくさんいるんだってえ」と笑った。

夕方になるまで、宙は鉄太の家で葵と三人で遊んだ。葵はときおり癇癪を起こすこともあったけれど、よく笑う素直ないい子だった。そして葵の母である鉄太の姉はとうとう一度も姿を現さず、気配すら感じることもないままだった。

その日の晩、鉄太からメッセージが届いた。葵に『そらたん、こんどはいつくるの？』としつこく訊かれて困っている、という内容が軽い文面で書かれていて、そして『また来てほしい』と締めくくられていた。可愛らしく甘えてきた葵を思い出して、宙は思わず微笑む。

それから、鉄太の姉のことを考えた。夫とうまくいかなくて、別れた夫の存在にいまも苦しんでいるひと。

同じような、別れた夫とのいざこざのせいで笑顔を失っていたひとを知っている。あのやさしいひとなら、鉄太の姉の話を聞いてあげられるのではないだろうか。彼女との出会いで、鉄太の姉の心が少しでも救われたなら、それは葵や鉄太にとってもいいのではないだろうか。

「とは、思っても……ね」

独りごちて、ため息をつく。自分ひとりの勝手な考えだし、何より、いまあのひとに連絡などできるはずがない。結局、佐伯にはメッセージひとつ送れていないままだというのに。

「わたしって、やなやつ」

お祝いもできないくせに、都合のいいときだけ頼ろうと考えるなんてほんとうに嫌な人間だ。でも自分に全部を見せてくれた鉄太に、懐いてくれた葵に、何かしてあげられることはないのかと思ってしまう。

そのとき、キッチンの方で物音がした。ずっと部屋にこもっていた花野だろう。そういえばカノさんは大丈夫だろうかと、宙は携帯電話を放ってキッチンへ向かった。

シンクの前に立ったまま、花野は水を飲んでいた。喉元をあらわにして、音を立てて飲んでいる様子は餓えていて、ずっと何も摂取していないのではないかと思われた。宙の気配に気付いた花野がちらりと顔を向けてくる。

「ああ、宙。なんか久しぶりね」

「久しぶりね、じゃないよ。ずっと部屋から出てこなくってさ。死んでるのかと思ったよ」

「死なないわよ。仕事してたの」

嘘だ、と直感的に思う。作業着となっているジャージを着ていないし、手も顔も綺麗だ。別の理由で部屋から出てこなかったことは明白で、でもそれを指摘はしない。「そっか」と頷いて、それから「ごはん食べたら？」と付け足した。

「お鍋の中にポークビーンズがあるし、冷蔵庫にはきんぴらごぼうと鶏の南蛮漬けもあるよ」

「んー、食欲ないからいいわ。もう寝る」

コップを置いて、花野はふらりと出ていった。足取りはどこか頼りなく、気配が薄い。宙は、いつまで経っても少女のような後ろ姿を見送る。そうして、我が家も大変だよなと思った。これまでは何かあったら駆けつけてくれるひとがいた。助けてと縋れるひとがいた。でももう、いない。花野とふたりで、どうにかしていかなくてはいけない。

「これからは、何でもひとりかあ」

佐伯がいたら、どうしようと相談できた。けれど、自分で判断して行動していかなければいけない。花野の置いたコップを洗って、宙は無意識にため息をついていた。

＊

三日後、鉄太が学校を休んだ。前日の夜にやり取りをしたときには『明日また学校でな！』と普段と変わらぬ会話で終えていて、だから何かあったのだと宙は思った。学校に携帯電話は持ちこめないので、連絡も取れない。家に一旦帰る時間も惜しくて、宙は放課後、迷惑がられるかもしれないと思いつつ鉄太の家を訪ねた。チャイムを鳴らして少し待つと、鉄太が顔を覗かせた。

「え、宙。なんで」

「なんかあったの？」

鉄太の顔には疲労が滲んでいたが、体調の問題ではなさそうだった。

「なんかあったんでしょう」

「あー、姉ちゃんが調子悪くて」

背後を窺って、それから鉄太は「別れた旦那が、もう再婚したみたいなんだ」と囁いた。

「うわ、何それ」

「酷いだろ。姉ちゃん荒れてて、ちょっと目を離せなくて」

鉄太が乱暴に頭を掻く。

「不安定が葵にも伝染してさ。明日は父さんが仕事休むって言ってくれてるから、オレは学校行けると思うんだけど」

そう話している間に「てったん」と小さな声がして、見れば葵が立っていた。宙を見ると「あ」と一瞬顔を明るくしたけれど、すぐに俯いた。

「てったん、その、あおいたん、あの」

もぞもぞと両足を擦り付けるようなしぐさをし、鉄太が「あー」と頭を抱えてその場に座りこむ。葵の穿いていたズボンの股から足首にかけて、濡れていた。その向こうには、葵の歩幅に合わせて小さな水たまりができている。

「もー、まじかよ。今日、二回目だぞ。もう勘弁してくれよ」

「あの、あの……」

疲れ切った鉄太の声に、葵がぱっと顔を上げる。うずくまった鉄太を見た葵は、天を仰ぐように上を向いて「うわあー……ん」と泣き始めた。

「ごめんしゃい、ごめんしゃい」

全身で泣き始めた葵に、鉄太が両手で耳をふさぐ。それからふうふうと大きく呼吸をし始めた。ああ、もう、彼も限界なのだ。

宙は鉄太の隣をすり抜けるようにして家の中に入った。葵の前に屈みこみ、「だいじょうぶ！」と思い切り口角を持ち上げて笑った。

「こんなの、洗えばいいんだって。でも、てっちゃんはちょっと疲れたみたいだから、そらちゃんにお手伝いさせて？」

葵の涙は止まらない。宙は来る途中のコンビニで買った菓子の箱を出して、「これ食べよっか」と言った。

「魔法少女デリシャスの『ちょーデリシャスいちごチョコ』だよ。中にシールが入ってるんだって。何かなあ」

キラキラした外箱を開けて、「じゃーん」とシールを取り出すと、幸いにもフレッシュパインのシールだった。涙でびしょぬれだった葵が「わあ」と声のトーンを上げる。

「やった、葵ちゃんの好きなフレッシュパインだ！　ほら、もう泣き止んじゃおう」

「うん、うん」

葵がようやく笑うと、背後で「ごめん」と声がした。振り返ると鉄太がしょんぼりと立っている。

「オレ……なんかもう、やばかった」

「気にしないで。それより、着替えちょうだい。わたし、着替えさせる」

鉄太はどこかほっとしたような顔をして、頷いた。

リビングで葵を着替えさせてから部屋を見回すと、先日来たときよりも物が散乱していて、きちんと収まっていたカーテンは半分取れてしまっていた。端は無残にも破れている。

「姉ちゃんが、暴れて」

「いまは、どうしてんの」

「実は通院してて、そこで薬もらってるんだ。それ飲んだら落ち着いて、やっと寝てる。昨日の夜中に再婚のことを聞いてからずっと寝てなくてさ。何しでかすか分からねえから、夜中は父さんがずっと傍についてて」

話しながら、鉄太は部屋を片付けていた。鉄太もあまり寝ていないのかもしれない。その様子はどこか緩慢で、いつもの快活さがない。

「そらたん、またオムライスたべたい。おなかすいた」

宙の膝に座っていた葵が甘えるように言い、鉄太を見れば「朝から菓子パンを、少しくらい」と歯切れが悪い。となれば、きっと鉄太もまともに食事をしていないのだろう。

「いいよ、何か作るね」

鉄太に断りを入れて冷蔵庫の中を見てみたが、使えそうな食材はもう何もなかった。

「鉄太くん、わたし商店街まで行って少し買い物してくる。もう夕方だし、夕飯に何か作るよ」

「え、そんなん悪いよ。気にすんなよ」

鉄太が慌てるが、葵は「かいもの！」とはしゃいだように跳ねた。

「かいものいきたい。さっきのチョコレート、もういっかいかって」

「いいよー。じゃあ葵ちゃんも一緒に行こうか」

宙が笑いかけると、葵は嬉しそうに頷いた。

「鉄太くんも、行こうよ。外に出ると、気分転換になると思う」

鉄太は少しだけ考えて、窓の外を見た。今日は天気が良くて、夕暮れどきの橙色の空が広がっている。その色を見つめながら、鉄太は頷いた。

葵は最初こそ意気揚々と歩いていたが、少しして「疲れたあ」と鉄太に抱っこをせがんだ。葵を抱きかかえた鉄太と並んで歩く。

「とんぼー」

空を舞う赤とんぼの群れを指さして笑う葵の顔は明るく、鉄太が「ごめん」と小さく呟いた。

「ごめんな、葵。今日、オレ、めちゃくちゃお前を怒って」

「なあに？　てったん、ほら、とんぼ！」

葵は無邪気にとんぼを目で追っている。その顔を見つめる鉄太の目じりに光るものを見てしまった宙は、何気ないそぶりで目を逸らした。それから、何を作ればいいのだろうと考える。少しでも神丘家の助けになりたくて、買い物に行くと言って出てきたけれど、どんなものがいいのだろう。三歳の女の子から鉄太、二十代のお姉さん、それに鉄太の父親も食べられるものなんて思いつかない。味噌汁と焼き魚に、おひたしとかでいいのかな。お肉のほうがいい？　あ、みんな好き嫌いあるかな……。

内心唸りながら歩いていると「宙⁉」と素っ頓狂な声がした。見れば、真正面にコックコート姿の佐伯が立っていた。気付かぬうちに、『ビストロ　サエキ』の近くまで来ていたらしい。

「お前、どういうこと？　なにこれ、え」

まだ夜の営業時間まで一時間ほどある。いつもなら仕込みをしているころだ。何かの拍子に外に出ていたのかと思えば、「宙が男と歩いてるって、智美が」と佐伯が言う。ちらりと見れば店内からこちらを窺うように智美が立っていた。宙と目が合うと、申し訳なさそうに会釈をする。

「宙、誰？」

鉄太が訊いてきて、それに対して佐伯が「そらぁ？　宙ちゃんか、宙さんだろ！」と叫ぶ。

「なに勝手に呼び捨ててんだ！」

「あーもう。やっちゃん、うるさい。このひとはわたしの彼氏」

下手に言い訳しても面倒なのではっきりと言うと、佐伯は「かかかかかかれし！」といまにも卒倒してしまいそうな悲鳴を上げた。その様子は、久しぶりにかつての佐伯に戻ったようだった。

「宙に、彼氏⁉　え、いつからどこからていうかなんでオレに教えてくんなかったの。オレ

は お前のこと本当に可愛くて大事で、実の娘みたいなもんで、あーだめだ。脳が壊れる」

佐伯は先ほどの鉄太のように、その場に頭を抱えて座りこんだ。そんな様子に鉄太はただおろおろし、葵も怯えたような表情を浮かべた。

「やっちゃん、本っ当にうるさい。わたしだって、男の子と付き合ったりするよ。やっちゃんにいちいち許可をもらったりしない。やっちゃんだって、そうだったでしょう」

言って、嫌みだったことに気が付いた。佐伯も、はっとしたように顔を上げる。その顔はきっぱりと傷ついていた。

「あ……。やっちゃん、ごめ……」

「いや、そうだな。うん。ごめん」

佐伯はよいしょ、と声を出して立ち上がって、「そっか。もう、そういう年だもんな」と自分に言い聞かせるように言った。

「で、彼氏は一応……分かった。で、えっとその子は？　三人でどこに行くところだったんだ」

佐伯が鉄太の首にしがみついている葵を指さす。

「この子は彼氏の……鉄太くんの姪っ子。食事をわたしが作ろうと思って、買い出しに」

佐伯の表情が、刷毛で撫でたかのようにさっと変わった。

「どうして？　どういう流れで、お前が作る？」

「え、あの、その」

鉄太の家の事情を話すことになるので、宙は言いよどんだ。何と説明しようかと考えていると、葵が「ママがねえ、つくれないんだよぉー」とほがらかに言った。

「えーんえんしててごはんもたべないの。てったんはラーメンしかつくれないし、じいたんはまだかえってこないしー」

葵は小さな手でお腹をくるりと撫でて、あおいたんおなかぺこぺこなんだよう、と眉を下げた。

「こ、こら葵。黙れって」

鉄太が慌て、佐伯は目をすっと細める。「宙」と短く呼んだ声は低かった。長い付き合いだ、宙はそれだけで佐伯が説明を求めていることが分かった。

「……鉄太くん。このひと、わたしがこの間話したひとなの」

え、と鉄太が声を出す。

「とてもいいひとなの。このひとに全部話していい？」

え、え、と鉄太が宙と佐伯を交互に見る。それから、戸惑いながらも頷いた。

入れ、と顎で店内を指して、佐伯が中に入る。宙はその背中を追った。

智美と結婚する、と聞かされたのは、四ヶ月ほど前だっただろうか。その日から一度も足を向けなかったサエキの店内は、懐かしい匂いがした。なぜだか、泣き出しそうになる。

「あ、宙ちゃん。あの、ごめんなさい。見かけて驚いたものだから、私がつい言ってしまって……」

店内にいた智美がぺこぺこと頭を下げる。その左手の薬指に光るリングにちらりと目をやって、宙は「ご無沙汰しています」と答えた。

「ほら、こっち座れ。智美、飲み物出してやってくれるか」

窓際の席に腰かけた佐伯が手招きをし、宙と鉄太は並んで座った。鉄太の膝に座った葵が、珍しそうに店内を見回している。

「ほんで？　この鉄太くんの家の事情とやらを教えてもらおうか」

佐伯が先ほどよりは口調を和らげて言い、宙は鉄太と一度顔を見合わせてから、これまでの説明をした。佐伯はその合間にいくつか質問を挟み、ときには鉄太が話すことも多かった。

「なるほど、別れた夫から、モラハラねえ」

話を聞いた佐伯が腕を組み、ちらりと視線を流す。そのしぐさだけで、宙は何を考えて何を見たのか分かった。

「お姉さんはそのクソみたいな男に心を殺されかけたってわけだ。そして、それを支えてくれそうだったお母さんは、もうこの世にいないと」

「はい、そうです」

佐伯が目を閉じる。

「お父さんは、どうなんだ」

「とにかく困ってるって感じです。でも、相談できるひとがいないんです。親戚とはあんまり仲が良くなくて、母が死んでから三人でどうにか生きてきた感じなんで」

鉄太が離れた席に移動した葵を見た。話の途中で、お腹が空いたと葵が泣き出したので智美が食事をさせている。智美が作った鮭入りのおむすびを、葵は夢中で食べていた。

「姉ちゃんの友達も、みんな遠くの大学に行っちゃっていなくて、だから姉ちゃんも誰にも相談できてないと思うんです」

鉄太はとても丁寧に自分の話をし、それをひとしきり聞いた佐伯は「言いにくいことまで話してくれてありがとな」と言った。

「事情はよくわかった。ずっと頑張ってたんだな」

身を乗り出して、佐伯は鉄太の頭をぽんぽんと叩いた。鉄太がはっとした顔をして、それから気恥ずかしそうに俯いた。それから佐伯は、葵の頬についたご飯粒をつまんでいる智美に「今夜は店閉めるぞ」と声をかける。

「いまからこの鉄太の家に行く。いくつか持っていくもんあるし、支度をするから、智美はその子を見ててくれ。宙、鉄太、手伝え」

「やっちゃんお店休むの？　だめだよ」

慌てる宙に「何言ってんだ」と佐伯は顔を顰めてみせる。

「こういうときは、助けられる奴が動かなきゃダメだろ。ちんたらしてていいことなんか、ねえんだ」

言いながら佐伯は立ち上がり、厨房に向かった。

「鉄太、お前んちにはオーブンはあるか？」

がちゃがちゃと音がし始め、その向こうで佐伯の声がする。鉄太が「あります、けど。あの」と戸惑ったように返すと、智美が「言い出したらきかないのよ」と笑う。

「ああ見えて泣き上戸だしおせっかい焼きなの。ごめんなさいね、でも、絶対悪いようにはしないから」

宙は、その智美の顔を見ていた。こんなにもやさしく笑うひとだったろうか。こんなにも穏やかな話し方をするひとだったろうか。そしてこのひとは、こんなにも佐伯のことを知っていたのか。

「宙！　はやく来い」

厨房で佐伯の声がして、宙は慌てて立ち上がった。鉄太を促して厨房に入る。何年経っても変わらない空気に包まれて、一粒だけ涙がこぼれた。

鉄太の家に着いた佐伯は、キッチンですぐさま料理を始めた。その間に宙と鉄太、智美は葵の面倒を交互に見ながら部屋の掃除をした。破れたカーテンさえ除けば、元通り綺麗な部屋になったころ、キッチンから美味しそうな匂いが漂ってきた。おむすびでお腹を満たしたはずの葵が鼻をひくつかせる。

「なんだろ、旨そう」

呟いた鉄太のお腹が大きく鳴った。それに宙は思わず笑ったが、同じくお腹が鳴ってしまう。鉄太と顔を見合わせてもう一度笑った。

「智美、お前は葵ちゃんと少し散歩に出てこい。宙はそこのテーブルセッティング。まずは、ひとりぶんだ」

お前たちはもう少し待て。キッチンから佐伯が言い、宙と鉄太は首を傾げる。しかし宙は「分かった」と応えてから先に動いた。やっちゃんがすることだから、間違いはない。

それから佐伯の指示で、キッチンの隅に仕舞われたままだったランチョンマットを敷き、カトラリーも並べた。

「鉄太、姉ちゃん連れてこい」

すべての支度が整うと佐伯が言い、鉄太が上を見る。

「分かりました。でも、降りてきてくれるかな……」

「嘘ついてでもいいから、連れてこい。ここに入ったら、あとはオレが何とかしてやる」

佐伯が力強く言い、鉄太は頷いて部屋を出ていった。少しして、「何なのよ、ちゃんと説明しなさいよ」と押し問答する声とともに、やつれた女性が現れた。

気の弱そうな、目に見えて疲弊したひとだった。肩ほどまで伸びた髪はぼさぼさで、脂が浮いている。落ちくぼんだ目は生気がなく、しかし鉄太の面影がある。ほんとうなら、よく似た姉弟なのだろう。鉄太の姉はリビングにいる宙を見て、わずかにたじろいだ。

「なに？　鉄太のお友達？　ええと、こんにちは。ごゆっくり」

早口で言うなり、踵を返そうとする。それを鉄太が押しとどめた。

「姉ちゃん、飯食って。飯」

「あんたたちが作ったの？　悪いけど、いらない」

「オレが作ったんです」

割って入った佐伯の声に、動きが止まる。こわごわと振り返った鉄太の姉が佐伯を認め、びくりと震えた。

「あなたのために作ったんです」

佐伯が微笑み、ええと、お名前はと続ける。顔をこわばらせたままの鉄太の姉に代わって、鉄太が「佳澄(かすみ)です」と答える。佐伯は大きく頷いて、「こちらへどうぞ、佳澄さん」とテーブルを示した。

「とてもお腹が空いてる顔をしてる。せっかくだから一口だけでも、召し上がってください」

「え、あ、あの。あたしほんとにその、ああ、そうだ。えっと葵に食べさせてあげてください」

「葵ちゃんにはもう食べさせてますから、大丈夫」

佐伯が、さあ、と少しだけ語気を強め、佳澄はそれに圧されたようにおどおどとテーブルに着いた。ひとりぶんしか支度されていないのを見て、不思議そうな顔をする。

キッチンに取って返した佐伯が、深いスープ皿を持って戻ってきた。そわそわした様子の佳澄の前にそっと置く。

「きのこのポタージュです」

やさしい香りが、離れた場所で様子を見守る宙の鼻先まで届いた。居心地が悪そうにしていた佳澄だったが、その香りに導かれるようにスプーンを手にした。スプーンを沈めようとして、しかしはっとする。何かを窺うように周囲を見回す顔は怯えていた。

「大丈夫。あなただけの、時間だから」

佐伯が言うと、佳澄は「あたし、だけの……」と小さく呟く。それから今度こそ、ゆっくりとスプーンを沈めた。掬（すく）い上げてそのまま、すぐに口に運ぶ。そしてその熱さに驚くように悲鳴を上げて、スプーンを取り落とした。床に転がったスプーンを宙が拾い、鉄太が代わりのスプーンを取ってくる。鉄太からスプーンを受け取った佳澄は「熱かったから、びっくりした」とぼそぼそと言った。

「めちゃくちゃ湯気出てるだろ。見ればわかるだろ」

「だって、忘れてた。熱いものなんてもうずっと食べてなかったから……」

消え入りそうな声に、鉄太がひゅっと息を吸った。

佳澄は、今度はそっと息を吹きかけて慎重にポタージュを啜(すす)った。二度ほど繰り返したところで、手が止まる。佳澄の目から、ぼろぼろと涙がこぼれた。

「……美味し。美味しい」

佳澄が手の甲で涙を拭い、再びスプーンを口に運び始める。その姿を、佐伯がやさしい眼(まな)差(ざ)しで見つめていた。そして、その光景を眺める宙の体の中に、温かなものが満ちていった。

やっちゃんは、すごい。

小学一年生のときの、魔法のパンケーキ。柘植の死で苦しんでいた花野に出した、かぼちゃのクリームスープ。風邪をひいたときには鶏の雑炊を作り、暑さにばてたときは冷や汁を出してくれた。やっちゃんは、ひとを労(いたわ)り包みこむような料理をいつも作ってくれる。それはきっとやっちゃんが、食事をするひとのことを、思っているからだ。

思いがこもった料理は、ひとを生かしてくれる。目の前の光景が、宙にそう教えてくれていた。

宙が立ち尽くしていると、玄関先でひとの気配がした。そっとリビングを出て玄関に行けば、葵を抱きかかえた智美が立っていた。葵はどうやら眠ってしまったらしい。頭を智美の肩に預けてすうすうと寝息を立てている。

「あ、いま鉄太くんに言って寝室に連れて行ってもらいますね」

「ありがとう。ねえ、お姉さんは、食べてくれてる？」

「ええ、なんか、温かいものを久しぶりに食べたみたいでした。ポタージュが熱いことに、すごく驚いていて」

そう言うと、智美は眉尻を下げて寂しそうに笑った。

「誰かのために自分の優先順位を下げてきたのね。自分の食事は、いつも後回しだったんだろうな」

それは、とても悲しいことだと宙は思う。佳澄はずっとそんな生活をしていたのだ。

「あ、すみません。葵、オレが受け取ります」

いつの間に出てきたのか鉄太がいて、智美の手から葵を受け取った。寝室へ寝かせてくる、と鉄太は階段を昇って行った。宙はリビングに入ろうとしたけれど、ドアノブに手をかけた宙を止めたのは智美だった。

「待って。ひとりでゆっくり、ごはんを食べさせてあげましょう」

リビングのドアはガラスがはめこまれている部分があって、中が覗けた。ダイニングテーブルで静かに食事をしている佳澄が見える。その顔には、部屋に入って来たときには欠片も見当たらなかった生気のようなものがあった。頬に、赤みが差している。

「……子どものお世話って大変だって言うでしょう。特に、初めての子育ては不安ばかりでしょうし、そんなときに真っ先に相談したい母親もいない。モラハラの旦那さんなら育児も丸投げでしょうし、ひとりきりで葵ちゃんを育てていたんだと思う。そんな状態で、自分に手をかけてあげる余裕なんて、持てないよね」

智美の言葉に、宙は頷く。

「それにね、これは私の経験なんだけど、心が疲れてくると『自分に手をかける』ことが罪のように感じてしまうのよ。どこかに『私なんかが』って意識が育ってしまう」

「……智美さんは、いつそれが消えたんですか」

宙が訊くと、智美は少し恥ずかしそうに笑って「私もあれ、してもらったの」と佳澄を指さした。

「え？　あれって、佳澄さんみたいに食事を作ってもらった、ってことですか？」

「佳澄ちゃんっていうのね。そう、彼女みたいに、時間をかけて作った料理を食べさせてもらったの。あのときは冬瓜のスープで、涙が出るくらい美味しかった。ああ、私はこんな手間のかかったものを、それを味わう時間を、無償で用意してもらえる人間なんだなって思えたの」

宙は、懐かしそうに目を細める智美の横顔を見つめる。瞳の奥に、佐伯への愛情がしっかりと滲んでいた。

「私はまだ大丈夫、一度でもそう思えたらもう安心。今度は、自分を非道に扱ったひとに対して猛然と怒りが湧くの。そして、そんなひとにいいように扱われてよしとしていた自分にもね」

佐伯が新しい皿を佳澄に供する。魚と野菜を蒸したものだろうか、ブロッコリーとにんじんの鮮やかなコントラストが見える。佳澄の顔がぱっと明るくなった気がした。

「佳澄ちゃんはまだ若いし、葵ちゃんみたいな大事な存在もいる。私よりも早く、立ち直ると思う」

佳澄の食事のペースは速くなっている。体が、飢えていたことを思い出したような勢いだ。佳澄のグラスに水を足した佐伯が何気なしに視線を投げ、ドアに張り付いている宙たちに気付いた。苦笑しながら手招きされ、ふたりでリビングに入る。頰を膨らませた佳澄が何度も会釈をしてきて、智美が「気にしないで」と笑う。

「葵ちゃんは寝ちゃったから、鉄太くんがいま上に運んだよ。ごはんはちゃんと食べてるし、もしかしたら明日の朝まで起きないかも」

口の中のものを嚥下した佳澄が「何から何まで、その。それにあたしだけ、食べてて」と言う。

「いまは何も気にしないでいいの。食べて食べて」

智美が言うと、佳澄が首を横に振る。

「でも、見守られながらひとりで食べるっていうのも、居心地が悪いです。自分だけ、申し訳ないっていうか……」

キッチンから、「じゃあそろそろ、オレたちも一緒に食うか。佳澄さん、実はたくさん作ってるんだ。ご一緒してもいいですか？　宙、鉄太を呼べよ」と佐伯の声がした。

それから少しして、鉄太と佳澄の父、正彦が帰ってきた。正彦は見知らぬ人間が何人もいることに戸惑っていたが、積極的に食事をしている娘を見て泣き出しそうに唸った。

「佳澄、食欲、出てきたのか」

「その、なんか、ごめん。自分が、よくわかんなくなってて」

佳澄がぼそぼそと喋ると、正彦は首を横に振って、目元を赤く染めた。

「いいんだ。いいんだよ。とにかく、よかった。うん、よかった」

繰り返す顔は、ほっとしていた。

それからみんなで、にぎやかな食卓を囲んだ。驚いたことに、正彦は高校時代、佐伯のひとつ上の学年にいたらしい。佐伯はまったく覚えていなかったけれど、正彦が話すにつれて思い出したのだ。

「派手な子だったね。校則の緩い学校ではあったけど、入学式に金髪で登校してきたのは、佐伯くんが初めてだったと思うよ」

「ええ⁉　やっちゃんそんなことしたの？」

宙が目を瞠ると、佐伯は「最初が肝心なんだ」と平然と言う。

「最初に派手にやっておくと、ひとっての面白がって好意的に寄ってくる。だめなのが、弱気でいくこと。目を付けられるのは目立つやつじゃなくて、目立たないやつだ。だって、何をやられてても誰も気付いてくれない」

それを聞いて、鉄太が「なるほど」と頷く。

「オレ、父さんと同じ高校に行こうと思ってるんで、頭に入れときます」

「お、後輩か。それは楽しみだなあ」

鉄太は、すっかり佐伯に懐いてしまったらしい。まくりあげられた袖からちらちら見えるタトゥーを憧れの目で見つめている。

「しかし、縁とは不思議なもんだなあ。こうしてあのときの金髪くんと一緒に食事をしてるんだから」

「わりかし近所だから、よければこれからも家族で食事に来てくださいよ。お子さまランチもあるし」

「ああ、喜んで行かせてもらうよ。というより、佳澄が通ってしまうかもしれない」

正彦が視線を流した先、少し離れたソファでは食事を終えた佳澄と智美が話をしていた。佳澄の話に智美が耳を傾け、ときどき相槌を打っているようだけれど、佳澄が微笑んだり顔を顰めたりと表情を豊かにしているのが見える。さっき智美が言っていた通り、いろんな感情が湧き始めたのかもしれない。

「あの子は母親っ子で、だからずっと寂しかったんだと思うんだ。でも、分かっていてもどうにもしてやれなくて……。いや情けないよ」

「智美は親とは疎遠で、きょうだいもいないんです。なので佳澄ちゃんと仲良くできたらオレも嬉しいな」

佐伯が穏やかにふたりを見つめた。

気付けば、夜もずいぶんと更けていた。花野には友人の家で夕食をごちそうになると連絡をしていたけれど、あまりに遅くなると心配させてしまう。神丘家を辞そうとしていると、佐伯が宙を送ると言いだした。

「食材運ぶためにここまで車で来てるんだし、オレが送る」

「い、いいよ」

花野と別れて以来、佐伯は坂の上の家に来ていない。それに、今回顔を合わせたのは四ヶ月ぶりなのだ。みんながいるので平然とできていたけれど、車という密室でふたりきりとなると、何を話していいかわからない。しかし佐伯は「もう暗いのに、ひとりで帰すわけにいくか」と譲らない。

「じゃあ、タクシー呼ぶ」

「小遣い制のやつが、無駄遣いするんじゃない。ほら、帰り支度をしろ」

鉄太たちも送ってもらった方がいいと言うので、宙はしぶしぶと身支度を整えた。先に外に出てろと言われたので、鉄太と玄関を出る。鉄太は「ありがとう」とかしこまって言って頭を下げてきた。

「宙が今日来てくれてから、うまくいった。助かった」

「そんなことないよ、全部やっちゃんたちのお陰。でも、よかったね。智美さん、いいひとだから。これからもきっとお姉さんの相談に乗ってくれると思う。それに、やっちゃんはお父さんのいいお友達になるんじゃないかな」

「父さんがあんなに楽しそうだったのも、久しぶりだ。やっぱ父さんもストレス溜まってたんだと思う」

鉄太が頷き、「その智美さんたちと出会わせてくれたのが宙だから、やっぱりありがとう」と言う。

「まあ、そういう言い方もできなくはないけど。でも別にわたしは何もしてないから」

どちらかというと佐伯との出会いは回避したかったたし、話がうまく転がったいまでも、そう思っている部分がある。

「なあ、宙」

鉄太の声の質が変わった。まっすぐに宙の目を見つめてくる。

澄んだ夜空が鉄太の背後に広がっている。星々が頼りなくも瞬いているから、きっと明日は晴れるだろう。明日から体育の授業はマラソンになるらしくて、少し憂鬱だ。鉄太の熱を帯びた視線をまともに受け止められずに、宙はどうでもいいことを考えた。

鉄太がゆっくりと口を開いた。

「お前さ、なんでオレと付き合ってくれてんの?」

宙の心臓が、大きく跳ねた。

「なんで、そんなこと訊くの」

「だってお前、オレのことそんな好きじゃないだろ」

はっきりと言われて、心臓がもう一度跳ねる。鉄太の口ぶりには確信があった。顔つきにも、一片の迷いもない。だから宙は、ごまかせないなと思った。

「なんであのとき……オレが告白したとき、『いいよ』って言ったの?」

鉄太の問いに、考える。

あのとき、ほんとうに告白だと分からなかった。ただ、鉄太があまりにも真っ赤な顔をしていたからそれと気付いて、それからいい言葉だなと思ったから、頷いた。クラスの中で子どもの部分を存分に残した男の子が口にするセリフとは思えなかったから、興味を抱いたというのもあった。

それと、もうひとつ。宙はすっと息を吸って、吐くタイミングで言った。

「ひとと付き合うってどんなものなのかなって思ったから」

ずっと疑問だった。誰かを好きになって、相手も自分を好きになって、そして付き合うという認識のもとに一緒にいる、というのは果たしてどんなものなのだろう。自分が誰かと付き合ってみればそれが理解できるのだろうか、そう考えているときに、鉄太に告白された。だから、受け入れたのだ。

「オレと付き合うってことだけを、目的としてた？」

静かな鉄太の質問に、宙は思わず唇を噛んだ。この男の子は、わたしのほんとうの目的を薄々察していたのだろうか。いや、まさか。でも、何か感じ取っていてもおかしくない。

「……別れるってことまで、経験してみたかった」

口にしたとたん、自分に対する嫌悪感が胸の奥で膨れ上がった。喉奥にまでせりあがってきて、吐き気を催す。わたしは、なんと傲慢なことをしようとしていたのだろう。

鉄太が微かに目を見開く。

「それは、なんで？」

怒りでもない、軽蔑なんかでもない。呆れているのだろうか。少し上ずった問いに、宙はいますぐに謝りたくなる。でも、この謝罪は自分の嫌悪感を和らげようとする反射行動なだけだ。自分が謝って、相手に許させようとしているだけ。ここでの謝罪は、あとからいまよりもっと大きな罪悪感を抱くことになる。

だから、ほんとうのことを話そうと思った。

「みんな……、みんな、最初はすごく楽しいとかしあわせとか言うじゃない？　一生一緒にいるんだ、とか何度聞いただろう。でも、すぐに別れちゃう。香里と小松くんはもしかしたらと思ったけど、でもあっさり別れちゃったよね。一度は好きになって、永遠まで感じたひととどうして別れるんだろう。継続していく努力をしたくなくなるほど、嫌いになっちゃうのかな。もう他のひとでいいやーって思っちゃうのかな」

いったん話し出すと、言葉が止まらなくなった。

「ひとはどうして別れるんだろう。その理由がどうしても分からないから、わたしは自分で経験してみたかった。そしたら、何か少しでも理解できるかと思ったの」

静かに聞いていた鉄太が、ふうん、と鼻を鳴らした。

「そっか、よくわかった。だから、別れること前提で付き合い始めて、そして『別れるために好きになろうとして』わざわざ家に来たりしたんだ」

「……うん」

鉄太は想像以上にいいひとで、魅力も感じられた。だから、きちんと好きになるためにもっと知ろうと思った。

「ここに来て葵ちゃんに会って、鉄太くんのいいところをたくさん見られて、心から良かったと思ってる。途中からは状況をどう変えたらいいのかってことを考えるばっかりで、別れるとかそういうことを意識してたわけじゃなかった」

でも、失礼だったことに変わりはないよね、と宙は付け足して頭を下げた。少しの間があって、鉄太がすっと息を吸う音がした。嫌な奴、と言われるだろうか。それとも、最低？どちらにせよ、鉄太の気持ちを踏みにじるつもりでいたことを責められるのは当然で、甘んじて受けようと宙は思った。

「宙、よっしゃ帰るぞー」

ふいに玄関ドアが大きく開いて、佐伯が出てきた。向かい合う宙たちを見て、「何してんだ」と言う。

「ほら、向こうの駐車場まで歩くぞ」

やっちゃん、なんてタイミングで出てくるの。

空気を読めという意味をこめて睨んだけれど、佐伯は気付きもせずにすたすたと歩き出す。鉄太に「じゃあ」とだけ言って、宙は佐伯を追った。

佐伯の後ろを歩きながら、これは、もう別れるってことになるんだろうなあと考える。別れを経験したいから付き合った、なんて身勝手で意味不明なことを言われて、鉄太はきっと怒ったに違いない。それは当然のことだと分かっている。けれど、寂しさを覚えるのはなぜだろう。

駐車場の街灯の真下に、佐伯の車があった。赤いクーペタイプの車は、花野と付き合いだしてから買ったものだ。この車で、三人でいろんなところに行った。森の中の美術館に、湖畔のレストラン、蛍が舞う温泉旅館。かつて花野が、いまはきっと智美が日常的に座っているであろう助手席に体を沈めて、シートベルトをする。すぐに車が発進して、宙は車窓の向こうに視線を流した。

少しの沈黙のあと、佐伯が「ごめんな」と突然言った。

「なにが？」

「振り回して」

ハンドルを握る横顔をちらりと見る。佐伯は前を向いたまま、もう一度「ごめん」と言う。

「お前の年で『付き合う』ってことはもっと楽しくてわくわくしていいもんなんだ。別れを経験したかったとか、言うな」

佐伯は聞いていたのだ。立ち聞きなんて、最低！　かっとした宙だったけれど、佐伯の眉が哀しそうに寄せられたのを見て、口を閉じた。

「オレが、何も説明しなかったのが悪かった。お前ならいつか理解できるだろうと思ってたんだ。でも、それはオレの勝手な思いこみだよな。言わなきゃわかんねえよな」

ふ、と息をひとつついて、佐伯は話し続ける。

「オレは、花野さんのことを嫌いになったわけではない。花野さんもきっと、オレのことが嫌いになったわけじゃないはずだ。でも結果、道を違えてる。お前はきっと、いまもそこを気にしてるんだよな。じゃなきゃ、あんなこと言わないはずだ」

宙は俯いて、小さく「うん」と答えた。やっぱりいまも、納得できない。

「まず、オレは以前、お前に『しあわせの器と料理が合わない』と言ったよな。いまは、『しあわせの山が違う』んだと思ってる。オレはいっとき、花野さんと、お前と三人で同じ山を登ってたんだ。そして、そこからすげえ綺麗な景色を見た。オレは……もしかしたらお前もかな。とにかくオレは、その山の景色を見ながら生きていきたいと思った。でも、あのとき花野さんの目には次に登るべき山の頂が見えていた」

ひとというのは、しあわせの山を登る生き物なんだ、と佐伯は語る。自分に見合う山を探して、必死に登って、その頂で生きていくもの。だからあのとき、すげえ腹が立った。あのひとが何を考えてるのか理解できなくて、呆れかえりもした。いまだから話すけど、お前のいないところで何度も喧嘩したよ。何度も、泣かせた。

宙は、自分の膝小僧のあたりをじっと見つめていた。

「オレは昔から、ガキのころから花野さんの笑顔が好きで、オレがずっと笑わせていたいと思ってた。絶対に泣かせたりしないと誓ってた。泣かせるくらいなら彼女の望む通りにするよ、って花野さんと別れたんだけど、あのひとさ、最後にオレに『ありがとう』って言ったんだ。恭弘のおかげで、見えなかった世界が見えるようになったって。しばらくは嫌みなセリフだなと思ってたんだけど、ある日ふっと気が付いた。オレは、花野さんに次の山の頂を見せるために一緒に山を登ってたのかなって。オレが、次の山頂を見つけられる位置まで花野さんを導けたのかな、って」

「導けた？」

思わず佐伯の方を向こうとして、しかし止めた。正面から向き合うのが、どうしてだか怖かった。そんな宙に気付かず、佐伯は話し続ける。

「そう。柘植さんが亡くなったあとの花野さんは、どこに自分がいるのか分からなくなってたんだ。山から転落して、裾野の森に放り出された感じかな。オレは、花野さんの手を引いて景色の開けた山の上まで連れていった。自分の位置がようやく分かった花野さんは、次に自分が目指すべき山頂が見えた。花野さんは、そのことを『ありがとう』って言ってくれたんだ、きっと」

佐伯が、少し恥ずかしそうに笑った。

「オレはずっと、あのひとのことが好きで、あのひとに頼られる存在でいたいと思ってた。花野さんを支えて、一緒に生きていきたかったよ。でも残念だけど、オレの連れていける山では、花野さんに次の山を教えることしか、できなかったんだ。じゃあオレが花野さんについていこうとしたら、オレにはきっとその山は登れない。無茶をして、途中で花野さんの足を引っ張っていたと思う。花野さんが言った『しあわせが違う』ってのは、そういうことだろう」

宙は、頭の中で山を想像する。感動する景色が、違う。いくら手を取り合って共に登っても。そんなことがあるのか。それが、『別れ』なのか。

「ようやく、自分の中で満足できる答えを導き出せた気がしてる。ひとによってはそれは違うと言うかもしれない。でも、オレと花野さんに限っては、これが真実だ」

宙は、何度も口を開けては閉じるを繰り返した。何から言えば、いいのだろう。逡巡の果てに、ようやく言葉を絞り出した。

「……やっちゃんは、カノさんと山に登ったこと、後悔してる？」

歩道から、猫が飛び出してきた。佐伯が慌てて急ブレーキを踏み、その音に驚いた猫は再び歩道に踵を返した。植えこみに消える姿を目で追った佐伯が、安堵の息を吐いた。それから「何言ってんだ」と笑った。

「これからお前も経験するだろうけど、誰とでも山頂まで行けると思うな。途中でお前を置いて逃げ出すやつもいるかもしれないし、もしかしたら『なんでこいつとこんなこと』って思うほど嫌なやつもいるかもしれない。オレはあのとき、三人で見た景色にとても満ち足りた。だから後悔なんてあるはずがない。それに」

佐伯がふっと口を閉じ、それからやわらかく目を細めた。車はゆるりと発進する。

「オレは花野さんに、誰かと手を取り合って眺める景色がどんだけ綺麗か教えてもらった。そして、同じ景色を同じ目で見られる存在がどれだけ大切かも、教えてもらった。智美となら、もう一度あの景色を眺められるかもしれない、そう思えたのは花野さんと共にいた時間があったからだ。花野さんとの時間があったからこそ、オレは智美と結婚したいと思えた」

宙は、泣き出しそうになるのをぐっと堪えた。わたしはきっと、ふたりがとっくに降りた山のてっぺんでぐずぐず悔やんでいた。でも、それぞれが新しい山で歩いているのなら、わたしも自身の山を歩かねばならないのだ。

「若いころってのは自分がどこを歩いているのか、山を登ってるのか下ってるのかもわからないもんだ。横を歩く人間が自分にとって本当に大切かどうかも判断つかねえ。くっついたり別れたりするのは仕方のないことだ。一度別れてみたからって、真理には辿り着かねえし、世の中そんなに簡単じゃないさ。だからこそ、哀しい理由で男と付き合うな。お前が心から好きだと思える相手と、山を登る練習から始めるんだ。でも、そうさせたのはオレたち大人で、本当に、ごめんな」

佐伯が、宙の頭を撫でた。温かで大きな手のひらが触れたとたん、我慢していた涙があふれた。

「ごめんな、宙。お前にはいつも、抱えなくていいものばかり抱えさせちまう。お前がしっかりしてるフリをするもんだから、甘えちまうんだな」

手の甲で頬を拭う。何度も、何度も。

「せめて、しんどいときはしんどいって言ってくれ。オレを、頼ってくれ。オレはいつでも、これからもずっと、お前の面倒を見るって決めた『やっちゃん』なんだ。お前のためなら、何だってできる」

佐伯を見る。涙でぼやけた顔をきちんと見たくて目元を乱暴に拭った。

「やっちゃん……」

目じりのしわが増え、ほうれい線も目立つようになっている。こげ茶色の髪には、幾筋か白髪が走っていた。

何もかも削ぎ落としてシンプルで退屈なひとになるのかと、思っていた。でも、違う。やっちゃんは、『削ぎ落とす』わけではなく、体に刻みこんでいるのだ。かつてあったものは、決して手放されたわけではない。無くなったわけではない。

宙は泣きながら、結局は『やっちゃん』が自分を手放したとショックを受けていたのだと気付いた。やっちゃんはいつまでも自分とカノさんを思ってくれるはずだったのに智美を選んだのだ、と嫉妬も抱いていた。でも、そんなことはない。やっちゃんは何も、変わらない。

「やっちゃん、ごめんね。ごめんなさい」

「なんだよ。お前が謝ることは何もない」

佐伯は宙が泣き止むまで、ずっと頭を撫でてくれた。

坂の上の家の前に車が停まり、宙がのそのそと降りると、佐伯が「これ」と紙袋を差し出してきた。

「なに、これ」

「あとで見て。じゃあおやすみ。また、いつでも店に来いよ」

佐伯は玄関のほうを一度だけ見て、それから帰っていった。

キッチンでぼんやりしていると、ふらりと花野が現れた。今日は、仕事をしていたらしい。いつものえんじ色のジャージ姿で、髪も少し乱れている。疲れ切った顔をした花野は小鍋をかき混ぜている宙を見て「なに、食べてきたんじゃなかったの？」と不思議そうに首を傾げた。

「ん、小腹が減って。カノさんも、食べようよ」

「いらない。食欲ない」

「いいから、食べて。もうできるし」

無理やり花野を座らせて、それから温めていたポタージュをよそう。深皿を前に置くと、面倒くさそうにしていた花野が何かに気付いた顔をした。黙ってスプーンを渡すと、静かに口に運び始める。

「きのこのポタージュね。あんたが作ったの？」

「……美味しい？」

「……うん」

花野は誰の料理か分かっただろう。でも、温かなポタージュを黙って啜り、最後まで綺麗に食べた。

「ごちそうさま。ねえ、これ」

何か言いかけて、しかし花野は口を噤む。立ち上がり、背を向けたところで、「元気そうだった？」と独り言のように呟いた。

「うん」

「そう」

すっと、花野の背中が伸びた気がした。そのまま部屋を出ていく。その足取りはどこか、力強かった。

花野の背中を見送って、宙はため息をつく。自分によそったまま放置していたポタージュに手を伸ばそうとしたところで、ポケットに入れていた携帯電話が震えた。見れば鉄太からのメッセージで、どきりとする。『さっきの話で言おうとしてたこと』という冒頭の文字が見えた。

さっきの話で言おうとしてたことだけど。オレは、最初宙のことをクールだなと思ってた。周りのことをちゃんと見てて、冷静に状況分析して、必要なときにびしっと決める感じで、そしてオレはそういうイメージを好きになってたんだ、きっと。

オレの家、めちゃくちゃだったじゃん？　みんな、状況を持て余して動揺し続けてた。だから、ここはオレがしっかりした大人になってみんなを引っ張っていかないといけないんだって思ってた。そんなときに宙と一緒に委員をやるようになって、そのときの宙がオレの理想だったんだ。こんな風になりたいな、近づきたいなと思って、告白した。

ここで文面が途切れ、そして次のメッセージが届く。

でもそれって本当は違ってて、オレは宙に助けを求めてたんだ。オレの理想の宙なら、家のことどうにかしてくれるんじゃねえかなって、無意識に考えてたんだ。で、実際宙は、オレが想像してた以上に助けてくれた。宙に感謝したよ。でも、オレは宙を利用してたんじゃないかって気付いた。宙の持つ強さでどうにかしてくれって、期待してたんだ。だせえよな。本当は、宙がクールでもなくて、強くもないのに気付いてたんだ。古賀たちに文句言うとき手が震えてたの、実は見てた。そもそもクラス委員だって、押し付けられたことだったんだろ？　そんなの分かってたのに、宙が強いって思いこもうとしてたんだ。めちゃくちゃかっこ悪い。続きます。

宙は、送られてくる文字を眺める。あの男の子は、いまわたしに向き合おうとしてくれているのだ。

宙がオレのこと好きじゃなさそうなのは、薄々察してた。それは宙が、オレとの間に一本線を引いたように接してくるところと、ときどき観察するような目で見てくるところで感じたんだ。まさか、別れることを前提に考えているとは思わなかったんだけど。実はさっきは、めちゃくちゃ驚いてた。宙は、ホントはオレの友達の誰かのことが好きで、オレはそいつに近づくための踏み台なのかなってのがオレの想像でした、へへへ。失礼な想像してごめんなさい。

猫がお辞儀をしているスタンプが続き、宙は思わず微笑んだ。またも、メッセージが届く。

軽快に画面をスクロールした宙の指先が止まった。

今日、宙の気持ちを確認するようなことを聞いたのは、理由はひとつ。オレは、宙ときちんと理解しあって、きちんと付き合いたいと思いました。そうしたい女の子だと思いました。でも、別れること前提というのは嫌なので、そのあたりの問題を一緒に考えさせてください。宙には宙の理由があってああいうことを言ったんだと思うし、それを知ることが付き合うための一歩だと思っています。オレとのことを、考えてくれませんか。

どれだけ指を動かしても、もう文字は流れない。次のメッセージも来ない。ためらっていると、電話が鳴った。今度は佐伯からのコールで、訝しみながら出てみれば『返事は！』といきなり言われる。宙を送った後、神丘家に戻ったのだろう。ということは、この一連のメッセージは佐伯が指南したものか。

『いいか、よく聞け。お前らみたいな不純な付き合い、オレは絶対許さねえんだからな。清く正しい交際をしろ。まずは、まっとうなスタートを切るところからだ』

「待って、やっちゃん。まるでお父さんみたいなこと言ってるんだけど」

『当たり前だろ。オレはお前のお父さんみたいなもんだ。お父さんって呼んでくれたっていいぞ』

鼻息荒く言う佐伯の言葉に、宙は小さく笑う。

「そっか……。じゃあまず、ずっと言えなかったこと言うよ」

『お、おう。なんだ。まだ言えなかったことがあんのか』

「うん。……やっちゃん、結婚おめでとう」

ゆっくりと言うと、佐伯が電話口の向こうで息を呑み、そして微笑む気配がした。

# 第四話　思い出とぱらぱらレタス卵チャーハン

古い家というのはドラえもんの四次元ポケットみたいだ。

目の前でどんどん運び出されていく荷物を、宙は廊下の端でぼんやり眺めていた。よくもまあこんなに物を内包していたなと感心するくらい、様々なものが出ていく。この家に住んで十年以上経つが、初めて見るものも多かった。玄関先では、解体された仏壇が軽トラックの荷台に載せられようとしている。何十年と積もった埃に業者の青年が苦労しているらしく、さっきから激しい咳とくしゃみを繰り返していた。先輩風の男性が「マスクしろっつっただろ」と苛立ったように言っているのが聞こえる。

「こらこら、宙ちゃん。ぼんやりせずに働いて。外で花野さんと選別をしてちょうだい」

頭に三角巾、かっぽう着姿の田本が、置物よろしく体育座りをしている宙の前に仁王立ちした。形ばかりエプロンを身に着けていた宙は「だってよく分かんないもん」とそっぽを向く。

「どれも、埃被ったごみにしか見えない。カノさんだってそんな感じだし」

「あら、このあたりでもこんなに大きなお屋敷はないのよ。いわゆる旧家ってやつ。貴重なものだってきっとあるわよ。そうそう、アメジストの帯留め、見た？　これまで埋もれさせていたのがもったいないくらいだったわぁ」

「わたしはそんなものより、アイランド型キッチンと綺麗なバスルームのほうが楽しみ。早く工事入ってほしいなー」

　築九十年を超える川瀬家は、どこもかしこも老朽化していた。応急処置のようなその場しのぎの修繕を繰り返してやり過ごしていたが、先日梅雨の長雨が十日ほど続き、それが致命傷となった。元々仏間の壁の一部が雨漏りしており、それが今回雨漏りのレベルを優に超してしまったのだ。花野の悲鳴を聞いて駆け付けた宙は、花野以上に大きな悲鳴を上げてしまったほどだった。どこかに溜まっていたのか、ざぶざぶと勢いよく雨水がなだれこんでいる。最初こそ悲鳴を上げた花野は、言葉を失って呆然としていた。それから花野は業者に連絡をとり、大掛かりなリフォームをすることに決めたのだった。

「新しいキッチンになったらさ、田本さんのミートローフ食べたい。あれ大好きなのに、最近食べられなかったんだもん」

「オーブンも壊れてたからねえ。ようし、任せて！　美味しいの作るから」

　だからほら、お手伝いしなさい、と田本に促されて、宙はしぶしぶ立ち上がった。伸びをして気持ちを切り替えようとしたところで、田本が「それよりも、花野さんはちゃんと連絡したのかしら」と心配そうに言う。

「連絡って、誰に？」

「ほら、妹さんよ」

田本が少し遠慮がちに呼ぶ。宙は「ああ」と呟いた後、大きく息を吐いた。嫌なことを思い出した、という気持ちと、そんな風に感じてしまう自分への嫌悪が混じったため息だった。

「してると思うけど。じゃないと、後ですっごく叱られるでしょ」

「そうよねえ。でもね」

田本も、困ったように眉根を寄せた。

「花野さん、景気よく捨ててるのよ。大丈夫かしら」

「あー……」

宙の顔が引き攣る。トラブルになりそうな予感しかしない。

「ちょっと、カノさんと話してくる」

サンダルを履いて、宙は外へ出た。仏壇は軽トラックにどうにか収まったらしいが、目を真っ赤にした青年が「もー、最悪っすよー」と泣きごとをこぼしていた。それを横目に、庭へ向かう。大ぶりの葉桜の下、敷物を敷いた一角に、運び出された荷物たちが山と積まれていた。そしてその中で、花野は出てきたものを片っ端から『廃棄』と大きく書かれた段ボールに放りこんでいた。

「いらない、いらない、いっらなーい」

いつのものかも分からない、古びた和箪笥の引き出しから段ボールへ放る手つきには少しの躊躇いもない。着物なのか、帯なのかの興味もないらしい。引っ張り出されるものはすべて、たとう紙に包まれたまま、積み重なっていく。

「ねえ、カノさん。まともに確認してなさそうだけど、いいの？」

声をかけながら周囲を見回す。選別前らしき山の端に達筆な字で風鎮と記されている高価そうな桐箱が目について、何気なしに拾い上げた。

いつもの仕事着とは違う、青いジャージを着た花野が「あら宙」とすっきりした顔を向けてきた。

「いらないものを確認したって仕方ないじゃない」

「まあ、そうだけど。でも、価値のあるものとかあるかも」

「ないない。特に、あたしにとってはこれっぽっちも」

花野がひょいと肩を竦める。

「ねえ、これ何？」

箱を見せると花野が「ああ、風鎮。掛け軸の軸先につける飾りよ」と言う。上手く想像できなくて箱の蓋を開けてみる。黄ばんだ和紙の中に、汚れた小石がいくつか入っていた。

「これがフーチン？」

念のため花野に尋ねると、桐箱をちらりと覗いてきた。「あ」と声を出し、箱をしばらく眺めていた花野は、自分の脇に桐箱を置いた。

「え、なに、それ高価なの？　フーチンってそんなしょぼいものなの」

「違うわよ。本物は瑪瑙(めのう)とか水晶とかで作られてんの。必要なのは、箱よ。小物がちらほら出てくるから、それの入れ物にちょうどいいなと思っただけ」

「ああ、そう。まあ、いらないものも確かにあるみたいだね。でもさ、いまのこの状況、ママが見たら怒ると思う」

言いたくないけれど言わなければいけないことを仕方なしに口にすると、花野の手がぴたりと止まった。

「これは欲しかったのに、とか、言うかも」

「……言わないわよ。これはあたしの家のことだもの」

「う、うーん。まあ、そうなんだけど。でもママが見たら、もったいないって言うかもしれないし。ていうか、ママが来るまで処分は待った方がいいんじゃないかな。ママ、来るの遅いみたいだけど、今日のことちゃんと連絡してるんだよね？」「してない」とイタズラが見つかった子どものような顔で言う。

さっきまで威勢の良かった花野がそっぽを向いた。

「え！　どうして⁉」

「だって、絶対怒るでしょ。だからリフォームのことも言ってない」

「いや、リフォームはいいと思うよ。仏間、ほんとうにやばかったし。それに、仏壇も後ろはカビだらけだし湿気でぶよぶよで再生不可能って感じだったもん。埃もカビもめちゃくちゃすごくて、さっき門のところでお兄さん半泣きだったし」

宙は慌てた。リフォームは今後の生活を考えても必須で、そして問題はそこではない。

「ママに一言の相談もなく全部決めちゃって、大丈夫なの？　それに、仏間はカノさんの仕事場にするんでしょう？　ここの荷物の整理もそうだけど、そういうこととか連絡しなくていいの？」

花野は、これを機に仏壇を処分して仏間自体を失くすと決めた。長いこと仏壇のお世話をしたんだし、もうやめる、と。

宙は、仏壇の意味がよく分からない。実際に骨の入っている墓は理解できるが、何もいない仏壇に亡くなったひとを重ね合わせて大事にする、というのは果たして必要なのだろうかと思う。だから、花野の『仏間を失くす』という意見に反対はない。そもそも宙は一度も会ったことのないひとたちで、向こうもそうだろう。ただ気になるのは、ママ――風海の反応だった。風海はきっと、このことを知れば烈火のごとく怒るだろう。どういうことよ、とこめかみを引き攣らせて叫ぶ姿をありありと想像することができる。

「遺影も、何もかも処分するんだよね？　せめて、ママにひとこと伝えておいたほうが……」

「言って、どうするのよ。あたしにわざわざ叱られろって言ってんの？」

花野が見上げてきて、宙は言葉に詰まる。その様子を見た花野は「黙っててよ。いまあたしはあたしなりの覚悟でやってんのよ」と言って、再び作業に戻った。

引き出しをひとつ空にして、次も空にする。『廃棄』と書かれた箱にはあっという間に山ができ、しっかりとマスクをつけたお兄さんが軽トラックに運んでいった。それは空になって戻ってきて、しかしまたすぐに物が増えていく。対して、『保留』と書かれた箱にはほとんど何も入っておらず、『必要』の箱に至っては空だった。さすがに空って、と言いかけて、口を閉じる。

どうしたものかと思案しながら、宙は『保留』の箱に近づき、中を覗く。飴色に変わった寄木細工の箱が所在なげにあるのが見えて、手に取る。箱を開けると、いくつかの指輪やネックレス、そして宙の親指の先ほどある大きなアメジストの周囲を小さなダイヤがぐるりと囲っている華やかな帯留めが収まっていた。これが、田本の言っていたものだろうか。

「へえ、ほんとにすごい。これ、誰の？」

「菊さん。あんたの曽祖母」

花野は、親族を名前で呼ぶ。曽祖母は菊さん、曽祖父は正さん。実の母を敦子さん。まるで記号のような口ぶりで、そこに情のようなものはないのではないかと宙には感じられる。

「曽祖母っていうと、ええと確か、踊りが趣味とかっていう」

「そう。見栄っ張りで貴金属が大好きだったのよ。その帯留めはここ一番ってときにつけてた。勝負アクセサリーってやつ？」

花野がどうでもよさそうに説明する。

「ふうん。あ、そうだ。これママにあげたら？」

ふと思いついて宙は言う。風海は貴金属収集が趣味で、記念日ごとに宝石を買う。風海の大事にしているジュエリーボックスにはネックレスや指輪があふれていて、風海はそのひとつひとつを暇さえあれば愛でていた。こっちは結婚五周年のときにパパに買ってもらったの。こっちは萠が小学校に上がる記念。色とりどりの宝石を手に語る顔は、いつも誇らしそうだった。

「風海ちゃんには、あげない」

きっぱりと花野が言って、宙は驚いた。

「それは、あたしのものなの」

花野の語気の強さに圧倒されて、宙は「あ、そう」としか言えなかった。『必要』ではなく『保留』の箱に入れているというのに、あげるのは嫌というのが分からない。花野は元々貴金属などに興味がないようだし、執着もしないと思っていたけれど、やはりここまで価値のありそうなものだと惜しむ気持ちが湧くのだろうか。それとも、このところしょっちゅう来ては怒鳴り散らす風海なんかに、という思いだろうか。

後者なら、納得もいく。わたしだって、ここにわざわざ呼んで怒りの火の粉を浴びるのはごめんだもんな、と宙は風海がここに現れた想像をしてげんなりする。木箱の蓋を閉じて段ボールに戻し、花野に「とりあえず手伝うよ」と話題を変えるように声音を明るくした。

「廃棄段ボール、もういっぱいになっちゃうね。軽トラに運んでくるよ」

「ありがとう。じゃあ、お願いする」

嫌なことを先延ばしにしていることは分かっているけれど、でも逃げちゃうよねえ。重みのある箱を抱えて、宙は花野に気付かれないようにそっとため息をついた。


整理を終えた翌日、日曜日のことだった。三週間ほど工事が入るため、宙たちはその間ウィークリーマンションで過ごすことになっていた。そのための荷物を宙が纏めていると、玄関先で金切り声がした。そんな声を出すひとはひとりしかいなくて、宙は「すごいタイミング」と小さく独りごちた。あと三時間遅く来てくれていれば、この家は無人になっていたのに。

「ちょっとどういうこと！　どうして外に仏間の欄間が転がってるのよ。一体何を始めてるのっ」

「あらあら、こんにちは。今回リフォームをすることになったので、少しずつ解体してるんですよ。先日の長雨の被害がすごくて……」

キッチンの後始末をしていた田本が出迎えたようだ。中へどうぞ、遠くからいらしてお疲れでしょう、と促す声がする。

「リフォーム？　あら、それはいいことね。私は昔から何度も言ってたのよ。みっともないからきちんとしてちょうだいって。でも姉さんったらのらりくらりと引き延ばして、嫌だったわあ。あら待って、欄間が出てるってことは仏間もリフォームするわけ？　いま中はどうなってるの」

「まあまあ、とにかくお茶でも」

「淹れておいてくれます？　先にどんな状態か確認しないと。姉さん、姉さん！」

大きな声と共に、どたどたという足音がする。そのまま、仏間へ向かったらしい。来るぞ来るぞと身構えた次の瞬間「何よこれ！」と絶叫がした。

「何もないじゃない！　ここにあったものは、どこへ消えたのよ！」

宙は「やっぱりそうなるよね」と呟く。行きたくないけれど、部屋を出た。中庭を挟んだ向こう側を見ると、億劫そうな顔をした花野が自室から出てくるところだった。宙に気付いた花野はひょいと肩を竦めてみせてから、奥の仏間に向かう。宙もそれを追いかけた。

畳まで剝がした仏間は、長年培った埃とカビ、湿気だけが満ちていた。がらんどうの室内の真ん中で、風海が仁王立ちをしていた。手のひらを花野に向けて、「説明して」と言う。怒りからか、声が微かに震えている。

「説明も何も、雨漏りがあまりに酷くてここが水浸しになっちゃったからリフォームすんのよ。いいタイミングだから、水周り関係も全部やる予定」

花野が平然と言うと、風海が「はあ⁉」と眉をぐっと寄せる。

「どうして業者を入れる前に言ってくれないのよ。私、立ち合いに来たのに」

「立ち合いって、別に風海ちゃんを呼ばなくたっていいでしょう。あたし、打ち合わせも話し合いも、交渉だってできるもの」

「できてないじゃない！　あの欄間はねえ、おばあちゃんがわざわざ京都から職人さんを呼んで作ってもらった大切なものだったのよ。なのに無残に転がってた。あれじゃもう使えないわ」

「長年の湿気のせいでカビてたし、変形もしてるらしくて再利用できないって」

説明を聞き終える前に、風海は「そうやって新調させる魂胆だったんじゃないの⁉」と怒鳴るような勢いで返す。

「姉さんはホイホイお金出すでしょうしね。それで？　ここにあった仏壇や遺影、箪笥はどこに移動させてるのよ。レンタルスペースでも利用してるの？　ちゃんと管理してもらえる所なんでしょうね？」

「捨てた」

花野の言葉を、風海は理解できなかったらしい。瞬きをゆっくりと繰り返して「何？」と訊く。

「だから、捨てた。必要そうなのはいちおう向こうの箱に入れてるけど、あれも処分するかもね」

花野が指さした部屋の隅には『保留』と記されたままの段ボールが置かれている。『必要』は結局何も入ることがなく、業者に回収された。

風海はそれに駆け寄り、中を覗きこんだ。帯留めの入っていた木箱や床の間に飾っていた九谷焼の花瓶などを手にしてから、血走った目を花野に向けた。

「これだけ⁉　着物や帯に、アルバムや小物。もっともっとあったでしょう！　姉さんが持ってるの？」

「あたしは何もいらないから、捨てた」

「し……し」

風海の右のこめかみがびくびくと痙攣する。少しの間があって、「信っじらんない！」と風海が絶叫した。

「何やってんのよ！　何やってんの！　捨てた捨てたって、馬鹿のひとつ覚えみたいに！　どれもそんな簡単に処分できるものじゃないでしょう！」

「落ち着いて、風海さん。着物の入っていた和箪笥は濡れてしまって酷い有様だったんですよ。それに、ずっと仕舞っていたから虫食いだらけカビだらけで、とうてい着られるような状態じゃなかったんです。ほかのものも同じですよ」

遅れてやって来た田本が言うが、風海の怒りは収まらない。なんで手入れしてないのよ！

と返す。

「月に一度は虫干しするようにって何回も何回も言ったはずよ。なんでやってないのよ」

そういえばそうだったな、と宙はぼんやりと思い出す。姉さん、晴れた日には着物を出して風を通してね。おばあちゃんが着ていた大事なものなんだから、きちんとしてね。そんな言葉を聞いた記憶がある。興味がなかったので、すっかり忘れていたけれど。しかしあのころから、花野は着物に興味がなかったのではないだろうか。風海の言葉に生返事をしてばかりだったし、いまも、どんなに華やかな場でも着物を着たことなど一度もない。

「固執したいものなんて、ひとつもなかったもん」

花野がぼそりと言う。あたしは全部いらない。風海ちゃんが欲しかったと言うなら、もっと早くから何でも持っていってよかったんだよ。

風海がかっと頬を赤くする。

「貰ったのは、私じゃないわ！　何もかも姉さんが貰ったものじゃないの！　姉さんがこの家を継いだのよ。家を守るべき人間が、義務を怠ってたの。それに対する反省はないの⁉」

耳を塞ぎたくなる金切り声に、宙はうんざりする。こんなことなら、離れたままのほうがよかった。

シンガポールに住んでいた日坂家が日本に戻ってきたのは、宙が高校に進学した昨年の、夏の終わりのことだった。長期に亘る海外赴任を終えた康太は、今度は大阪にある本社勤務となった。大阪と樋野崎市は新幹線で二時間ほどの距離がある。なかなか会えない距離になっちゃうけど日本に帰るわ、と風海から連絡を貰ったとき、宙はその場で飛び跳ねたくらい嬉しかった。小学校の入学前に空港で別れて以来、風海たちとは一度も会っていなかったのだ。ときおり電話やメールが来たけれど、やはり会いたかった。海の向こうはさすがに難しいけど、陸続きの国内なら、会いに行こうと思えば行ける。それに、以前のようにみんなで食卓を囲む日もあるかもしれない。写真や画面越しにしか見たことのない双子の従弟と、大好きな萠と、どんな話をしよう。

しかし、現実は寂しいものだった。

帰国したのは、風海と康太のふたりだけだった。子どもたちはみんなシンガポールに残ったのだ。宙のふたつ上の萠はシンガポールの大学への進学を決めていて、双子たちもまだ八歳だというのに寄宿舎のある小学校に通っているとのことだった。そして康太は、出張続きだとかでいつも家を空けているという。結局、全員揃ったことはいまだに一度もない。

時間を持て余した風海だけが、頻繁にやって来た。九年ぶりの再会は、違和感の塗り重ねでしかなかった。

宙の記憶の中の風海は、厳しいところもあるけれどやさしい母親だ。手作りのお菓子はどれも美味しくて、保育園の布バッグやコップ入れは全部風海のお手製だった。可愛らしいアップリケと名前の刺繍入りのものは既製品のようにきちんとしていて、園の友達に羨ましがられたものだ。子どもに良質な物語を、と絵本をいつも読み聞かせしてくれて、悪戯をしたときにはきっぱりと怒る。正しい母親像というものがあればきっと風海のように違いない
と思っていた。だから、花野と暮らし始めた当初は、母親らしからぬ花野に戸惑い、苛立ち
もした。これがママだったら、と何度思ったか知れない。
しかし再会した風海は、記憶と違う別人のようだった。まず、ヒステリックで感情の起伏
が激しい。価値観の押し付けが強く、自分の許せないものは徹底的に排除させる。そして、
思い通りにならないと激しく叱責した。私がダメだって言ってるのに、どうしてわかんない
の。どうして私の忠告を聞けないの。
ママはこんなひとじゃなかったはずだ。確かに昔から小言は多かったけれど、こんなに酷
くはなかった気がする。もう少しやわらかなひとだったはずなのに、離れている間に一体何
があったのだ。驚いた宙は萌にメールを送ったのだったが、その返信は予想外のものだった。
『何言ってんのさ。ママは昔からそんな感じじゃない。宙は忘れちゃったか、小さなときし
か一緒じゃなかったから、よく分かってなかったんじゃない？　ママは愛が重いっていうか、
束縛が強いんだよ。あと、恩着せがましい。口癖は、ママに対しての感謝は？　だしさ。そ
ういうの、日本では「毒親」って呼ぶんでしょ？　宙には会いたかったけど、今回ようやく
ママと離れられてほっとしてるんだよね、あたし。弟たちだってそう。親が恋しいとか、そ
ういう感傷はないみたい』

宙は早々にママと離れられてよかったよね。そんな風に切り上げられたメッセージを読んで、宙は愕然とした。六歳までの記憶が、美化されてる？　ママ像をうつくしく飾り立てていたというの？　必死に思い返すけれど、楽しかった記憶ばかりが蘇る。でもいま、しょっちゅう現れては怒鳴り散らす風海を見ると、かつて恋しがった姿はどんどん儚くなっていくのだった。

「姉さんのせいで大事なもの全部なくなっちゃったのよ！　どうしてくれるの！」

「……あの、あのね。でもママも、着物のこと忘れてたんじゃない？」

これ以上、花野に対する罵声を聞きたくない。宙がおずおずと言うと、風海が目を見開いた。

「帰国してからしょっちゅう来てるのに、虫干しのことなんて一度も言ってなかったじゃん。ほかのものだってそうだよ。ここに来たらわたしたちに文句言うばかりで着物の状態なんてちっとも気にかけて……」

「ねえ、宙。あなた誰に向かって言ってるのか、分かってる？」

すっと声のトーンを落とした風海は、つかつかと歩み寄ってきて宙の頬を打った。ばちんと大きな音がして、それから風海は「姉さんは一体どういう育て方したんだか」と呆れたように言い捨てた。

「目上のひとに対しての口のききかたがなってない。姉さんったらまったく躾をしてないのね。だから常識が身に付いてないんだわ。あのね、宙。こういう場面では、話をしている大人の邪魔をしないよう、子どもは黙っているものよ。あら、その目は何。どうして叱られたか分からないの？」

宙は、愕然とした。風海にこんな形で手をあげられたのは初めてだった。コンセントや熱いものに手を出そうとして、「危ない！」と手の甲を叩かれたことくらいは、あったかもしれない。でもそういうことと、いまのこの行為は絶対に違う。

「ねえ風海ちゃん。躾って、そういう言い方はやめましょうよ。あたしは子どもを自分の作った枠に押しこめたくないな」

「社会のルール、ひととしての正しい在りようを教えるのが躾で、必要です」

花野にすぱんと言い返し、風海は宙を睨む強さで見据えてきた。

「あのね、宙。私は姉さんのためを思って言ってるの。ご先祖のものを受け継ぐというのは、ご先祖の愛情も受け継いでいるということなの。この家も、たくさんの遺品も、何もかもがおばあちゃんやひいおばあちゃんたちの愛のかたちなのよ。パパの赴任前は私が仕方なく声をかけていただけで、本来は姉さんが自発的に管理するべきことなの」

じろりと花野を睨めつけた風海は「おばあちゃんたちがいまの姉さんを見たら、なんて言うかしら」と苦々しげに言う。

「昔は優等生だったのに、みんなが亡くなったとたん自由気ままになって、勝手なことばかり。跡取りなんていうけど、名ばかりじゃない。このままだと川瀬家が姉さんの代で没落しちゃうわよ」

それまで神妙にしていた花野が「あら」と顔を上げた。

「そもそも大した家じゃないよ。それに、このボロ家を見てよ。あたしが何もしなくたってとっくに没落っちゃってるよ」

あっけらかんとした花野に、風海はぐっと息を吸った。戦慄く唇が「そ」と言葉を吐く。

「そ、それが……それが家を守るひとの言葉ですか！」

家じゅうに響くような大声で、風海は叫んだのだった。

風海はひとしきり騒いだのちに、帰って行った。泊ろうと思ってたけどこんな状況じゃ無理だし、姉さんの顔を見てたら言いたいことが止まらないから、今日はこれで失礼するわ。でも、工事が始まったら見に来るから必ず連絡してちょうだい。必ずよ。

風海を玄関で見送ったときには宙はすっかり疲弊していて、姿が見えなくなると同時に、上がり框に座りこんだ。自然とため息が口をついて出る。

「お疲れさま、宙ちゃん」

田本の声がして、振り返ると同じように疲れた顔をして立っていた。田本は、『私に連絡のひとつくらい寄こしたってよかったはずですよね!?』と詰られたのだった。雇い主は姉かもしれないですけど、事情をちゃんと考えてほしいわ。いいお年なんだから、それくらいの判断ができてもいいんじゃないですか？　それじゃ家政婦としてどうかと思いますけど。田本はのらりくらりと躱していたけれど、宙は申し訳なさでいっぱいだった。もう止めて、と言いたいけど事態を悪化させるだけ。黙っていることしかできず、辛かった。

「田本さん。あの、ママが失礼なことたくさん言っちゃってごめんなさい……」

頭を下げると、田本は「宙ちゃんが謝ることじゃないでしょ」と苦く笑う。

「それにしても、風海さんは絶対に大騒ぎすると思ってたけど、案の定だったわねえ」

「これで、リフォーム後に仏間自体なくなったと知ったらまた大騒ぎだよ……」

風海は、仏壇は新しいものに買い替えて、位牌はもちろんどこかに残されていると思いこんでいた。仏壇も位牌も全部業者にゴミと共に処分してもらったこと、二度と仏壇を購入しない――そもそもそんな空間をつくらないことを言うべきだったのかもしれない。けれど、誰も口にしなかった。すでに燃え盛っている炎に新たな燃料を投入して、耐えきれる自信がなかったのだ。

「ていうかカノさん、思い切ったことしたよねえ」

「そうよねえ。どうしたのかしらね」

風海は花野に対していつもこまごまと小言を言うが、花野はそれを受け入れている節があった。何を言われても反論しないし、怒らない。困ったように眉尻を下げて「ごめんね」と繰り返すだけだった。その花野がどうして、風海を怒らせると分かっていてこんなことをしたのだろう。リフォーム業者に連絡したタイミングで風海にも電話をしていれば、少なくとも今回の嵐は避けられたはずなのに。

「わたしは、花野さんの今回の行動は応援したいと思ってるの。風海さんはあんまりにも横暴すぎるわよ」

不満そうに、田本が鼻を鳴らす。もともと、初対面のときに自家製の梅干しがしょっぱすぎると文句を言われて以来、田本は風海によい印象を持っていないのだ。調味梅干しと一緒にされちゃ困るわ。伝統の作り方を守ればこの味になるのよ。それを失敗作だなんて！

「花野さんはこれまでずっと先祖代々の仏壇の面倒をひとりで見ていたのよ。いまの若いひとにしては珍しいことだわ。自分はいままで姉に丸投げだったくせに、帰って来たとたん文句言うなんておかしい」

田本の言葉に宙も頷く。花野は、祖母たちに厳しく育てられた。宙の感覚では、厳しいを通り越して虐待の域ではないかと思う。だからなのか、花野は仏壇の世話、毎朝のお水のお供えや生花の交換はするけれど、手を合わせて拝むことは決してしなかった。

ふと、長雨のあの日を思い出した。天井から降り注ぐ雨水の勢いは激しく、古ぼけた遺影たちのいくつかは床に落ちた。汚れた水たまりに浮かぶ写真たちを呆然と見つめていた花野が、足元に流れてきた遺影を見下ろすとゆっくりと表情を変えた。あれは、どんな感情だったのだろう。まるで電気を浴びて痺れたような顔をしていた。

「風海さんとは、何か確執でもあるのかしらねえ」

田本が何気なく言った。

「性格の違いとか、そういうレベルを越してるものね。花野さんは、風海さんに遠慮せざるを得ない事情でもあるんじゃないかって勘繰っちゃう」

宙は、佐伯から聞いた話を思い出した。花野の実母は花野を捨てて、風海の実父と駆け落ちしていなくなったこと。そうだ。ふたりは父親が違う。風海は祖父母をとても大事にしているけれど、花野は違う。そのあたりに、何か自分の知らない事情、確執と呼ばれる種類のものがあるのではないか。

「宙ぁー！　予定外に時間かかっちゃったけど、早いとこマンションに行きましょうよ。あたし、なんだかすごく疲れちゃったー！」

思考を遮るように花野の声がして、田本が「あらあら、そうね」と腕時計を見る。

「ともかく、終わらせちゃわないと。宙ちゃんもあともうひと踏ん張りよ！」

「あ、うん」

答えながら、宙はわたしって昔から見たものを見たまんま受け取りがちなんだよな、と思う。裏を想像する、というのが下手だ。だから萠のメッセージにショックを受けもするのだ。わたしには見えていないものがある。知らないことがある。それを見ること知ることが、きっとふたりの間にある何かを理解することになるんだろう。

と言っても、どうしていいか分からないのだけれど。

とりあえず片付けなきゃ、と部屋に入って、何気なく机の上に置いてあった携帯電話を取る。メッセージが数件。どれも同じひとで、その名前を見て、宙は少し気分が沈む。

画面をタップして、メッセージを開く。

『引っ越し準備は進んでる？　頑張れよー』

『いまからクラスの友達と飯食いに行ってくる。女はいないから安心してな』

『カラオケに連行されたー。めんどくせー』

神丘鉄太とは別々の高校に進学したが、高校二年になったいまも、交際は続いている。鉄太はいいひとだ。ときどきちょっとした喧嘩はするけれど、一緒にいて気負わなくていいし、余計なことを言わなくても理解してくれる。そして鉄太は、宙の気持ちを何よりも尊重してくれている。宙がキス以上のことはしたくないと言ったら、少しだけショックを受けた様子を見せたものの、それで構わないと笑った。宙のこと好きだから嫌われるようなことしたくない、とも言ってくれた。

クラスメイトの中には、セックスをすませた子がいる。あけすけにベッドの中の自慢をする男の子や、年上の彼氏とお洒落なラブホに行った話をする女の子。女子トイレでは『ゴムを使ってくれない』『ホテル代けちられた』なんて愚痴が聞こえてくるし、宙はヤッたことある？　と新作スイーツの味を訊くかのような気楽さで問われたこともあった。

付き合うことですら特別だった中学生時代からまだほんの少ししか経っていないのに、セックスはあまりにも性急に迫ってきている気がする。この速さに焦ってついていこうとするのは絶対に間違っているし、自分の体がそういうことに対しての準備ができているとも思えないから、わたしはまだしたくない。

でも、鉄太はどうなんだろう、と思う。

『鉄太のこと大好きだって公言してる子がいるんだ』

鉄太と同じ高校に進学した遠藤奈津子にそう言われたのは、つい最近のことだ。その子は性に対して積極的であるらしく、鉄太に『お試しでやってみようよ。相性いいなって感じたらあたしと付き合って』と直球な誘いをするという。

『下品な女は嫌いだって鉄太は言ってるけど、でもあの子めっちゃ巨乳なんだわ。あたしでも目を奪われちゃうくらいだから、男子には刺激的だと思う。鉄太がいつまで我慢できることかねえ』

奈津子は分かった風なことを言って、宙はそれに『へえ、それはそれは』と曖昧な相槌を打って笑ってみせた。

嫌なことを思い出して、宙は頭を振った。『楽しんできてね！』とメッセージを送って、その後に猫が『絶賛任務遂行中！』という看板を掲げているスタンプもつける。そうしながら、心の中のもうひとりの自分が「いい加減にすれば？」と呆れているのを感じていた。あんたさ、いつまでこんなこと続けるの。もう、鉄太くんと別れたほうがいいよ。鉄太くんに我慢させてるかもしれないし、何より、わざわざ傷つきたくないでしょう？　鉄太くんの家族に避けられているのに、付き合い続けてどうするの。

宙は半ば無意識に、唇をぐっと嚙んだ。

中学校の卒業式のことだった。式を終えて、宙はクラスメイトたちと校門前で記念写真を撮っていた。いつもは『早く帰ろうよー』と急かす花野も、このときは隅で黙ってその様子を眺めていた。

『宙のお母さん、めっちゃ綺麗だね』

こそこそと囁いてくる友人たちに嬉しくなる。そんなとき、鉄太が四十半ばの女性を連れて近づいてきた。

『宙、おめでとー』

『あ、鉄太くん。お互いおめでとう』

『あーあ。高校が別ってまじで嫌だよな。めでたさ半減って感じ』

『もう、まだ言ってる』

くすくすと笑った宙は、鉄太の後ろでじろじろと眺めまわしてくる女性にも頭を下げた。

鉄太の親戚だろうか、と思っていると、鉄太が『父さんの姉で、万記子おばさん』と紹介する。

『父さんがどうしても仕事休めなくて、代わりに来てくれたんだ。オレは、別にいいって言ったんだけど』

『あ、そうなんだ。初めまして、川瀬宙といいます』

会釈すると、万記子はそれに応えず『ふうん、この子ね。まあまあ、いい子そうじゃないの』と大きな声で言った。

『健康そうだし、目つきもしっかりしてる。進学先は樋野崎第一高校だって？　女が男より賢しいのはどうかと思うけど、鉄太がしっかりしてない分、いいかもしれないね。いまのところは、良しとしましょう』

早口でまくし立てる万記子は、穏やかで物静かな鉄太の父とはずいぶん性格が違うようだった。

『おばさん、そんなに値踏みするように見んなよ。言ってることも、失礼だかんな！』

鉄太が批難すると万記子は『あんたの父さんも佳澄も、伴侶を見る目ってのがないだろう。だからあたしがしっかり見てやんないといけないんだよ』と平然と返す。

『病弱だったり、クズだったり、そういうのを選んだ負債は周りの親戚が被るんだよ』

鉄太がかっとして『なんだよそれ』と声を荒らげる。

『言葉のまんまだよ。あんたの家のためにあたしがどれだけ骨を折ったと思ってんの。ああ、こんなこと初対面の子の前で話すもんじゃないか。ごめんなさいね』

笑顔を向けられたが、目の奥はまだ宙を審査しているようだった。宙は曖昧に笑うことしかできなかった。とても苦手なタイプで、できれば深入りしたくない。周囲にいた友人たちもそれとなく離れてしまったし、鉄太には申し訳ないけどわたしも帰ってしまおう。そんなことを考えていると、『宙、もうそろそろいいー？』と花野が声をかけてきた。

『あたし、このあと打ち合わせ入ってるんだった。残りたいなら、先に帰ってるけど』

『あ。わたしも帰る！　じゃあ鉄太くん、またね』

これ幸いと鉄太と万記子に笑顔を向けた宙は、びくりとした。万記子が花野を凝視していたのだ。花野が口を開く前に『え、え、え』と慌てたそぶりを見せる。

『え？　やだなに、あなたあれじゃないの。ほら、何とかっていう絵描き。このあたり出身とかいう』

ねえ、と万記子が鉄太の服を引っ張り、鉄太が面倒くさそうに『そうだよ、宙のお母さんは画家』と返す。宙は、その反応を何度か見たことがあった。数年前にメディアで嫌な思いをしてから、花野は一切の露出をやめたのだが、いまでも顔を覚えているひとがいる。特にこの樋野崎市では、地元ということもあっていまも多かった。ファンです、と言ってくれるひとはいい。ありがとうございますと微笑めばすむ。しかし問題は、ゴシップ記事の内容を鵜呑みにして下衆な顔を向けてくるひとだ。宙は嫌な予感がしたが、それは残念ながら当たってしまったらしい。

『あーはいはい。なるほどねえ。はー、そう。あの、〝あれ〟が彼女のお母さん。分かりました。さあ鉄太、帰るよ』

無遠慮に花野を眺めまわした万記子は、鉄太の手を摑(つか)んで踵(きびす)を返した。ずんずんと歩いて去って行く。多分、何も分かっていない鉄太だけが『なんだよ、痛(いて)えって』と不満の声を上げていた。

『あの子、あんたの彼氏なんじゃないの？　挨拶しようと思ったのに、嫌な感じになったかもしんない』

ごめん、と花野が言うが、宙は『謝ることないでしょ』と返す。失礼なのは、向こうだ。伯母ということだったが、あんなひとが鉄太の身内にいることの方がショックだった。鉄太の家族はみんな、やさしいひとたちなのに。

『伯母さんだって言ってたけど、まあいいんじゃない？』

これまで一度も顔を合わせたことがなかったのだから、今後もないだろう。今日のことは忘れてしまおう、そう思っていたのだったが、そんなに簡単な問題ではなかった。帰宅した万記子は鉄太の家でどれだけ花野が悪女として話題になったかをとくとくと語り、鉄太に宙との交際はやめるように迫ったのだという。女の性分ていうのは娘に遺伝するんだ。男にだらしがない母親で、しかもその母親とふたりで暮らしてるなんて、そりゃもう碌(ろく)でもないに決まってるよ。鉄太が不幸になる前に、すっぱり別れなさい。

最初は『古い週刊誌のネタを鵜呑みにするなんて馬鹿らしい』と一笑に付していた正彦と佳澄だったが、本気にしないなら佳澄をクビにしてもいいと言われると、黙らざるを得なかった。佳澄は、万記子の夫が経営している個人医院の事務員として好条件で雇われたばかりだったのだ。そもそも鉄太の亡き母と折り合いが悪くて長年疎遠だった万記子と密に連絡を取り合うようになったのは、鬱状態から回復してきた佳澄の就職先の相談をしたことがきっかけだった。幼い娘を抱えたシングルマザーで、精神的にまだ不安定なところがあるという佳澄を採用してくれる会社が見つからず、どうしようもなくなって頼ったらしい。口うるさく支配的だが頼られると決して無下にしない、それが万記子という女性であるらしかった。

鉄太、ごめん。葵を育てなくちゃいけないから、働き続けたいの。あたし、またいちから就職活動なんてする勇気がないの。だから、ごめん。佳澄に泣いて謝られ、鉄太はどうしようもなくなってしまった。

『でもオレは宙と別れたくない。だから、表面上は別れたってことにしてくれないか』

どこで万記子の耳に入るか分からない。だから別れたフリをして、秘密で付き合おう。そう言われて、宙は仕方ないよねと頷いた。

でも、日を重ねて埃が積み重なるように、ゆっくりと不安が溜まっていった。『どうして別れちゃったの━?』という無遠慮な質問に曖昧な返事をすること。当たり前に手を繋いで歩いているカップルを見かけること。鉄太が誰かに好かれていると知っても何もできないし、誰にも付き合い方の相談をできない。悩みはいつも自分の中で消化しなくてはいけなくて、それは想像していたよりも辛くて寂しかった。そして、ふたりで過ごしていてもちっとも心が休まらない。後ろめたい感情ばかりがあって、いつもびくびくしてしまう。どうして、こんな思いをしなくちゃいけないんだろう。わたしは何ひとつ、悪いことをしていないのに。

「あの記事が恨めしい」

宙は小さく独りごちる。数年前の記事がそもそもの問題なのだ。大のブランド好きだの若い男を飼うだのあまりにも醜悪な内容だったし、掲載された写真にも悪意があった。しかしキャバクラに勤めていたのは事実で、では花野がキャバクラ嬢などにならなければよかったとも言える。

「だいたい、カノさんはなんでそんなのやってたんだろ」

記事が出たころに尋ねたら『人生勉強みたいなモン』とごまかされたので、真実は分からない。川瀬家は、風海曰く歴史ある旧家だ。大きなアメジストの帯留めなんかがぽろんと出てくるくらいだから、それらを継いだ花野はお金に困ることなどなかったはずだ。なのに、なぜ。

本人に訊いても無駄だろうし、誰か過去の事情が分かるひとに教えてもらいたい……。メッセージ画面を開き、宛先を選択する。しかし、指先はそこで止まってしまう。

「やっちゃんに訊けるわけ、ないよね」

　佐伯恭弘と智美が結婚して二年足らず。その間に智美は二回妊娠したが、どちらも子どもは産声をあげなかった。一度目は四ヶ月ごろに突然の出血とともに流れてしまった。そして二度目は順調に育ち、胎動まで感じることができた。宙は、膨らんできたお腹に触らせてもらったこともあった。智美のお腹の内側からとんと押される感覚が手のひらにしっかり伝わってきたのを覚えている。うひゃ、と声を上げた宙に佐伯が笑い、智美は幸せそうに微笑んでいた。どっちに似るだろうねえ。どっちでもいいよ、元気に生まれてくれれば。サエキの日の当たる窓際の特等席で、みんなで遠くない幸福な日を夢見た。しかし子どもはある日突然心臓を止めた。へその緒が強く捻じれる臍帯過捻転というもので、胎児に十分な酸素と栄養が届かない状態だったという。智美は分娩台の上で、泣くことのない子どもを産んだ。女の子だった。

　佐伯夫婦の哀しみは、計り知れない。佐伯は気丈に振る舞っているけれど、智美は半ば寝たきりのようになって店に出ることも減った。直子が頑張って店に出ているけれど、急に老いに襲われたように小さく萎れてしまった。あたしが智ちゃんを店に出さずに家で安静にさせていたらよかったんだ。安定期っていう言葉を過信していたのかもしれない。あたしのせいだよ……。

　智美が二人目の子どもを死産して、半年。サエキは営業こそしているけれど、かつてのような活気はない。そんな状態で、佐伯に過去の話――しかも花野のことなど訊けるわけがない。

過去の事情を知ったって、現状が変わるわけじゃない。宙は携帯電話を机に置いた。

*

ウィークリーマンションに移り住んで、四日が経った。学校の近くにしてもらったので、宙は楽になったけれど、花野は辛そうだった。どうしてだか筆が乗らないという。この日も、宙が学校からマンションに帰ると、リビングの中央に虎の敷物のごとく大の字になって寝そべっていた。僅かに顔を持ち上げて「おかえり」と言うが生気がない。

「大丈夫？　カノさん」

「無理……。全然描けない。思うものがでない感じなの」

「ふうん、何が問題なんだろうねえ」

自室に荷物を置き、着替えてからリビングに戻る。花野は同じ場所に同じ体勢で転がったままだった。

「あ、環境の変化じゃない？　いつものあの仕事場じゃないと、だめとか」

「あら、あたしがそんな繊細だっていうの？　あたしの才能を軽く見ないでよね」

「才能の具合は知らないけど、でも繊細ではあるんじゃない？　カノさんはここに来て満足に眠れてもないでしょ」

越してきた日から、花野はどうも居心地が悪そうに暮らしている。ケージに入れられた猫みたいね、と言ったのは昨日食事作りにやって来た田本だった。

花野がむっと眉根を寄せる。

「何よ宙、あたしの部屋を監視してるんじゃないでしょうね？」

「人聞きの悪いこと言わないでよ。隣の部屋だから、物音が聞こえるの」

「ふうん、ならいいけど。ていうか、あんたのほうが図太いんだと思う。今朝がた、いびきがあたしの部屋まで聞こえたもん」

「うそ！　わたしいびきなんてかかないもん」

「ぐおぐおーって響いてたわよ」

しかし宙は新しい場所にすっかり順応している自覚はあった。まだ新築だというこの物件は設備がどれも最新だし、何より綺麗だ。このままここに住み続けてもいいとさえ思う。

花野が顔を顰めて「図太くて羨ましいわぁ」と嫌みたらしく言う。

「ふんだ、もう図太くていいもん。それよりさ、仕事進まないんだったら気晴らしに外食行こうよ」

マンションは樋野崎駅のすぐそばにあって、飲食店が豊富な樋野崎ガーデンシティまでは徒歩で行けるのだ。駅前通りには昔から営業している焼肉店やラーメン店が並んでいるし、外食するにはうってつけの場所だった。

「久しぶりに焼肉食べたいな。ね、行こうよ」

「焼肉ねえ」

ふむ、と少し考える仕草をしてから、花野は「ま、いっか」と体を起こす。伸びをしながら「カルビ食べてビールでも飲んだら気分も変わるかもしれないし」と言った。

手早く身支度を整えて、どこの店に行くかという話をしながらマンションのエントランスを出る。夏を目前とした夕暮れは鮮やかに赤い。小学生の男の子ふたりがスイミングスクールのバッグを振り回しながら駆け抜けていった。通り過ぎざまに夏の水の匂いがして、宙は微笑ましい思いでそれを見送り、そして息を呑んだ。通りの向かいを、鉄太が歩いていた。鉄太の隣には鉄太と同じ高校の制服を着た女の子がいて、ふたりは仲良さそうに手を繋いでいた。背の低い女の子は嬉しそうに頬を上気させ、鉄太に一所懸命話しかけている。鉄太も、やさしい笑みを浮かべて応えていた。

「うそ」

噂(うわさ)では、派手な容姿をしていると聞いていた。グラマラスでいつもばっちりとメイクをしている、と。しかし目の前の女の子はおとなしそうな小動物のような印象だ。綺麗に切りそろえられたストレートのボブヘアが、夕日を受けてさらさらと光っている。

「どしたの。宙」

立ち尽くしていた宙と、その視線の先を交互に見た花野が「あら」と声を上げる。

「あれ、あんたの彼氏だよね。うわー、マンションの場所、言ってなかったの？」

「……言ってる」

「じゃあ真性のバカだわ、どうしてニアミスする可能性を考えないかなー」

花野が呆れたように鼻で笑い、宙も「ほんと、バカ」と笑おうとする。しかし、こぼれたのは笑みではなくて涙だった。ぼろぼろと、涙の粒が頬を転がり落ちる。

「うわ、わ。もー、ダサ、わたし」

別れたほうがいいと思っていた。こそこそ隠れたりせずに堂々と付き合えるひとがいいと思ったりもした。なのにどうして涙が出るのだろう。

「……ごめんね」

宙が慌てて顔を拭っていると、花野がぽつりと言う。

「何でカノさんが謝んの」

「や、あたしが原因なとこ、あるでしょう」

花野が頭を掻きながら、言葉を探す。あたしがまっとうっていうか、普通の親だったら、子どもの恋愛の障害にはならなかった。少なくとも、あんたが面倒な恋愛はしなくてすんだはずだよね。

宙は涙を拭って、花野を見た。「ごめんね」ともう一度言う顔は寂しそうに笑っていた。普段にはない弱気な様子に、宙は無性に腹立たしくなった。こんなに分かりやすく浮気するような男と付き合うなんて、あんた見る目ないのかもよ。いつもの花野なら、あっけらかんと笑い飛ばしてくれるんじゃないのか。それを、どうして、母親らしく謝るのだ。憐れんで？　そんなの、いらない。

「謝ってすむ問題じゃないでしょ！」

気付けば、怒鳴りつけていた。

「普通の親になれないのはいいよ。小学生のときに諦めた。でも、キャバクラ嬢なんて過去は勘弁してほしかった。あんな記事書かれるなんて、実際えぐいことしてたんじゃないの⁉　娘に情けない思いさせないでよ！」

八つ当たりだと分かっている。高校が別々になった時点で、こんなことになっていた可能性はある。花野ひとりのせいじゃない。でも、それでも言ってしまった。

花野は宙の剣幕に驚いた顔をして、それからまた「ごめんね」と申し訳なさそうに笑った。

今日はもう、焼肉やめとこうね。

宙は何も言わずに、鉄太が消えた方向とは逆に走り出した。何もかもが、嫌だった。

翌日の放課後、携帯電話に田本からの着信があった。夕飯のリクエストを尋ねる電話だろうかと出てみれば、すぐに風海の怒鳴り声が耳に飛びこんできた。

『宙ちゃん？　あの、風海さんがリフォーム中の家で、その……、暴れてるの。花野さんと業者さんが止めようとしてるけど、酷いのよ』

とうとう、リフォームの全貌が知られてしまったのだ。花野と田本がリフォーム中の家にたまたま差し入れを持っていき、そのタイミングで風海が家を訪れたという。家はちょうど、旧仏間に大きな書架を作りつけているところだった。仏壇があった壁には大きく窓を取り、壁一面が書架となる部屋は一目で仏間にはならないと分かる。それを見て風海の怒りが爆発してしまったのだ。

「分かった。とりあえず行く」

学校から自宅まで、徒歩で三十分かかる。その距離を走りながら、何してるんだろうと宙は思う。行ったって、嫌な思いをするだけだ。できれば花野にも会いたくなかった。昨日疲れ切って家に帰ったら花野は自室にこもっていて、今朝も起きてこなかった。だから会わずにすんでいたのに。

今日はもう家に帰って、ベッドに寝転がっていたかった。

奈津子に鉄太の様子を尋ねるメッセージをそれとなく送ったら、『彼女できてるよ』と返ってきた。前に話した巨乳の子じゃないんだけどね。校内でもべたべたしてるよ。宙にフラれてからずっとひとりだったけど、やっとしあわせになれそう、だって。

狡いな。わたしがフッたことになってるんだ。それに、やっとしあわせに、ってこれまではしあわせじゃなかったの？　纏わりつくもやもやから逃げ出すように走っていると、川瀬家へ延びる坂の中ほどで風海と行き合った。怒りをぶちまけて、帰るところだろうかと宙は身を竦ませた。何も教えなかったことを怒られてしまうかもしれない。しかし、風海の様子は少し違った。どこかぼんやりと、魂の抜けたような顔をしてふらふらと歩いている。

「ママ、あの」

声をかけると、風海がゆらりと宙に顔を向けてきた。一瞬ぼんやりと瞳を彷徨わせた風海と目が合う。風海はぱっと顔つきを変え、「宙」と声を張った。

「ああ、いいところで会えたわ。そうよ、宙がいるじゃない。ねえ宙、私いいこと思いついた。私と一緒に暮らしましょう」

言うなり、風海は宙の腕を摑んだ。

「ね、それがいいわ。私が何でもお世話してあげる。家政婦になんか頼んだりしないわ。全部私がする。大阪に来なさいよ」

「ま、待ってママ。わたし、その……学校もあるから」

「学校を変わりたくないの？　じゃあママがこっちに来ようか。ふたりでアパートを借りて暮らしましょう」

風海の目からさっきまでの頼りなさが失せ、逆に鬼気迫る熱が生まれた。摑んでいる手の力も強くなり、宙は痛みに思わず眉根を寄せる。

「ママ、落ち着いて。そんなに急に言われても困るよ。パパだってびっくりするよ」

「パパなんて、どうでもいいの。どうせ家にほとんど帰ってこないんだもの。それより、あなたを姉さんみたいな適当に生きてるひとに預けておけない。姉さんに任せてたら、大変なことになっちゃう。姉さんなんか、子育てできるようなひとじゃないのよ！」

自分の言葉に、風海は興奮しているようだった。どんどん声が大きくなり、自転車で横を通り過ぎる男子中学生が奇異の目を向けていった。風海の指先が肉に食いこむ。宙はその手を力任せに振りほどいた。

「落ち着いてよっ！　ていうか、どうしてそんなにカノさんをばかにするの！」

どん、と風海を押して、一歩後ずさる。「わたしを利用しないでよ！」と思わず叫んでいた。

「帰国してからずっと、怖い顔してカノさんの文句ばっかり。そんなに嫌いなら来なきゃいいじゃん。ママの束縛って異常だよ。カノさんからわたしを取り上げたいのかもしれないけど、わたしと暮らしだしたら今度はわたしを束縛するんでしょう。そんなのいらない！　普通じゃない母親なんて、もううんざり！」

風海の顔からすっと表情が削ぎ落とされた。さっき見たときのような、感情がごっそりと消えた表情に、宙は言いすぎたと気付く。

「あ、ママごめ……わたし、その、イライラしてて」

「そう。わかった」

冷えた一瞥を宙に向け、それから風海はそのまま宙の横を通り過ぎて行った。駅に向かう方向へ、まっすぐ歩いていく。

「ママ、あの！」

声をかけたところで、携帯電話が鳴った。見れば田本からで、反射的に電話に出る。

『もしもし、宙ちゃん？　あのね、花野さんが怪我しちゃったのよ。風海さんが投げた木材が額にあたってしまって、出血が酷いの。これからタクシーで病院に行くから』

「ええ！　大変！」

宙は目で風海を追う。昔よりももっと豊かになった背中が、坂を下りていく。止めたほうがいいのだろうか。いや、それどころではない。宙は「もうすぐ着くから」と言って走り出した。

花野の怪我は幸いにも縫うほどのものではなかった。たんこぶと少しの切り傷で、病院ではガーゼを貼っただけで済んだ。怪我させるなんてさすがにやりすぎだと憤る田本と別れ、マンションに戻る。花野はショックを受けている、というよりはしょんぼりとしていた。

「カノさん、頭痛とかあったら言って。万が一ってことがあるから」

宙の言葉に花野は曖昧に頷く。

「えっと、その。今回のは、ママがやりすぎだとわたしも思う」

昨日のことが頭にあって、上手く言葉が出ない宙はおずおずと話しかける。

「警察沙汰になってもおかしくないのに謝りもせずに帰るなんて。あまりにも横暴だよ。わたし、ママのこと見損なった」

「風海ちゃんのこと、そんな風に言わないであげてよ」

花野が困ったように眉尻を下げる。やさしくていい子なの。今回は、あたしが上手くやれなかった、それだけのことだから。

「どういうこと？　何でカノさんは怪我までしたのに庇うのよ」

不満で鼻を鳴らす宙に、花野は言葉を探すように視線を彷徨わせる。

「風海ちゃんをそうしてきたのは、あたしだから。みんながそうなるように守ってきて、あたしはそれを引き継いできたんだよね」

は？　と宙は小首を傾げる。意味が分からない。

「そしてこの怪我は、あたしのせい。あたしがひとりで解放されようとした罰」

「カノさん、言ってることが抽象的過ぎて全然理解できないんだけど」

分かりやすく話してよ。そう言い足したとき、花野の携帯電話が鳴った。

「ん？　日坂さん？」

花野が不思議そうに言って、宙を見た。宙も、どうしてパパが？　と首を傾げる。

帰国してから、康太は一度もこちらに来ていない。帰国当初は何度か電話がかかってきたけれど、ここ最近は音沙汰がなかった。壁掛け時計を見れば、風海と別れてから三時間は過ぎている。帰宅した風海が康太に何か言ったのかもしれない。

「……もしもし。花野ですけど」

花野がスピーカーに切り替えてくれる。

『ああ、お義姉さん。ご無沙汰しています。あの、風海がそちらにお邪魔してると思うんですが。その、何かあったんですか』

康太のこわばった声が響いた。

「風海ちゃんはずいぶん前に帰ったけど。どうかしたの？」

『え、ああ、そうですか。いや、私なんて誰からも愛されない。戻ってこないなら、もういい、ってメッセージが急に届いたんですよ』

「もういい？　え、それどういうこと？」

『いやそれは、こちらのセリフですよ。とりあえず携帯に電話をかけたんですが、繋がらない。だからそっちでまた何か我儘を言ってるんだろうと思ったんですけどね』

宙は坂を下っていく背中を思い返す。坂を下りて右に行ったところに駅に向かうバス停がある。そのまま大阪に帰るのだろうと思っていたけれど、風海はあれからどこに向かったというのだ。

「風海ちゃんとはちょっとこちらでトラブルがあったけど、帰ったの。ええと、もう三時間ほど前かな。いえ、風海ちゃんが悪いってことじゃなくて、姉妹喧嘩みたいなものなんだけど」

喧嘩なんてできる関係じゃないくせに、と康太が花野の言葉を遮った。

『あなたはいつも風海に甘くて、だから風海は我儘放題になったんです。このメッセージひとつとっても分かると思いますけど、いい年をして見返りばかり求めてくるんですよ。姉なら姉らしく厳しくしてくださいよ。風海に振り回されるこっちはたまったもんじゃない』

その口ぶりは、宙の知る康太と違った。風海に対しての不満が滲んでいて、棘だらけだ。目を丸くしている宙をちらりと見て、花野がスピーカーをオフにしようとする。それを宙は無言で止めた。花野が諦めたように息を吐く。

「本当に、ただの喧嘩。風海ちゃん、そんなメッセージを送っているんだったら大阪に戻ってないかもしれないね。まだこっちにいるかも。こちらもこれから捜してみるよ」

『捜す必要なんてないですよ』

きっぱりとした声に、宙は耳を疑った。いま、康太はなんと言った？

『僕はいま仕事が大事なときなんです。それに、子どもたちに十分な教育を受けさせるためにはどんどん稼がないといけない。海外で、三人分ですよ？　どれだけかかるか分かりますか？　それなのに風海ときたら頻繁にそっちに行っては恨み言ばかり。交通費だってバカにならないんですよ。その末に、これだ。家族をやっていくのに、足手まといでしかない』

悪い夢でも見ているのだろうか、と宙は思う。康太がこんな酷いこと言うはずがない。

「ごめんなさい、あたしのせいだね。風海ちゃんをこれから捜して、きちんと話をする」

『だから、それが甘やかしてるんですって。一度、きっぱりと拒絶してもらえませんか。じゃないと……』

「捜さないといけないから、切るね」

花野は康太が喋り続けているのを無理やりに切り上げて通話を終えた。携帯電話の画面を見つめたまま考えこむ花野の腕を、宙は「いまの、どういうこと」と摑んだ。

「いまのパパ何なの。あんな、あんな言い方ないよ」

「あら。あたしたちだって、風海ちゃんを面倒だと思ったこと、何度もあるでしょ」

宙は言葉に詰まる。そんなことないとは、言えない。

「日坂さんは、ずっと一緒にいるんだもん。きっと、いろいろあるよ」

「そうかもしれない、けど……」

だんだんと声が小さくなる。そんな宙の肩を、花野がやんわりと叩く。

「それにさ、風海ちゃんの言っていることってたいていは間違いじゃないよ。正しいことだよ。正論すぎて困ることもあるけどさ」

「う……ん……」

「って、話をしてる場合じゃないや。とりあえず風海ちゃんを見つけないと」

花野が手にしたままの携帯電話で風海にコールする。三回目で、携帯の電源を切られたらしい。『おかけになった電話番号は……』とアナウンスが流れるようになった。

「拒否られたな。じゃあしらみつぶししかないか。リフォームが事の発端だから、家に戻ってるかもしれない。宙、あたしはこれから自宅に向かってみるから、あんたは昔、風海ちゃんたちと住んでたマンションの方に行ってみて。あ、これからどんどん暗くなるから、タクシー使いなさい。これ、お金」

駅前のタクシー乗り場で、宙は花野と別れた。運転手に住所を告げて、携帯電話からシンガポールの萠にメッセージを送る。ママが行方不明で捜しているの。思い出も何もない大阪には戻っていないような気がする。ママが行きそうな場所、思いつかない？

祈るように送信ボタンを押してから、宙は車窓の向こうに目をやる。泣き出しそうな自分がそこにいた。

ママの行方が分からなくなったのはわたしのせいだ。わたしは酷いことを言った。もっと、ママと話をすべきだった。

『ママと離れられてほっとしてるんだ』

『家族をやっていくのに、足手まといでしかない』

嫌な言葉ばかりが蘇る。ママがわたしに固執していたのは、家族がばらばらになって寂しかったからかもしれない。

『普通じゃない母親なんて、もううんざり！』

わたしはなんてことを口にしてしまったのだろう。宙は滲んだ涙を乱暴に拭った。

宙が日坂一家と住んでいたマンションがあった場所には、スーパー銭湯が建っていた。カラオケ店とゲームセンターが併設されているらしく、やけに賑々しい。こんなところにいるわけがない、と諦め半分で施設内を捜していると、携帯電話がメッセージの受信を告げた。萠からだった。

『ママったら日本に帰ってまで何してんの。ウケる。てか、放っておきなよ。そんなことで捜し回ってたら、あのひとが調子乗るだけだよ』

『何言ってるの、お姉ちゃん。心配じゃないの？』

あまりにも心無い内容に苛立つ。萠の返信は早かった。

『心配なんてするわけないじゃん。ママの家出騒ぎ、何回あったと思う？ 最初こそあたしたちも焦って捜してみたりもしたけど、途中で厭きてやめたわ』

ポン、ポン、とメッセージが届く。そもそもは赴任先の日本人妻会に風海が馴染めず、家族に依存する度合いが増したこと。家族は、悪化するばかりの風海の過干渉に辟易していたこと。その果てに、風海が家族の気を引こうと家出を始めたこと。

『サマースクールの前日にいなくなったときは、絶望した。楽しみを詰めこんだバッグを自宅で解かなきゃいけない虚しさ、分かる？　あのひとはね、子どもより自分の承認欲求が優先なんだ。パパは、精神的に未成熟なんだって言ってたけど、まるっと同意。日本に帰って落ち着いたかと思ったけど、ひとって変わんないねー』

そんなこと言わないで、と思う。大好きな姉がママのことを悪く言うなんて嫌だ。でも、わたしも同じことをした。ママを、拒絶した。

携帯電話をポケットに押し入れて、考える。風海は一体どこに行ったのだろう。風海が思い入れのある場所はどこだ。必死に頭を巡らせて、それから宙は寂しく笑った。

わたしって、ママのこともよく知らないな。

驚くほど、知らない。シンガポールからときどき届くメールでは、家出を繰り返していたなんてこれっぽっちも書いていなかった。元気にしてる？　勉強頑張ってる？　家事を覚えないとダメよ。学生生活、羽目を外さないようにね。風海からのメールはそんなことばかりで、そしてわたしは最初こそ一所懸命にメールを返していたけれど、だんだんと回数は減ったし内容も当たり障りのないものばかりになった。自分の生活に夢中で、海の向こうの風海のことまで思う余裕がなかった。だから、いま風海が行きそうな場所と言われても、全然想像できない。

思いつくのはかつて家族で出かけた場所だけど、その中でも風海が大事にしていた場所などあるだろうか。ありそうで、どこにもない気がする。

自分を嫌悪して独りごちたところで、携帯電話が鳴った。萠からだったらもう無視してしまおうと画面を見ると花野からで、慌てて通話ボタンを押す。

「カノさん、見つかった？」

『ううん、いなかった。その調子だと、あんたも見つけてないんだね。あのね、いまから言う場所までタクシーで向かいなさい。あとは、そこしかないと思うんだ。あたしはちょっと、家に戻って必要なもの取ってから行くから』

花野が隣市の住所と、『椿原第二町営団地』と言う。そんなところ、足を踏み入れた記憶はない。なんでそこだと思うのと訊いたら、花野は『風海ちゃんがいたら、訊いてごらん』とだけ言った。

花野に指定されたあたりまで、車で三十分ほどかかった。マンションのあった場所から二十キロくらいしか離れていないのに、驚くほど寂れている。山の裾と田んぼの合間に古い民家がぽつぽつと建っており、その中には空き家もあるようだった。日が暮れたのに明かりがついておらず、人気のない家がいくつかある。

「ずいぶん田舎だねえ。お嬢ちゃん、こんなところでお母さんと待ち合わせしてんの？」

禿げ頭の運転手がミラー越しに尋ねてくる。

「いるかどうかは、ちょっと分からないんですけど。いるのかな……」

「わたしって情けな……」

最後にコンビニを見かけたのはずいぶん前だ。自動販売機とセルフ精米所の明かりだけが目印のように現れては消えていく。

そして花野の指定した住所には、ぼろぼろの長屋が三列並んでいた。

人気がないどころか、どの窓にも明かりはない。運転手が「こりゃ無人だぞ」と呆れたように言った。

「お嬢ちゃん、お母さんに電話してごらん。場所が間違ってるかもしれな……おや？」

運転手が、団地の奥にある広場に目を向けた。かつては公園だったのかもしれない、背の高い草で鬱蒼とした広場の前、鉄製の柵に女性がひとり腰かけていた。ときおり息切れする街灯の下で、朽ちかけた長屋を眺めているようだった。

「ママだ！　あの、あれ母です」

言いながら、花野に『発見』とメッセージを送る。これでこちらに向かってくれるはずだ。

「えー！　お母さんこんなところで何やってんの」

運転手は驚いたけれど、母親がいるのなら大丈夫と判断したのだろう。タクシーのドアを開けてくれた。

「このあたりは簡単にタクシーを拾えないよ。もし帰るときに足がないんだったら、ここに電話しな。おれ、一番近いコンビニで夕飯食ってるからさ」

支払いをすると、振り返ってお釣りと共に名刺を渡してくる運転手は、ひとの好さそうな顔をしていた。少し心配そうな表情の運転手に「ありがとうございます」と頭を下げて、宙は風海の許へと向かった。

「ママ！」

声をかけると、長屋を見つめていた風海がびくりと震えた。宙を認めると、驚いたように目を見開く。

「宙、こんなところで一体どうしたの」

「どうしたの、じゃないよ。ママを捜してたんじゃない！」

間の抜けた返答にむっとして言うと、風海が「あらまあ」と間の抜けた声を出す。

「宙、私を捜してたの？」

「当たり前じゃない！　前に住んでたマンションはスーパー銭湯になっちゃってるし、もう、焦った」

緊張の糸が緩み、宙は風海の前にへたりこんだ。いまごろになって、心臓が鼓動を速めているのに気付く。宙は柵から下りて自身を見下ろしてくる風海にぎこちなく笑いかけた。

「さっきは、ごめんなさい。言い過ぎた。謝りたくて、捜してたの」

「……そう。でも、いいのよ。ほら、地べたに座ってたら体が冷えちゃう。せめてこっちに座りなさい」

手を引かれて、さっきまで風海が座っていた柵にふたり並んで腰かける。こんなところで何をしてたの、と宙が問う前に、風海が目の前の長屋を指さした。

ふたりから一メートルくらい離れた場所に黄色いロープが張られ、『立ち入り禁止』という文字が掠れた札が数か所にぶら下がっている。その奥には、いつ建てられたものかも分からない古い建物。どこもかしこも瓦が落ちて、その隙間から草が生えているのが見えた。玄関であろう引き戸は、磨りガラスが土埃まみれ。ひび割れたバケツや廃タイヤがそこかしこに転がっていて、廃墟、としか言いようがない。その廃墟の扉のひとつを指した風海は、懐かしそうに目を細めた。

「あそこが、どうかしたの？」

「……十歳まで、ここで生活してたの」

風海がふっと口を開いた。

私の父は自称絵描きでねえ、母は峠のレストランで配膳のパートをしてた。父の絵は全然売れなくて、母のパート代はたかが知れていて、だからいっつもお金がなかった。春は向こうの田んぼに行って父と野草を摘んで、母がそれを料理してくれるの。ツクシとかヨモギとかね。たまに食べると美味しいんだろうけど、あのとき飽きるほど食べたから、私はいまじゃ苦手なのよ。そうそう、父も苦手だったんだと思う。毎回しかめっ面して食べてたもの。ツクシの卵とじなんかは、卵の奪い合いよ。体にいいからお前はツクシをたくさん食べるといいよ、なんて言うの。

思い出したのか、風海がくすくす笑う。

「……しあわせだった。両親はとても仲が良くて、世界一愛し合ってるんだって言ってた。その世界一の愛のかたちがお前だよって言ってくれて」

風海が、足元から小石を拾い上げる。大豆くらいの小さな石を指先で弄びながら、「父はいつも、これくらいの石をくれたの。絵具でピンクとか黄色に塗った、とっても綺麗な石よ」と言う。

風海の父はポケットに、丁寧に色塗りをした石を数個入れていて、何かあるとその石を渡してきたという。いい笑顔だね、可愛い子にはこれをあげよう。風海のお陰で今朝は美味しいお茶が飲めたよ、さあこれを貰って。手渡しながら、父は必ず「愛してるよ」と付け足した。これには、愛してるっていう気持ちをぎゅっとこめてるんだよ。

「おせんべいの入っていた大きな缶の箱に、私はその石を溜めていったの。母も、父から貰った石をその中に入れるものだから、最後は三箱くらいになったんだったかな。重たくて、抱えるのも一苦労だったんだけど、私はその箱が愛おしかった。だってカラフルな石たちは愛のかたちで、その重さは愛の重さなんだもの」

宙は、風海の指先の小石を眺める。愛のかたちの、一粒。

「私が九歳の誕生日のことだった。ケーキを買いに行ってくるって言ったまま、父がいなくなってしまったの。母が貯めていた僅かなお金、全部を持って。いろんなひとが『逃げた』

って言ったけど、信じられなかった。だってあんまりにもその予兆がなかったんですもの。でもみんなの言葉通り父はどんなに捜しても見つからなくて、帰っても来なかった。それで母は、実家である川瀬の家に戻ったの」

風海は、ぽつんぽつんと語る。風海の母である敦子は風海の父と籍を入れておらず、風海は認知されてもいない婚外子だった。ある日突然子どもを連れて帰った娘を両親は一喝したという。

「ふたりとも、とても気性の荒いひとたちでね。行方不明だった娘が何年振りかに帰って来たって言うのに『我が家の面汚しめ！』って怒鳴って母の頬を打ったのよ。絵本に出てくる悪い鬼婆みたいな怖い顔で、震えたわ。でもきっとそれは『川瀬家』を守り続けてきたが故のプライドや苦悩がそうさせたんじゃないかなって思うの。事実、そのあとはちゃんと家に入れてくれたもの。それに、私たち母娘は長く貧しかったから着ているものもボロボロだったんだけど、『川瀬家の者がみっともない』ってぜーんぶ買い替えてくれた。お屋敷に住むためにはきちんとしないといけないんだなって思ったものよ。でもね」

風海は手のひらの中の小石をじっと見つめて、寂しく笑った。

「こういう貧乏くさいものは不要だって、父の愛が詰まった箱は捨てられたのよ」

「父の、愛？　でもママ、逃げられちゃったんでしょう？」

「きっと、何かどうしようもない事情があったんだって、私はいまも信じてる。そう信じられるくらい、たくさんの愛を貰ったのよ。あの箱は、私が貰い続けた愛のかたまり。だからこれだけは捨てないでって泣いて縋った。でも祖父母は許してくれなくて、私があの箱をどれだけ大事に思っているか知っている母でさえ、捨てなさいって言った」

風海はもうひとつ、新しい小石を拾い上げる。今度の石は細長い。ふたつの石を、風海は自身の手のひらにそっと並べた。

「それはただの石ころなの。その中身はごみなの。母からそう言われたとき、世界がおかしくなっちゃったんだと思った。私がこの世で最も尊いと思っていた『愛』が石ころだなんて、そんなことあっていいわけがない」

宙は、箱を満たす鮮やかで色とりどりの石と、それを一粒ずつ大事そうに眺める幼い風海を想像する。ある日いきなり、それはただの石でしかないと言われた悲しみを、想像する。

「大人になって、母の気持ちも分かるようになった。あれを大事に抱えていたって、傷は癒えない。こんなに愛されていたのに、って苦しむだけだったと思う。でも、あの石の重みが忘れられない。祖父はね、私の目の前で箱を川に放ったの。箱が沈んだあの瞬間を、いまでも夢に見るときがある。やめて、って叫ぶ私を母が羽交い締めにするの。箱は水しぶきをあげて、沈んでいった。哀しくて哀しくて、そしてまだ、赦せない……」

風海が石を握りしめる。

「ママは、みんなのことが好きなんだと思ってた。おばあさんやひいおじいさんたちのこと」

　宙はそろそろと言った。亡き祖母や曽祖父母のことを語る風海の顔はいつだって愛があって、そんな過去があったことなどみじんも感じなかった。憎しみなど、存在していなかったはずだ。

「……好きよ、大好き。あのときの行為が赦せないだけで、憎んでいるわけじゃない。私はいつだって、あのひとたちを愛してた。愛を捧げ続けてた」

　風海が手を差し出してきて、手のひらを向ける。細長い小石がそっと置かれた。風海が微笑む。

「私が小石を見つけては、父に渡していたの。次は赤にして、こっちはラメを混ぜて、って。父はそれを私にくれていたの。愛を貰うためには、先に愛を捧げるものだって、父は私に教えてくれていたんだと思う」

　宙は、手のひらの少し人肌になった石を摘まみ上げる。少し泥のついた、ただの小石。

「だから私は、みんなに愛を捧げたつもりよ。愛してほしかったから、私なりの愛を先に渡してきた。捨てられた愛のかたちをもう一度取り返すために、必死だった。そのおかげで、愛されて育ったと思うわ。母も、祖父母も、私のことを死ぬまで可愛がってくれた。でも、」

　ふっと、風海がため息をつく。宙が見れば、風海は残ったほうの小石をぽとんと落とした。

「でも、どうしてかしらね。みんな、最後は姉さんにだけ、愛を残したのよ」

空っぽになった手のひらをぎゅっと握り、風海は言う。

「初めてあの家に連れていかれた日、玄関先で母は殴られ、ひとしきり怒鳴られた。恥さらしだとか、家名を汚したとか。そのとき、姉さんがとりなしてくれたの。凜とした声で『外に聞こえると恥ずかしいですよ』って言ったの。最初は、血の繫がった姉さんとは思わなかった。だってあまりにも大人びたひとだった」

風海はどこか懐かしそうに、遠くに視線を流す。

「母が実家に帰ろうと言ったとき、野草でも何でも我慢するからここに残ろうって言えばよかった。そうすれば私は父の石を捨てられなくてすんだし、愛を数えるようにならなくてすんだと思うの。そして、大切にされている姉さんと自分を比べて絶望しないですんだ」

「ちょっと待って、ママ。カノさんが、大切にされてた? カノさんの子どものころの話を少し聞いたことあるけど、わたしは虐待に近いんじゃないかって思った。食事も、みんなと一緒に食べられなかったんでしょう?」

以前佐伯から聞いた話を思い出して言うと、風海は「そんなこと、あるはずないじゃない」とあっさり言い捨てた。

「祖父母は……特に祖父は躾に厳しくて序列に拘るひとだったの。子どものうちに、『分』というものを理解させるべきだって言っているのを聞いた覚えがある。でも食事を別々にだなんてそんな時代錯誤なこと……あ」

眉間にしわを寄せていた風海は、思い出したように目を見開いた。

「私も同居した当初に、食事は大人のあと！　って叱られたんだった。でも、実際にそんなことした記憶はない。母の隣が私の席って決まってたくらいだし。ああでも、私が嫌だ嫌だってわんわん泣いて、そしたらたまたま夕食に呼ばれていた祖母の友人たちが可哀相だってとりなしてくれたのよ。やだ、忘れてたわ」

どうにも、話が違う気がする。宙が首を傾げていると、風海がふっと夜空を仰いだ。宙もつられるように顔を上げる。樋野崎市よりも明かりが少ないからだろうか。星がとても多く感じられる。

「虐待なんて、そんなこと絶対ない。そりゃあ、姉さんは私よりも厳しくされてたわよ。でもそれはみんなの期待の表れだったの。川瀬の家を継ぐひとだもの。それに、姉さんはすごいひとだった。家のことを何でもこなして、勉強ができて。美人でスタイルがよくて、学生時代は熱心に言い寄る男の子もたくさんいた。姉さんは、みんなに愛されてた……」

風海の目じりが、わずかに光った。

「姉さんが苦労してないとは言わない。一度は母に捨てられたわけだし、実の父とも疎遠になった。そして祖父母に厳しく育てられた。可哀相な面もあると思う。でも、私だって、父に捨てられた。大好きだった母はある日突然私だけのものじゃなくなった。私だって、じゅうぶん可哀相だった。なのにみんな、私より姉さんのほうが可哀相だって、大事にしたのよ」

　風海が静かに泣く。涙は頬を伝い、顎先で粒に姿を変えた。

「それでも愛されたくて、私はいつでも必死だった。私を見て欲しくて、何でもしてきた。姉さん以上に家事ができるようになったし、踊りだって祖母に教わった。でもね……、みんな姉さんに愛を残したの」

　最初に亡くなったのは、敦子だった。実家に戻ってからは男の気配もなく地道に働いていた敦子は、風海が高校三年生の時にくも膜下出血で倒れた。突然の出来事だった。

「母の遺品を片付けているときにね、私と姉さんそれぞれの名前を記した箱を見つけたの。私たちが自立するときに渡すつもりだったんじゃないかな。私の箱には、ふたりで撮った写真やへその緒なんかが入ってた。姉さんの箱には何が入ってたの、って訊いたら、姉さんは教えてくれなかった。でも私、こっそり覗いたことがあるのよ。姉さんの箱にはビロード張りの綺麗な宝石箱が入ってた。あまりにショックで中は見なかったけど、きっとアクセサリーだわ」

　ず、と洟を啜って、風海は言う。お金が欲しいわけじゃないの。そんなものじゃないの。でも、どうして私にはないんだろうって思った。愛を感じられる愛のかたちが、触れられる愛が私にはなかったの。

　それから祖父の正、立て続けに菊が娘のあとを追うようにして亡くなった。どちらも病だったため、死期を悟っていたふたりは家や財産のすべてを『跡取り』として育てた花野に譲る手続きを終えていた。

「何もかも……すべてを花野に、って遺言状もあった。川瀬家の跡取りだから、って。でも私には、何もなかった……」

風海は手のひらで何度も自身の顔を拭い、「欲しかったのよ」と言った。愛されたかたちが欲しかった。何でもいいから、欲しかった。なのに私に何も残してくれないなんて……。

「……愛されていたから、残されなかったんだよ」

ふいに声がして、宙と風海はびくりとする。暗がりから、人工的な光がゆらゆらと近づいてきて、それは花野が耳に当てた携帯電話の光だった。

「あのひとたちは、あんたを可愛がっていたから残さなかったんだよ」

「姉さん……話、聞いてたの。どこから……」

「最初から。宙、さんきゅ」

花野が携帯電話の通話を切る。見つけたとメッセージを送ったときに、電話がかかってきたのだった。このまま通話にしておいて、聞きながらそっちに行くから、と言われてその通りにしていた。

「風海ちゃんが来たときのこと、あたしもよく覚えてるよ。にこにこして物おじしなくて、愛されて育った子なんだなあって思った」

花野は宙を間に挟むようにして、柵に腰かけた。ハンカチを風海に差し出しながら言う。

「利発で人懐こい。来てすぐに、ご近所さんたちのアイドルみたいになったよね。みんな、太陽みたいに笑う風海ちゃんのことが好きになった。敦子さんは元より、祖父母もあのひとたちなりに最上級で可愛がっていたと思う。風海ちゃんだって、その自覚はあるでしょう？」

涙を拭っていた風海は、ハンカチに顔をうずめて頷いた。

「風海ちゃんは、一番愛されてたよ。みんな、風海ちゃんにはいらない気苦労はさせまいとしてた」

「うそよ。だって父の箱は捨てられたし、みんな私には何も残してくれなかった！　私は可愛がられたかもしれない。でもみんな、本当のところは私より姉さんの方が大事だったのよ」

風海が頭を振って言い、花野は小さくため息をついた。それから、肩にかけていた大ぶりのトートバッグの中から、寄木細工の箱を取り出した。蓋を開け、アメジストの帯留めを摘まみ上げる。

「おばあちゃんの、帯留めね。川瀬家の跡取りが引き継ぐものだからって、私は一度も触らせてもらえなかった大切なもの」

風海が言うが、その声には帯留めを杜撰に触っている花野に対する批難の色がある。花野はくすりと笑ってから、その帯留めを地面に叩きつけた。音を立ててアメジストが砕け、風海が悲鳴をあげる。宙も、息を呑んだ。

「何するの！　それは大事な……」

「イミテーション」

どうでもよさそうに花野が言い捨てた。

「大昔は本物だったらしいけど、お金がなくて売っぱらったんだ。見栄っぱりだから似たようなイミテーションを買って、本物でございって身に着けてたの。こっちもそう」

箱の中にある大きな黒真珠が一粒載った金の指輪を、花野は宙に渡した。

「手にしたら分かると思うけど、これもイミテーション。金メッキにプラスティックパール」

宙は、頼りない街灯の明かりに照らして指輪を眺めまわした。金の刻印もないし、やけに軽い。パールを留めた爪が緩んでおり、その隙間にはっきりと接着剤が見えた。

「あ、ほんとだ。偽物」

「うそよ！」

風海が宙の手から指輪を取り、明かりに掲げる。しかし宝石に詳しい分、宙よりも早く真実に気付いたらしい。さっと顔つきが変わった。

「なにこれ、本当におもちゃじゃない……！」

喘（あえ）ぐように言って、風海は花野の手から箱を奪うようにして取った。中のアクセサリーをいくつか見分し、そのたびに「うそ」「うそ」と悲鳴のような声をあげる。

「あたしが『跡取り』として継げと言われたものは全部、にせものだったんだよ」

花野が言う。着物も、帯も。菊さんが自慢げに加賀友禅だ博多織だと言っていたのは全部ポリエステル。あの家にはね、財産と呼べるものは何ひとつないの。あたしが引き継いだとき、どれだけ驚いたと思う？　大して資産はないだろうと思ってはいたけど、借金しかないんだもの。見たいって言うのなら、返済履歴を全部開示してあげる。あの家を手放さないでいるだけでもどれだけ大変だったか。あのひとたちはね、ご自慢のご先祖が築いたものを全部食いつぶして、でも家名や見栄は捨てきれなくて、必死に張りぼてを身にまとって生活していたのよ。

宙は木の下で荷物を仕分けしていた花野を思い出した。風海を呼ばなかったのも、帯留めをあげないと言ったのも、それはすべて、知られないようにするためだったのか。

「それなら……それが本当なら、遺産相続なんてしなかったらよかったじゃない。借金なんて放棄して、あの家だって売ってしまえばよかったのよ。姉さんが真実を私に言ってくれていたら、私はこんなに悩まなくてすんだ！」

「そうね。そうすればよかったんだと思う。でも、当時のあたしは『引き継ぐ』ことを拒否するなんて思いつきもしなかった。張りぼてだって言えばいいなんて、考えられなかった。だってずっと、そのために育てられていたんだもん」

花野が足元のアメジストを蹴った。キラキラと破片が舞う。

「張りぼての家を守るために、借金を引き継ぐために、あたしはあの家にいた。物心ついたときからずっと祖父母に刷りこまれた念は、もう呪いみたいになってた。だからあたしは疑うこともせずに全部引き継いだんだ。そうすることが自分の存在意義のように感じてた」

花野が再び蹴る。欠片（かけら）を遠ざけようとするように、何度も。そうして続ける。あのひとたちは、風海ちゃんにはしあわせになってほしいと思ってた。負の遺産なんか知らないでいてほしいと願ってた。あたしはその願いも引き継いだんだよ。

風海は黒真珠の指輪を眺めながら聞いていたけれど、はっとして、「じゃあ、お母さんは？」と問うた。

「あの宝石箱には何が入ってたの。お母さんは、違うんでしょ？」

微かに目を見開いた花野が小さく笑い、「やっぱ知ってたんだ」と言いながらバッグから小箱を取り出した。「見なさい」と赤いビロードの小箱を差し出す。

「それで満足できるなら、どうぞ」

風海が箱を開けて、眉間にしわを刻む。

「……何よ、何も入ってないじゃない」

「あたしの実父が、あたしと別れるときにカメオのブローチを置いていったんだ。父方の祖母が愛用していた品だとかで、父はそれにあたしの名前を彫ってくれた。あたしは三歳、いや四歳になってたかな。別れてしまうけれど、お父さんはきみを愛しているよって言われたことを覚えてる。まさに、風海ちゃんの言う、『愛のかたち』だったと思う」

「それで、そのブローチはどこにあるの」

「敦子さんが売ったのよ」

え、と声を漏らしたのは宙だった。

「川瀬家に戻ったのはいいけれど、お金がないのは変わらない。だから、売ってお金にしたんだ。箱の裏に書いてあるでしょ。『父より花野へ、愛をこめて』。全部なかったことにすればよかったのにわざわざケースだけ残してたのは罪悪感なのかな。なんて、単にこのケースは売れなくてそのままにしてただけかも。あとは中身のない通帳くらいだった」

くすくすと花野は笑って、「どう？」と風海に穏やかに尋ねた。

「昼間、風海ちゃんはあたしに、何もかも貰ってるのに狡いと言ったよね。たくさんの愛を簡単に捨てられるなんて、傲慢だって。あたしはずっと、風海ちゃんになりたかったよ。みんなが風海ちゃんの幸福だけ守って、何もかもを隠して死んでいった。何も知らないでいるあなたが、ずっと羨ましかった」

花野の声が微かに揺れた。宙は、思わず花野を見る。花野が誰かを羨ましいとはっきり口にするのを聞いたのは、初めてだった。他者のことなど気にせず飄々としている花野らしくない。

花野は、風海の手の中の箱を見つめていた。その目に宿っている感情は、分からない。とても仄暗く見えるのは、暗がりにいるせいだろうか。

風海は花野の声の変化に気付かなかった。箱の中をぼうっと眺め、「私は愛されていたの？」と呟いた。何も貰えない、それが愛のかたちだったりするの？　花野はそんな異父妹に、何も言わなかった。


宙が呼んだタクシーで樋野崎駅まで戻り、そこで風海と別れた。

風海はどこか茫然自失していて、「うちに泊ったほうがいいんじゃないの？」と花野が言ったけれど、頑なに首を横に振った。

「帰らないと、パパに叱られるから。しばらく……こっちに来ないわ。行くなって言われるはずだから」

「あのさ、風海ちゃん。日坂さんとは、きちんと話し合いをしたほうがいいよ」

「うん、そうする。いままで、たくさん喧嘩したの。でも、私はあのひとの言うことに耳を貸さなかった。彼の中に愛がないって思ってたんだもの。でも、私が、愛がないと思っていたところに、本当は愛はあったのかもしれない。だったら、謝らないといけない」

きちんと話してみる。そう言って駅舎の中に入る背中を見送って、宙たちもマンションに帰った。

「あー。何だか疲れた。あたしはお酒でも飲もっと。あんたもさっさと風呂入って寝なさいよ」

花野は冷蔵庫から缶ビールを取り出して、自室に入ってしまった。タクシーの中では、三人の会話はなかった。花野は窓の外を眺め、風海はイミテーションだらけの木箱を覗いたまま考えこんでいた。

宙はふたりの間に挟まれているだけだったが、しかし疲労が凄まじい。花野に言われた通り風呂に入り、自室の布団に寝転がった。勝手にため息がこみあげる。今日は、大変な一日だった。知らなかった事実が津波のように押し寄せてきて、どこから整理すればいいのか見当もつかない。

「愛を捧げて、愛を返してもらう、かあ」

風海の言葉を口にしてみる。なるほど、まさに風海を言い表した言葉だなと思う。

幼いころは、うまく愛が循環していた。ママ大好きと何度となく口にしたし、風海もいつもしあわせそうだった。でも、子どもにとって母親が愛の頂点にいる時期というのは限られている。それに、年を重ねるにつれて、愛など気軽に口に出さなくなっていくものだ。シンガポールの子どもたちも——双子はいささか早い気もするけれど、同じだろう。そういう、一方的になった愛の軋みが、風海を変えたのだろうか。いや、愛の循環ができている間は隠れていた『返してもらえなかった』記憶が、存在を膨らませてしまったのかもしれない。

「カノさんがリフォームを強行しなかったら、まだよかったのかもなー」

独りごちる。受け継いだものがイミテーションだということは、これまで隠し通せたのだからどうにでもなったのではないか。なのに今回どうして、花野はこんな強硬手段に出たのだろう。これまで通り、のらりくらりと躱していれば、こんな騒ぎにはならなかったのではないか。

『張りぼての家を守るために、借金を引き継ぐために、あたしはあの家にいた』

花野の言葉が蘇り、宙ははっとする。花野はいつ、その考えから解き放たれたのだ。これまで静かに家を守り続けてきた花野のここ最近の一連の行動は、まさに解放されたからこそではないのか。だから、隠し通してきたことを風海に告白した。

『羨ましかった』

花野と共にいて、初めて耳にした言葉だった。あれは、ようやく吐き出せた本心だったんじゃないか。

宙はがばっと立ち上がり、そのまま隣の花野の部屋に向かった。

「カノさん、カノさん。ちょっと開けて」

少しの間があって、「嫌よ」と声がする。もう眠くなったから寝るわ。

「そんなの嘘でしょう。ねえ、少し話をしようよ」

「やだってば。疲れたの」

「話をしないといけないと思うの！」

宙は花野の部屋に鍵が付いていないことを思い出し、ドアを勝手に開ける。壁に凭(もた)れて体育座りをした花野がいた。トートバッグの中身がぶちまけられ、開けられていない缶ビールが転がっている。

「何よ、疲れたって言ったでしょう」

見上げてくる花野に、宙は「泣いてるかと、思って……」ともごもごと言う。

「泣きゃしないわよ」

くすりと笑う顔に、涙のあとはない。

「……カノさんは、ママが嫌いだった？」

何から訊けばいいのか分からない。足元に転がっていた赤いビロードの箱を拾い上げながら尋ねると、「好きだよ」と言う。

「純粋で真っすぐな子。一番大きな愛をちょうだいと言って、それが傲慢だと思いもしない子。初めて会ったとき、敦子さんがあたしを姉だとあの子に紹介したら、あの子は泣いたんだよね。私だけのお母さんなのに狡い！　って。あのときからずっと、あたしはあの子が眩(まぶ)しかったし、守ってあげたいと思った」

「え、逆じゃないの。普通、憎んだりするよね」

「ううん、言葉通り。感情のままにいられるあの子が素敵だなと思った。一度色のついたキャンバスは、上からどれだけ白を塗り重ねても元の無垢には戻れないでしょう。ひとの顔色を窺う、自分を取り繕う。覚えてしまったらもう、知らずにいられたころには戻れない。あのころには、あたしのキャンバスはもう様々な色が塗られていた。いろんな大人や、自分自身の手によってごてごてに塗り固められてた。だからあの子の真っ白いキャンバスを奇跡だと思ったし、いつまでもそうあってほしいと願った」

座りなさいよ、と言われて宙は花野の近くに腰かけた。花野は転がっていた缶ビールを拾い、プルタブを引く。噴き出した泡を舐めて、花野は「無垢なものって、無意識に守りたくなるのかもしれないなあ」と呟いた。

「祖父母も母も、風海ちゃんの前ではとてもいいひとであろうとしてた。不満を抱かないように、しあわせに笑っていられるように、すごく気を付けてた。それはとてもうまくいって、あのころの川瀬家は、表面上は大きな諍いもなく平穏で、だから風海ちゃんはずっと綺麗な部分を残し続けてた」

缶に口をつけて、花野は続ける。もちろん、あの子なりの不満もあったと思う。父親からの石を捨てられたことも、あたしという存在も、簡単には納得できなかったかもね。でもそれはあの子が乗り越えなければいけない、あの子の成長のための障害だった。それに、あの石はそんなに素晴らしいものじゃないんだ。記憶がうつくしくしただけ。

花野が顎先でトートバッグを指す。中に、小さなきんちゃく袋があるから取って、と言われて探ると、宙の手のひらほどの小さな布袋があった。花野に見せると、「開けてみなさいよ」と言う。

口を開けて、中を覗きこむ。薄汚れた小さな粒がみっつ入っていた。手のひらに出して、宙は、それが先日自分が手にした桐箱の中にあったのを思い出した。

「あれ、これ」

「覚えてる？　こないだ風鎮の桐箱から出てきたやつ。あの箱は菊さんの箪笥の中から出てきたから、もしかしたら可哀相に思って少し残してあげてたのかなあ」

「もしかして、これがママが言ってた石、とか？　でも、これ……」

「汚いでしょ」

宙の手のひらの粒は大豆ほどの小石で、そして筆でひと撫でした程度にくすんだ色がついていた。絵具よりも、こびりついた泥の方が目立つ。

「子どもの認知もせずに、何もかも捨てて逃げた男だもん。お金をかけずに子どもの機嫌取りをしようとしてただけだよ」

庭に転がしたら二度と見つけ出せないような石を少し眺めてから、宙は袋に戻した。

「どうして、ママに見せなかったの。見せるつもりで、持って行ったんでしょう」

「あの子を傷つけたいわけじゃないって気付いたから」

花野が缶ビールをぐいと飲む。

「箱いっぱいの色とりどりの愛を貰った記憶は、あの子の中でかけがえのない宝石。あたしはそれをイミテーションだと砕きたいわけじゃない」

「じゃあ、なんでひいおじいさんたちのことや、おばあさんのことは言ったの」

傷つけたくないと言うのなら、どうしてこれまで隠していたことを言ったのだ。宙の問いに、花野は小さく笑った。

「……天井から雨水が流れた日、すごかったよね」

「え？　ああ、雨漏りのこと？」

「ざばばばば、って水が流れて、滝みたいだった。おりんに水が跳ねてチンチン鳴って、お位牌が軒並み倒れてさ。菊さんの遺影がぷかぷか浮いて、あたしの足元で漂ってた」

思い出したのか、花野がくすくすと肩を揺らして笑い、そして呟く。あのとき、あたしの中で何かが弾けたの。いままで何に縛られてたんだろう。あたしのことを愛してくれないまま逝っちゃったひとたちに、何の義理があったんだろう。あたしはこれまで、何を必死に守ってたんだろう。

宙も、あの日を思い出す。水浸しになった仏間は悲惨なものだった。電灯が点滅し、いつも辛気臭かった仏間が遊園地のお化け屋敷みたいにポップに見えた。

「この川瀬家は全部お前のものだよ。長い歴史のあるこの家を任せる大事な子どもなんだよ。そう言われて、育てられた。でもね、お風呂は真冬でも仕舞い風呂で、温めなおしは許されなかった。風邪を引いて熱があっても水仕事をさせられた。体（てい）のいい召使だよ。食事もそう。風海ちゃんは序列なんて言ってたけど、そんな可愛いものじゃない。みんなの食べ残しがあたしの食事だった日もあった」

静かに、花野は続ける。機嫌のいいときは、こんないい家の跡継ぎになれるなんてお前は幸せだって言われた。そのために辛いことを耐えなきゃいけないよ、って。でも機嫌の悪いときは、怒鳴られた。両親に捨てられたお前なんかを跡取りにしてやるんだ、ありがたく思え！　って。刷りこみってねえ、怖いんだ。やさしく、強く、激しく。丁寧に、厳かに。何度も何度も言われ続けていると、疑わなくなってしまう。ありがたいんだ、感謝しなくちゃいけないんだ、寂しいとか辛いとか考える自分は情けないんだ、と思うようになった。川瀬家の跡取りがこんなに弱くちゃいけないんだって。あたしはそうやって、生きてきた。

宙は、泣き出しそうになる。花野はもう四十四歳だ。そんな年まで、心を麻痺（まひ）させていた。支配され続けていたのだ。

「母が死んで祖父母が死んで、跡継ぎのあたしに残されたのは、張りぼての家。驚いて、それからとても哀しかった。あのひとたちはあたしに大切なものを残すためにわざと冷酷だったんだと信じていたけど、そうじゃないと知ってしまった。あのひとたちは自分たちの業を誰かに擦（なす）り付けたかっただけ。財産を食い潰した負い目や、家を閉じる責任、そんなものをあたしに押し付けただけ」

花野の目元がほんのり赤く染まったのは、アルコールのせいだろうか。

「それでもそれを受け取ってしまったのは……呪いが肌身に染みついてしまってたからだろうね。祖父母が亡くなったとき、あたしは駆け出しのイラストレーターだった。それだけじゃ食べていけなくてバイトしてたんだけど、借金が分かってからはキャバクラでも働いた」

宙ははっとする。そんな事情があったのか。

「昼も夜も働いて、その合間に絵を描いて、しんどかったなあ。食事代を削ることもしょっちゅうで、恭弘の店で何度タダ飯食べさせてもらったか分かんない。ゾンビみたいになりながら、あたしは借金を返して、あの家に住み続けた」

宙は坂の上の家を思い描く。広くて大きくて、しかしぼろぼろの家。

「あたしはずっと、呪われてた。でもね、だんだん変化していったの。柘植さんに会って……あんたと暮らし始めて。そして恭弘と三人で過ごして。自分の心がゆっくりと解放されていくのが分かった。あたしはこの家に、亡くなったひとたちにいつまでも縛られなくていいんじゃないかって、思えるようになった」

ぽろりと涙をこぼしたのは、宙の目だった。あの雨の日は、花野の心を固めていた呪いを砕く、最後の一撃だったのだ。

「もういいんだ、そう思えたから全部捨てた。ひとつ捨てるたびに心が軽くなった。あたしはやっと解放されたんだと思った。でも、風海ちゃんが残ってたんだよね。祖父母や母の作った張りぼてのお城に住むあたしを眺めて、羨んでいる風海ちゃん」

花野は苦く笑う。

「風海ちゃんに告白して、そこで初めてあたしは解放される。でも、どう伝えていいのか全く分からなかった。だって、どうシミュレーションしても傷つけてしまうんだもん。どこまで伝えたら傷が浅くてすむだろう、いや、もう全部知ってもらう方がいいんじゃないか。そんなことばかり考えてたら、夜もなかなか眠れなくなってね」

「それで、絵も描けなくなったんだ」

「そうかもしれないね。あたしってわりと繊細だから」

冗談めかして、花野は近くにあったティッシュの箱を宙に投げた。

「なんであんたが泣くのよ。さっさと拭きなさい。だからね、祖父母たちの話をしたのは、あたしのため。あたしが、救われるため。風海ちゃんに、あなたのしあわせな世界は、本当は作られた舞台だったんだってネタばらしをしないといけなかった」

宙は涙を拭き、ティッシュで洟をかむ。それから花野を見たら、花野は缶ビールを飲みながら寂しそうに微笑んでいた。

「もっと、楽になるのかと思ってた。でも、どうしてだろうね。哀しそうな風海ちゃんの顔ばかり浮かぶんだよ。嘘をつき続けるやさしさだってあったのにな、って思っちゃう」

「それは、ないよ。ママだって、何も知らないままでいいわけない。知ってよかったっていう日が来るよ」

どうなんだろうねえ、と花野が呟く。そうだと、いいんだけどねえ。

その声はいつもよりも儚くて、頼りない。だから宙は、ティッシュを手に何度も「そうだよ」と繰り返した。


それから数日、花野は自室にこもっていた。宙はそれを無理に出そうとしなかったし、怪我のせいではと心配する田本を大丈夫だから、と止めた。宙の人生よりももっともっと長い時間をかけて刷りこまれた『呪い』は、物語のように一瞬で消え失せたりしないのだろう。ゆっくりと昇華する時間が必要なのだと思った。

宙もまた、ひとりで考える時間が欲しかったので、部屋で過ごしてばかりだった。そんな中で鉄太から普段通りのメッセージが届くのだが、返信できない。電話も、無視した。メッセージは『何かあったの？』『具合でも悪いの？』から『何か怒ってる？』に変化していき、そしてとうとう『オレ、怒らせるようなことしたのかな。オレは宙だけが好きで、宙だけが大事なのに』という内容が届いた。そのメッセージを目にしたとき、宙は心の片隅に残っていた大事な部分が今度こそ音を立てて崩れ落ちていくのを感じた。

ああ、この嘘だけは、ついてはいけない嘘なんだよ。こんな、取り繕いでしかない嘘はついちゃダメなんだ……。

涙が一粒だけ、こぼれた。

そして、宙は気付いた。鉄太が別の女の子と親密そうに歩いているときに流した涙は、鉄太の心変わりに対する哀しみのものだと思っていたけれど、違う。他に好きな子ができたとはっきりと言ってくれていたら、きっとわたしは泣くことはなかった。これまで付き合ってきた時間や、他愛ないやり取り、ふたりの未来がないことへの寂しさは確かに感じただろうけど、それでも受け入れることができただろう。涙が出るほど哀しかったのは、欺かれたこと。わたしの知っている彼は、そんな狡いことをするひとではなかったはずなのに。その変化が、ただただ哀しかった。

「こんな嘘をつくくらいなら、残酷でいいから真実を教えてほしかったよ」

涙で湿った目元を拭って呟いた宙は、メッセージを送った。『明日会える？　時間を作ってほしいな』そのメッセージにはすぐに既読がついて、返信が来る。『いいよ、放課後な。最近会えてなかったもんな、ごめん』その後に、『明日が楽しみ！』というスタンプが送られてきて、それはいつも通りの反応だった。鉄太は会えなかったことで宙が機嫌を損ねていると思ったようだった。付き合いだした最初のころ、宙の反応のいちいちを気にかけてくれていた鉄太を思い出して、また哀しくなる。あのころの鉄太だったらきっと、『何かあったんだろ』と電話をかけてくれただろう。

「これも仕方ないのかな……ん？」

独りごちたところで、宙はふわりと温かな匂いがするのに気が付いた。ごま油の香ばしい匂いがする。花野が田本の作り置きでも温めているのだろうか。いや、ごま油を使った料理はなかったはずだけれど。

部屋を出てみれば、キッチンに花野が立っていた。じゅうじゅうと何かが焼ける音がする。その背中に、宙は「ど、どうしたの」と悲鳴に似た声を上げた。

「カノさんが、料理してるなんて！　うそでしょ⁉」

「驚きすぎ。あんたも食べる？」

振り返った花野はどこかすっきりとした顔をしていて、「つってもチャーハンだけど」と笑った。

「た、食べる」

「そう。それなら宙はスープでも作ってよ。簡単にわかめスープでいいよ」

信じられないまま、花野の隣に立つ。これまで冷凍食品を温めるかコーヒーを淹れることくらいしかしなかった花野が手際よくいり卵を作りあげた。卵をいったん皿に移し、次に刻んだベーコンを炒め、冷やご飯を入れる。その手つきを見ながら、宙は鶏ガラスープの素と醤油でスープを作る。葱を刻んでいると、横目で見てきた花野が「プロの手つきじゃん」と笑う。

「葱刻んでるだけでしょ」

「それで分かるもんなのよ。成長、したね。あ、スープに卵入れてよ。ふわふわになった卵、あたし好きなのよ」

「オッケー」

花野がフライパンを揺らし、ターナーでご飯を炒める。宙は冷蔵庫から卵を取り出しながら、不思議な高揚を覚えた。一緒に暮らしだしてから、初めてのことだ。

溶いた卵を沸騰したスープにそっと流しこむと卵がふわんと広がる。火を止めてごま油を戻した乾燥わかめを汁椀(しるわん)に入れ、スープを注ぐ。葱をたっぷりと盛ってから、白いりごまをふった。

その間に花野はレタスと卵を入れてチャーハンを仕上げていた。宙が汁椀をテーブルに置くのとほぼ同じタイミングで、ふたり分のチャーハンを置いた。湯気をのぼらせるレタス卵チャーハンとわかめスープが並んだ。

「すごい、ほんとにカノさんが作ったの……?」

「あんた何見てたのよ。ほら、食べようよ」

向かい合って、同時に「いただきます」と言う。花野はわかめスープに手を伸ばし、宙はレタス卵チャーハンをれんげで掬(すく)い取った。卵とレタス、ベーコンの色合いがうつくしい。ご飯はぱらぱらとほぐれている。食べればレタスのしゃきしゃきとした歯触りがあり、卵はふわふわとやわらか。シンプルな味わいがある。

「……待って。美味しい。これ、めちゃくちゃ美味しい。どうなってんの」

「あんた、失礼にもほどがあるわ」

「いや、だってカノさんだよ⁉」

「喧嘩売ってるなら、買うけど。ああでも、あんたのスープも美味しい。でも、ちゃんと刻まれてない葱がある。ほら」

花野がにやりと笑って箸で掬い上げた葱は、皮一枚で二センチほど連なっていた。宙は「カノさんが料理してることに驚いたから！」と頰を膨らませる。

「普段はちゃんと、切れるもん」

「あらそう」

食卓テーブルに、ふたり分の料理が並んでいる。互いの味を確認して、美味しいと言いあう。宙はなぜかそれだけで泣きたくなって、そして笑った。ふふ、と声を漏らした宙に、花野が「何、笑ってんの」と言う。そんな花野の口元も、緩んでいた。

「そりゃ、美味しい、からだよ」

宙が言うと「あんたは褒めすぎ。そうやっておだてたって、何も出ないんだから」と肩を竦めてみせた。

「まあでも、確かに久しぶりに作ったわりにはなかなかの出来よね」

「すごく美味しいよ。でも、なんで急に料理をするつもりになったの」

スープをひとくち飲んだ花野が、ふっと目を伏せる。

「……うーん。あんたはきっと美味しいって言ってくれて、そして一緒に食べてくれるから」

もうひとくち飲んで、花野は続ける。あたし、料理を褒められたことなんてないの。普通か、不味いかのふたつしかなかった。普通だったら何も言われなくて、不味かったら叱られた。そして、あたしの料理を囲んで誰かと笑いあえたこともない。だから、料理なんてただの苦行でしかないと思ってた。でも、宙はきっと違う。美味しいって笑ってくれるだろうし、たとえ不味くても、不味いねって笑ってくれるでしょう？　笑って、一緒に食べてくれるでしょう？

呪いが昇華されたのだ、と宙は思う。花野はまた新しい一歩を踏み出して、それがこのチャーハンなのだ。

「一緒に食べるし、美味しいって言うし、何ならスープだって作るよ」

笑って言うと、花野は顔を上げて微笑んだ。

「ねえ、宙。なんかさ、さっき不思議な感じがしなかった？」

「あ、わたしもそう思った！　カノさんがキッチンに立ってるってだけで異常事態だもんね」

「異常事態って、言いすぎじゃない？」

　不満そうに唇を尖らせた花野だったが、ふっと表情を緩めて「あんたがいい子なのは、風海ちゃんのお陰だね」と言った。

「あのとき、預けてよかった。風海ちゃんはね、あんたと一緒に死のうとしてたあたしを助けてくれたんだよ」

　宙の手が止まった。

「子どもは私が育てるから、姉さんは自分の足で生きられるようになりなさいって言ってね。まあ、川瀬の家を継いだくせにみっともないことしないで、っていうお説教もあったけどさ。でも、すごく感謝してる。あの子のお陰で、あたしたち生きてこられたんだもんね」

「え、ちょっと待って。何それどういうこと」

　驚いて訊くと、花野は「宙に教えなきゃいけない時期が来たんだと思ってるよ」と言う。

「どうしてあたしが、生まれたばかりの宙を風海ちゃんに預けたのか、その理由をきちんと話さないといけないと思う。だって、やっぱり宙も気になるでしょう？　でもそれを話すには、あんたの父親の話から始めないといけないんだ。あたしはまだ、あいつの話はできそうにない。どういう風に話していいのかも、分かんないんだ」

「わたしの、父親……」

　宙はぽつんと呟く。実の父親のことに関しては熱心に知ろうとは思っていなかった。パパと呼んでいる康太も、佐伯もいる。まったく気にならないと言えば嘘になるけれど、父親がいないという寂しさや不満はなかった。でも、花野が宙の出生に関わることもいつかは必ず話そうとしてくれている、ということだけ知れて、嬉しいと思った。

「いろいろな話は、いつかカノさんが話せるときに聞かせてよ。わたし、それでいい。でも、ひとつだけ訊かせて。ママは、カノさんを助けるためにわたしを引き取ってくれたんだね？」

いま大事だと思うのは、そこだけだ。宙の問いに、花野はしっかりと目を見て「そうだよ」と言った。

「風海ちゃんは、あたしのこと疎んじてた。もしかしたら、嫌っていたかもしれない。でも、あの子は愛の深いひとだもの。あたしと宙の命を前にして、一瞬の躊躇いもなく宙を引き取ると言ってくれた。あたしはその愛に縋ったのよ。子どもとしての愛され方を知っていて、そして愛を惜しむことなく与えられる風海ちゃんならきっと大事に育ててくれると信じていたし、事実、宙はちゃんと愛されて育ってきたでしょう？」

宙は深く頷いた。子どものころ、風海がいたから何の不自由もなく、しあわせに生きてこられた。それは間違いなく真実だ。

花野が、満足そうに笑った。

「風海ちゃんが、また来てくれるといいわねえ」

「そうだね。まずは、パパとうまくいけばいいんだけど」

「大丈夫だよ、きっと。日坂さんも愛のあるやさしいひとだから。話し合えばきっと、寄り添いあえる。あのひとはね、宙をお願いしたときも『頑張ってください』って言ってくれたんだよ。一言の文句もなく、ただ『いつか母娘で暮らせる日まで、応援しますから』って」

「パパが、そんなこと」

遠い日の、成田空港での別れを思い出す。並んで立つ宙と花野を見て、康太は何度も『これでよかったんだ』と言った。あの言葉にはきっと、様々な感情がこめられていたのだろう。

「だからね、宙。日坂さんのことを悪く思っちゃだめだよ。感情のままに哀しいことを言ったからって、それが本心とは限らない。本気で相手と向かい合ってるからこそ、疲れることもあるんだと、あたしは思うよ」

チャーハンを口に運び、宙は頷く。それから、目の前の花野を改めて見た。化粧っ気のない、普段の顔。頬にはそばかすが散っていて、目じりとほうれい線のしわが、ふたりで暮らし始めたころよりも少し深くなった気がする。適当に纏められた髪には、染めきれていない白髪が幾筋か光って見えた。

「カノさん、こないだはごめん」

言うと、花野が「ん?」と目だけ向けてきた。

「わたし、こないだ酷いこと言った。カノさんの事情も知らずに、ごめんなさい」

ああ、と花野が顔を上げた。立ち上がり、冷蔵庫に向かう。ペリエのペットボトルを二本持ってきた花野は、一本を宙の前に置いた。自分の分の蓋を開け、ゆっくりと飲む。

「知らないんだから当然だし、知ってたとしても、怒っていいよ。それに、あたしはあのときの辛さをぶつけてもらって、よかったと思ってるよ」

あんなの、大人でもしんどいもん。やさしい言葉に、宙は俯いた。少しだけ泣きそうになって、しかし堪えて顔を上げた。

「わたし、明日別れてこようと思うんだ」

「それって、あたしのせいでそうなってしまった？　だったら、ごめ……」

「違うよ！」

花野の言葉を遮って、宙は声を張った。

「それは違う。絶対に違うから！　ただ、鉄太くんにあんな嘘はついてほしくなくて、これ以上重ねて欲しくもなくて、だからなの！」

宙の剣幕に驚いたように目を見開いた花野は、すぐに目じりにやわらかなしわを刻んだ。

「……ごはん、食べようか。冷めちゃう」

やさしい顔に、宙は「うん」と頷いた。

それから、ふたりでゆっくりと食事をした。繋がった葱が宙のお椀の中にもあって「あちゃあ」と笑えば花野も笑う。そのすぐあとに花野が「うあ」と顔を顰める。

「チャーハンの中に、卵のカラがあった」

「えー、もう。この母娘ダメダメじゃん！」

けらけらと笑いあう。

「ねえこれ、どうやってこんなにパラパラにできるの」

佐伯に教わったやり方でも、ここまでできなかった。メモを取るから教えてよ、と宙がせがむと花野は秘密、と笑う。昔、ラーメン屋さんでバイトしてたときに教わったの。秘伝の技なんだ。えー、ラーメン屋さんでバイトなんてしてたの。いつ？　ふっふ、それも秘密。まあでも、レシピは教えてあげてもいいわ。その代わり、これからは宙が作ってよね。笑いあう時間は、久しぶりに穏やかで温かかった。

翌日の放課後、宙は「誰かに見つかったら困る」と渋る鉄太と樋野崎中央公園で待ち合わせをした。挨拶もそこそこに、鉄太は周囲を見回して「この公園、万記子おばさんのランニングコースなんだよ、見つかったらヤバいって」と気もそぞろに言う。目の前の自分以外の目を気にしてびくびくしている顔を見て、宙は自分も悪かったのだと思った。嘘をつくことを認めたのも、共犯になったのも、わたしなのだ。

「大丈夫、すぐ終わらせるよ。でもそんなに心配なら手短に言うね。わたしたち、別れよう」

宙の顔など見ていなかった鉄太が「え！」と声をあげた。「どういうこと」と、今日初めて目を合わせてきた鉄太に、宙は「驚くことないでしょう」と努めて冷静に言う。

「鉄太くん、彼女ができたんでしょ？　おんなじ学校で、おんなじクラスらしいじゃない。堂々と付き合えていいことだなって、ほんとうに思う。だから、わたしとはこれでおしまいね」

鉄太の顔色がみるみる青くなっていく。

「待って、待って。違うんだ、あの子とはその、宙となかなか会えなかったときに告られて、それでちょっとクラッときたっていうか、いや別にその付き合ってるっていうわけでもなくて」

「ごめん、そういう嘘は、鉄太くんの口から聞きたくない」

やさしくてまっすぐで、少しだけ照れ屋の少年。彼に嘘をつくことを覚えさせてしまったのは、わたしのせいでもあるのだ。わたしたちは誰かの目を欺くことを選ぶのではなく、もっと別のやり方を探さなければいけなかった。気付くのが、とても遅かったけれど。

「鉄太くんと過ごせてよかったと思ってる。いままで、ありがとう」

宙は頭を下げた。

文句を言いたい気持ちがないわけではない。二股なんて最低な真似しないでよ！　くらいのことは言うつもりでいた。でも、付き合いだしたときに『別れを経験してみたい』なんて最低なことを考えた自分を振り返ると、罰が当たったんだと思えてやめた。ひとの気持ちを軽視したら、いつか自分が軽視される。そういうものなのだろう。

鉄太が、顔を歪(ゆが)める。何か言おうとするのを遮るように、「じゃあね。元気で！」と宙はひらりと手を振って、歩き出した。

すがすがしい気持ちで見上げると、うつくしい茜色(あかねいろ)の空に一番星が瞬いていた。

# 第五話　ふわふわパンケーキは、永遠に心をめぐる

遠宮廻が退学したと聞いたとき、宙は誰のことだか分からなかった。

「はぁ？　本当に分かんないの？　隣のクラスの遠宮くんだよ？　先月くらいから、めちゃくちゃ話題になってたじゃん」

信じられない、と頭を振るのは同じクラスの三城奈々で、宙の友人の中で一番の情報通だ。その奈々が、宙が口を挟む間もなく捲し立てるように喋り始めた。曰く、遠宮の父親が刃傷沙汰を起こした。どんなトラブルがあったのか、自身の恋人と包丁を持ち出す喧嘩になったのだという。恋人は命に別状はないが顔に大きな傷を負い、父親の方は腹に包丁が深く刺さって、いっときは命が危ぶまれた。

「あたしさー、遠宮くんがワケアリ父子家庭だって知らなかったんだよね。人生順風満帆、憂いは何ひとつなしって感じだったんだよ。だからなんか、ショック」

綺麗な眉をきゅっと寄せて、とても哀しそうに奈々は言った。

ひとはどうしても自分のフィルター越しに世界を見てしまうものだ。けれど、奈々はそれが顕著だ。いつだって主観でしか喋らないし、角度を変えて物事を見るということをしない、というよりはできない。少しでも自分の想像と違うと「なんか、ショック」と深く傷つく。

奈々は中学時代まで、自分を中心に世界が回っていると本気で信じていたという。初めて男の子に告白してフラれたときに、めちゃくちゃびっくりしたの。だって世界中のみんながあたしのこと好きだと思ってたんだよね。自分の思い通りにいかないなんて絶対にありえないから、世界がバグっちゃったんだ！　って絶望したんだよ。あ、いまはちゃんと分かってるよ。あたしは誰かの世界では脇役でしかないんだってことも、正しい世界を分からないままのほうが不幸だってこともさ。ということを、あまりにも誇らしげに言う奈々が面白くて、宙は彼女に話しかけられるとつい応えてしまう。

「ワケアリ父子家庭の子どもに憂いがあるっていうのなら、ワケアリ母子家庭のわたしも憂いにどっぷり浸かってる感じがするの？」

ふと訊くと、きょとんとした奈々は愉快そうに笑って「んなわけないじゃん。宙のお母さん、ただの女じゃないんだよ。超有名人だよ？」と言う。

「才能あるし、美人だし。むしろ男なんかに頼らず自由に生きる！　て感じでかっこいい。憂いとか悩みとかそういうネガティブなものに全然縁がなさそうなイメージ」

無邪気な答えに、宙は微笑む。世界は自分だけのものではないと知った奈々のフィルターは、いまもやっぱり短絡的だ。若さゆえの経験の足らなさがそうさせるのだろうか、と考えた後に、年齢の問題でもないか、と打ち消す。大人でも、自分のフィルター越しでしか世界を見ていないひとたちがいた。年を重ねてようが、どんな経験をしようが、狭いフィルター越しにしか世界を見ないひとはいる。むしろ年を重ねることで歪んでいくことだってあるだろう。

「それより、遠宮くんの話だよ！　あのひと勉強できたし、去年の生徒会メンバーで先生のお気に入りだったんだよ」

「へえ。どんなひとなのかよく覚えてない」

樋野崎第一高校生徒会は目立つ活動をするような活気ある集団ではなく、宙自身も生徒会活動に興味がなかったので、いまの生徒会長の名前も――性別すら知らない。宙が言うと、奈々が呆れた、とため息をつく。

「確かにうちの生徒会って存在感まじ空気だけど、せめて遠宮くんのことは知っててほしかった」

「リーダーシップ取るような目立つ人って感じ？」

そんなひといなかったけどな、と思いながら訊くと、「目立とうとはしていない、かな」と奈々が首を傾げる。

「性格的に目立つのは嫌いっぽい感じ。でもそこがイイっていうか。同級生の男子がサルに見えるくらい、クールで大人びてんの。絶対に大きな声出したり、はしゃいだりしないの。雰囲気めっちゃいいし、それにけっこうイケメンだよ。手足が長くてモデルみたいなスタイルでさー、目がくっきりした二重でね。俳優の瀬名くんにちょっと似てるから、女子人気高めなの」

「イケメンねえ。覚えてないってことはわたしの好みじゃないな」

去年に神丘鉄太と別れて以来、宙には特定の相手はいない。好意を抱くようなひともいなかった。

「えー！　宙の好みって、どんな感じなの⁉」

奈々が食いつくように言ってきて、苦笑いする。

「うそうそ、冗談。わたしは恋愛ってのがよく分かんないから、異性をそういう目で見ていないだけでした」

ひとと付き合い別れるとはどういうことか、という興味本位で始まった交際は、結局相手も自分も傷つけて終わったように思う。恋は、ましてや愛は自分から求めるものではなく、自然と湧き出るものなのだろう。いつかそういうものが自分の中に湧く日まで待とう、というのがほんとうのところだった。

そんなことを知る由もない奈々は「へえ。宙って意外と消極的っていうか、子どもなんだ」と勝手に納得し、それから手をぶんぶんと振った。

「そうじゃなくて！　話を戻すけど、とにかく遠宮くんはわりと目立つひとだったんだけど、事件後はみんなすっかり腫れ物扱いして、距離を置いてたの。先生たちも、事情が事情だからどうしていいのか分かんない感じでさ。だから学校に居づらくなったんだと思うんだ。にしても、高校三年の、十月だよ？　あと数ヶ月で卒業できるのに、もったいなくない？」

それは確かに、と宙は頷く。あと少し我慢すれば、嫌でも環境が変わる。でも、その我慢ができないくらい辛かったのだろう。

「親のせいで人生狂った感じだよね」

奈々が言い、宙はつい、「人生か」と呟く。

高校中退は、今後の人生においてとても大きなハンデになってしまう。そう思うのは、自分が人生の岐路のような時期にいるからなのだろうか。しかし少なくとも、メリットがあるとはいえない。子どもが親に振り回される、ということは多々あるだろう。しかしこんな人生の転機を親の事情で迎えなければいけないのは、あまりにも残酷だ。

「それは……、可哀相だね」

何とも言えず、ぽつりとこぼした言葉は的確ではなかったと思う。自分だったら、そんな風に言われたくない。しかし奈々はそれに満足したらしい。そうなんだよ、可哀相なひとだったんだよ実は、と腕組みをして言った。なんか、ショック！

家に帰ると、花野が出迎えてくれた。まつげが綺麗に持ち上がり、目じりにはピンクのアイシャドウ。清楚なニットのセットアップを着ていて、出かけていたのだと分かる。訊くと、「打ち合わせから帰って来たとこ」と返ってきた。

「仕事がっつり入れてきた。これで、しばらく集中できるわ」

花野が笑ってみせる。その顔は、痛々しいほどやつれていた。

三ヶ月前、佐伯恭弘が死んだ。バイクを運転中に、飲酒運転の車と正面衝突してしまったのだ。佐伯は三日間生死の境を彷徨ったのちに、命の火を消した。連絡を貰って宙たちが駆けつけたときには、佐伯は集中治療室にいて顔を見ることも叶わなかった。やっちゃんお願い、助かって。神様お願いします、助けてください。必死の願いは、佐伯の耳にも、神の許にも届かなかったのだろう。佐伯は一度も意識を取り戻すことなく、逝った。

突然取り残された哀しみは、底がない。佐伯がこの世のどこにも存在しない、そう感じるたびに絶望する。涙があふれて止まらなくなる。自分が生きていることが不思議でもあった。こんなにも心が痛くて苦しいのに、どうしてわたしは死なないのだろう。心が可視化できたらきっと血がとめどなく流れているはずなのに。生まれて初めての大切なひととの永久の別れは、宙の心に大きな傷をつけたまま、少しも癒えることがない。

「仕事がっつりって……、大丈夫なの？　昨日までだって根を詰めて仕事してたじゃない」

「だって、あたしにはそれしかないじゃん」

宙は、いまだに気が緩めば涙に濡れる日々だ。涙が涸れる気もしない。けれど花野は、佐伯の葬儀の日以外、少なくとも人前では一粒の涙もこぼしていない。佐伯と花野の仲は中学生のころからで、いっときは恋人として付き合いもした。佐伯が支えたからこそ、いまの花野がある。恋人関係は解消したけれど、だからといってふたりの間に繋がったものが消え失せたわけではない。花野が受けたショックは宙の想像以上のはずだ。けれど花野は決して、哀しいとも辛いとも言わない。体がやせ細り、目の下に濃い隈を作っても、これまで通りであろうとしている。

柘植が亡くなったときは、もっと哀しみを露にしていた。子どものように泣き喚き、放心していたのを覚えている。なのにいまの花野は感情を無理やり押し殺しているようだ。どうしてあのときのように慟哭してくれないのか。このままでは溜めこんだ負の感情に押しつぶされてしまうのではないか。そう心配する宙に、田本は『哀しみ方も、変わるのよ』と言った。宙ちゃんだって、子どものときのように泣き喚いたりしなくなったでしょう? 花野さんもそう。ひとは変化して、成長していくの。哀しみ方だけじゃない、喜び方に愛し方、気持ちの伝え方。ずっと、試行錯誤してひとつひとつ噛みしめて生きるのよ。

そんなものなのかとその言葉を繰り返した。宙だって、かつてのように大声で泣き喚くことはできない。佐伯が実父を亡くしたときも、静かに変化したのを覚えている。だからと言って、花野のこの哀しみ方が正しいとは思えない。こんなに痛々しい姿になって、ただ耐えることが成長なのか。かつての姿の方がよほど人間らしいのではないか。

でも、花野が哀しみを露にして、それをお前は受け止められるのかと問われたら、頷けない。きっと、同じように泣き喚いてしまうだけだと思う。

「とはいえ、さすがに調子に乗って受けすぎたかもしれないって反省してる。ちょっと大変そうなんだ。だから部屋にこもることが増えると思う。ご理解よろしく」

花野が宙の肩をぽんと叩き、自室に向かう。いっそう痩せた背中をただ見送るしかない宙は、小さくため息をついた。

「ネガティブなものに全然縁がない、ね」

あっけらかんと笑っていた奈々を思い出し、呟く。奈々があの姿を見たらなんと言うのだろう。なんか、ショック！　やっぱりそう言うのかなと思うと、おかしくもないのに笑えてくる。奈々のフィルター越しの世界にいるわたしやカノさんは、きっととても強かで明るく生きているのだろう。もしかしたら、やっちゃんは死んでいないかもしれない。ならばそのフィルターの中で、生きたい。

目の奥がじんと熱くなって、涙が湧きそうなのを知る。宙はわざと大きく伸びをして「田本さん休みだし、夕飯の買い物行こーっと！」と明るく声に出した。

自転車に乗って、スーパーに向かう。かつては商店街に行ったものだけれど、避けるようになった。そこここに佐伯との思い出があって、苦しいのだ。小学校一年生のときに初めて連れて行ってもらったあの日から、何度足を向けただろう。あのアーケード街をどれだけ歩いただろう。佐伯おすすめの豆腐店、一緒に立ち食いをしたたこ焼き店。宙じゃん、と呼び止めてくる声。ちょっと寄って行けよ、という笑顔。これまでの記憶が鮮やかに蘇り、立ち尽くしてしまう。迷子の子どものように、声をあげて泣き出しそうになってしまう。やっちゃん、どこにいるの、と。

ペダルを漕ぎながら、宙は考える。

たくさんの思い出が、やわらかな綿のようにわたしを包んでいる。それはこれまで、わたしがわたしらしくあるよう守ってくれたもの、わたしをいつでも温めてくれたものだ。でもその綿がいま、じっとりと濡れそぼったように重くなり、じわじわとわたしを苦しめている。いっそ、すべて忘れられたらいいのに。何もかもなかったことにできたら、この苦しみから逃れられるのに。ああ、でもそれは、これまでの幸福をも失ってしまうということでもあるのか。やっちゃんがこの世にいたことすら、なかったことになるということでも……。

「やっちゃん。やっちゃん」

声に出してみる。そうしないと、ほんとうに佐伯がこの世にいたのか、不安になるときがある。当たり前に傍にいたひとが、この世界のどこにもいないという事実は、宙をぞっとさせる。いま、五分後に世界が滅亡すると言われても宙は納得する。宙にとって、佐伯の死と世界が滅するのは、同じくらいの衝撃なのだから。

市街地から少し離れた位置にあるスーパーは、農家から直接仕入れた新鮮野菜が売りだ。野菜売り場は他店に比べて格段に広く、土のついた大根やにんじんがそのまま売られていたりする。鮮度がよく、かつ美味しいせいか夕方になるとたいていのものが売り切れてしまうのが難点だ。今日もいくつもの棚が空になっていた。残っていた里芋の袋を手にメニューを考えていると、「何してんだお前」と低い声がした。振り返ると、ドリンクコーナーに男性店員がいて、背の低い少年の腕を摑んでいた。少年は、小学校の高学年くらいだろうか。だぼだぼのトレーナーに、半ズボン。裾から伸びた足は細く、たくさんの絆創膏が貼られていた。怯えたような顔をした少年は、「なんだよ。腕放せよジジイ」と言う。セリフは乱暴だけれど、その声は震えていた。

「いいから、ちょっとこっち来い」

店員が少年の手を強く引き、小さな体が傾ぐ。その拍子に、トレーナーの中からスポーツドリンクのペットボトルがぼとんぼとんと二本落ちた。

「ほらみろ、万引きじゃねえか」

ペットボトルを拾い上げた店員が少年に突き付け、店の奥へと連れていく。宙の近くで一連の出来事を見ていた壮年の女性ふたりが「情けない」と呆れた声を漏らした。見た？　服も靴も薄汚いし、髪はぼさぼさ。親がきちんと面倒を見てない証拠よ。ああいうの、ネグレクトって言うんじゃないかしら。

よく見ているもんだなあ、とその声に耳を傾けてから、宙は野菜売り場を離れた。鮮魚コーナーでヤリイカの輪切りが安かったのでカゴに入れ、精肉コーナーに行く。それから花野が仕事の合間に好んで摘まむナッツを買い足しておこうと菓子コーナーへ向かった。

駄菓子の棚の前で、少年が数人たむろしていた。さっきの少年と同い年くらいではないだろうか。もみあっているように見えたが、彼らはみんな、にやにやと笑っていた。

「なんだよぉ！　腕放せよ、ジジィー」

「ちょっとこっち、こぉい！」

ついさっき見かけた光景の真似を、大げさにやっているらしい。繰り返しては、ゲラゲラ笑いあっている。宙はすぐに、さっきの少年と彼らが繋がった。

「君たち、さっきの子の友達？」

思わず声をかけると、少年たちがびくりとした。勢いよく宙の方を見てくる彼らの目には、明らかな警戒心があった。

「もし友達なら、ああいうのは止めてあげないと」

「違えよ、ばーか！」

叫ぶように言って、少年たちは逃げ出すように店を出て行った。飛び出していく背中を、呆然と見送った。

「あれ、いじめだと思うよ」

不意に声がして、振り返る。パーカーとデニムパンツ姿の男が立っていた。飄々とした雰囲気に、感情の窺えない表情。パーマっ気のある茶髪や佇まいを見るに、大学生くらいだろうか。見覚えがあるような気がするけれど、分からない。このスーパーで時折顔を合わせていたのだろうか。男は彼らが去っていった方向と店の奥を順に指さして「いじめ」ともう一度言った。

「あの子たち、さっきの子に無理やり万引きさせてたんだと思う」

「え、え」

宙が驚いていると、男はチョコレート菓子の棚を物色しながら「趣味悪いよね」と続ける。

ああやって捕まったところを見て笑ってんの。どうかと思うよ。

赤いパッケージの箱をふたつ手にした男は宙の横を通り過ぎようとして、宙はその背中に「なんで！」と声をかけた。

「なんで、それ知ってて黙ってたんですか！」

「だって気付いたのさっきだし、それに、言ったって証拠はないよ。あの万引きした子、絶対あの子たちにやらされたなんて言わないよ」

振り返った男はひょいと肩を竦めた。

「捕まったとき、ちらりともあの子たちの方を見なかった。だから気付くのが遅れたんだ。多分、あの子たちと繋がってるとバレたほうがヤバいと思ったんじゃないかな」

どうでも良さそうに言って、男は「じゃあね、川瀬さん」と去って行こうとする。

「どうしてわたしの名前を……。誰！」

知り合いだったのか。訊くと、男は驚いたように振り返って、「分かってなかったの？」

と笑った。

「遠宮！ 図書室で、よく遭遇してたでしょ」

遠宮はひらりと手を振り、今度こそ遠ざかっていく。そこでようやく、宙は思い出した。そうだ、ときどき高校の図書室で見かけていたひとだ。本の趣味が似ているらしく、宙のお気に入りの本をあのひとが読んでいるのを見かけたことが何度かあった。図書室でいちばん居心地がいい一人用ソファに身を沈め、ゆったりとページをめくる姿に親近感を覚えたものだ。そうか、あのひとが遠宮廻。学校を、退学したひと。

買い物をすませて、自転車のカゴに荷物を入れる。泣き声がした気がして見回せば、背中を丸めた女性が涙で濡れる顔を何度も拭いながら歩いていた。その一歩後ろを先ほどの少年が歩いていて、頬を片手で押さえていた。殴られたのかもしれない。つまらなそうに歩く少年が、ふっと空を仰ぐ。彼が足を止めたので宙も顔を上げてみれば、綺麗な夕焼け空だった。オレンジと赤が鮮やかに混じりあった中に、いわし雲が並んでいる。うつくしい色合いに少しだけ見惚れて、それから少年に顔を向けたら彼はもういなくなっていた。

こういうとき、やっちゃんだったらどうするだろう。宙はぼんやり考える。きっと、店に呼ぶだろうな。そしてごはんをお腹いっぱい食べさせて、「どうしたんだ」と訊く。言ってみな、オレがどうにかしてやるよ。美味しいもので満たされて、やさしい笑顔を向けられれば、口がふわりと軽くなる。言えなかったことも、言えるようになる。そしてやっちゃんは絶対に約束を守る。どうにかしてくれる。やっちゃんがいればあの子も……。

そこまで想像して、宙は唇を噛んだ。やっちゃんはもういないのに、こんなに辛いのに、どうして世界は滅しないのだろう。


遠宮に再び会ったのは、それから数日後のことだった。好きな作家の新刊を買おうと立ち寄った書店で、そして遠宮の手にはその新刊があった。

「うわ、また」

わたしのお気に入りの本を持ってる。そういう意味で言ったのだったが、遠宮は「そんな反応しなくてもいいでしょ」と唇を尖らせた。

「ぼくは別に川瀬さんのストーカーをしていてここにいるわけじゃない。ほんと、偶然だからね」

その口ぶりは少しだけ子どもらしくて、同い年なのだと思わせた。

「分かってる。そうじゃなくて、いつもわたしの好きな本を手にしてるって言いたかった」

本を指さすと、遠宮は「ああ、そういうこと」と得心した顔をした。

「ぼくも、好みが似てるなと思ってた。まさにストーカーっぽい発言しちゃうけど、実は川瀬さんが読んでる本のタイトルはチェックしてたんだよね。それ面白いよねって声かけたくなるときもあったし、川瀬さんが読んでるなら読んでみようって手にした本もある」

遠宮がいくつか本のタイトルをあげ、宙は「あー、どれも好きなやつ!」と思わず声を弾ませる。

「そういうことなら早く声かけてくれたらよかったのに。わたし、本好きな友達はいないから大歓迎したよ」

「それは申し訳ない」

遠宮が頭を下げる。その手元を見て、宙はようやく自分の目的を思い出す。

「あ、やばい。わたしも買わなきゃ」

残り一冊になっていた本を慌てて手にする。それからふと視線を投げた先に、スーパーで万引きをしていた少年がいた。何かを探すように、きょろきょろと棚を眺めている。

思わず店内を見回す。また、命令されているのだろうか。

「どうかした?」

遠宮が訊き、宙は「あの子」と指さす。遠宮はすぐに思い至ったらしい、「あ、万引きくん」と呟いた。

「嫌な呼び方しないで。他の子どもの姿は見えないけど……」

目当てのものがあったのか、少年が立ち止まり、一冊の雑誌を取り上げる。ぱらぱらとページをめくっていた手がぴたりと止まる。長い間、ひとつのページを読んでいた少年は、ふいに本を放るようにして置き、店を出て行った。

「なんだろ？」

遠宮が不思議そうに言い、宙は少年が手にしていた本に近づいて取り上げた。ぱっとページを開いて、息を呑む。そこには、佐伯が笑っていた。

「これ、今年の『樋野崎市グルメオブザイヤー』だ……」

それは年に一回、一月に発売されている雑誌だった。市内にある様々なジャンルの飲食店がランク付けされているうえに、掲載店で使えるお得なクーポンがついている便利なもので、宙も毎年買っている。今年のものなど、三冊買った。なぜなら、『ビストロ　サエキ』が取り上げられたから。

『洋食部門、ベストスリー入りだぜ！』

今年の正月、二位として大きく取り扱われていることを知って店に押し掛けると、佐伯は嬉しそうに頬を紅潮させた。オヤジの跡継いでさ、味が落ちたとか言われないように頑張ってきたつもりだけど、なんかこう、報われたよ。今年は、これまで以上に張り切らないといけないな！

あのとき、流産が続いて以来ずっと気落ちしていた智美や直子にも笑顔が戻った。曇り空に一筋の光が差しこむような、とてもしあわせなニュースだったのを思い出す。

あの子はこれを見ていたのだろうか。まさか。でも……。

「川瀬さん、何かわかった？　ああ、これ」

宙の手元を覗いた遠宮が「事故で亡くなったんだよね」と言う。ニュースで見たよ。ぼく、この店に何回か食事にも行ったし。

「川瀬さん？」

顔を覗かれて、慌てて目元を拭く。涙が勝手にあふれていた。

「あー、ごめん。わたし、このひとと、ずっと、親しくて。大切な、ひとで……」

こんな不意打ちはダメだ。必死に涙を止めて、呼吸を整える。

「大切って、父親？　じゃないよね。名字が違うし」

遠宮が言い、宙はああ、と声を漏らす。

「父親では、ない。でもまさに父親。父親みたいな、ひとなの」

そう、間違いなく父親だ。わたしが六歳のときから、わたしを見守り、助け、たくさんの思い出をくれたひと。わたしを育ててくれたひと。

宙は慌てて本を閉じて、「わたし、帰るね」と言った。

「急に泣いてごめん。またね」

去ろうとすると、手を摑まれた。振り返れば、遠宮が「もう少し話さない？」と言う。

「もう少しだけ、川瀬さんと話したい。君の話が聞きたい」

どんな目的なのか分からないけれど、真剣な目に圧されるように、宙はのろのろと頷いた。

書店の近くにあるカフェに、ふたりは腰を落ち着けた。日曜日の夕暮れどきは、客の姿が少ない。大学生くらいの男性ウェイターが、退屈そうに窓の向こうを眺めていた。

頼んだ飲み物が運ばれてきてから、遠宮に「何が訊きたいの？」と尋ねる。遠宮の瞳に真摯さのようなものを感じてついてきたけれど、用件が分からない。遠宮は買ったばかりの本が入っている紙袋を弄びながら、「川瀬さんってさ、家族愛がテーマの本をよく読んでるよね」と言った。

「今日買ったこの本なんかは、ちりぢりになった家族を見つけ出すっていうそのものズバリのやつだよね」

「ああ、ほんとだ。そう言われるとそうかもしれない」

カフェラテのカップに口をつけながら、宙は頷く。

「ひととひとの関係性が丁寧に描かれたものが好きなんだけど、言われてみれば家族という括りにはこだわってるかもしれないなあ」

「それって、自分の家族に不満があるから？」

手元から宙に視線を上げた遠宮が訊いてきて、宙は一瞬ぽかんとする。

「こうだったらいいなっていう、憧れ、希望。そういう意識がどこかにあるのかなって、ぼくは川瀬さんの読書傾向を分析してたんだけど、どう？」

宙は首を傾げてしまう。どうして家族愛を謳ったものを好んで読むのかという質問に驚いたからだった。そんなこと、考えたこともなかった。小学生時代はいわゆる雑食で、活字ならなんでも読んだし、中学生になってからはティーン向けの、恋愛を主軸に置いた小説に夢中になった記憶がある。ミステリに傾倒したころもあった。いつごろから、いまの趣味に変わっていったのだったか。少し考えてから「ああ」と声を出す。一年前、風海との問題があったころからだ。異父姉妹が出てくる話や、親子関係の断絶と修復がテーマの話など、そういうものがやけに目に飛びこんでくるようになった。

「多分、本の中に自分の探してる答えがあるかもしれないと思ってる、から」

自分でも驚きながら言う。そうだ、わたしが本を手にしているときはそういう無意識の願いが存在していた。ひとを思うとはどんなものなのか、家族を思い、関係を築くとはどういうことなのか。それらの答えがきっとどこかにあると願って、物語に潜っている。

「大きな不満を抱いているわけじゃないよ。ただ、わたしの家はちょっと変わった家族構成でさ、去年からは問題も勃発してしまってるんだ。でも誰にも相談とかできなくて……多分、したくないって気持ちが強かったんだよね」

ずっと、特殊な家庭環境だと扱われてきた。気遣いが偏見に、やさしさが差別に感じられたこともあった。その経験が、口を重たくさせたのだ。

「でも誰かからの意見は聞きたい。だからそれを本の中に探してて、いまもきっとそうなんだよ」

風海との関係、花野との関係、親たちの関係。みんながうまくいくためにどうしたらいいのか。たくさんの物語のどこかに答えがあると思いたかった。

風海とは去年の一件以来、距離を置いたままだ。風海夫婦の間の溝は、とても深くなっていたらしい。離婚という言葉も浮上しているが、子どもたちのことも考えて関係修復に努めるつもりだから、しばらくはそっとしておいてほしい、と康太から申し出があったのだ。風海と、これまでのことやこれからのことを冷静に考えたい、と言う康太の声は硬かった。風海は、『自分の中で整理できたら、連絡するわ』とだけ言った。風海がこれまで知らずにいた事実、それを受け入れるまでにはきっと時間がかかるだろう、と宙は思った。

これからわたしたち家族はどんな風に変化していくのだろう。いい想像も悪い想像もしてしまって、だからこそどこかに救いを求めてわたしは本を手にしていた。遠宮と話すことで、気付かなかった自分の思いを知った宙は、少しだけ気恥ずかしくなる。それから、「そんなこと訊いてきたのは、遠宮くんが家に不満があるからなの？」と続けたのちにはっと気付いた。

「ごめん、いまのなし。考えが足りてなかった。お父さん、大変なんでしょ？」

奈々は、遠宮の父はいまも入院中だと言っていた。遠宮の家にもきっと様々な事情があるはずで、気楽に尋ねていいことではなかった。

遠宮はゆっくりとコーヒーを飲んで「いいよ、全然」と言う。

「そもそもぼくが話をしようって誘ったんだ。ぼくが本を読むのはさ、本の中の家族愛がファンタジーみたいに感じられるからなんだ」

遠宮が言う。どんな状況でも、最後には救いが用意されてる。一家滅亡、全員憎しみあったまま死に絶えます、なんて物語はめったにない。たいてい、神様の見えざる手がちゃんと掬い上げてくれてる。そんな感じがさ、いいよ。それにさ、結局みんな、大事にすべきものを見つけるじゃない？　夢や希望、愛に、大切な存在なんかを。

遠宮が、耳を傾けている宙を見る。

「さっき川瀬さんの涙を見て、物語のワンシーンを見てるみたいだなって思った。川瀬さんの、家族を思う涙が綺麗だった。死を前にした愛の涙っていうのかな。なかなか、すごいものだね。迫力が違う」

どこか楽しそうに言われて、宙はかっとした。カップをテーブルに置くと大きな音がして、カフェラテが少しこぼれた。宙は立ち上がり、「楽しまないで」と冷静に言った、つもりだったが声は震えた。

「わたしのは、物語じゃないんだよ。ひとがひとり死んじゃったの。もう戻らないの。やっちゃんが死んだことは、これっぽっちも綺麗な話じゃない！」

遠宮にだってきっと事情はあるのだろう。でも、だからって、他人の哀しみをファンタジーの延長のように扱っていいわけじゃない。

遠宮が、まっすぐに見返してきた。

「うん、物語じゃないんだよね。でも、ぼくは物語の中にしか存在してないと思っていた涙が目の前にあって驚いたんだ。綺麗な物語って単なる作り物じゃないの？　ひとってほんとうに、誰かのために綺麗な涙を流せるの？　ほんとうに？　って」

虚を衝かれる。そんな当たり前のことを言うなんてふざけているのかと思えば、遠宮は逸らすことなく宙を見ている。真意が分からずに立ち尽くしていると「まあ、座って聞いてよ」と手で示した遠宮が続けた。

「ぼくさ、物心ついたときから母親がいなかったんだ。祖父母も死んでたから、オヤジだけがたったひとりの家族だった。そのたったひとりの家族が死の淵にいたんだけど、泣けなかった。いや、泣いたのは泣いたんだけど、その理由がね、ひとでなしなんだ」

紙ナプキンで宙のこぼしたカフェラテを黙々と拭く遠宮は落ち着いている。それを見ていると毛羽立っていた感情が凪いでいく。宙がのそりと座ると、遠宮は「気分悪くさせてごめん。お詫びにケーキでも食ってよ。おごるし」と微笑む。

「甘いの好きなんだ、ぼく。付き合ってよ」

「あ……うん」

痴話喧嘩か、というような興味津々の様子でやってきたウェイターにスイーツを注文し、遠宮は話を再開する。

「ぼくのオヤジはね、腹のここらへんに包丁が刺さったんだけど、興奮してたからなのか、それを自分で抜いたんだ。ああいうときは抜いたらダメ、って常識なのに、知らなかったんだね。それで出血量がすごくて、輸血しなきゃいけないって状態になってさ。確かに血が大量に出てて、部屋なんか血の海状態だった。だからさ、オヤジは死ぬんだろうなってぼんやりと思ってた」

遠宮は、搬送先の看護師から、血液型の検査をして適合するようなら輸血用に血を採らせてほしい、と言われた。

「反射的に、嫌ですって答えちゃった」

遠宮は顔を歪ませた。本人は、笑っているつもりなのかもしれない。

「看護師も驚いてたけど、ぼく本人がめちゃくちゃ驚いた。だって大事なオヤジだよ? オヤジはこれまで男手ひとつでぼくを育ててくれて、高校まで進学させてくれて、大学だって行くように言ってくれて、だから感謝して大切にしないといけないひとなんだ。なのにぼくは、そのひとを助けるための血を差し出すのを、拒否した」

遠宮が、ため息をひとつついた。

「看護師は、ぼくが委縮してると思ったみたいだった。そんなこと言ってたら助かるものも助からないんですよ、お父さんを殺したいんですか⁉ってすごい剣幕で怒鳴ったんだ。そこでぼくは、泣いたんだ。もちろん、看護師に怯えたから、なんて理由じゃないよ。助かってほしくないんだってことに、気付いたんだ」

宙は思わず自身の手をぎゅっと握っていた。

「ぼくは、オヤジの命を繋ぐ糸の端を自分が握っているのならすぐにでも手放したいと思うくらい、そうさせてくれと涙を流すくらい、嫌って憎んでいたんだって。ぼくはね、家族の消えそうな命を前にして、そんなろくでもない涙しかでなかったんだ」

テーブルを綺麗に拭き終わった遠宮が、汚れた紙ナプキンを端によせる。

「そういうわけだから、さっきの涙があんまりにも綺麗で驚いたってわけ。川瀬さんをばかにするような、嫌な言い方になってしまってごめんね」

宙の前にガトーショコラ、遠宮の前にシフォンケーキが運ばれてくる。真っ白のクリームがもったりとこぼれたガトーショコラは美味しそうだけれど、食欲は湧かない。宙は飲みかけのカップに手を伸ばした。

「お父さん、どんなひとなの？」

訊くと、遠宮は「心の弱い独裁者、なのかな」と小首を傾げる。

「両親が年老いてから生まれたひとりっ子で、勉強のできる賢い子だった、らしいよ。イージーモードで人生始めた感じのひと。そんな育ちだからなのか、元々の性格なのかは分かんないけど、世界は自分のためにあると信じて疑ってない。自分の思うように物事が進んでると、とても穏やかで鷹揚なんだ。でも少しでも許せないことがあると傷ついて荒れる。ふたりしかいない部下に当たり散らし始める」

部下ってのがぼくと理恵さんで、理恵さんはオヤジの恋人だったひと、と遠宮が続ける。会社の部下の仕事の尻ぬぐいをさせられた、取引先の部長に舐めた態度を取られた。コンビニで態度の悪い女に睨まれたとか、社食のフライが冷えていたとか、ほんとうにどうでもいいことにまでいちいち傷ついて、怒る。その時々に不満を相手に吐き出せばいいのに、外面だけはいいからぐっと飲みこんで、家に持ち帰るわけ。オヤジの怒りは乱暴で、暴言だったり暴力だったり、そりゃもう思いつくまま攻撃される。世界が自分にやさしくない不満を、ぼくたちにぶつけてくるんだ。

食べなよ、と促されて宙はフォークを手にする。遠宮の父親は、世界がバグったのを受け入れられないまま大人になったのだなと思った。奈々は、正しい世界を分からないままのほうが不幸だと言った。その不幸は、伝播するものなのだろう。

「世界よ目を覚ませ」

ふいに遠宮が言い、意味の分からなかった宙は目を瞬かせる。なに？　と訊くと「おまじない」と返ってきた。

「荒れたとき、オヤジが決まって言うの。世界よ目を覚ませ。おれの望む世界に戻れ」

歌うように言って、遠宮は目を伏せた。

「物心ついたときにはそうだったから、それがおかしなことだなんて全然気付かなかった。オヤジが切れて暴れるときは、必死になってオヤジと一緒におまじないを唱えてた。世界よ目を覚ませ。お父さんの望む世界に戻れ。毎回ボコボコにされながら、オヤジの世界やオヤジの心が落ち着くのを祈ったんだ」

手元でフォークをくるくると回しながら遠宮が続ける。

「異常な光景だよね。でも、それが正しいとずっと思ってた。正しい家族のありかたは『こう』なんだと信じてた。物語の中の家族はあくまで『つくりもの』だし、周りの子たちも、家に帰ればきっとぼくの家と同じ状態だと思ってた。理恵さんに、それは間違ってるよって教わるまで」

遠宮の大きな手の中で、フォークが回る。店内のライトを受けて、時々きらきらと光った。

「理恵さんがさ、高校を卒業したら家を出なさいって言ってくれたんだ。廻はあのひとから逃げなさい。離れたほうがいいんだ、って。理恵さんというのが、これがまたばかみたいにひとが好いんだ。彼女こそ離れたらいいのに、見捨てられないってオヤジから離れない。理恵さんがあんまりにも熱心に言うし、あと、殴られ続けるのもやっぱり痛いし、だから卒業後は家を出て県外に就職することにしたんだ。そしたらそれを知ったオヤジが激昂してね。最初に包丁を出して威嚇したのは理恵さん。いい加減に廻を解放してやって、って。オヤジは怯むどころか理恵さんに摑みかかっていって、すぐにもみくちゃになってしまった。その末に、包丁がオヤジの腹に刺さったんだ。その間、ぼくは怒鳴り暴れるオヤジを前に、何にもできなかった。世界よ目を覚ませって、ばかみたいに繰り返してた」

最初は年上だと思ったほど、遠宮の体つきも落ち着きも大人の男性のそれだ。なのに、父親の暴力に怯えるしかないというのは、それほどに『恐怖』が染みついているのだろう。宙の中の遠宮の印象が書き換えられていく。

「オヤジの死を目前にしてようやく、ぼくの世界が目を覚ましたんだと思う。そしたら、心の奥底にずっと溜めていた不満や憎しみみたいなものが、一気にあふれ出てきた。頭の中に電流が走って、回路が目まぐるしい勢いで書き換えられていく感じだった。いままで理恵さんの話をぼんやりとしか聞き入れられなかったけど、急にクリアに理解できた。ああ、ぼくはこのろくでもない父親とは絶対に離れないといけなかったんだ、って気付いた」

淡々と語る遠宮の顔からは、感情が読み取れない。達観、という言葉を宙は思い浮かべた。遠宮は自分の中の芯の部分を認めて、すでに受け入れている、そんな風に見えたのだ。

これまで、彼には何があったのだろう。

宙は佐伯の死を前にしたとき、どれだけ佐伯が自分を大事にしてくれたか、自分も大事に思っていたかを痛感し、失うことに怯えて泣いた。あの断崖に立つような瞬間を思うと、いまでも足が竦む。だからこそ、まったく別の涙を流した遠宮のこれまでが宙には想像できない。どれだけの苦しみを味わったのか、哀しみを重ねたのか、見当もつかない。

ただ、自分がどれだけ恵まれていたのかを知った。

「ぼくは、家族愛ってのは物語の中だけでしか知らない。実際、ぼくの中には欠片(かけら)もなかったし」

　くすりと笑って、遠宮はフォークをシフォンケーキに刺した。雑に切り分けて口に運ぶ。

「不思議だよね。ぼくたちは同じような系統の本が好きで、同じような本ばかり読んでいるのに、抱えてる気持ちとか眺めている角度が全然違う」

「お父さんが嫌になって、だから学校をやめたの？」

ろくでもない父親、と遠宮は言ったけれど、その親に面倒を見てもらいたくなくて退学を選んだのだろうか。そう思ったのだが、遠宮は「オヤジじゃなくて、自分かな」と答えた。

「自分が情けなくて嫌になった。ぼくは、理恵さんがオヤジに殴られても切りつけられても身動きひとつできなくて、効きもしないおまじないを叫ぶだけだった。血を噴いたオヤジが倒れて、救急車を呼んだのも理恵さん。それでさ、彼女は頬（ほ）っぺたにでかい切り傷ができて、綺麗には治らないんだって。まだ三十ちょいなのに、ぼくなんかを庇（かば）ったせいで一生傷を背負ってかなきゃなんない」

　遠宮が自分の左頬を指先ですっと大きく切る真似をした。

　事件は、理恵の父親が遠宮の父に示談金を支払ったことで起訴猶予となった。理恵は父親に連れられて、郷里に帰って行った。別れ際、あんたたちとは二度と関わらせない、と理恵の父は言い捨てた。

「東北のひとなんだけど、すごく方言がきつくて、何を言ってるのかうまく聞き取れなかった。でも頬っぺたに大きなガーゼを貼った理恵さんを見て、どうしてこんなことに、って死ぬほど悔やんでたのだけは伝わってきた。オヤジは一応被害者になっていて、だから『すみません』って向こうが頭下げてきたけど、ほんとうはぼくたち親子のことが憎かったと思う。当然だよね、娘の人生を台無しにされたんだ。でも、理恵さんはさ……」

言葉を切った遠宮が、きゅっと唇を引き結んだ。

「……いや、いいや。とにかく、ひとりの女性の人生を狂わせたぼくが、のうのうと自分の人生を満喫できないよなと思って、学校をやめたんだ」

甘いものが好きだと言ったが、遠宮はシフォンケーキを美味しくなさそうに食べる。宙はそれを見て、彼はきっと誰かに聞いてほしかったのだと思った。自分の置かれた辛い状況と、自身を情けないと思う気持ちを吐き出したかった。その気持ちは理解できて、だから黙って耳を傾けた。ただ、遠宮が小説の中の家族愛をファンタジーと感じていることは寂しいと思った。このひとには、本の中にあるものは現実と地続きではないのだ。

「これから、どうするの？」

訊くと、遠宮は「家を出る」と言う。

「オヤジが退院する前に逃げるって言いかたでも、いいけど。やっぱさ、怖いんだよ。顔を合わせるだけで、冷や汗が止まらないんだ。気を抜いたら、強制的に元に戻ってしまうんじゃないかって恐怖が凄まじい」

遠宮が苦く笑う。長年培ってきたものっていうのは、厄介だよねえ。その口ぶりはとても冷静で、だからこそ遠宮が抱えているものの大きさと底知れなさを感じた。

「逃げるって、そんなこと、できるの？」

「まあ、うん。今回の騒動で、死んだと思ってた実母が生きてることが分かったんだ。メンタル弱すぎるオヤジに愛想つかして、乳飲み子だったぼくを捨てて出ていったひと。このひともまあ身勝手なひとで、すでに新しい家庭っていうのを築いていて、何と妹と弟までいた。まあ、他人だけど。それで、母親と話をしたら、直接的な面倒は見られないけど未成年のぼくではできない諸々（もろもろ）の手続きくらいはしてくれるっていうから頼んでる。全部すんだら、オヤジから離れてひとりで生きていくつもり」

指先に生クリームが付いていることに気付いた遠宮が、それを舐めとる。子猫のような幼いしぐさで、しかし話している内容はあまりに深刻だ。

「……やりたい仕事とか、あるの？」

訊くと、遠宮は肩を竦めた。

「高校中退じゃ、選べる立場にないよ。というより、やりたい仕事というものがそもそもない。いままでずっと、オヤジが選んできたからさ。高校もそうだし、大学だってオヤジが勝手に志望校や学部まで決めていて、そこに行けって言われてた。オヤジの作ったぼくの人生設計図があって、その通りに生きてきたけど、そこにぼくの意志は少しも介入してなかった。

ぼくの人生は、長いことオヤジだけのものだったんだ」

カランとカウベルの音がして、視線を向けたら小学生くらいの男の子を連れた女性が入ってくるところだった。ショッピングバッグをいくつか手にしているから、買い物帰りかもしれない。男の子がすぐに「チョコパフェ！」と叫び、女性が「はいはい、好きなもの頼みなさい」と笑う。その様子を、遠宮も眺めていた。

「なんか、他人の人生を眺めてるみたいなんだよなあ」

ぽつりと遠宮が呟いて、宙は遠宮に視線を戻す。

「オヤジから解放されたけど、そんな気がしない。ぼくの人生はぼくのもの、って思えないんだ」

「まだ、これからなんじゃない？　そういうのはゆっくり感覚を取り戻していくものなのかもしれない」

そう言うと、遠宮が小さく笑う。いや、もうどうでもいいやって感じなんだよね。いまさら自分の手に戻ってきても、愛着湧かない。手垢がついてるっていうか、誰かのやりかけのゲームデータ引き継いだって、大事にできないでしょ。

食べ終えた皿を端に押しやりながら、遠宮は「ごめんね」と微笑んだ。

「全然楽しくない話だよね。なんでぼく、川瀬さんにこんな話をしてるんだろう。川瀬さんの話を聞きたいって誘っておいて自分語りって迷惑だよね、ごめん」

「ううん、そんなこと全然気にしないで。自分の話ができるってことはさ、吐き出せるようになった、ってことじゃないかな」

少し考えて、宙は続ける。

「遠宮くんが家庭環境に問題を抱えていたこと、誰も知らないみたいだった。わたしの友達がすごく驚いてたくらいだもん。ていうことは、いままで学校では誰にも相談していなかったんでしょ? それができるようになったっていうのはきっと、いいことなんだよ」

遠宮が「ははあ」と呟く。

「なるほど、そうなのかもしれない。でも、これまで溜めていても何も問題なかったわけだし、いいことなのかどうかは、分からないよね」

「これまでは、理恵さんに吐き出してたんじゃない? 理恵さんはそれを受け止めてくれてた。だって、いいひとだったんでしょう? 遠宮くんの未来を考えてくれるくらいに」

逃げなさい。そう言って顔に傷を負うことも厭わなかったほどやさしいひとなら、きっとそうしたのではないだろうか。

遠宮の笑みが崩れた。目が微かに見開かれ、それから初めて宙を見たように眺めてくる。

「川瀬さん、理恵さんのこと知ってんの」

「まさか。知るわけないじゃない。遠宮くんの話を聞いてたらそれくらいのことは分かるよ。理恵さんは、とてもいいひとだったんでしょう」

遠宮の言葉の端々に、理恵への信頼が滲んでいた。何より、遠宮は気付いているのだろうか。理恵さん、と名前を口にするとき、自身がやさしい顔をしていることを。

少しの間、遠宮は自分の手元に視線を落とした。羨ましくなるくらいに長いまつげが揺れるのを、宙は見つめる。

「これで逃げられるよね？　理恵さんは、ぼくにそう言ってくれたんだ」

遠宮が呟くように言う。

胸張って生きていけるんだから。廻が笑って生きていってくれるなら、あたしはこの傷を勲章にできる。胸張って生きていけるんだから、あたしのためにも頑張って、自分を生きてね。理恵さんはそう言って、笑ってくれたんだ。

骨ばった手にぐっと力がこめられる。血管がさっと膨らんだ。

「理恵さんが命がけで、自分を犠牲にして、オヤジに奪われていたぼくの人生を取り返してくれたけど、ぼくはそれを持て余してる。いや、いらないとさえ思う。全部返したら理恵さんの顔が元通り綺麗になるっていうなら、ぼくは迷わずそっちを選ぶよ。でもそんなこと、できないんだよ。叶わないんだ」

手の力が、ゆっくりと抜けてゆく。項垂れた遠宮に、宙は彼の中の苦しみの深さを感じた。遠宮は父に奪われていた『自分自身』を取り戻せていない。理恵という大事なひとの、消せない傷の上に乗せて渡された『自分自身』に戸惑い、拒絶すらしている。

遠宮に、なんと言えばいいのか。宙は考えるけれど分からない。自分を奪われる恐怖も、殴られる痛みも、知らずに生きてこられた。みんなに、愛されてきた。

宙を見守ってくれたたくさんの顔が思い浮かぶ。その中で、宙はふと思い出すことがあった。

「……いますぐには、遠宮くんの欲しい答えは手に入れられないよ」

ぽつんと言うと、遠宮が顔を上げた。

「わたしの、母親の話なんだけどね。昔、家族に呪われてたんだって。ずっとずっと、わたしが生まれる前から苦しんで生きてたんだって。でもね、母は長い時間をかけて、呪いから解き放たれたんだ」

宙は、あのときの言葉を、はっきりと覚えている。

「尊重できる誰かと一緒に過ごして、誰かに愛されて、愛して、そういう時間を重ねていくしかないんだって」

魔法のような、奇跡のような、瞬間的に救われる答えなどはない。

「塗り重ねられた苦しみを、一枚一枚剝がしていくしかないんだと思う。剝がし終わって初めて、ほんとうの自分になれるんだ。それはきっと大変なことだし、時間がかかってしまう」

解き放たれた花野の笑顔を思い出す。風海のことを思えば単純に喜べないけれど、ほんとうの花野になれてよかったと宙はいまでも思う。

「遠宮くんだっていつか」

「いつか楽になれるかも？　止まない雨はないってやつ？　そんな言葉じゃだめなんだ」

遮るように鋭く、しかし静かな声で遠宮が宙の言葉を止めた。

「いつか石油王になれるかも。それと同じくらい、ぼくには現実味がないし、響かない」

遠宮はくすりと笑って、「なんかごめんね」と立ち上がった。

「川瀬さんの言うように、理恵さんの代わりに愚痴を聞いてくれる相手が欲しかっただけだと思う。長々と付き合わせて、ごめんね」

テーブルの端の伝票を取って、遠宮は去って行く。出入り口のレジで会計する背中は、宙を拒絶していた。振り返らずに出て行く遠宮を宙は見送り、どうしたらよかったんだろうと考える。遠宮にどんな言葉をかけたら、彼の心に届いたんだろう。

長い間考えたけれど、答えは出なかった。


「助けてほしかったんじゃないの、それ」

数日後、珍しくリビングに花野がいたので相談すると、花野はあっさりと答えた。

「父親はダメダメで、母親もあまり親身ではなさそう。理恵ってひとが一番の理解者だったんでしょ？　そのひとがいなくなって絶望して退学、しかも自立を迫られてちゃ、そりゃ誰かに縋りたくもなるよ」

「縋りたく……。そうか、はっきり言われて分かった。そうだよね」

遠宮との会話を思い返して、宙は呟く。自分より大きな体躯や穏やかな口調にバイアスがかかってしまったのか、自分の感覚に確信が持てなかったけれど、遠宮はきっと、助けを求めていたのだ。

「どうしたらよかったんだろう、わたし」

「難しいよねえ。助けてあげる！　とか、何でも言って！　とか言っちゃうとそれはそれで拒否されたと思うよ」

花野は宙が淹れたコーヒーを飲みながら、天井を仰ぐ。

「あたしも、祖父母の借金が発覚した当時はそうだった。恭弘がまっすぐぶつかってくるタイプでしょ。若いころはそれよりもっと直情的で、花野さん、オレを頼って！　何でもするから甘えて！　なんて言うわけ。若いころのあたしはいまよりもっと頑固だったわけでさ、頼りたいのに言えなかった。あんたなんかに頼むことなんて何ひとつないわ、とか言っちゃって」

懐かしそうに、花野が笑う。ちょうどそのころ、恭弘は東京のリストランテに修業に出ることになっててさ。さっさと行っちまえ！　って塩撒いて追い返したんだよね。いまならもう少しうまく立ち回れたのかなあ。相談くらいは、できたかもしれない。

やさしく目を細める顔を、宙は眺める。遠宮に、苦しみは一枚一枚剝がしていくしかないと言った。では喪った哀しみは、塗り重なった思い出を一枚一枚整理していくのだろうか。すべてをきちんと収めたころにようやく、哀しみを乗り越えられる、そんな気がする。

花野が顔を宙に向けてくる。

「遠宮くん、だっけ？　次に話す機会があったら、どうしたらいいのか考えながら話してみたらいいよ。自分だったら、どういう言葉をかけられたら重たい口を開けられるだろう、って。彼も、助けてほしいと願ってるんなら、全部を拒絶するってことはないと思う」

「うん、考えてみる」

「誰にも頼れないって、辛いものだよ。彼の寂しい心に一度は触れちゃったんだから、最善をつくしなよ」

やつれた顔で、花野が微笑む。やさしいそれに応えるように頷きながら、宙はふと、言いようのない不思議な感覚を覚えた。

「なんか、カノさん変わったよね」

こんな風に耳を傾けてくれるようになったのは、いつからだったろう。一緒に考えて答えを探してくれるようになったのは、いつからだったろう。

「そんなことないんじゃない？」

まだまだ未熟だもん、と花野は肩を竦めた。

話す機会といっても、高校をやめてしまった遠宮との接点はない。スーパーや書店に何度も足を向けたけれど、出会わない。連絡先の交換くらいしておけばよかった、と歯噛みした。

十日ほど過ぎた日のことだった。宙は田本に頼まれて商店街の中の乾物店まで向かった。田本の愛用している出汁取り昆布が、この店しか取り扱いがないのだった。昆布を買い求め、宙はやはり商店街の中にある生花店に向かった。いつもは避けている場所だけれど、来たからには佐伯の仏前に花を供えて帰りたかった。佐伯が好みそうな華やかな花を見繕ってもらっていると、「すみません」と小さな声がした。見れば男の子が立っている。宙は口の中で「あ」と声を出す。それは、万引きをした少年だった。

「これ、一輪ください」

少年は出入り口近くにあるガーベラを指さした。宙の花を支度してくれているスタッフとは別の女性が「はいはい」と傍に行き「どれがいい？」と訊く。少年はもう花を決めていたらしく、「こっちのピンク」と短く答えた。

「これね？　じゃあ、少し待ってね」

女性スタッフは慣れた手つきで一輪を包み、少年に手渡す。数枚の小銭と引き換えに花を手に入れた少年は、じっと花を見つめた。その目つきには花を愛でるやわらかさはなく、鬼気迫るものがあった。うつくしい花にそぐわない強い眼差しにこもっているものは、怒りだろうか。しかし、どうして？　その迫力に、宙は思わずまじまじと見つめてしまったが、少年はそれに気付かなかったらしい。「よし」と気合を入れるように小さく呟くと店を駆け出て行った。

「また来たわねえ」

少年を見送ったスタッフがどこか困ったように独りごちる。何か事情があるのだろうか、と宙が尋ねようとすると「できましたよ、こんな感じでいいですか」と目の前に花束が差し出された。

「あ、これでいいです。ありがとうございます」

精算して花束を手に外に出ると、もう少年の姿はなかった。

佐伯の自宅は店舗と繋がっていて、『ビストロ　サエキ』の裏手に位置している。店休日の札がかけられたままの店の横を通り抜け、裏に回ると自宅用玄関がある。そこに来て、宙の足が止まった。玄関ドアの前に、さっき目にしたピンク色のガーベラが一輪、置かれていた。

「え?」

手に取って、チャイムを鳴らす。

「ああもう、いい加減に……!」

直子が、乱暴にドアを開けた。何か怒鳴りかけていたものの、宙を見ると、「あら、宙ちゃん」とすぐに表情を崩した。

「ああ、ごめんごめん。嬉しいねえ、来てくれたのかい」

「あの、近くに寄ったのでやっちゃんの仏壇にお花をと思って。それと、あの、これ」

置かれていたガーベラを差し出すと、直子の顔が曇った。

「ここに置かれてたんですけど、あの」

「ごめんよ、それは、家に入れないでちょうだい」

直子はガーベラを奪うように取ると、外に放った。

「え？　あの、どうして」

「事故の相手の、子どもさんからなんだよ」

宙は、言葉を失った。

飲酒運転をしていた相手が対向車線を大きくはみ出してきたことによる正面衝突が、佐伯の事故の原因だった。相手の男は泥酔状態で、目撃者の通報を受けて救急車やパトカーが駆けつけたときには車中でいびきをかいて眠っていたという。男は飲酒運転で逮捕されるのは三回目で、これまでの二回のうち一回は人身事故を起こしていた。あまりにも、悪質だった。

佐伯の葬儀には男の妻が来た。傷心の遺族に会わせるわけにはいかないと、商店街の面々が葬儀場に入る前に追い返したというのは、宙も耳にしていた。しかし子どもがいるとは、知らなかった。しかも、まさかあの少年が、そうだなんて。

「お父さんがすみません、すみませんって毎日のように花を届けに来るんだよ。あんたからの花は恭弘にあげられないし迷惑だって言うんだけど、こうして置いていくんだ」

直子は地面に転がった花を見て、目元を赤くした。

「子どもが悪くないのは分かってるんだよ。でも、花を見るたびに、踏みつけそうになる。あたしだって、苦しいんだ。いまは見たくないんだよ」

「……おばさん、中、入りましょう」

宙はそっと、直子の背中を押した。

しんと静まり返った家には線香の香りが満ちている。灯りが消えたみたいだ、と宙は思う。まだ太陽が昇っているけれど、この家の中は真夜中のように暗い。

「あら、宙ちゃん。きてくれたの」

仏間の端に置かれた座椅子に、智美が座っていた。

「こんにちは。少し、寄らせてもらいました」

智美の周りには、たくさんの写真が広げられている。ああ、いまもまだ、と思う気持ちを、すっと心の奥に隠す。

佐伯が亡くなってから、智美は仏間からほとんど動かなくなった。

佐伯の遺骨は納骨されていない。少しでも一緒にいたいからだという。いまは仏壇前に据え置かれているけれど、葬儀が終わって数日は、骨壺を抱いて離さなかった。

骨壺を手放した智美は、次に佐伯の写真に囲まれるようになった。日がな一日、生まれてからこれまでの佐伯の写真を飽くことなく眺め続けるのだ。直子や商店街のひとたちが気晴らしにと外に誘い出そうとしても、智美は決して仏間から離れようとしない。

「ねえ見て、宙ちゃん。これ、宙ちゃんと一緒の写真よ」

手にしていた写真を宙に差し出してくるので、受け取る。それに視線を落とした宙は思わず「わあ」と声を漏らした。出会ったばかりのころではないだろうか、金髪頭で笑っている佐伯と、少しだけ表情の硬い幼い自分が並んでいた。

「懐かしい。やっちゃん、こんなに細かったのか」

体型は変わっていないと思っていたけれど、顔の輪郭が細く、幼さがある。無邪気な顔を見るとかつての思い出が蘇る。

「あ、これ思い出した。商店街のお祭りのときに撮ってもらったんだ。サエキはひとくちドーナツを売ったんだよね」

「ああ、そうだったねえ。宙ちゃんは買いにきただけだったのに、売り子をやらされてね」

直子が宙の手元の写真を覗きこむ。小さい子を見りゃ山盛り入れてやって、ぜーんぜん儲けが出なかった。いい加減にしなって叱っても『祭りにけちくさいこと言うなよ』って聞きゃしない。直子の声が、湿り気を帯びる。

中学生の宙と佐伯が一緒に写っているものもあった。大きなヤギに餌をあげようとしている。花野と三人で旅行したときのものだ、と思い至って宙は微笑む。

「どっちが、いいんでしょうね」

智美が手近な写真を手に取り、そっと撫でる。

「懐かしいと笑いあって、心を和らげることのできる思い出がたくさんあって、いいなって羨みます。でも、たくさんあればあるだけ、哀しいと思う瞬間も多いでしょう。どちらがいいんでしょうね。ねえ、恭弘さんはどっちがいい？」

写真から仏壇の遺影に視線を向けた智美の顔は、別人のようにこけていた。

一度目の結婚は、彼女を不幸にした。心を深く傷つけただけの別れのあとに、佐伯と出会い、二度目の結婚をした彼女は、とても幸福そうだった。二度の流産という苦しみもあったけれど、佐伯と智美の間には変わらぬ信頼と労り、愛情があった。むしろ、哀しみを乗り越えるたびに、深まりあっていたように思う。最初こそふたりの結婚に戸惑い反発もした宙だったけれど、ふたりのしあわせを願うようになっていた。

智美は、佐伯が宙に『オレはお前のお父さんみたいなもんだからな』と言うときには、嫌な顔をするどころかやさしい笑顔を見せていた。そして宙だけにそっと『ありがとう』と言った。宙ちゃんは恭弘さんの娘よ。だから、私の娘でもあると思っているの。ありがとうね。

私、あなたがいて救われてる。

わたしという存在は智美さんにとって微妙なはずなのに、こんなにも受け入れてくれるんだ。なんて素敵なひとだろう。その智美さんを選んだ、やっちゃんも。なんて素敵なふたりだろう。そう思っていたのに、どうしてこんなに理不尽に引き離されなくてはいけないのだ。

「智ちゃん、そうやって話しかけたって、恭弘の返事はないんだよ。あんたはいい加減、この部屋から出なきゃ。恭弘だって、心配するよ」

直子が言うけれど、智美は首を緩く横に振る。

「分かってます。でもここにいると、ほんの少し気分が楽になるんです。考えたら、結婚してからずっと、ふたりで一緒にのんびり過ごすことがなかったでしょう。新婚旅行にも行ってないし。だからようやく、ふたりで静かに過ごすことができているんだなって思えて……」

直子が頭を振って、重いため息をつく。そんなふたりを見ていられなくて、宙は仏壇の前に座った。花束を置き、遺影を見上げる。

いまだ哀しみに満ちた家の中で、遺影の中の佐伯だけが笑っていた。

『せめて、しんどいときはしんどいって言ってくれ。オレを、頼ってくれ。オレはいつでも、これからもずっと、お前の面倒を見るって決めた「やっちゃん」なんだ。お前のためなら、何だってできる』

中学生のころ、佐伯がくれた言葉が蘇った。あのとき、どれだけ嬉しく受け止めたことだろう。

やっちゃん。わたしいま、とてもしんどいよ、わたしだけじゃない、智美さんも、おばさんも、カノさんだって、みんなみんなしんどい。やっちゃんがいないから、しんどいよ。でも、分かってる。やっちゃんが一番、しんどいよね。
泣きそうになって、必死で唇を嚙んで堪えた。
線香をあげて少しだけ直子の話し相手になったあと、宙は佐伯家を辞去した。玄関先には
ガーベラが転がったままで、宙はそれを拾い上げる。ふと視線を脇に向けると、玄関の隅に
同じように一輪だけ包まれた花がいくつも積み重なっていた。すでに茶色く枯れたものもあ
る。
佐伯家のひとたちはいまこの瞬間も、死という別れを受け入れられていない。苦しみと哀
しみに耐えるのが精いっぱいで、どうして謝罪の花を受け取れるだろう。直子の気持ちが痛
いほど理解できる。
少しだけ考えて、宙はガーベラを拾い上げた。そのまま再び生花店に戻る。ガーベラを手
にした宙を見て、少年の応対をしていたスタッフが眉を下げた。
「あら、それ……。そうか、あなたのさっきの花はサエキさんへの供花だったのね」
「はい。それで、あの、玄関先にこれが置いてあって。おばさんには詳しく訊けなかったの
で、事情を知りたくて」
家族ぐるみで付き合ってたんです、と宙が言うと、スタッフは「わたしもよく知らないん
だけど」と前置きをして続けた。
「あの子、加害者の子どもなんでしょう？　サエキさんのマスターが亡くなってからずっと、

お花をサエキさんへ届けてるのよ。多分、自分のお小遣いじゃないかしら。いつもあそこの、特価の花を一輪だけ買っていくもの。わたしたちも最初はどこに届けているのか分からなかったけど、先日サエキさんの大奥さんがここに来て、毎日のように届けられて迷惑だからあの子に花を売るのを断ってほしいって」

もうひとりの女性スタッフが「それはできませんって言ったんですよ」と話に入ってくる。

「お客様が誰に渡すかまでは、こちらでどうこうできないから。それでも何度か、『もうやめたら？』って声をかけてみたんですよ。どうも迷惑がられてるみたいよ、って。そしたらあの子、じゃあどうしたらいいんですか、って」

どうしたら、命のお詫びができるんですか。そう訊かれて、スタッフたちは返答できなかったという。

宙は、少年が花を手にしたときの顔を思い出した。あのとき、怒りだと思ったけれど、違った。あの目に宿っていたのは、激しいまでの祈り。赦(ゆる)しを願う、熱量だったのだ。

「どちらの気持ちも分かるのよねえ」

スタッフの声にはっとする。

「自分を奮い立たせてサエキさんのところに向かっているあの子の気持ちも、サエキさんの家族の哀しみも。だから、うちはもう一切の口出しをせずに花屋としての仕事だけこなそうってことに決めたのよ」

「そう、ですか……」

宙は礼を言って、店を出た。握りしめ続けたからか、ガーベラは少し首を傾げてしまっていた。

悪質な飲酒運転者による事故だと知ったとき、相手を呪った。佐伯は体中の骨を折り、内臓を損傷し、苦しみぬいて死んだのに、男の方はかすり傷ですんだと聞いたときは殺意すら覚えた。佐伯の代わりに、そいつが死ねばよかったのに。そんなクズみたいな男よりも佐伯が生きていた方が、何倍も何十倍も世界のためになるのに。思いつく限りの呪詛を吐いた。佐伯を思い出すと、花を持つ手に力がこもる。しかし、少年の目を思い出すと、緩んだ。

感情のやり場が、分からない。

どうしたら、いいんだろう。ねえ。やっちゃん、どうしたらいい?

泣きそうになっていると、背中をぽんと叩かれた。それは佐伯の感触に少し似ていて、思わず「やっちゃん!」と振り返る。立っていたのは、目を丸くした遠宮だった。

「え、あ、なんかごめんなさい。ぼくですけど」

「あ……遠宮、くん」

「商店街のど真ん中で立ち尽くしてるから、つい声かけた。可愛い花なんか持って、何してるの」

遠宮は周囲を見回して、「誰かからプレゼント的な感じかな? それともお花を飾る趣味が？」と暢気に言う。

「そんなんじゃ、ないよ」

そんな気楽なものじゃない。呟くと、遠宮はふむ、と呟いて宙の手から自転車のハンドルを取った。

「ここさ、通行人の邪魔だから場所移動しようよ。先日ぼくの話を聞いてくれたお礼に、ぼくが話を聞くよ」

遠宮は少し前を歩き出す。それから振り返って「あ、今日は手持ちのお金が少なかったんだ。コンビニで飲み物買って、公園でいいかな」と笑った。

商店街から少し離れたところにある小さな公園は、夕暮れどきのせいか親子連れが多かった。滑り台やブランコの周りで子どもたちが楽しそうにはしゃぎ、傍では親たちが世間話に興じている。空いているベンチに腰かけると、遠宮がコンビニで買ったレモンティーのペットボトルを宙にくれた。黄色いパッケージを手にすると、温かい。

「それで、どうしたの？」

遠宮はカフェオレの缶のプルタブを引いて言う。喉仏を上下させてカフェオレを飲む横顔を見ながら、宙は「万引きの子、覚えてる？」と訊いた。

「ああ、本屋にもいた子。彼が？」

「あの子のお父さんが、やっちゃんの事故の相手だった」

絞り出すように言うと、遠宮は少し考えこみ、「サエキのマスターの？」と訊く。宙はそれに、のろのろと頷いた。

「酷いひとなんだよ。二回も飲酒運転で逮捕されて、免許も取り消しになってたんだ。なのに運転も飲酒もやめなかった。どうしようもないひとだと思わない？　あの子は、そのひとの子どもだったんだ」

無意識に力がこもっていたらしい。宙の手の中のペットボトルが小さな音を立てた。

「なるほどなあ。だから、いじめられてたのかな」

遠宮が言い、宙が「え」と遠宮を見る。

「ぼくさ、あれから何度かあの子を見かけたんだけど、体の大きな子たちに殴られたり小馬鹿にされたりしてたんだ。学校から出てけ、なんて言われてて、えらく嫌われてるなって思ってたけど……あ、そういう顔で見ないでよ。一度はちゃんと止めたんだ。みっともないからいじめなんて止めなって声かけたら、みんなちりぢりに逃げていったんだけど」

遠宮はカフェオレを飲みながら「あの事故、ニュースでしょっちゅう取り上げられてたよね。それってすごく、いじめの理由になりそうじゃない？」と言う。宙は、首を横に振った。

「そうだったら、嫌だ。あの子のせいじゃないのに、あの子はすごく苦しんでるってことでしょう」

想像するだけで、吐きそうになる。事実だとしたら、なんて酷い状況に身を置いているのだ。

「ああ、でも、だからなの？　あの子ね、毎日のようにやっちゃんの家にお花を届けてるんだって。でも、残された家族は花を見るだけで、苦しんでるんだ。もちろん、受け取れなくて」

玄関脇の花は山になっていた。佐伯家族の苦しみの数で、そして少年の祈りの数でもある。

「どうしたらいいんだろう。せめて誰か、あの子のためにきちんと考えられる大人がついているといいのに。大丈夫なのかな」

思い出すのは、スーパーで見かけた少年の母親らしき女性だった。子どものように泣きながら歩いていたあのひとも、もしかしたら正常な状態ではないのではないか。

「わたし、あの子捜さなきゃ」

「何でそうなるの」

思わず呟いた宙に、遠宮が呆れた声を出す。

「捜して、見つけ出してどうするの。いじめは学校に言えばどうにかなるかもしれないけど、彼の父親がクズだってことも、父親がしでかした罪も、変わらないんだよ。そういうのは彼自身が乗り越えていく問題でしょ」

「だから見過ごせって言うの？　あの子はね」

自転車のカゴに載った、一輪のガーベラに目をやる。

「あの子は、どうしたら、命のお詫びができますかって言ったんだって。それに、わたし見ちゃったんだ。あの子が真剣に花を買っているのを。あの目を見たら、何もしないなんてことできない」

少しの間を置いて、遠宮が「やれやれ」と呟いた。それから「明日、どこかで待ち合わせしようか?」と訊く。

「毎日のように花を届けてるんだよね。サエキの前で張ってたら会えるんじゃないかと思うんだけど」

「あ……なるほど。ありがとう、そうする。遠宮くんも、ついてきてくれるの?」

「親が原因で自分の居場所がなくなる、というのは経験がないわけじゃないので」

くすりと遠宮が笑う。

「ぼくは彼より大きいし、学校をやめる選択もできた。でも彼はまだ親の必要な子どもで、親次第じゃ転校もできない。そう考えると、仕方ないことだって放置してちゃだめだなって」

ありがとう、と宙がもう一度言うと遠宮は首を横に振る。

「別に礼を言われることじゃないし、役に立たないかもしれない。ついていくだけだよ」

それでも嬉しいと宙は思った。どうしていいのか分からないままの自分よりも、似た部分のある遠宮の方が少年にやさしいかもしれない。

翌日、学校が終わると宙は自転車を飛ばして商店街に向かった。待ち合わせをしていたアーケードの出入り口に遠宮はすでにいて、宙を見つけると片手をあげる。

「遅れてごめん。日直だったのすっかり忘れてて。学級日誌殴り書きして提出してきた」

「いいよ。ぼく、暇だし。そんなに急いで来なくてもよかったのに」

まだ大丈夫でしょ、と携帯電話で時間を確認して、遠宮は「行こうか」と宙を促した。自転車から降りた宙の手から、自転車のハンドルを取って歩き出す。当たり前の仕草に「いいよそんな、自分で押すよ」と言うと「ぼくの方が、体が大きいから」と返ってくる。

「それよりさ、今日も来るかな、彼」

「うーん、どうだろう。花屋さんの話だとほぼ毎日って言ってたけど」

生花店の前を通りながら、中を窺う。客は誰もおらず、スタッフは奥にいるようだった。出入り口に置かれた特価の花は今日もガーベラだった。

今日もサエキは閉まっている。その隣道に足を踏み入れたそのときだった。

「もうやめて！　やめてって言ってるでしょう！」

女性の叫び声がした。宙は遠宮と顔を見合わせて、それから走り出す。佐伯家の玄関前で、智美が叫んでいた。

「何度断れば気がすむの？」

智美の前には、黄色いガーベラを一輪手にした少年が立っていた。顔を真っ青にして、

「ごめんなさい、ごめんなさい」と小さな声で繰り返している。智美は玄関の端に積まれた枯れた花を摑んで少年に投げつけた。

「もう来ないでって何度言えばわかるの！　顔も見たくないし、気配も感じたくない。あなたの存在が、苦しいのよ。ねえ、どっか消えてよ！」

ぽきんと折れそうな細い体を曲げ、叫ぶ智美の顔は紙のように白かった。しかし両目だけ、真っ赤に染まっている。智美は「どっか行ってよ！」と叫びながら、足元の花を再び投げつける。

幼い子に向かって怒鳴るようなひとではない。やわらかく受け止め、やさしく諭すことができるひとだ。そのひとが激しい感情を露にしていることに、宙は立ち尽くしてしまった。家の中から直子が飛び出してきて、花をひたすら投げつけている智美を抱きしめるようにして止めた。

「やめな。やめな、智ちゃん。そんなことしたって恭弘は喜ばないから。そんなことするなって絶対言うから。だからお願いだよ、やめてちょうだい」

止める直子の声もまた濡れていた。抱き合うようにして泣くふたりを前に、宙はなす術（すべ）がなかった。

こんな哀しい光景、見たくない。こんなの、やっちゃんが見たら一番哀しむ。どうしたらいい。どうしたらいいの。

　少年が花を置いて去ろうとする。花が地面に置かれる前に、遠宮が自転車を宙に押し付けた。

「これ持って、すぐ引き返して」

言うなり遠宮は駆け出し、黄色いガーベラを握った少年を抱え上げた。

「お騒がせして、申し訳ありませんでした」

遠宮はふたりに深々と頭を下げて、それから「なに、何だよ」と怯える少年を抱えたままずんずんと歩き始めた。

宙は遠宮に言われた通りに引き返しながら、しかし後ろが気になって何度も振り返っていた。その宙を遠宮は追い越して、歩いていく。

「と、遠宮くん。待って」

慌てて追いかけていく。遠宮はサエキから少し離れたところで少年を降ろした。

「な、何。誰？」

真顔でじっと見下ろしてくる遠宮が怖いのか、少年が逃げ出そうとする。しかし遠宮はそれよりも早く少年の手首を掴んだ。

「痛い！　何だよ、離せよ」

「お前、あそこに二度と行くな」

「なんで。オレは謝りにいかないといけないんだ」

少年が言う。そういうギムがあるんだ。オレは赦してもらえるまで、いかないといけないんだよ！

「赦してもらえるわけないだろ」

きっぱりと遠宮が言い、少年がぐっと唇を嚙む。

「というより、赦されたらだめだ」

え、と少年が声を漏らす。

「さっきの様子を見て、よく分かった。赦しを乞うてはだめだ。そんなこと、傷ついた側にさせたらだめなんだ」

遠宮が考えながら言う。うまく説明できないけど、多分そうだ。絶対にしてはだめなことだと思う。

「いいこと言うねえ」

不意に軽やかな声がして、宙が振り返る。そこには花野が立っていた。

「カノさん！　なんでここにいんの」

「葬式以来お参りしてなかったなと思って、たまたまお邪魔してたの。チャイムが鳴ったとたんに智美さんが玄関に飛び出て行って怒鳴りだすし、おばさんもいなくなるし、驚いてたらすっかり出遅れた」

花野は遠宮に手を摑まれた少年に近づき、屈(かが)んで視線を合わせた。

「あのねえ、あたしからもお願い。二度とあそこに行かないで」

「何でだよ。だってオレはお父さんのしたことのお詫びをしないといけないんだ！」

「君がしていることは、暴力なんだよ」

　穏やかに花野が言い、少年が「は？　なんで」と声を荒らげる。

「亡くなったひとの家族はね、失った辛さや寂しさを乗り越えるのに精いっぱいなんだ。罪を赦す余裕なんてないし、そもそも赦す必要なんてない。だってそうでしょう？　大事なひとを不条理に奪われただけで残酷なのに、どうしてその罪まで赦してあげなくちゃいけないの」

　少年はまだ、ガーベラを握りしめていた。鮮やかに咲いた花がぶるぶると揺れる。

「君の『ごめんなさい』は君が赦してほしくてやってることだよ。相手の気持ちをまったく考えてない。こんなに謝ってるんだから、いいでしょう？　赦してくれたっていいでしょう？　って相手に赦しを強制してるんだ。それは、暴力でしかないんだよ」

「じゃあ……、じゃあどうしろって言うんだよ。オレは本当に、お父さんのしたことを謝りたいんだ。しなくちゃいけないんだ！」

　少年が地面に花を投げつけた。それを花野が拾い上げる。

「その気持ちは、いいと思う。でもね、だからって相手に押し付けていいことじゃないんだ。君がしないといけないことは、ずっと覚えていること」

花を少年の胸元に押し当て、花野は言う。失った命を、傷ついたひとの涙を、忘れないで。そして、二度とこんな哀しいことが起きないように、考えるの。どうしたらいいのか、考えて、行動するの。それが、償いだと思う。

「それが、つぐない……？」

少年がぽつりと言って、それから俯いた。すぐに、ぽたぽたと涙が落ちる。

「じゃあずっと……ずっとこんな状態でいなきゃいけないのかよ。ひと殺しの子どもって嫌われて生きるしか、ないのかよ」

ああ、と宙は小さく唸る。この子はやはり父親のせいでいじめに遭っていたのだ。どうにかしたくて、だから遺族から赦してもらえたら自分も救われるという気持ちもあったのかもしれない。それはあまりにも、苦しい。

「お母さんは、どうしてる？　転校とかさせてくれないの？」

事情を知らないところに行けば、まだ生活しやすいかもしれない。宙が訊くと、少年は首を横に振る。

「何も考えられないって、薬飲んで寝てばかりいる」

宙と遠宮が顔を見合わせる。花野が「あらー、それは困った」とあっけらかんとした口ぶりで言う。

「お母さんだって、いろいろあるよねー」

そっかそっか、とひとり納得するように言った花野は立ち上がり「君さ、今日うちでごはん食べていきなさい」と言った。

「お母さんにも連絡して、呼びな。一緒に酒のもうって言ってるオバサンがいるよって」

突然の申し出に、少年が不思議そうに目を瞬かせる。花野は同じように驚いた顔をしている宙に「宙、ごはん作って。あたしもいくつか作るから。足りない分は、買って帰ろう」と言った。

この少年の家族、つまりは加害者家族を我が家に呼ぶということ？

「え⁉　カノさん待っ」

「そうだ、お酒たっぷり買っちゃお。最近飲んでなかったのよねえ。あ、ねえ君」

声を上げかけた宙を無視した花野が、遠宮に「よかったら君も来る？　ええと、誰か知らないけど宙の彼氏？」と声をかける。

「いや、違いますです。えっと、同じ学校の遠宮といいます。やめましたけど」

「ああ、君がそうなのか。ちょっとだけ話は聞いてる。で、よければどう？」

花野が尋ね、遠宮は宙の方を見てから「じゃあ、ご迷惑でなければ」と頷いた。

「よし、これで荷物持ちが増えた。みんなで食材買いこんで、帰ろう」

決まり、と両手を叩いた花野が、自分の携帯電話を少年に差し出す。

「これでお母さんに電話かけなさい。あたしは川瀬花野。君は？」

少年は携帯電話を受け取りながら、「東樋野崎小学校五年、和田ヒロム」と答えた。

それから肉に魚、酒に果物、惣菜を山のように買いこんで、坂の上の家に戻った。花野は田本のかっぽう着を借りて、支度を始める。何を作るのと訊けば「パエリアかなー。あたしの、めちゃくちゃ美味しいのよ」と暢気に言う。

「宙は、何作る？ スープが欲しいところだけど」

「え、ええと、じゃあ、ミネストローネ、とか？」

冷凍庫の中に作り置きをしているソフリットが入っているのを思い出して言うと、「ああ、あれあたし好き」と花野が頷く。

「宙のミネストローネは、まさに恭弘の味だよね」

いま招こうとしているひとたちを知っていて、そんなことを言うのか。こんなこと、していいのだろうか。わたしは、止めなくてはいけなかったのではないか。逡巡して言葉も出ない宙を見た花野は、肩をポンポンと叩いてきた。

「いろいろ思うのは、分かる。でもここは黙って、あたしの言うこときいてくれない？」

ね、と笑う顔に八重歯が見える。宙はしぶしぶと、頷いた。

スープを仕込みながら、惣菜の盛り付けも並行する。ピザやローストビーフ、サラダなども買ってきた。冷蔵庫の中には田本の作り置き惣菜もある。それだけあれば十分足りるだろう、と思うけれど……。

「川瀬さん、ぼくも手伝うよ」

遠宮は最初こそざっくばらんとした花野に戸惑っていたが、いつの間にか慣れたらしい。手伝いを申し出てきた。ふたりで作業していると、遠宮が「へえ、すごい」と感心した声を上げた。

「ふたりとも、料理上手なんだね」

「ありがとう。カノさんは上手、だけどあまりしないっていうか……」

キッチンに立つ花野の背を見ながら、宙は口を閉ざす。以前に比べて料理をすることは増えたけれど簡単なものばかりで、手間のかかるものはたいてい田本か宙任せだった。そうだった、はずなのだけれど。急にどうしたというのだ。

三人が支度をしている間、ヒロムは玄関を意識しながらそわそわとしていた。ヒロムの母は電話をかけるとどう勘違いしたのか「すぐにお詫びに伺います」と事務的に言って通話を切った。それから何度かかけても繋がらず、家にもまだやって来ない。

「ヒロムくん、向こうでジュースでも飲んで待ってたら？」

玄関の上がり框に座りこんだヒロムに宙が声をかけると、ヒロムは「いい」と首を横に振った。

「ていうか、お母さん、来ないかもしれない。もう、オレに呆れてるよ。オレ、すげえいろいろ、したから」

「万引きとか？」

宙が訊くと、「なんでそれ」とばつの悪そうな顔をする。スーパーに偶然居合わせたのだと言うと、項垂れた。

「キョーアクなひと殺しの子どもが罰せられないのはおかしいから、罪を犯してでも捕まれ、って言われたんだ。嫌だって言ったら、みんなから殴られる」

「何それ。よくもまあそんなくだらないこと……！　学校の他の友達とかで、止めてくれるひといないの？」

ヒロムが首を横に振る。

事件後、ヒロムはこれまで親しくなかったグループに『セーサイ』という名前のいじめを受けるようになったという。他の子どもたちは『邪魔した奴はひと殺しを容認しているとして一緒にセーサイを受けさせる』と脅されているらしい。誰も助けてくれない、見て見ぬふりだから、きっとみんなオレが『セーサイ』を受けるのは当たり前だと思ってるんだ、とヒロムは哀しそうに言った。

宙はスーパーでにやにやとしていた少年たちを覚えている。正義感に駆られたわけではないことなど、一目瞭然だった。

「オレは、これからもセーサイを受けなきゃいけないんだな」

ぽつんとヒロムが呟く。謝るなってことは、そういうことなんだろ？　受け入れ続けなくちゃいけないんだろ？

「それは……」

制裁という名のいじめを受け続けていいはずがない。そうじゃないのだ。でも、この子に謝罪される側の苦しみをうまく説明もできない。宙が言葉に詰まったそのとき、来客を告げるチャイムが鳴った。宙とヒロムはすぐに玄関戸を開ける。そこには、泣き出しそうな顔をした女性がぼうっと立っていた。宙を見るなり「すみません、すみません」と深々と頭を下げる。

「うちの子、ちょっとおかしくなってるんです。御迷惑をおかけして本当にすみません。二度とさせないように努めますからどうぞお許しください。すみません、すみません」

言いながら、ヒロムの母はぼろぼろ涙を流し、そして宙の隣にいたヒロムの頰を打った。

「家でもこうしてきちんと叱ります。叱りますのでどうか許してください」

ヒロムが何をしたのかとか、どういう関係の家なのかとか、聞くそぶりがない。それでいて、もう一度叩こうとしたので、宙は慌ててヒロムを背中に隠した。

「あ、あのやめてください。ご連絡したのはそういうことじゃ」

「じゃあどうやって謝ればいいですか？　ほらヒロム、来なさい」

ヒロムの母は真っ赤な目をしていて、そしてまったく余裕がなかった。謝ることで、子どもを打つことで早くこの場を納めなければいけない。それだけが確かな意志のようだった。この状態、よくないんじゃないの……。宙はぞっとする。

「あ、来たー？　パエリアももうすぐ完成だし、いいタイミング！」

ひょいと顔を覗かせたのは、花野だった。「ヒロムのお母さん？　初めまして、川瀬です。今日は急に夕飯のお誘いしてごめんなさいね」と笑いかける。顔を上げたヒロムの母に、初めて人間らしい色が表れた。

「は？　夕飯？　あの、ヒロムがお宅にご迷惑をおかけしたんでしょう」

「してないしてない。まあとにかく入って入って」

花野が手招きすると、ヒロムの母は「え、は？　何それ。私は謝罪に」と狼狽える。

「ヒロム、お母さんにきちんと説明しなさい。どういうことなの」

「あ、あの！　すごくたくさん料理を買ってきてるし、作ってしまってるので、よければ夕飯を食べながら話しませんか」

混乱している様子のヒロムの母に、宙が言う。ヒロムくん、すごくいろんなものを抱えてるんです。なので、そういう話をしながら。

室内を手で指し示すと、ふわりとピザの香りがした。遠宮がオーブンで温めなおしているのだ。

「もう出しちゃっていいですかー？　出しちゃいますねー」とのんびりした声がする。花野が「ほらほら」ともう一度手招きすると、硬くこわばっていたヒロムの母の顔がほんの僅か緩んだ。

「あ、その、ひとが来ると思ってたくさん用意してるので、食べてくださると助かります。ご遠慮なくどうぞ」

宙がもう一度言うと、ヒロムの母は小さく頷いた。

ダイニングテーブルの上には統一感のない料理が並んでいた。刺身盛りの隣にマルゲリータ、ミネストローネとパエリア、鶏の南蛮漬けと唐揚げが場所を奪い合っている。たくさんの料理の香りが混ざり合っていて、ヒロムが「うわ、ちょう豪華！」と子どもらしい声を上げた。

「適当なところに座って。ヒロム母は、名前はなんて言うの？」

「あ……。和田、雅美、です」

「そ。雅美さん、ビール飲める？　あ、よかった。ちょっと付き合ってよ」

それから、宙の両隣に遠宮とヒロム、向かいに花野と雅美が並んで座った。缶ビールのプルタブを引いた花野が「飲んで飲んで」と雅美に勧める。

「子どもたちは好きなもんを好きなだけ食べな。冷蔵庫にジュースも入ってるから、勝手に飲みなさい」

周囲を窺っていたヒロムが、のろのろと缶を開けた母親を見て、「いただきます」と両手を合わせる。お腹が空いていたらしく、唐揚げを皿に取ると大きな口でかぶりついた。

「では、その、いただきます」

雅美が申し訳なさそうに缶を掲げて言うと、「どうぞどうぞ」とすでに缶に口をつけた花野が返す。ビールは腐るほどあるから遠慮なくどうぞ。

「川瀬さんのお母さん、なんかすごくパワフルなひとだね」

そっと耳打ちをするように遠宮が宙に言い、ミネストローネにスプーンを沈めようとしていた宙は「え」と声を上げる。パワフルなんて言葉、花野に当てはめたことがなかった。

「何驚いてるの。明らかにパワフルでしょ」

「いやー、仕事に対してはそうとも言えるかもしれないけど、普段は適当だしズボラだし、私生活においてはぐうたらなひとなので、なかなかその言葉と繋がらない」

休日ともなれば一日中縁側で惰眠を貪っているか、だらだらと昼酒を飲んでいるようなひとだ。

「そうなの？ ていうかお母さんもサエキのマスターの知り合いなんだろ？ サエキの家族のひとたちみたいに嫌ってもおかしくないのに、どうしてこんなことしてんの。ぼくには行動が意味不明すぎるよ」

知り合いどころかかつての恋人で、そしてその死の哀しみに静かに耐えていた。確かに、智美たちと同じように責めてもおかしくないのに、実際の花野は母子を家に招き入れている。

宙は雅美に笑いかけている花野を見て、小さく唸った。

「多分、ううん、きっと……」

やっちゃんだったらこうしたから、という言葉が喉奥に詰まった。

宙だって、それは分かる。でも、どうしてできるの、と思う。いくらやっちゃんがひとを助けるひとだったとしても、そのやっちゃんを殺めたひとの、家族だ。ヒロムの話を聞き、疲れ果てた雅美の姿を見たいまでも、『こんなことしていいんだろうか』と思ってしまう。

でも、花野はこうして食卓を囲んだ。

カノさんは、やっちゃんだったらこうすると、信じてる……。

説明のない行動の裏にある思いに、宙は泣き出しそうになる。涙を堪えようと顔を背けると、ミネストローネの香りがした。『恭弘の味』と言った花野を思い出して、目頭が熱くなった。遠宮に気付かれないよう、さりげなく目元を拭う。

「それより、いまは食べようよ。このミネストローネ、自信作なんだ。食べて」

納得がいかない様子の遠宮と話している間に、大人たちも会話を進めていたようだ。ふいに雅美が「すみません」と顔色を青くして缶を置いた。

「うちの子が、佐伯さんのお宅にそんなことを……!? すみません、私全然知らなくて。ヒロム、どうしてそんなこと！」

雅美は立ち上がり、向かい側に座るヒロムを叩こうとした。その手を花野がやんわり止める。振りあげようとした手をやさしく摑まれた雅美が、はっと顔つきを変えた。

「この子なりの、謝罪の気持ちだったんだよ。ねえ、ヒロム」

頷いたヒロムは母親に「でももうするなって花野さんに言われた。ねえ、何で?」と訊いた。

「悪いことをしたら謝らないといけないって、幼稚園のころから言われてきたことじゃないか。佐伯さんのお通夜にお母さんが行ったのも、謝るためだろ? オレはちゃんと謝って赦してもらうつもりだったんだ。それが、どうしてダメなの」

「子どもが謝りに行ったってだめよ。むしろご迷惑になる」

「どうして? お父さんは行けないし、お母さんだってそうだ。じゃあオレが行くしかないじゃないか」

ヒロムの顔が、見る間に赤く染まってゆく。

「謝って赦してもらう。それの何が悪いんだよ!」

「赦してもらおうとするのは暴力だって、さっき言ったでしょう?」

花野がヒロムの顔を覗きこんだ。

「ねえヒロム。少しだけ、あたしの話を聞いてくれる? ヒロムみたいに、罪を謝って赦してもらわなくちゃいけないと思ったふたりの話。宙の父親と、あたしの話」

え、と大きな声を漏らしたのは宙だった。あまりにも、いまの状況とかけ離れた話ではないか。ぽかんとした宙に、花野は「ごめん」と申し訳なさそうに眉を下げた。

「まずは宙に話してからだと思う。もっといいタイミングだってあったはずだ。でもヒロムには、いま話さないといけないんだ。絶対」

迷いのない言葉に、宙は「いいよ」と頷いた。必要ならそれで構わないし、宙自身も花野がこの問題にどういう答えを出すのか知りたかった。花野は「ありがと」と笑ったのちに、ヒロムに顔を向けた。

「あのねえ、ヒロム。宙の父親は、ひと殺しだったんだ」

ゆっくりと紡がれた言葉に、宙は目を見開いた。それは、想定していなかった。

「あいつは高校時代、いじめの加害者だった。何人かでひとりの男の子をいじめて、自殺に追いこんだ。そういう意味での、ひと殺し。ひとの心を殺して、命まで奪ったの」

ふう、と花野はため息をついてから続ける。まったくのゲーム感覚だったらしいの。被害者が亡くなったことで学校に居づらくなって退学したんだって。実家も追い出されて、それからはバイトや……面倒を見てくれる女のひとと生活をしてぶらぶら生きてた。あたしと出会ったのは、あのひとが二十二のとき。あたしの働いていたキャバ……お店のスタッフとして入店してきたの。

宙は、軽いめまいのようなものを覚えていた。あまりに、最低な男ではないか。ちらりと横を見たら遠宮の眉間にもしわが刻まれていた。そんな中で花野は淡々と続ける。

「出会った当初のあいつは、『いいひと』とは決して言えなかった。自堕落な生活をし続けたせいで不誠実さが全身から滲み出ていたし、どこか投げやりなところもあった。でも、素直で子どもらしい面が残っていて、具合の悪いスタッフに誰よりも先に気が付いてフォローに回るようなやさしい部分もあったんだ」

花野がビールで喉を潤す。

「よくも悪くも、想像力のない無邪気な子どもだったんだよ。最初はね、高校時代のいじめも、相手の反応が面白かったからつい繰り返してしまった、なんて平然と言ってたもん。親が大事な部分をまったく教えてなかったんだと思う。勉強はできるくせに、道徳的なところは小学生以下だった。あたしはあいつの根っこの部分……綺麗なところもあったのよ。その根っこの部分がいいなと思ったから、仲良くなっていった。あいつが女に捨てられて住むところがなくなったのを機に、この家でふたりで暮らすようになった。意外とこまめな性格でさ、料理を放棄してたあたしの代わりに料理をしてくれるようになったんだ。料理本を片手に、えらく凝った料理を作ってくれたなあ」

懐かしそうに目を細める花野の顔は、どこか寂しそうに見えた。

「一年くらいかなあ、一緒に暮らすうちに、まあ恋人みたいな関係になって。あいつは最初のころを思うと別人じゃないかってくらいしっかりしてきてた。いきなりうどん屋さんに弟子入りなんてしてさ。いずれは自分の店を持ちたい、そのときはあたしの描いた絵を店中に飾ろう、なんて言って」

　花野の細い指先が、汗をかいた缶の肌を撫でる。やさしく、何度も。その仕草を宙は見ていた。

「それからすぐに、あたしが妊娠していることが分かったの。とても喜んでくれて、生まれた後の話をするようになった。息子だったらバスケ好きになってほしいから中庭にバスケットゴールを置こうとか、娘だったら一緒に料理をして、おままごと用のキッチンを作ろうとか。そのときあいつはようやく、自分が過去に殺めてしまった命を思い出したのね」

　かつて自分が面白半分に傷つけて奪った命は、誰かの大事な子どもだった。誕生を心待ちにされ、生まれおちたら祝福され、成長を喜ばれた大事な命だったのだ。それに気付き、自責の念にかられるようになった。

「相手が亡くなったときに、反省文を書いて先方の家に送るように言われたんだって。何を書いたか覚えてないけど、薄っぺらな言葉ばっかりだったはずだって言ってた。それでね、あいつは『子どもが生まれるまでに、この罪をどうにか償わなければいけない』って言うようになったの。ひとの命を奪った罪を償わなければ、俺は生まれてくる赤ん坊を抱く資格がないって」

　宙は、胸がざわめくのを感じていた。とても嫌な話だ。聞きたくない、でも、聞かなければいけない。

「あいつは、いじめの被害者の家を訪ねた。そして、墓前で謝らせてくださいって言ったの。ひとの親になろうとして、初めて自分の罪を知りました。心から謝罪させてくださいって。でも、遺族はそれを許さなかった。息子を喪った傷が癒えていなかったのね。彼らの中で、息子が命を絶った日はまだ近しいところにあった。あいつは追い返されたんだけど、それから毎日のように家を訪ねたの。許してもらえるまで、やめません。どうか謝罪を聞いてください」

小さな唸り声がして、それはヒロムから発せられたものだった。テーブルに置いた手が微かに震えている。宙はその手にそっと自分の手を重ねた。

「あいつは『大丈夫』としか言わなかったし、先方の心情をまったく理解していなかったあたしは、被害者の家に通うのを止めなかった。子どもが生まれてくる前に、とあいつが必死になっていたから、せめて一度くらい墓前で手を合わせることが許されたらいいね、なんてバカなことまで言ってた。ふたりとも、相手の気持ちを全く考えていなかったんだよ。かれこれ二ヶ月ほど通ったんだけど、とうとう被害者のご両親に我慢の限界がきてしまったのね。いつも通りチャイムを押したら、相手の父親が出てきて、殴られた」

ひ、とヒロムが小さな悲鳴を上げる。震える背中を宙が撫でるけれど、その手もまた、震えていた。

「どれくらいの力だったのかは、分からない。ただ、倒れこんだ先に石造りの花壇があって、打ったところが、悪かったんだろうね。出血して、病院に搬送されたときには、もう」

ふう、と息を吐いて、花野は続ける。警察に連行された父親は、許せなかったと言った。息子を殺してのうのうと生きておいて、今度は自己満足で遺族を苦しめる。結婚する、子どもが生まれる、そういうしあわせ全部を奪い取られた子どもや私たちをいつまで傷つけ踏みにじるんだと思った。あれは、明らかな暴力だった。

ヒロムがぽろぽろと涙をこぼす。

「ごめんなさい、ごめんなさい。そういうものだと、思わなかったんだ」

手の甲で顔を拭うヒロムに、「分かればいいんだよ」と花野が言う。あんたはもうこれ以上あのひとたちを傷つけないでしょう？　ヒロムは何度も頷いた。

「それに、ヒロムの罪じゃない。ヒロムのお父さんの罪。償わないといけないのはお父さんなんだよ。それとも、ヒロムや雅美さんがお酒を飲ませて送り出してたっていうの？」

「まさか！」

叫んだのは、真っ青な顔をして話を聞いていた雅美だった。

「そんなことしません！　でも、夫の罪ですから家族である私たちの罪でもあります。ヒロムには二度と伺わないようしっかり言って聞かせます。あの、用件はそれだったんですよね。あの、失礼します。これ以上佐伯さんの関係者の方にご迷惑をおかけできません」

慌てて立ち上がろうとする雅美を、「こらこら」と花野が引き留める。

「ヒロムとも話したかったけど、あなたともお話がしたいんだってば。ねえ、夫さんは、やさしいひとだった？　一緒に罪を被りますって、いうくらいに素敵なひとだった？」

花野の問いに、雅美が「え？」と眉を寄せる。その腕を摑んでもう一度座らせた花野は、「実は、いつも雅美さんが夫のしでかしたことで謝って回ってたって話を人づてに聞いたんだ」と言った。

「雅美さんはずっと、夫の尻ぬぐいをしてきたんでしょう。彼は、そんなあなたにやさしくしてくれたの？」

静かな問いに、雅美が見返す。

「やさしいって、例えばどういうことですか。仕事はしてくれますし、生活費もきちんと毎月くれました。普段はにこやかで、時々はヒロムと遊んでくれたりしましたけど」

「そうじゃなくてね、『ごめんなさい』、『ありがとう』を伝えてくれるか。そして、『君は大丈夫？』って訊いてくれるかってことだよ」

花野の言葉に、「ああ」と雅美が息を吐く。

「……そういうことだったら、やさしくは……ないです。そんなの、言われたことがない。私、愚図で要領も悪いから、叱られることばかりで」

「そっか。じゃあ、大変だったね。ひとりでずっと頑張って来たんだね。えらいなあ」

花野が言って、缶ビールを飲む。えらい、えらいと繰り返す花野に雅美は「やめてください」と声を少し大きくした。

「バカにしてるんですか？　本当に偉かったら、あのひとを止められたはずでしょう」

「バカになんてするはずない。だってあなたは、止めようとしたんでしょ？」

「もちろん、しました。何度も何度もお酒をやめてってお願いしました。アルコール外来のある病院だって探しました。家じゅうのアルコールを捨てたことだってあります。酔うとすぐ外に飲みに行きたがるので、車に乗らないように鍵を隠したことだってある。でも、でも……」

「お父さんはお母さんを殴るんだ」

唇を噛んで俯いた雅美に代わって、ヒロムが言う。殴って、蹴るんだよ。酒を出せ、飲みに行かせろー、ってお母さんがどれだけ泣いて謝っても許してくれない。オレが止めに入るとオレも一緒に殴られんだ。近所のおばちゃんが通報してくれて、警察が来たことだってある。でもお父さんはやめなかった。反省してるとかもうしないとか繰り返すくせに、やっぱりべろべろになるまで飲むんだ。

雅美が慌てて「やめなさい、ヒロム」と止める。そんなみっともないことを、初対面のひとたちにぺらぺらしゃべっちゃだめよ。ヒロムは「だって」と言いかけたけれど、母親に睨みつけられて渋々口を噤んだ。

「あら。言っていいんだよ、ヒロム。これはねえ、君たち親子の問題だけど、君たち親子だけの問題にしなくていいの。例えば間違えてLサイズを二枚も買ってしまった、これ」

マルゲリータの一切れをひょいと摘まみ、ヒロムの皿に載せた花野が言う。

「ひとりで食べきるのは難しいよね。でもみんなで分け合いっこすると、ひとりひとりの量は減るし、二枚くらい余裕かなって思うじゃん。嫌なことも一緒でさ、誰かと分け合いっこすればその分減るの。減った分楽になって、そしたらいろんなことができるようになる。いろんなものが食べられるようになる」

チーズがとろとろと垂れるピザをもう一切れ摘まみ上げ、花野は自分の口に運んだ。美味しそうに食べる花野につられて、ヒロムもピザを頬張った。

「だからどんどん言いなさい。我慢しなくていいの。黙ってたらどんどん苦しくなる。雅美さん、聞いてる？　あたし、あなたにも言ってんのよ」

雅美は唇を噛んだまま黙っている。怒っているようにも見える顔は赤い。

「赤ん坊や小さな子ならまだしも、大の男が自分の意思で出て行こうとしているのを止めるなんて、できることじゃないよ。えらいってのは、そんな男を見捨てずにどうにかしようと頑張ったことを指してる。でも、賢いとはいえないかなあ。だって自分も子どもも、こんなに苦しんでる」

花野はピザを一切れ、雅美の皿に載せた。

「それとも、彼が好きで好きで、離れがたかった？」

雅美が乱暴に首を横に振る。

「まさか。でも、一度このひとと決めた男性とは一生添い遂げなさいって両親が言ったんです。女の方から離婚を申し出るなんてもっての外だって。顔を腫らして実家に戻ったことがあったんですけど、妻としての努力が足りないからだって逆に叱られました。それに……」

雅美の手の中の缶がべこんと音を立ててへこむ。

「それに、今回こんなことになってしまったとき、私のせいだとやっぱり叱られました。夫を止められないなんて、妻として出来損ないだ。今後は犯罪者の妻として、一生償いなさいって……」

酷いな、と遠宮が独り言のように呟いた。毒親って、実はどこにでもいるものなのかな。まるでゴキブリじゃないか。言い方はどうあれ、宙も遠宮の気持ちは理解できた。娘が苦しんでいるというのに、その中で生きていけと言い捨てるような親がいるなんて、信じたくない。

雅美の目から、涙が一粒落ちた。

「必死に、一所懸命、できることをしました。でも、これ以上何をどうすればいいんですか。あのひとの刑期が終わるのを待って、そのあとも支えればいいんですか。でも、あのひとと一緒にいたって、おんなじことの繰り返しだ、って私が一番よく分かってるんです。私も、ヒロムも永遠に苦しいまま。せめてヒロムだけでもと思うけど、どうしたらいいのか……」

「お母さん。オレは、お母さんと一緒に頑張るよ！」

ヒロムが叫ぶように言い、小声で「あいつらにも、負けないようにする」と付け足した。

そのセリフが耳に届かなかったのだろう、雅美は頭を振った。

「私といてどうするの。お父さんのことで苦しむのは私だけで十分」

「雅美さんは本当にえらいね。子どもをどうにか守ろうとしてる」

花野の言葉に、雅美はまた頭を振る。

「守れてなんか、いません。ごはんの支度だって身の回りの世話だってできない。生きるだけで……精一杯なんです」

「守れてるよ。あたしなんか、娘と一緒に死のうとしたもん。産み落とした宙を前にしたときに、もう何もかも無理だと思って心中しようとしたんだよね」

あっさりと花野が言い、目を真っ赤にした雅美がぎょっとしたように顔を上げる。遠宮とヒロムも、ぽかんと口を開いた。

宙は、自分が知らないでいた物事が繋がっていくのを感じていた。知りたかった過去や事情が繋がり重なりあっていく。

「宙の父親とは、被害者の遺族に赦された日に籍を入れよう、って話してたけど、結局できなかった。亡骸(なきがら)は疎遠になっていた親が引き取ってそれきり。あたしはあいつをそのかした女ってことで、ずいぶん憎まれた。お腹の子どもも、うちの息子の子どもじゃないんでしょ、って言われた。酷い親だったわ、ほんと。見下げるような目で見てきてさ、お墓も教えてもらってないまま」

　あのときはショックだったなと花野は軽く頰を膨らませる。

「あ、話が逸れちゃった。それであいつが亡くなった後、あたしはひとりで宙を産んだ。生まれた赤ん坊の顔を見ながら、何度も後悔したんだ。この子を妊娠しなかったら、あたしが『そろそろ向こうに行くのやめなよ』って言っていれば、そもそも出会わなければ、あいつは死ななかったかもしれない。どんな風であれ、いまも生きていたかもしれない。そう思うと、苦しくてたまらなかった。それに、あたし自身、愛されて育ってこなかったから、子育てができるとは到底思えなかった。もう生きていくことなんてできない。そう思って、心中しようとしたのよ」

　花野は缶を掲げて「これよりも細い首に手をかけたの」と言う。生まれ落ちたばかりの大事な子どもなのに、あいつがあんなに楽しみにしていた子どもなのに、これまでの罪や後悔、これからの不安に心が耐えられなかった。早く死んでしまおうと思ってた。

　誰も、言葉を発しない。宙は、自身を撫でているような感覚を覚えながら、ヒロムの背中を撫で続けた。

「仲の良くなかった妹が、たまたま病室を訪ねてきたの。あの子は、わたしが父親不明の子どもを未婚のまま産んだとしか知らなくて、そのお説教をしにきたのね。でも、泣きながら子どもの首を絞めようとしているあたしに驚いて、必死で止めてきてさ。あの子には悪いけど、あのときの驚きようったらすごかったなあ。ひとって最高に驚くと、浮くわよ」

くすりと花野が笑う。

「でもね、妹はすぐに言ったの。姉さん、何があったのか話して。お願いだから、私を頼ってみて。緊急事態よ、何でもしてあげる。そう言われて、泣くほど嬉しかった。あの子があたしにそんなこと言ってくれたの、初めてだった。だからあたしは素直に、話せたの。父親は死んでしまったし、あたしは子育てする自信がない。どうやって生きていいかも分からないから死ぬしかないと思ったの、って。そしたら言ったのよ。何よ、そんなことなの？ そもそも私は姉さんに子育てができると思ってなかったわよ。安心して、子どもは私が立派に育てます」

風海はその場で夫の康太に連絡し、康太も『お姉さんと赤ん坊の命がかかっているなら当然だ』と即答した。

「あのとき以来、妹には心から感謝してる。妹が入って来なかったら、あたしと宙は絶対に死んでた確信があるんだもん。でも雅美さんはそうじゃないでしょう。自分はいいから子どもだけ、って言えるんだもん。すごいよ、あたしにはできなかった」

花野は雅美の背中をやさしく撫でた。何度も何度も往復する手に、雅美の目に涙が盛り上がる。

「雅美さん、ひとりで頑張ったよ。だからここからはさ、あたしを頼ってみてよ。あたしは、決めてたんだ。誰彼なしに助けるなんて、あたしにはできない。でもいつか、あたしと似た境遇で苦しんでいるひとがいたら、そのときには絶対に手を伸ばそうって。間違えないようにしてあげようって。あたしは、気持ちを理解できる。一緒に悩むことも考えることもできる。できることがあればやるよ。ねえ、一緒に問題に向かわせて」

「……どうして、そんなこと言えるんですか。そう決めていたって言っても、亡くなったのは、あなたのお知り合いでしょう？　私たち親子を恨みたいでしょう？」

泣きながら雅美が言うと、花野は「そうだよ。恭弘はとても大事なひと」と頷く。

「いつだって、あたしをあたしでいさせてくれた。やさしくて、ひとが好くて、ちょっとお節介焼きなひとだった。恭弘はねえ、自分が被害者だったからあたしがあなたたちを恨んで憎んで見て見ぬふりしたなんて知ったら、絶対怒るんだ。そんなのは花野さんじゃねえだろ、って怒鳴る。あいつはいつも、あたしに正しい道を示してくれる」

佐伯がいたらきっとそう言っただろう、と宙は思う。誰が死んでも関係ないじゃん。そりゃ、オレだって花野さんや宙が被害者だったら複雑だけど、でも手を貸すよ。困ってるって気付いてしまったのに無視なんてできねえよ。

カノさんには、やっちゃんの声がはっきり聞こえていたのかもしれない。わたしよりももっとクリアに、大きく聞こえていた。だから、こんな風にすぐに動けたんだ……。

宙は雅美に話しかける花野の顔を、じっと見つめた。

「まずは、そうね。雅美さんとヒロム、それぞれがきちんと生きていけるように考えてみよ。大事なのはね、『絶対自分で子どもを育てないといけない』と思わないこと。ひとに預けてもいいんだよ。追い詰められた自分と一緒に崖っぷちに立たせるような生活を強いるより、安全な場所で健康なひとにしっかり育ててもらえるほうがいいじゃん。てかほら、食べてる？　ピザ冷めちゃう」

花野が明るく言って、ビールをぐいと飲む。これまで苦しみしかなかった雅美の顔に、少しだけ光のような明るさが見えた。

「生きていけるように、考える……」

「そう。『とにかく生きる』が最優先。そのあとはいろいろあるだろうけど、『笑って生きる』ができたら上等じゃないかなあとあたしは思ってる。なかなか難しいけどさ、寿命が尽きるまでに叶えりゃいいじゃん？」

花野が笑うと、雅美もぎこちなく、口角を持ち上げた。

テーブルの上の料理が底をつき始めたころ、ヒロムが座ったまま舟をこぎ始めた。

「あー。お腹いっぱいごはん食べて、安心したんだね。遠宮くん、そっちのソファに寝かせてあげてくれる？」

花野が頼むと、すぐに遠宮が動いた。抱きかかえられても、ヒロムは起きる気配がない。

「久しぶりに、ほっとしたのかな」

宙が言うと、お酒が回って顔がほんのり赤く染まった雅美が「そうだと思います」と体を小さくした。

「ごはんも作れなくて、菓子パンを買いに行かせたりしてたんです。家では私、本当に何もできなくて」

「そういうこと、あるある。全然大丈夫」

「思い返したら、すごく我慢させてたんです。旦那を一番にしないと機嫌が悪くなるから、何度あの子を後回しにしたか。物心ついたときには父親の顔色ばかり窺うようになっていて。それに事故のあとは私が……怒鳴ったこともあるし、その、叩いてしまったことも何度もあります。だからきっと心が歪んでしまったのかも。最近は万引きをしたり店のものを壊したりして苦情の電話がひっきりなしで……」

「ああ、それ。いじめですよ。やらされてたんです」

テーブルに戻ってきた遠宮が言い、雅美が「うそ！」と悲鳴を上げる。遠宮の代わりに、宙が「わたしも現場を見かけました。万引き、させられていたんです。ひと殺しの子どもに『制裁』だということらしいですけど、明らかに趣味の悪いいじめです」と答える。雅美は深いため息をついた。

「ああ、全然……全然分からなかったです。じゃあ私、最低だ。何度もそれで叱ってしまったんです。ヒロムに申し訳ない。母親失格です」

「何言ってんの。あたしなんかひとりで子育てできないからいろんなひとに助けてもらったよ。いまだって家政婦さんに来てもらってるし、この絶品の鶏の南蛮漬けは家政婦さんお手製だよ。でも、子どもはちゃんと育ってる。この子、すごくいい子なの」

酔った様子の花野が宙を指す。一通り食事を終えて、食後の紅茶を淹れようとしていた宙が視線を向けると、花野はにこにこと笑んでいた。

「風海ちゃんに、康太さん。恭弘に直子さん、智美さん。田本さんや、たくさんのひとがこの子を支えて育ててくれた。だから、めちゃくちゃいい子なの」

「そんなこと言わなくったっていいでしょ。カノさん、親ばかだよ」

恥ずかしさと、こそばゆさで頬が赤くなる。そんな宙に、花野は「たまにはいいじゃない」と唇を突き出す。

「あたしだって、子どもの自慢がしたいときがあるわよ。ね、雅美さん。あたしが、これまでたくさんのひとにしてもらったことと同じだけ、あなたとヒロムを助ける。あなたも、いつか誰かを助けて、そして子どもの自慢をするの。それって、素敵だと思わない？」

その花野の笑顔は、とてもやわらかかった。

それからしばらくして、花野と雅美は立て続けに寝入ってしまった。ヒロムも全く起きだす気配がなく、宙と遠宮は二人に布団をかけた。

「なんか、ごめんね。結局こんな時間まで付き合わせてしまって」

　空容器をゴミ袋に押しこみながら、宙が謝る。遠宮は食器の山を洗ってくれていた。

「いいよ、全然。というよりこちらがお礼を言わないといけないな。久しぶりにうまいメシ食えたし、いい話も聞けた。花野さんの話はなんかぐっときた。電流が走ったような、はさすがに言い過ぎかもしれないけど、はっとしたよ」

　水音と、食器が触れ合う音がする。宙は手を止めて、遠宮を見た。広い背中が向けられていて、顔は分からない。

「ぼくさ、理恵さんの家にありったけのお金を送ったんだ。働いて、稼げるようになったらもっと送ります。傷痕を治す足しにしてくださいって手紙をつけて。そしたら、戻ってきた。二度と関わらないでください、あなたのしていることは迷惑でしかない、って、理恵さんの父親の名前で」

　汚れが洗い流されていく音を、宙は黙って聞く。

「必死に考えたんだ。被害者やその家族にどう詫びていくか、っていう本はいくつか読んだし、その中に『謝罪をすること』が大事だと書いてあるものがあった。加害者が被害者に謝罪をしないことで、遺族が憤ることだってあるんだ。そんなことは絶対にしない、と思っていたけど、そんな簡単なものじゃなかったんだ。加害者と関わるだけで傷が開くひとだっているる。近くなるたびに傷つくひとだって、いるんだ」

ざああ、ざああ、と水が流れる音がする。

「今日、ヒロムの姿を見て、花野さんの話を聞いて、きちんと理解できたよ。ぼくのしたことは、理恵さん家族にとっては間違いなく暴力だった。情けないよ。よかれと思ったことが、傷を抉り続ける行為だったなんてさ」

「謝罪って、時には自分のためのものになってしまうんだね」

さっきの話を思い出して宙が言うと、遠宮は「それなんだよ」と返す。

「自己満足なんだって、思いもしなかった。衝撃だったね。ここで知ることができてよかった。ぼくさ、文面変えてみるとか金額増やすしかないとか、そんなことしか思いつかなかったんだ。でも、やめておくよ。他に何かできないか、じっくり考える」

「そう。それは、いいと思う」

「それとさ、すごく後悔してる。いままで誰にも、自分の話をしたことなかった。したって、意味がないと思ってた。だから、高校中退するって決めたときも、周りの話を全然聞かなかったんだ。担任や学年主任、クラスメイト、誰の言葉もどうでもいいと思ってた。相手にもしなかった」

最後の皿を水切りカゴに重ねた遠宮が、くるりと振り返った。笑って肩を竦めてみせる。

「知るのが、遅すぎた。でもまあ、仕方ない。これから、少しでも取り返していこうと思ってる。今日ここに来て、ほんとうによかった。ありがとう」

「ううん、わたしは何もしてない。ほとんど聞き役だったもん。だけどこれからは、少しは役立てることもあるかもしれないし、そういう気持ちでいる」

携帯電話を取り出して、宙は「連絡先、教えて」と言った。これから、何かあったらすぐに連絡して。何でも言って。わたし、訊くから。一緒に考えるから。

「それは、どうも。川瀬さんも何かあったら連絡してよ。ぼくだって、君の役に立つこともあるかもしれない」

遠宮が笑って、携帯電話を出す。電話番号やSNSの交換をしたのち、携帯電話の画面を眺めた遠宮が、「簡単なことなんだな」と呟いた。

「いままでのぼくは、相手の言葉に必要以上に身構えてた。いらない壁を作ってたんだ。あの子にも、悪いことしたなあ」

「あの子って？」

「川瀬さんと同じクラスの、三城さん」

ふいに出てきた奈々の名前に驚くと、「こないだあの子に街中で声かけられたんだ」と遠宮が続ける。家のことが大変だなんて知らなかった。あたしにできることがあったら何でも言って。知ったのに黙って見てるのは知らないままよりダメなんだって、最近気が付いたの！　って。

奈々は迫るように言って、それから連絡先を交換して、と携帯電話を出したという。

「ばかにされてんのかなと思って無視したんだよ。でもあれ、真剣だったと思うんだ。たったひとりで、顔を真っ赤にして言ってたのはきっと、本気だったから」

「そう、なんだ……」

宙は自分を恥じた。奈々は、どんどん成長している。自分の視野や世界の狭さを認めて、努力している。わたしは奈々の視野が狭いと決めつけて、どこか見下していやしなかったか。

「それ、遠宮くんの言う通り、本気だったと思う。奈々は素直で、すごくいい子なの」

「だよな、今度会ったら謝る。さて、ぼくはそろそろおいとましようかな」

遠宮が携帯電話をポケットにしまい、玄関に向かう。宙は、門扉まで見送ろうと一緒に外に出た。

月が丸く、夜空が明るい。遠宮が「綺麗だな」と空を仰いだので、宙も見上げた。

「ほんとだ。綺麗。明日も晴れるね」

「ぼく、明日から頑張って就職活動する」

遠宮が宣言するように言い、宙は遠宮に顔を向ける。

「理恵さんへの贖罪(しょくざい)の仕方は、まだ分からない。でもきちんと生きることがとりあえず大事だと思った。理恵さんに言われた通り、ぼくの人生をぼくの意志で、歩いてみたい」

月明かりに照らされた顔が、眩(まぶ)しい。遠宮はもう、前を向いて歩き出したのだと宙は思った。

　みんな、進もうとしている。それぞれの痛みや苦しみを抱えながらも、歩こうとしている。

遠宮に、奈々。雅美親子に、花野。

「じゃあ、おやすみ。またね」

　手を振り、遠宮が去って行く。その背中を見送りながら、わたしも進まなきゃいけないのだと宙は思う。きっと、いつまでもここで停滞していてはいけない。やっちゃんの死を抱えて、わたしなりに前を向いて生きていかなきゃいけない。みんな、そうしているのだ。

　もう一度、空を仰ぐ。宙は長い間、星々を睨むように見つめ続けた。


　日曜日の朝早く、宙は佐伯家を訪れた。出迎えた直子は、宙のいでたちを見て不思議そうに首を傾げた。

「どうしたんだい、宙ちゃん」

「お店を、使わせてください」

　ジャージにスニーカー、掃除道具を提げた宙は、深々と頭を下げた。

「お店って、何をするつもりだい？　悪いけど、もう、開ける気はないんだよ」

「分かってます。あの、少しだけ、貸してもらえませんか」

　お掃除もします、そう言うと、直子は少しだけ考えるそぶりを見せた後「いいよ」と頷いた。

「他でもない宙ちゃんだし、恭弘だって嫌とは言わないだろうさ。好きにしてちょうだい」

「ありがとうございます!」

鍵を預かって、店に回る。数ヶ月前までぴかぴかに磨かれていたドアノブや窓ガラスが汚れているのを見て、宙の胸がぎゅっと痛んだ。泣き出しそうになるのを堪え、店内に入る。いつだっていい香りに満ちていた店内は空気がよどみ、どこか埃臭かった。窓際の花はすべて枯れ、土の表面がひび割れている。佐伯が亡くなった後、誰も手入れする余裕がなかったのだろう。

厨房に足を踏み入れて、宙は息を呑んだ。綺麗に磨き上げられていたコンロは薄く埃が載っていて、佐伯が休憩中に愛用していた丸椅子はころんと倒れたまま。どうしてだか床にフライパンが転がっていて、シンクの中にはいつのともしれないガラスのコップがあった。初めてここに入ったときに感じた空気、香り、すがすがしさが、かき消えていた。清涼な雰囲気に満たされ、大好きだと直感した場所。たくさんの幸福な思い出と味があった場所が、主を喪って静かに朽ちようとしている。

「やっちゃん……」

熱のないキッチンの中央で宙は少しだけ立ち尽くし、それからぶるんと頭を振った。わたしはここに、感傷に浸りに来たわけではない。

持ってきた荷物の中から、宙はエプロンとゴム手袋を取り出した。掃除道具入れからモップやバケツを取り出し、買ってきた雑巾をざぶざぶ洗う。店内の窓を全て開け放つと、初冬の冷えた風がびゅうと舞いこんだ。空気が勢いよく清められていく。

「よし」

雑巾と掃除用洗剤を手に、宙は小さく呟いた。ここを、かつてのようにぴかぴかにしてやる。

窓を拭き、ドアノブを磨く。椅子にテーブル、床を丁寧に拭き上げる。鉢植えの枯れた花を処分し、生花店に走った。華やかな花束を作ってもらい、それを店内の様々なところに生けた。キッチンも、店内と同様に磨き上げる。スイッチの切られた冷蔵庫から、換気扇まで。夢中で掃除をしていると、出入り口ドアにつけられたカウベルが鳴り、「川瀬さん」と声がした。キッチンから店内に顔を出せば、遠宮が立っていた。片手に買い物袋を提げている。

「言われた通り買い物してきたけど、何してるの」

「え、もう来てくれたの？　早い！」

「いや、指定された時間通りだけど」

遠宮が壁掛け時計を指し、時間を見た宙は「うわあ」と声を上げる。

「もうこんな時間！　掃除に熱中してた」

「何するの、ここで」

「ちょ、ちょっと待ってね。そこらへん、座ってて。掃除したから、綺麗でしょ」

掃除道具を片付け、汚れてしまったエプロンを脱ぐ。佐伯がいたころと同じくらい綺麗になった店内、キッチンを見回して、宙は頷いた。それから新しいエプロンを身に着ける。

「準備は、整った」

宙は、ふう、と深く息を吐く。これが、わたしの第一歩。わたしだって、前に進むのだ。

「ねえ、何するのさ。いい加減教えてよ」

「パンケーキを、作るの」

きっぱりと、宙は言った。

古びてぼろぼろになったノートを、丸椅子に置いた。一ページ目を開く。子どもの拙い字が並んでいるのをそっと撫でて、宙は「見ててね」と呟いた。

卵、牛乳。小麦粉に砂糖、バニラエッセンスにベーキングパウダー、塩。バターにイチゴジャム、メープルシロップ。

割った卵を手際よくかき混ぜながら、宙は思い返す。幼かったころ、佐伯がここでこうしてパンケーキを作ってくれたことを。魔法のように手際よくメレンゲを作り、ふわふわのパンケーキを作ってくれた。哀しくてつぶれそうな心をふわふわに膨らませてくれた、魔法のパンケーキ。甘い湯気の向こうの笑顔を、いまでも覚えている。

「へえ、すげえ。うまいもんだね」

「ねえ、遠宮くん。智美さんと直子さんを呼んできてくれるかな。お店の方の出入り口から入ってって言ってね。それから、接客業の経験、ある？」

訊くと、遠宮は察したらしい。少し困ったように頭を掻いて「文化祭のときにちょっと。まあ、善処するよ」と言った。

佐伯直伝の焼きたてのパンケーキを、この店で食べてもらいたい。あの日、自分が貰った愛情とやさしさを、いま返すのだ。

フライパンにバターを入れ、ほどよく溶けたところでいったん濡れ布巾の上に載せ、温度を調節する。ふたたび火にかけて、もったりした生地を流しこむ。

『お、宙うまいじゃん』

どこかから声が聞こえた気がする。ああ、そうだ。あのときたくさん褒めてくれて、やさしく教えてくれたんだった。鮮やかに蘇る。

やっちゃん。ねえ、やっちゃん。ありがとう。やっちゃんがくれた思い出は、やっぱりいまでもわたしをそっと包んで、わたしをわたしでいさせてくれる。

甘い香りが満ちるころ、カウベルが鳴った。

「あら、いい匂い……」

「本当、ですね」

戸惑うふたりの声がする。

「お席へどうぞ。ええと……あの窓際はどうでしょう。花が綺麗だ」

遠宮くん、ナイス。そこはサエキの一等いい席で、わたしもそこに座ってほしいと思っていた。宙は心の中でガッツポーズをして、それから焼き上がったパンケーキを皿に移した。パンケーキを載せたトレイを手に、ふたりの許に向かう。

「お待たせしました。やっちゃんの、パンケーキです」

きつね色に焼けた、ふっくらとしたパンケーキは、我ながらいい出来だった。かつて佐伯が作ってくれたものと、きっと変わらない。香りも、味も。こめた思いも。

「まあ、宙ちゃんが作ったの」

直子が目を細める。

「恭弘が作ったみたい。そっくり。ここまでふわっとさせるのって、難しいのにねえ」

懐かしそうに言う直子の正面に座る智美は、目の前に置かれた皿をじっと見ていた。

「智美さん、食べてください。このパンケーキは、元気の出る魔法のパンケーキなんです。やっちゃんってすごいと思って、レシピを教えてもらって、何度も作ってきた」

初めて食べたのはわたしが小学校一年生のときで、これを食べて元気になったんです。

智美はぼんやりと、皿を見つめる。その目には感情の色が見えない。わたしじゃだめなのかと足元がすっと冷えたけれど、宙は続けた。

「きっと、美味しいから。だから、食べてみてください」

自分のしていることは、間違っているかもしれない。こんなことじゃ、智美の心は少しも癒やされないかもしれない。でも、信じたい。このパンケーキは元気の出る魔法のパンケーキだと。

宙はパンケーキにバターをひとかけと、クジラ印のイチゴジャムを載せた。

「これ、いつもわたしが食べていた組み合わせです。って、やっちゃんのイチゴジャムは手作りだったけど……。いいイチゴがなくて」

ひとくちでいい、食べてほしい。そう願いながらフォークとナイフを渡すと、智美はのろりと受け取った。それから小さく切り分け、口に運ぶ。

ゆっくりと咀嚼した智美の目から、涙があふれた。その涙を拭うこともせず、智美はパンケーキにフォークを刺す。次のひとくちは、大きかった。

「……の味ね」

果たして、智美がぽつりと呟く。

「え？」

「恭弘さんの、味ね。恭弘さんの、やさしい味」

泣きながら、智美が言う。私、この味に救われたの。おかげで生きてこられたの。恭弘さんと一緒に、この味もなくなったと思ってた。でも、違うのね。あのひとは、ここにいた。そして、残せるのね。じゃあ私も、恭弘さんを残していけるのかしら。

直子がその言葉に頷く。

「当たり前だよ、智ちゃん。だから生きていこうよ。ね」

智美はそれにゆっくり頷き、それから隣に立つ宙を見上げた。濡れた目に、これまでには
なかった光が宿っている。

「ありがとう、宙ちゃん。もう大丈夫、と言えるようになるわ」

その言葉に、宙は耐えきれずに泣いた。

やっちゃん、わたし、進めそうだよ。

ぽんと肩を叩かれ、顔を上げると隣に遠宮が立っていた。

「すげえじゃん、川瀬さん」

にっと笑いかけられて、宙も思わず微笑んだ。

「わたしも、前に進むの。それを、遠宮くんに見ていてほしかった」

「それは、光栄。でも何でぼくなの？」

遠宮が不思議そうに言い、宙は瞬きをした。それから、遠宮の顔をまじまじと眺める。

「何で、だろう？」

心臓のあたりがほんのり温かくなる。それははじめての感覚で、嫌じゃなかった。

智美の顔にほんのり赤みが差し、明るくなったことを確認してから、宙はサエキを後にし

た。智美は宙に『恭弘さんの味をどうにかして残せないか、考えてみる』と言った。例えば、わたしとお義母さんで子ども食堂をするとか、パンケーキだけのお店にするとか。自分たちが無理なら、誰かが恭弘さんを繋いでくれると信じて、その方法を模索して生きていきたいの。言葉を選びながら言う智美からは、これまでの無気力さが消えていた。前を向いているひとの顔をしていた。だから宙は、自分の進路の話をした。

『実はわたし、やっちゃんが通った調理師専門学校を目指してます』

自分の中で大事な記憶を辿るときはいつも、美味しい料理が傍にあった。食卓を囲んだしあわせな記憶があった。佐伯や田本から教わったレシピノートはもう何十冊もある。

『ええ、本当かい。それは、また』

直子が顔を綻ばせ、智美は頷いた。

『恭弘さんから、聞いてた。いつか宙ちゃんがこの店を継いでくれると嬉しいな、ってふたりで話したんです。その日のために三人で頑張ろうなって言ってくれて……、私、そんなことすっかり忘れてた』

佐伯は宙にも、そう言った。

『この店いつか宙にやるよ。この店はオレで終いだと思ってたけど、宙が後を継いでくれるなら、頑張りがいがあるってもんだ。あ、でも東京や海外でバリバリ働きたいっていうなら、心置きなく飛び立てよ』

そのとき、宙は『継ぎたい』と言いたかった。どれだけ、佐伯の料理に支えられただろう。あの店の味を、清涼な空気を、佐伯のやさしい心をわたしが引き継げたら、それはなんてしあわせなことだろう。でも、もしかしたら今後生まれてくるかもしれない佐伯の子どものことを思うと言えなかった。やっちゃんだって、できることなら血の繋がった我が子に継いでもらいたかったはずだ。智美と、直子だって。

『まずは料理人、目指します』

智美と直子は、応援してるからね、と笑った。

「ただいまー」

リビングに行くと、花野がうたた寝をしていた。ソファで気持ちよさそうな寝息を立てている。その寝顔は安らかだ。

カノさんも、前に進もうとしてるんだよなあ。

寝顔を見ながら、宙は思う。

ここ数日の花野は、忙しそうだった。ヒロム親子のために奔走していたのだ。家にいないし、いてもどこかに電話をかけてやり取りをしている。厳しい顔で話していたかと思えば、『埒(らち)あかないんで、行ってくるわ』と家を飛び出していったこともあった。その行動の成果だろう、昨日、ヒロム親子が引っ越すと聞いた。ヒロムは雅美の旧姓に姓を変えて、新しい学校に通えるのだという。雅美は花野の紹介で仕事も見つかったそうだ。

『隣町だけど、ちょっと土地が変わるだけで過ごしやすいと思うんだ。それに、何かあったらすぐに駆け付けられるしね』

そう話す花野の顔は、どこか生き生きしていた。

花野にタオルケットをかけてあげようとすると、ふっと目があいた。何度か瞬きを繰り返して、「ああ」と花野が寝ぼけた声を出す。

「やだ、寝ちゃってたのね、あたし」

「疲れてるんでしょ。毎日、忙しかったもん」

「何てことないし。でも、いま、すごくいい夢みてた」

花野が目をこすりながら笑う。

「へえ、どんな夢」

「二度目なんだけどねえ、あんたの父親と、恭弘が出てきた」

花野はうふふと楽しそうに続ける。生きてるときは、ふたりとも仲悪かったの。でもどうしてだか毎回、ふたり揃って出てくるのよ。

「わたしの父親と、やっちゃん？　それで？」

「こないだの夢は、ふたりしてすぐに会いに来いってあたしに繰り返し言うのね。それって死ねってことかな、まさかなと思って、あんたの父親のお墓は分かんないから、とりあえず恭弘の仏壇にお参りに行ったの」

「え、え、それってまさかあの日とか？」

タイミングよく、佐伯家に花野がいたあの日。あれは夢を見たからだというのか。

「そうそう。夢なんか信じてバカだったかな、と思ってたんだけどさー、花を手に震えているヒロムを見たときにこれだと確信した。そして、いまに至るわけよ。ねえ、すごくない？」

宙は頷く。そんな奇跡みたいなことが、あるだろうか。でも、花野はあのときあのタイミングで、佐伯家にいた。

「ふたりとも、あの親子を助けてほしかったんだと思う。あたしだったら彼らに必要な言葉を知ってると、信じてくれたんだよ。それとね」

花野がゆっくり身を起こす。

「それと、あたしに伝えてたんだと思う。傍にいなくても大丈夫なくらい、たくさんのものを渡しただろ。もうあんたはいろんなものを持ってるだろって。そしたらいま、夢でふたりが笑ってた。何も言ってくれなかったけど、でもすごく嬉しそうにしてた。だからあたし、ちゃんと伝わったわよって言ってやったの。すごいでしょ、自分でもびっくりしてんのよ！って。あいつら、笑うだけだったけど」

宙は、花野の隣に腰を下ろした。自身の両手を広げ、掲げてみせた花野が続ける。

「あたし、自分が誰かのためにこんなにも動けるんだってことに驚いてんの。いままでだったら絶対にできなかった。ああ、あたしってまだ成長できるんだなって感動もした。ねえ宙、覚えておきな。世界ってあたしの年でも、どんどん広がって変化していくんだよ。すごいね」

子どものように、純粋な顔をして言う花野を、宙は見つめる。

ひとはきっと、いつでも変化の一歩を必死に踏んで生きていく。たくさんのものを抱えて、大切なものを失って、それでもなお。そしてその一歩は自分だけの力じゃない。たくさんの大切なひととの思い出や、繋がりが奇跡のような力となって、手助けしてくれるのだ。

だからわたしも、今日新しい一歩を踏み出せたじゃないか。

「ねえカノさん。わたし、調理師専門学校に行く」

「うん、知ってるけど。どうしたの、急に」

「わたしいつか『ビストロ　サエキ』を継ぐ」

口にすると、急に目の前が明るくなった気がした。心臓が鼓動を速める。自分の言葉に、興奮しているようだった。

「わたしも、誰かをやさしく包む料理を作るひとになりたい。料理で誰かをしあわせにしたいの」

花野が瞬きを繰り返して、そして「いいじゃん」と八重歯を見せて笑った。

「いい夢だと思う。じゃあ頑張りなさい。あたしも、あんたの夢を追う手伝いがしたいよ

……って、いまのあたしってなんだか『いい母親』っぽい感じじゃなかった？」

はっとした花野がおどけた様子で訊く。照れているのだ。だから宙は「えー、カノさんが母親ぁ？」とふざけた顔をしてみせた。

「ないか。いいもん、分かってるし」

「うそうそ。カノさんは結構前から『いい母親』だったよ」

笑って言うと、花野が「ええー、なによ。本気で答えようとしないでよ」と頬を染める。

「いいじゃん、たまには。カノさん、いい母親だと思うよ。最初は、子どもっぽすぎたり、自己中すぎたりもしたけど」

「えー、途中から酷い言われようね」

「自分でもそれくらいは分かってるでしょ？　だから、いまのこういう関係も、これからまた変化していくんだろうね」

宙の中の花野像はどんどん変わっていった。綺麗なお姉さんであったり、薄汚い謎のひとであったり、冷酷で自分に関心のないひとだったこともあった。同居人であったり、距離のある友人のようであったり、そしていまはとてもいい母といった感じがする。でも明日には、いい女友達に変わっているかもしれない。それでいいんだと思う。

だってわたしも変わっていく。変化していく。

わたしとカノさんはきっと様々なかたちを作るんだろう。いびつになったり丸くなったりして、それでも母と娘としてこれからも生きていく。

「そうねえ。お互い、ぼちぼち成長していきましょうよ」

照れ隠しだろう、花野が口調を変えて言い、宙はくすりと笑う。

「それはそうと、夢の中に柘植さんは出てこなかったんだ」

思い出して言うと、花野は「そうなのよ」と膝を軽く叩いた。あのひと、きっと残した奥さんの方が気になってあたしのことなんか忘れてるんだよ。薄情ったらないわ。

「死んでからは奥さん一筋になったってことで、いいじゃない。カノさんだってこれから先、三人のことだけを想って生きてくわけじゃないでしょう」

「まあ、そうね。そういうときもあるかもしれない。そのときには、恋愛相談するかもね」

「気が向いたら聞いたげる」

宙はくすりと笑った。

＊

しんと静まり返った早朝の厨房。窓から豊かに光が注ぐ場所は、すがすがしい空気が満ちている。磨き上げられた鍋たちが目覚めを待ち、低いモーター音を響かせる冷蔵庫には、食材もたっぷりと入っている。厨房の真ん中に、宙は立っていた。

今日、『ビストロ　サエキ』は新しくオープンする。

　宙が料理人として自立し、子ども食堂として小ぢんまりと営まれていた店を再びビストロとして開店するまでの道のりは、長かった。決意をしたあの日から、ずいぶんと時間が経った気がする。心が折れそうなこともあったし、焦ることもあった。

　でも、わたしはやっと、ここに戻ってこられた。

　すっと息を吸い、目を閉じる。泣きながらここに来たあの日が、鮮やかに蘇る。パンケーキのやさしさ、その向こうにあった笑顔。何もかもが、愛おしい。

　あの日から、料理は宙の傍にあった。悲しいとき、嬉しいとき、やるせないとき。いつだって宙を生かして育ててくれた。

　これからも、わたしはここで料理を作って生きていく。誰かをやさしくする料理を、ここで目指していく。

「あらま。夜遅くまで支度をしてたってのに、もういる」

　声がして、振り向けば勝手口に花野が立っていた。

「どうしたの、こんな時間に。オープン後に、ママと一緒に来るんじゃなかったの」

　花野は、宙が調理師専門学校に通うために家を出た年に、風海を自分のマネージャーにした。風海ちゃんほどあたしを管理してくれるひとはいない、と言った。最初こそしりごみしていた風海も、いまでは仕事が楽しくて仕方がないようだ。かつてのことが嘘のように、いまのふたりは気軽に口喧嘩をする、ほどよい姉妹関係を築いていた。

「オープン前にさ、パンケーキ、食べさせてよ」

にっと笑う口元から、八重歯がこぼれた。

「ここを宙が継いだその日の朝に、あの窓辺で一緒に食べたいと思ってたのよ」

「ああ。それは、サイコーな提案」

顔を見合わせて、笑う。

料理が繋いだ縁は、いくつもある。たくさんの出会いがあり、別れがあった。でも、たくさんの料理を同じ食卓で囲み続けた縁は、とても太くしっかりと結ばれた。

宙は思う。

あの日のわたしに教えてあげたい。

あなたが絶望することなど、何もないと。

あの日の彼に、教えてあげたい、
あなたの遺志は、目の前の幼い女の子がしっかりと継ぐと。

あの日のふたりに教えてあげたい。

これからたくさんのごはんが、あなたたちを母娘（おやこ）として育んでくれるのだ、と。

掌編

# 君との出会いと誓い

初めて告白したのは中学二年の夏のこと。ふたつ年上の彼女にどうにか近付きたくて思いを伝えたら、『早熟すぎ』と笑われた。二回目は、高校一年の春。頭の出来が違ったから同じ高校は望めなかったけど、身長は追い抜いたから『いまならどう？』と訊いた。しかし『弟って感じ』とあっさりと断られた。それから年を重ね、自分の中で成長できたと感じるたびに彼女に思いを伝え、断られてきた。いつまで経っても『弟』や『後輩』の枠の中でしか、見てもらえなかった。彼女が家族のことに悩んでいるとき、自分に与えられた業に向かい合っているとき、そして父親のいない子どもをひとりで産み落としたとき。どんな苦しいときも、オレは彼女を支えられなかった。支えさせてもらえなかった。

『あんたにはあんたの人生があるの。あたしに構う暇、ないのよ』

彼女はいつだって、オレの思いを軽やかに躱し続けた。

諦めたほうがいいと周囲は言った。オレ自身、不毛な思いは捨ててしまえと自棄にもなった。そのせいで荒れた時期があったし、他の女の子でいいやと適当に遊びまわったこともある。でも、どれだけ離れようとしても、心はいつも彼女の許へ向かっていった。

『妹に預けていた子どもと、一緒に暮らすことになったんだ。あたしの代わりに、子どもに料理を作ってくれないかな？』

申し訳なさそうに言われたとき、オレがどれだけ嬉しかったか彼女には分からないだろう。ようやく、彼女を手助けできる。泣き言を漏らさず、やわらかな柳のように何もかもをただ受け止め続けてきた彼女を見守ることしかできなかったオレにも、何かできることがある。

「川瀬、宙です」

生まれたときに一度だけ会った赤ん坊は、賢そうな女の子に成長していた。母である彼女の背に体の半分を隠し、おどおどと頭を下げてくる。

「オレは佐伯恭弘。やっちゃんって呼んで」

にっと笑いかけると、宙はびくりとして慌てて彼女の背中に隠れた。

「あら、恭弘が怖いの？　見た目はちょっと怖いかもしれないけど、いい奴よ」

彼女が笑って言うも、宙は反応しない。メデューサの目を見てしまったかのように体を固くしていて、彼女は少しだけ困ったように眉を下げた。時々しか会っていなかった娘に対してどう接すればいいのか分からない、と事前に聞いていたけど、いまもそうであるようだ。

「宙、これからよろしく。オレ、こう見えてレストランで働く料理人なんだ。まずはオレの腕を見てもらおうかな。好きな料理は？」

怖がらせないようにとびきりやさしい声を意識して言う。

「グラタンにエビフライ。ハンバーグにパスタ。何でも作るから、言ってみて？」

少しの間があって宙が顔を覗かせる。

「ボロネーゼ……」

「オッケー。とびきり美味いの、作るよ」

川瀬家のキッチンで、ふたりのために料理を作る。鍋から湯気が立ち上り、肉やトマトの香りが満ちる。ちらりと宙を窺うと、かちかちに緊張したままテーブルについていた。

「さあ、食べて」

出来上がったものは、我ながら満足のいく仕上がりになった。宙は「いただきます」と丁寧に両手を合わせてから、フォークでパスタを口に運んだ。小さな口が咀嚼するのを、オレはじっと見守る。少しの時間ののち、口の端にソースを少しつけた宙が、顔を綻ばせた。

「おいしい」

心はまだ完全にほぐれていない。しかし味わっている顔にははっきりとした喜びがあって、ただただ可愛かった。

ああ、この子をこれから生かしていくのはオレの料理なんだ、と唐突に思い至った。背中に電流が走ったかのような、激しい衝撃にも似た気付きだった。

料理人になったことに、大した理由はない。やりたいことも就きたい仕事もなくて、料理は昔から嫌いじゃなかったし、オヤジの店でも継げばいいかと安易に料理人への道を選んだのだ。いまも、別段仕事に情熱があるわけではなかった。働かなければ生きていけないから、続けているだけとも言えた。だけどいま初めて、この仕事を選んでよかったと思った。大事な意味のある仕事なのだと、ようやく知った。オレの仕事は、誰かを豊かに生かし育てるものだ。

彼女を見ると、「よろしくお願いします」とゆっくりと頭を下げた。

「あたしなりに母親やってみるつもりだけど、手伝ってくれると嬉しい」

顔を上げた彼女は、娘とよく似た顔で微笑んだ。その顔を見て、少しだけ、泣きそうになった。

「……がんばるよ、オレ」

自分に言い聞かせるように、呟いた。そして、胸の中で誓う。

オレは、宙が育つための料理を作っていく。そして、このふたりがしあわせに過ごす時間に、オレの料理があればいいなと思う。美味しいねと笑いあうのがオレの料理なら、こんなにしあわせなことはない。

ビストロサエキ　宙さんへ

宙さん、こんにちは。わたしは、三井るりといいます。樋野崎第二小学校の五年生です。ビストロサエキさんには、いつも家族でごはんを食べに行っていました。行っていた、というのは、引っこすからです。パパの仕事の都合です。最後にもう一度ビストロサエキでごはんが食べたかったけれど、行けそうにないから手紙を書きました。

わたしは、ふわふわパンケーキが大好きです。口の中でふわっと溶けて、そそられたいちごジャムが甘ずっぱくて、しあわせな気持ちになります。

二年生のとき、クラスの中で、ビストロサエキのパンケーキを食べると願いごとがかなうとうわさになって、それで食べたのが最初です。わたしの願いごとは、ママが元気に赤ちゃんを産めますように、でした。

宙さん、ありがとうございます。ママは安産で、ふたりとも、いまもとっても元気です。

家族四人で、何度もビストロサエキさんに行きました。弟は、家では全然野菜を食べないのに、宙さんのかぼちゃのポタージュとカブのスープが大好きです。パパは冬になると牛タンシチューが食べたいというし、ママはカモのコンフィに目がありません。

家族と一緒だから、引っこすのは平気です。友達とはなれるのはさみしいけど、電話やメールをするし、長い休みのときには遊びに来ようとパパが言ってくれたから、大丈夫です。でも、宙さんのごはんをもう食べられなくなるのは、さみしいです。ううん、ちがう。元気が出なくなってしまうんじゃないかと、不安です。

わたしは、宙さんのパンケーキは願いごとをかなえるだけじゃないと思うんです。学校で嫌なことがあったときとか、ママとケンカしたときとか、心がしなしなにしなびてしまったと感じたときに宙さんのパンケーキを食べると、ふわふわにふくらむ気がするんです。

そんなパンケーキがもう食べられないかと思うと、不安で、悲しいです。あ、ごめんなさい！　宙さんを困らせるつもりはないんです。それくらい大切だったことを伝えておきたかったんです。

いつか絶対、パンケーキを食べに行きます。また、家族で行きます。だから、これからもおいしい料理を作りつづけてください。

三井るり

ついしん

ビストロサエキさんで、家族みんなでごはんを食べている絵を描きました。それ

それが大好きな料理を食べているところです！

# 解説

寺地はるな

三十歳になった時、とつぜん自分の子どもがほしいと思うようになった。

それまで一度もそんなことを考えたことはなかったし、どちらかというと子どもは苦手だと思っていたのに、とつぜんほしくてたまらなくなったのだ。だが諸々のことがそう簡単には運ばず、ようやく妊娠した時には、三十三歳になっていた。

妊娠中は毎日、おやつはなるべく手づくりしてあげようとか、はやいうちから習いごとをさせようだとか、そんなことばかり考えていた。毎晩絵本を読み聞かせようと思っていた。「大好きだ」「かわいい」「あなたが生まれてきてくれてほんとうにうれしい」と、うるさいぐらいに伝えるつもりだった。

要するに、自分が子どもの時に親にしてもらえなかったこと全部のせ欲張りセットみたいな育児を計画していたのだった。

山ほど買いこんだ育児書を、暗記する勢いで読みこんでいた。いいお母さんになるんだ、ちゃんと育てるんだとはりきっていた。みなぎっていた。もうちょっと肩の力を抜けよと友人にアドバイスされるぐらいに。

妊娠中のわたしには、自分はいいお母さんになれるはず、という根拠のない自信があった。だってこんなに楽しみにしているんだから。こんなにも明確な育児のビジョンがあるのだから。こんなに勉強したのだから。

だが、生まれてみたら、なんだか勝手が違った。育児書に書いていないことばかりおきた。生まれたての赤ちゃんは信じられないほど小さくて、ふにゃふにゃで、ちょっとでもなにか間違えたら死んでしまいそうに頼りなかった。

わたしはこの子をほんとうに育てられるんだろうか。とたんに、不安でいっぱいになった。それでも産院にいるうちはまだよかった。ひとりではなかったから。退院の日、これからは自分ひとりでこの子を見なければならないんだと思ったら、もう不安どころか恐怖のどん底で、自宅アパートに向かうタクシーの中でさめざめと泣き出して運転手さんを狼狽(ろうばい)させた。

母子手帳を開いてみると、備考欄に産院からの「育児楽しんでください」というメッセージが書かれている。これを読んだ時、わたしはまた泣いた。この頼りない生きものを育てるというあまりにも困難なミッションを「楽しめ」というのか。楽しむ余裕まで持たなければならないのか。無茶を言うな。そんなふうに思ったのだった。

あの時の、なんとも言えない心細さや苦しさが、『宙(そら)ごはん』を読むとよみがえってくる。

「あなた、まだそんなピチピチだったの？」と驚くぐらいの鮮度を保ったまま。

『宙ごはん』は町田そのこさんの九作目の単著である。わたしは町田さんの作品を、デビュー作からずっと読んできた。どの作品も「母親」というものが、テーマやメッセージともまた違う、重要なキーワードとして存在しているように思われた。『宙ごはん』もそのうちの一作でありながら、それまでの作品とはじゃっかん印象が異なっていた。具体的に言うと、母と娘の物語であるというより、戸惑いながら生きている、ふたりの娘の物語のように感じたのだった。

一般的に「母」という言葉は、すべてをつつみこむような懐の深さであるとか、あたたかみであるとか、そういうイメージとセットになっている。かつて某コンビニの惣菜のプライベートブランド名は「お母さん食堂」だった。ミルキーはママの味。母なる大地。例を挙げればきりがない。とにかく大きな愛、やさしさ、無限の包容力、強さ。そうしたものの象徴とされている。

『宙ごはん』には、さまざまな母親が登場する。読んでいくと、さまざまなことを思う。あぁ花野さんって母親としてはちょっと問題がある人なのね、とか、この風海さんはしっかりした人なのね、宙ちゃんこの人がいてよかったね、とか。

町田さんの作品を読む時は、感想と感情が忙しい。否応なく物語の世界に引きずりこむ力があるということなのだろう。そこに書かれた文字を読んでいるだけでなく、自分が物語の世界にいてできごとを体験しているような錯覚をおこす。そしてしだいにあきらかになっていく事実に驚き、息を呑む。

この人はこういう人なのね、と決めつけた人物が抱えている深い思いを知る。「こういう人なのね」と知ったつもりになって、わかりやすい属性にあてはめた瞬間、わたしたちはその背後にあるものをいともたやすく見逃す。そのことにあらためて気づかされた。

大人の事情に振りまわされる子どもがたくさん出てくる。なんせこちらは物語の世界に入りこんでいるので、作中の大人たちにたいして本気で腹が立つ。子どもにこんな悟ったようなことを言わせちゃだめじゃないかとか、なにをおいても守られるべき存在なのにとか、思う。

完璧な人間など存在しない。そんなことは誰でも知っている。大人同士ならばある程度は相手のダメさを許容できるのに、子どもが関わるとなると話が変わってくる。

母親なんだから娘より恋人を優先しちゃだめでしょ。母親なんだからごはんぐらいつくってあげたらいいじゃないの。母親なんだから子どもの前で感情的にふるまうのはやめてあげてほしい。

そんなふうに、眉をひそめることははっきり言ってすごく気持ちがいい。自分が正常な感覚をもつ、まっとうな親になれたようですごく安心できる。母子手帳を握りしめて泣いたあの日の自分が救われる。だいじょうぶ、あなたはちゃんとまともなお母さんをやってるよ。でもその気持ちの良さは一瞬しかもたない。すぐに「よその」「だめな」母親に向けた厳しい視線が自分にはねかえって、自身を縛る鎖となる。

わたしは、断ち切りたい。自分の鎖も、他人の鎖も。

『宙ごはん』の世界に生きる人びとは、まちがう。「そっちじゃないのでは?」と思うような方向に舵を切る。

まちがってばかり、というわけではけっしてない。でも正しいはずの選択が好ましからざる結果を生むこともある。

「好ましからざる結果」が、話と話のあいだでおこるので、全貌を知ることができない。このもどかしさが、まるで人生のようだと思った。わたしたちは自分自身が生きている世界の、ごく一部を切り取るようにしてしか、知ることができない。ましてや自分以外の人が体験したできごとなど、片鱗にすら触れられない。

現実のできごとは「こうなったからこうなる」という明確なルールに沿っておこるわけではない。生きていると、もどかしい思いばかりする。

ところでわたしはここ数年、というか小説を書くようになってからずっと、小説の中で人が死ぬということについて、考えてきた。なぜなら、人が死ぬ展開はかなり盛り上がっちゃうからである。感動的なクライマックスが容易に生み出せてしまう。それでいいのだろうか。この登場人物の死に必然性はあるのだろうか、などと悩みつつ原稿に向かっていたのである。

だが現実には「必然性がある」と感じられる死など存在しない。悪い人だから罰が当たって死ぬ、というような明快なルールもない。人は死ぬ時は死んでいく。伏線が回収されていないとか、まだ役目が残っているとかそんなことに関係なく、必然性があるとかないとかいう理由で登場人物の生死が決まるなら、それは物語じゃなくて、ただの都合のいい作り話だ。

物語はほんとうにあったこととは違うけれども、都合のいい作り話であってはいけない。町田さんの作品が読者の心を揺さぶるのは、登場人物がきまったプロットに沿って駒のように動くのではなく、たしかに生きて「そこにいる」と感じさせてくれるからだろう。生きている人間はまちがう。わたしやあなたが、そうであるように。

物語は、明るい未来を予感させる場面で結ばれている。だが、これからも彼女たちの人生にはきっといろいろなことがおこるのに違いない。ここまで読んできたわたしたちにはそれがわかる。でも過剰に恐れる必要はないのだということも、ちゃんとわかっている。生きている人間はまちがう。でも、まちがったからと言ってそこで終わりではないのだということを宙ちゃんや花野さんとともに知ったからだ。何度でも、何度でもやりなおすことができる。だからだいじょうぶ。

わたしたちは、きっとだいじょうぶ。

（てらち・はるな／作家）

―― 本書のプロフィール ――

本書は、二〇二二年五月に小学館より刊行された単行本に加筆・修正し文庫化するものです。「君との出会いと誓い」は単行本初版のカバー裏に特別掌編として収録されたものです。「ビストロサエキ 宙さんへ」は書き下ろしです。

本文イラスト／水谷有里
本文デザイン／大久保伸子

小学館文庫

# 宙(そら)ごはん

著者　町田(まちだ)そのこ

二〇二五年三月十一日　初版第一刷発行

発行人　庄野　樹
発行所　株式会社 小学館
〒一〇一-八〇〇一
東京都千代田区一ツ橋二-三-一
電話　編集〇三-三二三〇-五二三七
　　　販売〇三-五二八一-三五五五
印刷所――――TOPPAN株式会社



この文庫の詳しい内容はインターネットで24時間ご覧になれます。
小学館公式ホームページ　https://www.shogakukan.co.jp


ISBN978-4-09-407443-7